HEYNE<

JONAS WINNER

THRILLER

WILHELM HEYNE VERLAG
MÜNCHEN

Der Verlag weist ausdrücklich darauf hin, dass im Text
enthaltene externe Links vom Verlag nur bis zum Zeitpunkt
der Buchveröffentlichung eingesehen werden konnten.
Auf spätere Veränderungen hat der Verlag keinerlei Einfluss.
Eine Haftung des Verlags ist daher ausgeschlossen.

Dieses Buch ist auch als E-Book erhältlich.

Verlagsgruppe Random House FSC® N001967

Vollständige deutsche Erstausgabe 10/2018
Copyright © 2018 by Jonas Winner
Copyright © 2018 der deutschsprachigen Ausgabe
by Wilhelm Heyne Verlag, München,
in der Verlagsgruppe Random House GmbH,
Neumarkter Str. 28, 81673 München
Redaktion: Lars Zwickies
Printed in the Czech Republic
Umschlaggestaltung: DAS ILLUSTRAT, München,
unter Verwendung von Shutterstock
Satz: KompetenzCenter, Mönchengladbach
Druck und Bindung: CPI books GmbH, Leck
ISBN: 978-3-453-43918-4

www.heyne.de

Teil I

1

Brandon sitzt auf der riesigen Couch, die mitten in dem weitläufigen Raum steht – direkt der Panoramascheibe gegenüber, durch die man einen unverstellten Blick über die bewaldete Landschaft hat.

Aber sein Blick ist nicht in die Ferne gerichtet, sondern auf die Seiten des Albums, das auf seinen Knien liegt.

Auf die Seiten des Fotoalbums.

Die Aufnahmen müssen Jahrzehnte alt sein. Man erkennt es vielleicht nicht sofort, aber die Frisuren der Teenager, die auf den Bildern zu sehen sind, die Schnitte der Hosen... röhrenförmig... die Schultern eher betont... die Haare...

Flockig

Muss er denken.

Wie

gesund

sie damals aussahen.

Fröhlich.

Jung.

Er blättert um. Ein Mädchen in giftgrünem Hulk-Outfit versucht, sich von einem Jungen im Dracula-Kostüm huckepack tragen zu lassen. Im Hintergrund ist ein großzügiger Raum zu erkennen. Eine Panoramascheibe mit Blick über eine bewaldete Landschaft.

Die beiden befinden sich in dem Raum, in dem auch Brandon jetzt sitzt.

Die Jugendlichen auf den Bildern tragen ausnahmslos Kostüme. Eine E.T.-Maske ist zu sehen, ein Darth-Vader-Helm, ein Weißer Hai ... und im Hintergrund an einer Wand ein handgemaltes Plakat.

NEW JERICHO SENIORS HALLOWEEN ... und eine Jahreszahl.

»1986.« Brandon hat es nicht bemerkt, aber er hat die Zahl leise vor sich hin geflüstert.

1986.

Vor über dreißig Jahren.

Kein Wunder, dass sie jung aussehen, gesund und übermütig.

Er blättert weiter. Der große Raum, in dem die Party stattfindet, ist voller Leute. Kürbismasken. Die Spuk-Accessoires einer vergangenen Zeit. Die Lettern des Plakats sehen aus wie die aus *Creepshow.*

»Oder war das die *Rocky Horror Picture Show*?«

Brandon lächelt.

Er hat das Album seit Jahren nicht mehr hervorgeholt. Eben erst ist es ihm eingefallen, sich die alten Bilder noch mal anzusehen, und er musste ziemlich lange zwischen den verstaubten Koffern und Kisten auf dem Dachboden herumsuchen, bis er es schließlich gefunden hat.

Sein Blick wandert über die neue Seite, die er aufgeschlagen hat.

Ein hagerer Junge ist darauf zu sehen – ein Junge, dessen Gesicht hinter einer bleichen Totenkopfmaske verborgen ist.

Das war er selbst – damals ... mit dem Totenkopf. Sein Vater hatte ihm die Maske mitgebracht – Brandon hatte das Gefühl, selten so *cool* ausgesehen zu haben, als er sich zum ersten Mal damit im Spiegel erblickte. Der hautenge schwarze Ganzkörpersuit mit dem aufgedruckten Skelett, dazu der weiße Kapuzenumhang ... Dr. Death hatte er sich genannt. Doktor, warum Doktor?

Weil es besser klang.

Auf dem Foto, das er jetzt vor Augen hat, streckt sein jüngeres Ich die mageren Arme aus und steht oben auf der Galerie, die den großen Raum überblickt.

Auch damals gab es diese Galerie schon.

Sein Kopf legt sich in den Nacken, seine Augen wenden sich zur Decke.

Da hängt er. Aus Stahl ... Chrom ... Glas ...

»Modernistisch« ist es wohl, wie sie ein solches Design nennen, oder »midcentury«. Ein US-Design aus den Fünfziger- oder Sechzigerjahren des letzten Jahrhunderts. Solange Brandon denken kann, hängt der Kronleuchter dort oben schon und sorgt dafür, dass die ganze Halle erst recht aussieht wie ein *James Bond*-Filmset von früher.

Es war dieser Leuchter, nach dem er damals die Arme ausgestreckt hat, während unten alle wie gebannt zu ihm nach oben geschaut haben.

Ein Klingelton reißt ihn aus seinen Träumereien.

Das Haustelefon – der Knopf an dem Apparat blinkt orange. Brandon schiebt das Album von den Knien, steht auf, geht zum Apparat und hebt ab.

»Ja?«

»Sie sind eben angekommen, Mr. Hill. Ms. Bailey und Ms. Jackson. Curtis hat sich jetzt mit der ersten Gruppe zu Ihnen auf den Weg gemacht.«

»Sehr gut, Vera, vielen Dank.«

Er hängt auf.

Sie sind auf dem Weg hierher. Vom Eingangstor unten am

Grundstück bis zum Haus ... wie lange brauchen sie? Vielleicht acht Minuten.

Nachdenklich wendet Brandon den Blick zu der großen Scheibe am anderen Ende des Raums. Es ist noch nicht spät, aber dem Himmel ist bereits anzusehen, dass bald die Dämmerung einsetzen wird.

Er geht ein paar Schritte zu einem Tisch und nimmt etwas davon hoch.

Eine Totenkopfmaske. Passend zu dem hautengen schwarzen Skelett-Morphsuit und dem weißen Kapuzen-Umhang, die er trägt. Sein Blick verliert sich in den fahlen Gesichtszügen des Schädels.

Dr. Death.

Es ist der 31. Oktober 2018.

Ein schöner Herbstnachmittag.

Und Brandon hat noch gut eine Stunde zu leben.

2

zur gleichen Zeit, nur wenige Autominuten entfernt

»Nein, Kim – setz das Ding sofort wieder ab!«

Er hatte richtig laut geklungen.

Kim zog das Gummiteil von ihrem Gesicht. Die Augen ihres Mannes wandten sich wieder zur Straße. Aber sie hatte es noch gesehen – wie der Schreck darin stand. Vorsichtig legte sie ihre Hand auf seinen Nacken. Sie wusste, dass er das mochte und es ihn beruhigte.

»Was denn, Joe«, sie säuselte es richtig, »muss ich für dich immer hübsch anzusehen sein?«

Das war natürlich gemein, und sie wusste es. Die Horror-Maske, die sie sich für die Party besorgt hatte, war nicht nur nicht hübsch – sie war entsetzlich. In dem kalkweißen Clownsgesicht standen tiefe schwarze Furchen, die roten Locken sahen aus wie Drahtwolle, und der Mund war eine blutige Grube.

Joe kicherte. »Pass bloß auf, dass sich deine alten Freunde nicht erschrecken, wenn sie dich so sehen!«

»Ist das nicht der Sinn einer Halloweenparty – dass man sich gegenseitig erschreckt?«

Aber vielleicht hatte er recht. Hatte sie womöglich übertrieben? Wäre es besser gewesen, ein Kostüm zu wählen, das nur ein *bisschen* dekadent aussah, dafür aber umso *erotischer*? Sie drehte die erschlaffte Gummimaske in der Hand und sah in die herabhängende Plastikmiene. Das war nicht subtil erotisch, das war ... anstößig.

Zu spät.

Sie und Joe waren bereits frühmorgens aufgebrochen, um die Strecke bis zum späten Nachmittag zu schaffen. Zeit für ein neues Kostüm blieb jetzt nicht mehr.

»Was ist eigentlich damals passiert?«

Sie sah zur Seite. Joes kräftige Hände hielten das Steuerrad fest, und er schaute unverwandt auf die Straße. Aber sie hatte sich nicht getäuscht, er hatte ihr eine Frage gestellt.

»Wieso?« Sie wollte nicht gleich antworten.

»Komm schon, Kim. Wie lange sind wir jetzt verheiratet?«

Siebzehn Jahre.

Er nickte, ohne dass sie etwas gesagt hatte. »Genau. Du hast immer mal wieder erwähnt, dass damals etwas passiert ist, aber was genau das war, hast du nie gesagt.«

Sie setzte sich in ihrem Sitz zurecht. »Meinst du nicht, ich hätte dir das schon längst erzählt, wenn ich es wüsste?«

»Keine Geheimnisse zwischen Eheleuten, was Kim?« Joe lachte, und sie liebte es, wenn er lachte. Sein ganzer großer Körper wurde davon in Schwingungen versetzt. Manchmal machte sie einen Witz, nur um ihn zum Lachen zu bringen. Und das gelang ihr fast immer, wenn sie es wollte.

»Habe ich mich von den Jungs eigentlich richtig verabschiedet?«, dachte sie laut. Ihre beiden Söhne waren zwar schon acht und zwölf Jahre alt, aber Kim hatte immer noch das Bedürfnis, sie am liebsten gar nicht aus den Augen zu lassen.

»Hast du!«, kam Joes Antwort prompt. »Und morgen Abend um sechs hol ich dich wieder ab.« Er warf ihr einen schnellen Blick zu. »Aber sag doch mal, damals ... auf der Halloweenparty vor dreißig Jahren, was war denn da los? Ich meine, irgendwas musst du doch mitbekommen haben!«

Ihre Gedanken wanderten in der Zeit zurück. 1986. Es war so unendlich lange her inzwischen ... aber natürlich, es stimmte, irgendetwas war damals passiert, denn mit einem Mal war die Halloweenparty, die sie damals bei Brandon gefeiert hatten, vorbei gewesen. Brandon war vollkommen verstört gewesen und hatte sie alle nach Hause geschickt. Und das war das letzte Mal gewesen, dass sie sich alle gesehen hatten.

Aber warum – was war Brandon zugestoßen?

»Du weißt es wirklich nicht?«

Kim schüttelte den Kopf. »Es war was mit Brandon. Er war total verstört. Und keiner wusste wieso.«

»Okay.« Joe nickte. »Was ich dann aber nicht verstehe: Wieso macht er jetzt wieder eine Halloweenparty? Wenn damals etwas passiert ist, das Brandon so verstört hat – wieso will er diese Party dann jetzt wiederholen? Das ergibt für mich keinen Sinn.«

Kim überlegte. »Vielleicht will er es endlich überwinden? Eine Art ... keine Ahnung ... Trauma-Therapie?«

»Ein Trauma? So schlimm? Bist du sicher, dass du dahin willst?«

Je länger sie darüber sprachen, desto weniger sicher war sie sich.

»Aber es könnte doch sein – dass er es ein für allemal hinter sich bringen will.« Kim zögerte. »Bin ich ihm das nicht schuldig – wir alle, meine ich, sind wir ihm das nicht schuldig, dass wir ihm dabei helfen?«

Joe sah nicht zu ihr herüber, aber sie konnte seine Skepsis auch so spüren. Und wenn sie ehrlich war, teilte sie dieses Gefühl. War es ein Fehler, dorthin zu fahren? Sollte sie Joe bitten, dass er mitkam, und zwar nicht nur bis zum Eingang, sondern als ihre Begleitung mit auf die Party? In dem Punkt war Brandon am Telefon allerdings eindeutig gewesen: Er wollte, dass sie ohne ihre Partner kamen. Hatte sie überhaupt noch eine Freundin dort unter den Gästen, die Brandon aufgezählt hatte? Nein. Oder? Sicher, sie kannte sie alle seit einer Ewigkeit, aber sie hatte sie auch seit einer Ewigkeit nicht mehr gesehen.

Seit jener Halloweennacht 1986.

»Vielleicht hast du recht, Joe«, hörte sie sich sagen. »Vielleicht sollten wir einfach umkehren.«

Der Wagen rollte ruhig weiter über den Highway. Niemand sagte etwas. Hatte sie es ernst gemeint? Wollte sie diese Entscheidung wirklich Joe überlassen? War es Joe, der eingeladen war? Nein, *sie* war eingeladen.

»Freust du dich nicht, deine alten Freunde zu sehen?«, fragte er leise. »Wenn du möchtest, kein Problem, Kim, ich dreh um und wir fahren zurück. Aber... ich will jetzt nicht pathetisch klingen, nur... es ist dein Leben, ja? Deine Kindheit und Jugend in New Jericho, dein Wiedersehen nach dreißig Jahren. Ich weiß nicht, ob das wirklich etwas ist, das man lieber *nicht* macht. Das kannst nur du wissen.«

Natürlich hatte er recht. Es erschien ihr seltsam abwegig, den Wagen jetzt zum Stehen zu bringen und umzukehren, sie fühlte sich bei dem Gedanken vollkommen erschöpft. War es nicht unendlich viel leichter, geradeaus zu fahren – den Weg fortzusetzen?

Kim spürte, wie sich ein Kloß in ihrem Hals bildete. Diese Reise, dieses Wochenende, sollte so etwas wie eine kleine Auszeit vom Alltag für sie sein. Ihr ganzes Leben lang war sie für andere dagewesen. Für ihren Mann, ihre beiden Jungs, sogar für die Schwiegereltern. Sie hatte es kaum bemerkt und doch gerade in den letzten Monaten zunehmend den Eindruck gehabt, dass sie dringend mal etwas nur für sich selbst tun sollte. Nicht für die Kinder, nicht für Joe und auch nicht für seine Eltern. Deshalb hatte sie Brandon auch nur zu gern zugesagt, als der sich bei ihr gemeldet hatte. Eine Halloweenparty mit den alten Freunden? Klar bin ich dabei! Und nun? Wusste sie nicht mehr, ob sie überhaupt dorthin wollte? Was sollte das heißen? War sie gar nichts mehr? Hatte sie sich in all den Jahren, in denen sie für ihre Familie dagewesen war, vollkommen selbst verloren?

Freust du dich nicht, deine alten Freunde zu sehen?, hatte Joe gefragt.

»Natürlich freue ich mich«, stieß sie hervor, »auf Ralph zum Beispiel ...«

»Ausgerechnet!«, kam es halb ärgerlich, halb belustigt vom Fahrersitz. »Fang bloß nicht was mit Ralph an. Von dem hast du ja immer mal wieder erzählt. Das ist doch der Große aus Florida, oder?«

Ja ... »Nein, Quatsch, nicht Ralph. Scotty wollte ich sagen, ich freu mich auf Scotty, auf Louise und auch auf Nick.«

»Nick – was, Nick Shapiro?« Joe streckte seinen mächtigen Körper in dem Sitz in die Länge. »Ist das der Typ, der diese Romane schreibt?«

»Ja. Hast du mal was von ihm gelesen?«

Joe grinste. »Bloß nicht. Soll ja ziemlich krasses Zeug sein.«

Kim nickte. Das stimmte wohl. Sie hatte mal eins von Nicks Büchern gelesen, es danach aber geradezu bestürzt in die Mülltonne gestopft. So etwas wollte sie nicht in ihrem Haus haben.

3

Vielleicht kann ich ja einen Roman daraus machen, dachte er.

Nick fuhr mit offenem Verdeck, obwohl es dafür eigentlich schon zu kalt war. Aber er liebte es, wenn ihn der Wind umwirbelte, und seine Thermojacke hielt ihn warm. Seinen Ellbogen hatte er auf die Tür des Wagens geschoben – draußen zogen die einsamen, bewaldeten Gebirgszüge Connecticuts an ihm vorbei. Ein See füllte das Tal aus, das er durchfuhr, und die Bergrücken reichten bis hoch hinauf in den Himmel, an dem sich bereits erste Anzeichen der Dämmerung zeigten.

Vielleicht kann ich ... vielleicht auch nicht. Natürlich war er immer auf der Suche nach Stoffen. Ein Wiedersehen von alten Freunden – es bot sich an, oder nicht? Wie lange hatte er Brandon nicht gesehen? Seit 1986, seit über dreißig Jahren. Sie waren gemeinsam zur Schule gegangen, auf die New Jericho Highschool, und Nick hatte seine gesamte Kindheit in dem kleinen Ort verbracht. Einem Ort, in dem viele Familien wohnten, deren Männer gutes Geld in New York verdienten und die jeden Tag hin- und herpendelten.

Er wechselte auf die Überholspur und zog an einem endlosen Lastwagen vorbei.

Lange hatte er nicht mehr an New Jericho gedacht, an New Jericho und an ...

Er zog das Steuer wieder nach rechts, um auf die andere Spur zu wechseln ... und um seinen Gedanken eine andere Richtung zu geben.

Er wollte nicht an Louise denken.

Sie war nicht der Grund, weshalb er Brandon zugesagt hatte, als der sich plötzlich nach all den Jahren bei ihm gemeldet und ihn eingeladen hatte.

Oder?

Er sah sie vor sich – wie er sie die letzten drei Jahrzehnte vor sich gesehen hatte. Ihr braunes Haar. Die Augen, in denen er sich verlieren konnte. Ihre schmalen Hände ... und er hörte ihre Stimme, die Stimme, die seinen Namen sagte.

Auch Louise hatte Nick 1986 zum letzten Mal gesehen. An diesem Abend war etwas geschehen – etwas, das er nie ganz verstanden, das sein Leben aber von Grund auf verändert hatte.

Er fühlte, wie sich Schweiß an den Innenseiten seiner Hände bildete. Es rieb ihn auf, daran zu denken. Es rieb ihn auf, in diese Richtung zu fahren, praktisch zurück in ein Leben, von dem er längst geglaubt hatte, es hinter sich zu haben.

Zurück zu Louise.

»Sie ist verheiratet, Mann«, knurrte er sich selbst an. »Mit Terry – schon vergessen?!«

Nein, das hatte er nicht vergessen. Sie hatte Terry geheiratet, das hatte Nick auch mitbekommen, obwohl er seit '86 nicht mehr in New Jericho gewesen war. Seine Eltern hatten in dem Jahr, in dem er die Highschool verlassen hatte, den Wohnsitz gewechselt, und in den Ferien war er zu ihnen statt in seine alte Heimat gefahren.

»Sie hat Terry geheiratet, verdammt!«

Den Falschen! Natürlich war Louise der Grund, weshalb Nick Brandon zugesagt hatte. Und jetzt? Würde sie Terry mitbringen, der zusammen mit ihnen zur Schule gegangen war und bei einem Klassentreffen nicht fehlen durfte.

»Sie hätte in dieser Nacht in den Keller kommen müssen.« Es war alles verabredet gewesen, auf der Halloweenparty, die Brandon damals gegeben hatte. Louise war dort gewesen, und Nick hatte mit ihr abgesprochen, dass sie sich im Keller treffen würden. Aber dort war sie nie aufgetaucht.

Warum nicht?

In all den Jahren, die sie sich gekannt hatten, hatte er sich nie in ihr getäuscht. In dieser Nacht aber hatte sie nicht das getan, womit er felsenfest gerechnet hatte. Sie war nicht zu ihm in den Keller gekommen. Und danach war alles anders gewesen. Mit einem Mal schien aus Louise ein anderer Mensch geworden zu sein. Er hatte versucht, sie anzusprechen, aber ihr Gesicht war für ihn wie eine Maske gewesen.

Er steuerte den Wagen weiter nach Norden.

Der Schweiß bedeckte jetzt seinen Rücken, und das T-Shirt, das er unter dem Halloweenkostüm trug, klebte an seiner Haut. Eiskalt fuhr ihm der Fahrtwind in den Kragen, und eine Gänsehaut überzog seinen Körper.

Wenn er ehrlich zu sich selbst war, musste er zugeben, dass er in einer ziemlichen Krise steckte. Nichts Lebensbedrohliches, keine tödliche Krankheit, keine Katastrophe ... und trotzdem nicht weniger tückisch. Keine Familie, keine Frau, keine Kinder ... er lebte, ja, das schon, jeden Tag, von morgens bis abends, aber ... wozu? Er hatte es in den letzten Jahren immer von sich ferngehalten und zugleich doch insgeheim gefühlt, dass sich eine Art Schlinge um seinen Hals zuzog. Diese Bücher, die er schrieb: Thriller, Schocker, Slasher, Gore? Trash! Ja, er verkaufte sich ganz gut inzwischen, aber ... was sollte das alles? Was er machte, war eigentlich gar nichts wert, oder? Schluss machen, Ende, aus, Feierabend? Erst kürzlich hatte er sich dabei ertappt, dass er darüber nachgegrübelt hatte. Nicht weil er krank war, nicht weil er pleite war – sondern weil sein Leben nie richtig begonnen hatte! Also konnte er es genauso gut auch einfach beenden, oder?

Seine Augen richteten sich stur auf die Fahrbahn vor ihm. *Louise.* Hatte er deshalb nie angefangen, wirklich zu leben? Weil sie damals nicht zu ihm gekommen war, obwohl sie – was?

Füreinander bestimmt gewesen waren?

»Unsinn! Lächerlich.«

Und doch – war es nicht genau das, was er fühlte und eigentlich schon immer gefühlt hatte?

Was war der Grund dafür gewesen, dass sie in jener Halloweennacht 1986 einander plötzlich wie Fremde gegenübergestanden hatten? Hatte es etwas mit dem zu tun, was Brandon zugestoßen war?

Jahrzehntelang hatte Nick diese Fragen verdrängt. Jetzt aber, während er sich auf dem Weg zurück zu den Orten seiner Kindheit und Jugend befand, kamen sie mit großer Macht an die Oberfläche.

War etwas zwischen Louise und Brandon vorgefallen? Denn auch Brandon war nach jener Nacht wie ausgetauscht gewesen.

»Aber warum macht er dann jetzt noch einmal eine Halloweenparty?«

Es kam Nick so vor, als würde er wie an Drahtseilen dorthin gezogen – zu dem Haus von Brandons Familie in den Bergen, in dem er im Alter von siebzehn Jahren zum letzten Mal gewesen war.

4

»Sie sind?«

»Nick Shapiro.« Nick sah in das Gesicht einer Frau, die er auf Ende fünfzig schätzte.

»Nick, natürlich. Herzlich willkommen, mein Name ist Vera.« Die Frau richtete sich wieder auf und deutete mit der Hand zu dem Tor, vor dem sie ihn erwartet hatte. »Warum fahren Sie nicht schon mal auf den Parkplatz, Nick? Bei dem kleinen Haus dort? Ich bin gleich bei Ihnen.«

Ihr Blick schweifte zu dem Fahrzeug, das hinter Nick stand und das er erst jetzt im Rückspiegel bemerkte. Die Strahlen der tief stehenden Sonne fielen so auf die Windschutzscheibe, dass er nicht erkennen konnte, wer darinsaß. Er gab vorsichtig Gas und rollte zwischen den Pfeilern des Portals hindurch. Der SUV hinter ihm fuhr ebenfalls an und hielt neben Vera.

Vera ... Er kannte sie, oder? War sie nicht schon damals bei Brandons Eltern angestellt gewesen? Ganz sicher war Nick sich nicht.

Der geteerte Weg, den er entlangtuckerte, verlief an dem kleinen Steinhäuschen, auf das Vera gezeigt hatte, vorbei und führte zu einem Parkplatz für vielleicht sechs Fahrzeuge. Ein schweres Motorrad stand dort, sonst waren alle Plätze frei. Nick parkte neben der Maschine und öffnete die Wagentür.

Werwolf deluxe hieß das Kostüm, das er sich besorgt hatte und unter seiner Thermojacke bereits trug. Ein haariger Ganzkörperanzug, mit dem es so aussah, als würde sich ein wilder

Vierbeiner aufrichten, wenn er die richtige Körperhaltung einnahm. Handschuhe mit krallenartigen Pfoten, überall brauner Pelz ... und als Krönung eine Maske mit gefletschten Zähnen.

Mit dem Wolfskopf unter dem Arm lief Nick zurück zu der Einfahrt, durch die er auf das Grundstück gelangt war. Der SUV rollte gerade durch das Tor – eine Frau war ihm bereits vor der Einfahrt entstiegen. Nick lächelte Vera zu, die ihm entgegenkam und hinter dem SUV Richtung Pförtnerhäuschen ging. Und plötzlich geschah alles auf einmal.

Die Frau, die vor dem Tor ausgestiegen war, wandte sich um, und es traf Nick ins Herz, bevor in seinem Kopf ankam, was passierte. Für einen Moment hatte er das Gefühl, es würde nicht nur in ihm, sondern auch in dem Augenpaar, das sich auf ihn gerichtet hatte, etwas schmelzen. Die Pupillen der Frau weiteten sich – ihre Blicke verweilten ineinander –, dann hatte er sie erreicht. Sie legte ihren Kopf ein wenig in den Nacken, um zu ihm hochzuschauen.

Sie hatte sich verändert ... und doch war das Mädchen, das er vor über dreißig Jahren zum letzten Mal gesehen hatte, noch immer genau in ihr zu erkennen.

»Hi, Nick.«

»Louise«, murmelte er.

»Lange her.« Sie lächelte. »Wie geht's dir?«

Er schluckte.

Gut.

»Wo kommst du jetzt her?« Sie schaute ihn an, und er wusste, dass sich die Unruhe, die ihn gepackt hatte, bereits auf sie übertrug. Nicht mal eine Minute hatte es gedauert, nicht nur er stand *unter Strom,* sondern auch sie.

Sollte er sich vorbeugen, ganz ruhig und doch zügig, und ihr ins Ohr flüstern, was er fühlte?

»Aus ... du weißt schon« – *Brooklyn* ...

»Werwolf, ja?« Sie grinste.

Sein Blick fiel auf ihr Kostüm. Ein kurzes weißes Kleidchen mit einem aufgenähten Herz, schwarz-rot geschminkte Lippen und hochgesteckte Haare.

Voodoopuppe – das war es, sie war als Voodoopuppe verkleidet und strahlte so eine starke Anziehung auf ihn aus, dass seine Finger sich unwillkürlich um ihre Hand schlossen.

Im gleichen Augenblick platzte ein Hupen zwischen sie, und Nick schreckte hoch. Louise machte einen Schritt in seine Richtung. Einen Moment lang standen sie ganz dicht beieinander.

Ein schwarz glänzender Kasten glitt auf die Einfahrt zu, und durch die Windschutzscheibe konnte Nick das teigige, seltsam eckige Gesicht eines Monsters *aus Leichenteilen* erkennen.

»Louise! Nick!«

Der Wagen hielt, die mächtige Seitentür des Cadillacs sprang auf, und eine hünenhafte Gestalt mit todtraurigen Augen schob sich aus dem Fahrzeug.

»Hey!« Nick grinste.

Ralph. Es war Ralph – verkleidet als Frankenstein ... Frankensteins Monster. Die Pranken des Hünen schlossen sich um das Püppchen neben Nick, während von der anderen Seite des Wagens eine Art zerlumpter Schuljunge, komplett mit zerrissener Uniform und Bisswunden im Gesicht, auf Nick zustürmte.

»Scotty?« Es war, als würde Nick aus dem Honigtopf, in den er so unvermittelt durch die Begegnung mit Louise gestürzt war, wieder auftauchen.

Dann hatte Scott ihn auch schon in die Arme geschlossen. »Sieh mal, wen wir mitgebracht haben.« Sein alter Freund trat zurück und deutete zum Wagen, dem jetzt eine Gestalt mit gigantischem Fliegenkopf entstieg. »Ashley!« Scott strahlte Nick an. »Sie und Ralph sind aus Florida mit dem Wagen gekommen und haben mich am Flughafen aufgegabelt!«

5

»Wunderbar, dann sind wir vollzählig, nicht wahr?« Vera kam ihnen vom Pförtnerhaus entgegen. »Die ersten vier sind schon oben.«

»Tatsächlich? Wer ist denn schon da?« Nick hatte sich zu ihr umgedreht.

»Donna Jackson, Kim Stewart, dann ein Herr in einem ... ich glaube, es war ein Freddy-Krueger-Kostüm. Aber all die Namen ... ich will jetzt nichts Falsches sagen.« Sie lächelte. »Eigentlich wollte Brandon Sie ja hier unten begrüßen, aber er hat noch ein paar letzte Vorbereitungen im Haus zu treffen.«

Vier Gäste ... hatte sie gerade gesagt, vier Gäste sind schon da? »Hinten auf dem Parkplatz hab ich nur ein Motorrad gesehen ...«

Aber Scott ließ Nick nicht ausreden. »Sie sind wahrscheinlich gebracht worden oder haben ein Taxi genommen, Nick. Was ist, fahren wir auch gleich hoch?« Erwartungsvoll schaute er zu Vera.

»Das wird mein Mann übernehmen, wenn er mit dem Jeep zurück ist.« Sie sah zu Scotty, während die anderen ihr zuhörten. »Es hat in den vergangenen Tagen starke Regenfälle in der Gegend gegeben, und die Zufahrtsstraße ist im Moment in keinem guten Zustand. Curtis ... Sie erinnern sich vielleicht an ihn? 1986 waren er und ich auch schon hier im Haus beschäftigt.«

Verschwommen hatte Nick das Bild eines untersetzten Mannes mit widerspenstigen schwarzen Haaren vor Augen. »Brandon hat gesagt, dass Curtis Sie mit dem Jeep bis zum Bach bringen soll«, fuhr Vera fort, während sie in die Runde blickte. »Dann kann einer von Ihnen das Steuer übernehmen, und Curtis geht die paar Meter zu Fuß wieder zurück. Wir wollen heute Abend noch nach Hause, meine älteste Tochter wird zum Essen bei uns sein.«

»Wohnen Sie nicht mehr im Haus oben?« Vage konnte sich Nick daran erinnern, dass Brandon ihm einmal erzählt hatte, in einer Souterrain-Wohnung ihres Hauses würde ein Ehepaar leben, das sich um Haushalt und Grundstück kümmere.

Veras Blick richtete sich auf ihn. »Schon seit zwanzig Jahren nicht mehr! Brandons Vater war damals so großzügig und hat uns ein kleines Haus am Rand von New Jericho gekauft.«

Ralph nickte. »Okay, gut. Ist das Ihr Mann dort?« Er schaute an Vera vorbei, und als Nick Ralphs Blick folgte, sah er, dass ein klobiger Jeep gerade den Bergweg herunterkam.

»Das ist er! Kommen Sie, lassen sie uns zum Eingangsgebäude gehen, dann können Sie mit ihm hochfahren.«

Hochfahren …

Wie ein schartiger Keil, der hoch oben auf einer Felsklippe mit weitem Blick über das ganze Tal saß – so war Brandons Haus Nick immer vorgekommen. Ein Traum aus Stahl, Glas und Beton.

Er bemerkte, dass die anderen bereits mit Vera auf dem Weg zum Pförtnerhäuschen waren. Kurz darauf betrat auch er das kleine Gebäude.

»Er hat mir mein Handy abgenommen!«, kam ihm eine Stimme entgegen.

Nick sah, dass der Mann, der das gesagt hatte, sich zu ihm umwandte und ein freundliches Leuchten sein rötliches Gesicht erhellte. »Hey Nick! Du musst dein Handy auch abgeben, ist dir das klar?« Es war Terry, sein alter Schulkamerad – der Mann, den Louise geheiratet hatte. Terry musste das Pförtnerhäuschen direkt vom Parkplatz aus betreten haben.

»Was soll das denn, ich hoffe, das muss nicht sein?«, platzte Ralphs Stimme dazwischen.

Die Frankenstein-Gestalt hatte sich an Vera gewendet, die inzwischen hinter einem Empfangstresen stand. Neben ihr stützte eine schwarzhaarige Gestalt, in der Nick unschwer Veras Ehemann Curtis wiedererkannte, die Ellbogen auf den Tresen.

Unter Curtis' buschigen Augenbrauen blitzte es. »Sie wissen, dass Brandon eine Art Revivalparty geplant hat? Eine Reise ins Jahr 1986 soll es sein ...« Der Haushälter wirkte etwas bekümmert. »Ich hatte ihn, also Brandon, so verstanden, dass Sie darüber informiert sind?«

Das stimmte. Als Brandon sich bei Nick gemeldet hatte, hatte er durchblicken lassen, dass er plante, eine Art Reise in die Achtziger machen zu wollen.

Nick sah, wie Curtis einen kleinen Tresor öffnete, der sich hinter dem Empfangstresen befand. Darin lagen bereits ein paar Handys.

»Selbstverständlich gibt es einen Festnetzanschluss oben«, hörte er ihn sagen. »Wie hieß sie noch gleich?« Curtis sah zu Vera.

»Mrs. Stewart, Kimberly Stewart.«

»Richtig, Kimberly.« Curtis schaute wieder zu Ralph. »Sie wollte ihr Handy auch erst nicht abgeben, für den Fall, dass etwas mit den Kindern sei. Aber dann hörte sie, dass sie ihrem Mann einfach die Festnetznummer vom Haus oben geben kann, und alles war okay.«

»Eine kleine Reise zurück in die Vergangenheit«, griff Vera den Faden auf, bevor Ralph etwas erwidern konnte. »Brandon würde sich freuen, wenn Sie mit ihm diese Reise antreten würden – zurück ins Jahr '86 gewissermaßen, verstehen Sie? Damals gab es ja auch keine Handys ...«

In Ralphs Gesicht, das sich durch die grüne Frankensteinmaske hindurch abzeichnete, arbeitete es.

»Es ist natürlich nur eine Bitte von Brandon. Wenn Sie darauf bestehen –«

»Ach was, nein, natürlich nicht«, unterbrach Ralph sie mit seiner tiefen Bassstimme. »Hier, nehmen Sie mein Handy. Daran soll es ja nun wirklich nicht scheitern.«

Nick hatte sein Mobiltelefon bereits aus der Innentasche des Werwolfanzugs geholt. Vielleicht war die Idee gar nicht so falsch. Wenn es eine Reise in die Achtziger sein sollte, mussten sie die Dinger wirklich abgeben.

Er machte einen Schritt nach vorn und legte sein Telefon auf die Theke. »Komm schon, Scotty«, er nickte dem Zombie-Schuljungen zu, der unschlüssig neben ihm am Tresen stand. »Das machen wir heute mal so, wie Brandon sagt, und morgen bekommen wir die Telefone wieder. Richtig, Curtis?«

Der Hauswart hatte ihm den Rücken zugewandt, um Nicks Handy in den Tresor zu legen. »Aber natürlich.« Er drehte sich um, nahm Scottys Telefon entgegen und sah in die Runde. »Alle Handys abgegeben? Sie können völlig beruhigt sein, wir hatten oben schon Einbrecher, aber den Tresor hier unten hat noch nie jemand gefunden. Deshalb werden wichtige Unterlagen und Wertsachen schon immer hier aufbewahrt.«

Nick blickte ebenfalls in die Gesichter der anderen. Und bemerkte, wie sie strahlten.

Mit einem satten Knall fiel die Tresortür in Schloss. »Auf

geht's!« Curtis stieß die Tür auf der Rückseite des Pförtnerhauses auf. »Beeilen wir uns, ich bin sicher, Brandon kann es kaum erwarten, Sie endlich zu sehen.«

6

»Und, seht ihr euch manchmal, du und Ralph, unten in Florida?« Nick hatte zusammen mit Ashley und Ralph in der mittleren Reihe des Siebensitzers Platz genommen. Curtis fuhr, neben ihm saß Scotty, ganz hinten auf der dritten Bank hockten Louise und Terry.

Ralph warf der Frau neben ihm einen Blick zu. »Nicht wirklich, oder? Einmal sind wir uns am Strand über den Weg gelaufen, das weiß ich noch – aber geplant war das nicht.«

Ashley hatte den Fliegenkopf mit den riesigen Facettenaugen inzwischen abgenommen, an dem Laborkittel, den sie trug, prangte eine schwarze Fliegenbrosche, und einer ihrer Arme sah aus wie ein überdimensionales Fliegenbein.

Wie hieß der Wissenschaftler, der beim Teleportationsexperiment halb zur Fliege mutiert?, ging es Nick durch den Kopf.

Sie kniff ein Auge zu. »Ralph mit seiner Bilderbuchfamilie … das hält man ja nicht aus.«

»Hast du Kinder – Frau – Haus, ja?« Scotty hatte sich nach hinten gewandt und schaute zu Ralph.

Der nickte. »Ihr nicht?«

Der Wagen rumpelte über eine Furche, die vom Regen in den weichen Sand gegraben worden war.

»Was machst du denn in Florida genau, Ralph?« Nick hatte Ralphs Frage einfach ignoriert. Sie hatten ja noch das ganze Wochenende Zeit und würden genug Gelegenheit haben, sich über alles Mögliche zu unterhalten.

»Immobilien.« Ralph lehnte sich zurück, und seine mächtigen Schultern nahmen fast die halbe Rückbank ein. »Der Markt dort unten ist nicht schlecht. Wir haben alles, Bürohäuser, Einfamilienhäuser, Ferienapartments ...«

»Und du verdienst dir dabei eine goldene Nase.«

Ralph winkte ab und grinste. Seine wachen Augen schienen sich ständig zu vergewissern, ob sein Gegenüber ihm auch wirklich folgte. Oder kam Nick das nur so vor, weil er ihn bereits so lange kannte?

»Goldene Nase nicht, aber es ist okay. Die Finanzkrise, du weißt schon ... inzwischen ist das ja auch schon zehn Jahre her, und in der Branche kann man wieder Geld verdienen. Ich kann unser Haus abbezahlen, und vielleicht bleibt am Ende ein bisschen was übrig.«

Dass er drei Kinder hatte, hatte Ralph Nick vorhin schon beim Pförtnerhäuschen erzählt.

»Und du?« Nick wandte sich zu Ashley. »Was machst du im Süden?«

»Zahnarztassistentin.« Es kam wie aus der Pistole geschossen.

»Deshalb der Kittel«, mischte sich Terry von hinten ein, aber Nick hatte das Gefühl, Ashley würde ein wenig verkrampfen.

»Genau«, sagte sie. »Auf jeden Fall gibt es mit den Immobilienhaien nicht viele Überschneidungen. Wie hat er euch eigentlich kontaktiert?«, wechselte sie abrupt das Thema. »Brandon, meine ich. Auch über Facebook?«

»Mich schon«, war wieder Terry zu vernehmen. »Erst wusste ich nicht einmal, wer ... welcher Brandon, aber dann ...«

»Ging mir genauso«, sagte Scotty von vorne. »Und kennt jemand den Grund?«, fuhr er fort. »Klar, dreißig Jahre, beziehungsweise ... inzwischen sind es ja schon zweiunddreißig, oder? Seit der letzten Halloweenparty hier?«

Zweiunddreißig Jahre.

»Hat jemand von euch mit Brandon darüber gesprochen?« Scottys helles Sommersprossengesicht leuchtete über der vorderen Sitzreihe. »Warum er uns ausgerechnet *jetzt* eingeladen hat? Ich fand die Idee gut, sich endlich mal wieder zu sehen, aber... wieso jetzt, wieso wir? Oder hat er alle aus dem Jahrgang eingeladen?«

»Nein, nur Sie sechs plus die vier Gäste, die bereits oben sind. Zehn insgesamt.« Curtis wandte den Blick nicht von dem Sandweg ab. Er hatte die Scheinwerfer eingeschaltet. Innerhalb kurzer Zeit war der regnerische Nachmittag dem Dämmerlicht des frühen Abends gewichen.

»Eben... zehn Leute. Aber auf der Party damals, '86, waren doch viel mehr Gäste.« Scotty sah zu Curtis, aber der konzentrierte sich aufs Fahren. »Zehn Leute, ausgerechnet jetzt«, sprach Scotty weiter. »Er wird schon ein bisschen recherchiert haben müssen, bis er uns alle ausfindig gemacht hat. Wieso, das ist es, was ich mich frage. Weiß einer von euch das? Was genau Brandon... also... vorhat?«

Nick drehte sich zu Ashley, aber die schaute nur ausdruckslos nach vorne. Ralph hatte den Kopf zum Fenster gewendet, und er konnte ihm nicht ins Gesicht sehen. Zu Louise und Terry wollte er sich nicht umdrehen.

»Louise... Terry?«, hörte er Scott fragen. »Ihr lebt doch hier, oder? In New Jericho? Seht ihr Brandon denn öfter?«

Richtig. Das hatte Nick auch gehört. Dass Louise und Terry als Einzige von ihnen immer noch in New Jericho wohnten. Louise hatte, soweit er wusste, eine Ausbildung als Ärztin absolviert und eine eigene kleine Praxis in dem Städtchen eröffnet. Terry arbeitete in New York und pendelte.

»Du wirst es nicht glauben«, kam Louises Stimme von hinten, »wir sehen Brandon so gut wie nie. Erst war er jahrelang nicht hier und dann – wann ist das gewesen? Auch schon wieder fast zwanzig Jahre her, oder? Das stimmt, da ist er in das Haus seines Vaters gezogen. Aber er führt dort ein völlig zurückgezogenes Leben. Ein paarmal bin ich ihm in der Stadt begegnet, und wir haben ein paar Worte gewechselt. In dem Haus aber war ich '86 zum letzten Mal, genauso wie ihr.«

7

»Bleiben Sie noch kurz sitzen.« Curtis hatte angehalten und die Wagentür aufgestoßen, sich aber noch einmal zu ihnen umgewandt. »Ich werfe nur rasch den Seilzug an.« Er kletterte aus dem Jeep, und sein Umriss verschwand in der Dunkelheit.

Erst jetzt fiel Nick auf, dass sie nicht nur gestoppt hatten, sondern dass Curtis offensichtlich auf eine Art Rampe gefahren war. Eine Rampe, an der rechts und links etwas Schwarzes glitzerte. Scotty stützte sich auf den frei gewordenen Fahrersitz und rief Curtis hinterher: »Hey, wo sind wir?«

Doch von Curtis war nur noch ein Schatten zu erkennen, der sich vor den Fenstern des Wagens auf das Geländer der Rampe zubewegte.

»›Seilzug‹ hat er gesagt, also sind wir wahrscheinlich auf der Fähre«, sagte Ralph. »Der Bergbach ... wie hieß er noch ... erinnert ihr euch nicht? Den gab es doch auch damals schon!«

»Führte nicht eine Brücke darüber?« Ashley schaute zu Ralph.

Der zuckte mit den Schultern. »Keine Ahnung ... aber der Bach war immer großartig. Ganz früher, als Brandon und ich noch klein waren, habe ich ihn mal besucht, im Sommer, und wir haben drin gebadet.«

»Seht mal dort!«, unterbrach ihn Louise. »Rechts oben!«

Nick zog den Kopf zwischen die Schultern, um durch das Seitenfenster hinaufschauen zu können. Tatsächlich. Fast überall um sie herum ragten die bewaldeten Abhänge schwarz in die Höhe. Nur rechts von ihnen, wo sich ein letzter Rest Tageslicht noch gegen das Hereinbrechen der Nacht stemmte, zeichnete sich eine Kante klar und gerade gegen den blauschwarzen Himmel ab.

Das Haus.

»Das ist er! Der Bungalow von Brandons Eltern. Eine Art Betonfestung, die sie da oben bezogen haben. Man kann sie von hier aus schon sehen.« Ralph blickte an Nick vorbei aus dem Fenster.

Curtis' Kopf tauchte wieder in der vorderen Tür auf, die er offen gelassen hatte. »Okay, ich steuere hier draußen die Fähre. Wenn wir am anderen Ufer angekommen sind, führt die Straße direkt zum Haus, das können Sie dann nicht mehr verfehlen.«

Er verschwand wieder, und kurz darauf ging ein Ruck durch das Fahrzeug. Der schwere Wagen schaukelte ein wenig hin und her. Offensichtlich hatte die Fähre ihre Überfahrt begonnen. Jetzt erinnerte sich auch Nick wieder. Das war damals schon so gewesen – man musste mit dieser Fähre, die an einem Stahlseil gezogen wurde, ein Flüsschen überqueren.

Curtis erschien wieder im Türrahmen. »Okay, wer von Ihnen übernimmt den Wagen?«

»Wie?« Scotty sah Curtis verwirrt an. »Und Sie?«

»Das hat Vera doch vorhin schon erklärt, Scott«, schnaufte Ashley.

Der runde Kopf mit dem muskulösen Nacken streckte sich noch ein Stück tiefer in das Wageninnere hinein. »Ich fahre mit der Fähre allein wieder zurück und laufe die paar Meter zum Pförtnerhäuschen. Dann können Vera und ich heute noch nach Hause. Sie werden sehen, alles, was Sie brauchen, finden Sie oben. Und morgen komme ich mit Vera um diese Zeit wieder zum Haus. Wenn Sie vorher ins Dorf müssen – kein Problem,

Brandon kann den Kahn hier auch bedienen.« Er zeigte mit dem Daumen über die Schulter nach draußen. »Einfach vorne am Kasten den Startknopf drücken – man kann die Fähre auch holen, wenn sie am anderen Ufer liegt.«

Er zog seinen Kopf zurück, ohne eine Antwort abzuwarten.

»Was ist, Nick?« Scotty grinste Nick an. »Fährst du uns das Ungetüm hier rasch vors Haus?«

Nick fühlte einen Ellbogen in der Seite, bevor er etwas sagen konnte. »Alles klar«, brummte Ralph neben ihm, »du fährst, Nick. Ich krieg langsam Hunger.«

»Hier, du kannst gleich zwischen den Sitzen nach vorne klettern.« Scotty lehnte sich auf seinem Beifahrersitz zurück. *Na schön – warum nicht.* Nick packte die Lehnen der beiden Vordersitze und stemmte sich zwischen ihnen hindurch. Kühl wehte es von der Seite durch die noch offen stehende Wagentür. Jetzt konnte er auch deutlich das Rauschen des Bergbachs hören.

»Gut, Sie fahren?«

Er schaute zur Seite. Curtis war wieder neben ihm aufgetaucht. Im gleichen Moment rumpelte es – ein knirschendes Geräusch war zu hören, es gab einen Ruck, und das Schwanken des Bodens war verschwunden. Die Fähre hatte angelegt.

Nick startete das Fahrzeug. »Immer geradeaus, haben Sie gesagt?« Er ließ das Seitenfenster herunter und zog die Wagentür zu.

Curtis' Hände erschienen in der Öffnung, aber er beugte sich nicht wieder zu ihnen herein. »Da können Sie nichts falsch machen. Achten Sie nur darauf, nicht zu schnell zu fahren, der Boden ist zum Teil noch etwas aufgeweicht.« Seine Hand griff durch das Fenster ins Armaturenbrett. Das Licht der Scheinwerfer wurde heller, als Curtis den Schalter drehte. »Viel Spaß, wir sehen uns morgen.« Die Hand verschwand.

Nicks Fuß berührte das Gaspedal, und der Motor reagierte. Vorsichtig steuerte er den Wagen über die Rampe von der Fähre herunter. Ein erdiger Pfad glomm in der Dunkelheit vor ihnen auf – und verschwamm. Schwere Tropfen platzten auf die Windschutzscheibe. Nick betätigte den Hebel für die Scheibenwischer, und die insektenartigen Fühler verschmierten das Wasser auf der sandigen Scheibe. Für einen Moment sah er gar nichts und ging wieder vom Gas. Dann wurde die Sicht besser.

»... du jetzt so?«, hörte er Ralph hinter sich fragen. Die anderen hatten ihr Gespräch fortgesetzt.

»Es klingt immer interessanter, als es wirklich ist«, antwortete Terry. »Wall Street, Aktien, Broker, Handel. Aber es ist heute genauso wie damals«, fuhr er fort, »wenn man in den Finanzsektor geht, hat man eigentlich nur ein Ziel: So schnell wie möglich die erste Million und dann für den Rest des Lebens Feierabend zu machen. Nur dass das mit der ersten Million eben so einfach auch wieder nicht ist.«

Die Straße war ein wenig glitschig und stieg langsam an. Doch der Wagen zog gut und meisterte das Gelände problemlos.

»Und was ist das für ein Kostüm?« Scotty hatte sich neben Nick nach hinten gebeugt und nahm an dem Gespräch der anderen teil. »Bei Louise kann ich die Puppe sehen, aber bei dir, Terry ...«

»Dämonenpriester?«, gab Terry zurück. »Schwarze Kutte, umgedrehte Kreuze ... wie deutlich muss man es denn noch machen?«

»Habt ihr eigentlich Kinder?«, mischte sich Ralph ein.

»Nein, haben wir nicht, Ralph«, war jetzt Louises Stimme zu hören. »Neben der Praxis und meinen Stunden in dem Shelter dreimal die Woche ...«

»Was denn für ein Shelter?«

»Eine Art Kindernotdienst in einem von New Havens Problemvierteln«, war Terrys Stimme zu hören, »Louise arbeitet dort als Ärztin. Ihr könnt euch nicht vorstellen, was da los ist.«

»Dreimal die Woche, ja?« Scott schaute noch immer nach hinten.

»Die Kids leben zum Teil wochenlang auf der Straße«, hörte Nick Louise antworten. »Ich bin froh, wenn sie zu uns kommen. Die Versorgung haben sie dringend nötig.«

»Und du überarbeitest dich dabei«, brummte Terry.

»Ach was.« Sie atmete aus. »Was ich dort zurückbekomme, könnte ich mit keinem Geld der Welt kaufen. Ich bin wirklich froh, dass ich das mache. Die Kinder sind der Wahnsinn ...«

»Kinder, Kinder, Kinder«, jaulte Scott neben Nick auf. »Hast du denn welche?«

Nick spürte, wie der Wagen ein wenig wegglitt – und bemerkte erst dann, dass Scott ihn gemeint hatte und dass die anderen schwiegen.

Er schüttelte den Kopf. Er wollte antworten, aber so einfach die Frage auch war, im ersten Moment wusste er nicht genau, wie er es sagen sollte.

»Du sitzt da in Brooklyn und schreibst deine Bücher, richtig?« Das war wieder Terry. Er konnte nur ihn meinen.

Nick gab ein leises Husten von sich. »So ist es.«

»Nick Shapiro, ja? Unter dem Namen. Ich muss gestehen, ich hab bisher nichts von dir gelesen. Aber ... wie läuft es denn so?«

»Ist okay.« Und das stimmte. Sein Verlag brachte inzwischen pro Jahr eins seiner Bücher heraus. Das kleine Apartment in Brooklyn hatte er sich von den Einkünften kaufen können. Es war vielleicht kein Luxus, aber er konnte von seinen Romanen leben.

»Ich hab ein paar von Nicks frühen Sachen gelesen und mag sie«, war Scotty neben ihm zu hören. »Mach das auch mal, Terry, es wird dir gefallen.«

Nick sah zum Beifahrersitz. Scotty schaute wieder nach vorne und hatte geantwortet, ohne sich umzudrehen.

»Danke, Kumpel.« Nick grinste. Wenn es nach ihm ging, musste nicht jeder seine Bücher toll finden – aber er hatte auch nichts dagegen, wenn jemand sie mochte.

»Achtung, Nick!« Scotts Arm schnellte vor. »Da vorn geht's steil um die Kurve.«

Nick kniff die Augen zusammen, sein Fuß hob sich vom Gaspedal. Direkt vor ihnen war statt des Berghangs, an dem sie bisher entlanggefahren waren, das Schwarz eines Abgrunds zu sehen, in dem sich die Regentropfen wie Glühwürmchen durch das Scheinwerferlicht schlängelten. Dann neigte sich das Fahrzeug schräg nach hinten – Nick hatte am Steuerrad gezogen –, und sie glitten über die Serpentine nach oben.

»Ist ja eine krasse Straße.« Scotty beugte sich neben Nick vor, um besser durch die Scheibe spähen zu können.

»Hast du einen falschen Abzweig erwischt?«, war von hinten Terry zu hören. »Wir müssten doch bald mal da sein, oder?«

Nick kurbelte erneut am Steuer – die nächste Serpentine, der Weg führte jetzt steil bergauf.

Hinter ihm war das Gespräch zum Erliegen gekommen. Das Geräusch der elektrischen Scheibenwischer. Das Brummen des Motors. Das Prasseln der Tropfen auf dem Autodach. Er hätte vielleicht doch Curtis fahren lassen sollen, ging es Nick durch den Kopf.

»Hey, da ist es,« sagte Louise. »Dort oben, seht ihr?«

Tatsächlich. Schräg über ihnen, vielleicht noch dreihundert

Meter entfernt, waren Lichter durch den Nachtregen zu erkennen. Im gleichen Moment spürte Nick, dass sich das Lenkrad mit gespenstischer Leichtigkeit herumdrehen ließ. Als würden die Räder nicht mehr greifen, sondern in dem aalglatten Schlamm durchdrehen. Das Heck des schweren Wagens brach aus, sein Körper wurde gegen die Seitentür gedrückt. Scottys Stimme gellte neben ihm auf. Dann sah er es direkt vor sich: aschfahl – verschmiert. Zwei schwarze Höhlen – zwei schwarze Arme. Etwas schlug dumpf gegen die Kühlerhaube.

Im nächsten Augenblick war die Silhouette vom Dunkel verschluckt. Er hatte sie gesehen und deshalb das Steuer herumgeworfen. Der Wagen glitt noch immer, das Lenkrad lief frei in seiner Hand. Er konnte es drehen, wie er wollte, das Fahrzeug gehorchte ihm nicht mehr.

»NICK!« Ein Knall – sie standen.

Seltsam schräg.

Er stieß die Wagentür auf. Und war im nächsten Augenblick von dem herabströmenden Regen bis auf die Haut durchnässt.

Direkt vor ihm – das Nichts. Der Abgrund. Weit entfernt, auf der anderen Seite der Schlucht: der Schattenriss des bewaldeten Bergrückens.

Nicks Kopf drehte sich. Die Lichter. Hoch über ihnen an dem Abhang, an dem die Straße entlanglief, erhob sich das Haus.

Er fühlte das kalte Wasser von seinem Haar in den Kragen rinnen. Hörte die Stimmen der anderen aus dem Wagen dringen.

Holte Luft ... und suchte die Dunkelheit ab. Niemand zu sehen.

»Was war denn?« Scotty blickte durch die Türöffnung zu ihm hinauf.

»Hast du das nicht gesehen?«

»Was?«

Die Gestalt ... den Schatten – direkt vor uns?

Nicks Lippen bewegten sich, aber es war nichts zu hören.

»Alles okay, Nick?« Ralphs Bass. »Oder sollen wir schieben?«

Nicks Blick senkte sich auf den Boden. Der Wagen war an den Abgrund herangerutscht, aber es fehlte noch gut ein Meter. Er war das Fahren auf solchen Pisten einfach nicht mehr gewohnt. Langsam wischte er sich über das Gesicht und legte die Hände auf das Autodach. Sie zitterten ein wenig, aber es ließ bereits nach. Er sah die Schlammpiste hinunter, die sie heraufgekommen waren. Schemenhaft zeichneten sich die entlaubten Bäume ab, die den Weg säumten. Wahrscheinlich war ein Ast gegen den Wagen geknallt.

Oder die Lichter des Hauses haben sich in der Windschutzscheibe gespiegelt.

Er schwang sich zurück in das Fahrzeug, in dem Scotty inzwischen die Beleuchtung eingeschaltet hatte.

Die warm glühenden Gesichter der anderen schauten ihn abwartend an. Halb kostümiert, halb belustigt, halb aufgeregt.

»Alles klar, Nick?«

Er zog die Wagentür zu und gab Gas. »Oh Mann, hoffentlich sind wir bald da!«

8

Fahl, spitz, wuchtig taucht die erste Kante des Bergbungalows aus den umherflirrenden Tropfen auf, herausgeschnitten aus der Dunkelheit von den Scheinwerfern des Wagens. Kurz darauf schieben sich die gewaltigen Scheiben des Betonbaus in ihr Blickfeld, goldgelb durchstrahlt von den Lichtern, die innerhalb des Hauses brennen.

Nick lässt den Wagen ausrollen, während sie durch die Windschutzscheibe einen Schatten erspähen ... noch einen ... drei Gestalten, die über die Veranda auf sie zukommen.

»Hey!«

»Wo wart ihr denn so lange?«

Nick kann hören, wie Stimmen aus dem Wagen antworten.

Dann hat er das Fahrzeug zum Stehen gebracht. Die hinteren Türen werden aufgestoßen – der Regen peitscht hinein. Scotty neben ihm sagt etwas, aber Nick kann ihn nicht verstehen.

»Nick, Wahnsinn!«, dringt es von links an sein Ohr, jemand hat seine Wagentür aufgerissen.

Überrumpelt starrt er in das vernarbte Gesicht Freddy Kruegers. Eine Fratze, als würden Schlangen unter der Haut kriechen. Der Hut ... der rot-blaue Pullover ... die Klingenhand.

Johlen ... Lachen. Er steigt aus dem Fahrzeug – Kruegers Arm schlingt sich um ihn, zieht ihn in eine Umarmung.

»Erkennst du mich nicht, Mann?«

Er darf seinen Werwolfkopf nicht vergessen ...

»Henry, Henry Travis!«

Hinter den Augenschlitzen der Krueger-Maske glüht es. Es sind nicht Schlangen oder Würmer ... es sind Wunden, vereiterte, offene Fleischwunden, die sich durch dieses Gesicht ziehen und niemals heilen.

Nick dreht sich von Henry weg, ohne es wirklich zu wollen, aber er erträgt diese Maske nicht.

Warum hat Henry sie denn schon aufgesetzt!

Sein Blick geht durch die tropfenverschleierte Nacht zu den anderen Gestalten, die auf sie zugekommen sind.

Kimberly, das muss Kimberly sein.

Wuchtig, zu dick, mit einer abstoßenden Clownsmaske. Ihr Hals scheint von schwärenden Fettwülsten umlagert zu sein.

Und das dort?

Scotty wird von einer schlanken Gestalt in einem hautengen Latexkostüm überragt, unter dem sich jede Kurve abzeichnet. Gummiglänzende Flügelchen, die Hosen straff an den Schenkeln, die Schultern entblößt. Und auf dem Kopf zierliche Hörnchen – oder Fledermausohren?

Vampira.

»Donna!« Nick ruft ihren Namen, bevor er begreift, dass er sie erkannt hat.

Sie wendet sich zu ihm um. Strahlt. Kommt auf ihn zu, bringt eine Wolke guten, herben Parfüms mit. Sie ist kaum kleiner als er, und als er sie in die Arme schließt, hat er den Eindruck, jeden Muskel ihres durchtrainierten Körpers fühlen zu können.

»Kommt rein, bevor wir hier völlig aufgeweicht werden.« Donna hat sich an alle gewendet. »Janet ist auch schon da.«

»Was ist mit Brandon?« Nick lacht.

»Er muss jeden Moment bei uns sein.«

»Ist er noch nicht da?« Er fühlt, wie seine Augenbrauen sich heben.

»Wir sind auch noch nicht so lange hier«, sagt Donna und hakt sich bei ihm unter. »Curtis hat uns hochgefahren, er meinte, Brandon müsste schon im Haus sein, aber gesehen habe ich ihn noch nicht.«

»Was ist mit dem Gepäck?«, hört Nick Ashley fragen. »Sollen wir es gleich mitnehmen?«

Bevor Curtis mit ihnen losgefahren ist, haben sie ihre Taschen hinten in den Wagen geworfen.

»Das können wir auch nachher holen, ich brauch erstmal was zu trinken.« Ralph hat die Veranda schon betreten und bewegt sich auf die gläserne Eingangstür zu.

»Ich auch.« Scotty erklimmt die kleine Treppe hinter ihm.

Die ganzen Koffer und Taschen alleine zu tragen, kommt für Nick nicht infrage. Er sieht zu Donna, und für einen Moment schauen sie einander in die Augen.

»Nickiboy«, hört er sie murmeln, »du hast dich überhaupt nicht verändert.«

»Du auch nicht.« Und das stimmt. Natürlich hat sie sich verändert, aber nicht wirklich. Donna war immer stolz, und genau das ist es, woran er jetzt denken muss, als er sie ansieht.

Blau – grau – dunkelgrün.

Hinter Donna hat Nick die mächtige Halle betreten, die sich jenseits der Glastür öffnet. Die Kanten und Stahlträger stehen in spitzen Winkeln zueinander, in einer Ecke ragt ihm etwas entgegen, das aussieht wie eine gewaltige Bleiskulptur. Eine raffinierte indirekte Beleuchtung entfaltet ein Spiel aus Helligkeit und Schatten. Links unterhalb der Galerie, die die gesamte Längsseite des großen Raums einnimmt, sieht er Louise auf eine Mumie zugehen.

»Es ist Janet – du erinnerst dich an Janet?«

Nick blickt zur Seite. Der Zombie-Schoolboy neben ihm hat das gesagt.

»Janet«, *die Brillenschlange*, muss Nick unwillkürlich denken. »Weißt du, wo sie jetzt lebt?«

»In Boston?«

In Boston, ja, das kann sein – und es passt.

»Sie arbeitet dort irgendwo im Wissenschaftsbetrieb, soweit ich weiß«, hört er Scotty munter plaudern, »an der Uni, am MIT oder vielleicht auch bei einer dieser Hightech-Firmen. Ich hatte mal über Mail Kontakt mit ihr.«

Nicks Blick schwebt durch den Raum und bleibt an einem großen handgemalten Plakat hängen, das an der Wand neben den Fenstern angebracht ist.

»NEW JERICHO SENIORS HALLOWEEN« steht darauf, und eine Jahreszahl.

1986.

Es ist das alte Plakat.

Oder Brandon hat ein neues angefertigt, das aussieht wie das alte.

Fast wie in einem zerschrammelten Amateurfilm sieht Nick es vor sich. Sie alle, in ihren Achtziger-Jahre-Halloween-Kostümen, die frisch gewaschenen Haare, die jungen Gesichter. Er hatte ziemlich viel getrunken an dem Abend und damals nicht viel vertragen, aber das war schon in Ordnung. Die Schule lag hinter ihnen – das Leben vor ihnen. Was für ein Tag! Scotty war dabei gewesen, Donna, Janet ...

»Wo ist er?« Er sieht zu Scotty, der noch immer neben ihm steht.

»Brandon?«

»Ja.«

Scottys Zombiegesicht verrät Ratlosigkeit. »Ich weiß es

nicht, aber er wird bestimmt gleich kommen.« Er beugt sich ein wenig näher zu Nick. »Ich hab das ja schon im Auto gesagt: Mir ist nicht ganz klar, wieso ... wieso eigentlich genau, ja? Wieso hat er uns eingeladen?! Ich hab schon gedacht ...« Scottys Blick richtet sich auf Nicks Augen, und er lässt den Rest des Satzes in der Luft hängen.

»Was hast du gedacht?« Nick schaut hinunter auf seine Hände. Er hat die Werwolfhandschuhe übergezogen und sieht auf zwei haarige Pfoten.

»Dass es womöglich heute Abend noch eine Überraschung gibt?«

Nick überlegt. Sagt nichts.

»Weißt du, was ich meine?«

»Vielleicht hat er jemanden kennengelernt und will uns seine ... was weiß ich ... Braut vorstellen? Als Alien könnte sie kostümiert sein, einen Alien sehe ich noch nicht unter uns.«

Scotty befühlt die künstliche Bisswunde in seinem Gesicht. »Ja, klar, sowas, oder ... ich meine, wie alt sind wir jetzt? Fünfzig, mehr oder weniger. Mit fünfzig ist man eigentlich nicht mehr so recht im Alter fürs Heiraten – eher fürs ... also Sterben, nicht wahr?«

Seine Worte treffen Nick unerwartet. Er lässt sich nichts anmerken, aber natürlich stimmt es.

»Brandon!«

Nick reißt den Kopf hoch. *Brandon?* Es ist Henry gewesen, der das gerufen hat – Freddy-Krueger-Henry, der nur wenige Schritte neben Nick in der düsteren Halle steht. Henrys ausgestreckter Arm zeigt auf die Galerie, die sich an der Längswand des Raums entlangzieht. Darunter ist durch ein Panoramafenster gerade noch die langsam im Dunkeln versinkende Bergwelt zu erkennen.

Und dann sieht auch Nick ihn. Direkt oben auf der Galerie, am Geländer, schmal wie Slenderman, mit schwingenden schlaksigen Armen und nicht enden wollenden Beinen. Er ist in einen Kapuzenumhang gehüllt, in dessen düsterer Kopfhöhle etwas leuchtet. Weiß. Kalkig. Die Zähne gebleckt.

Weil keine Lippen sie mehr bedecken.

Ein Totenschädel. Die Nase ein gähnendes Loch, die Augen zwei blanke Höhlen, in deren Tiefe jedoch etwas lauert.

Die Gestalt, die vorhin auf dem Weg im Licht der Scheinwerfer aufgetaucht ist – der Totenmann? Es war Brandon!

»Es ist Brandon«, hört Nick jetzt auch Janet rufen. »Hey, Mann«, gellt ihre Stimme durch den Saal, »was ist, kommst du runter?«

Bewegungslos steht die Figur hoch über ihnen auf der Galerie.

Richtig – der Leuchter! Das hat er doch damals genauso gemacht!

Plötzlich ergießt sich fast schmerzhaft laute Musik aus zahllosen Boxen in die Halle. Auch damals hatte Brandon diese Musik gespielt, oben auf der Galerie gestanden und ...

Nick sieht, wie Brandon an einem Strick zieht, der mit dem mächtigen Stahl-und-Chrom-Kronleuchter im Zentrum der Halle verbunden ist. Der Leuchter schwingt zur Galerie. Im nächsten Augenblick steht die Gestalt bereits auf dem Geländer. Streckt die Knochenhand aus ...

Es sind Handschuhe – er trägt schwarze Handschuhe, auf denen Knochen aufgemalt sind!

... und greift nach dem Leuchter. Umfasst den schweren Stahlträger. Stößt sich ab.

UND FLIEGT

über ihre Köpfe hinweg.

Während sich die Musik zu einem ohrenbetäubenden Dröhnen und Schmettern aufschwingt. Und mit einem Knistern vermischt, das Nick erst nicht zuordnen kann.

Doch dann verlischt das Licht in der Halle, und die orangefarbenen Zungen von lebendigen Flammen sind zu sehen, die oben an der Gestalt lecken.

Es sind Showflammen, MÜSSEN ES SEIN, eine Art Tischfeuerwerk, ein Effekt!

Ein lebendiges Züngeln, das die Gestalt auf dem Leuchter umrahmt, während sie über ihre Köpfe hinwegsaust und eine Bahn zieht, die bestimmt zwölf, wenn nicht fünfzehn Meter weit reicht.

Es ist wie eine Sichel, eine Sense, die über sie hinwegzischt. Nick kann nicht anders, als sich dem Rausch der Flammen, der Musik und der Pendelbewegung hinzugeben. Wie es faucht, wenn die Flamme über ihn hinwegstreicht. Er spürt die Hitze auf seinem Gesicht, wenn der Feuerball ihm ganz nah kommt... und wie die Wärme abnimmt, wenn sich das Pendel zum anderen Ende der Halle bewegt.

Aber...

Sein Blick springt zu der Kapuze. In die Schwärze der Öffnung, in die Schächte der Augenhöhlen.

Es hat geknackt – geKRACKT. Weißes Pulver rieselt herab.

Putz?

Ist das ein Quadrat, das sich inmitten der Decke abzeichnet – rings um die Kette, an der der tonnenschwere Kronleuchter aufgehängt ist?

Es ist, als stünde Brandons ganzer Körper plötzlich unter Hochspannung.

»Was?«, kommt es aus Nicks Kehle, ohne dass er sich dessen bewusst ist.

»Zur Seite«, dröhnt jetzt Ralphs Stimme durch den Saal und übertönt die sich immer weiter auftürmende Musik. »Er kommt runter, der Leuchter!«

Im gleichen Moment sieht Nick, dass die Stahlträger, Klingen und Scheiben, aus denen der Leuchter – halb Mobile, halb Stahlkunstwerk – zusammengeschweißt ist, sich in einem fauchenden Rauschen nach unten bewegen. Eine Bewegung, so zügig und rasant, dass Nick sie nur anstarren kann, ohne sich zu rühren – eine Abwärtsbewegung direkt auf die Vertiefung in der Mitte der Halle zu, in der die Sofas um einen breiten Glastisch herumstehen. Eine Bewegung, die in dem schrillen Zersplittern der Glasplatte gipfelt, als der tonnenschwere Leuchter daraufprallt und sie zerschlägt. Meterweit fliegen die Scherben umher.

Ein Krach, als würde ein Zug entgleisen.

Stille.

Und Dunkelheit. Die Flammen sind verloschen – die Musik ist verstummt.

Wie damals – er hat auch damals den Leuchter geritten, aber er ist damit nicht in die Tiefe gestürzt, schießt es Nick durch den Kopf.

Dann sieht er, wie sich die schwarze Gestalt aus den Scherben des Glastischs erhebt.

Natürlich! Das war nur ein Teil des Effekts – wie die Flammen!

Unter der Kapuze verbirgt keine Totenmaske mehr die Gesichtszüge. Es ist tatsächlich Brandon.

Wie alt er geworden ist.

»Was sagt ihr zu meinem Lampenfahrstuhl?«, hört Nick ihn rufen. »Willkommen!«

Er hat sich nicht verletzt?!

Nick stürzt auf die Gestalt zu, die zwischen den Scherben steht, hört im gleichen Moment aber einen Schrei: »ACHTUNG!«

Sieht, wie Brandon den Kopf nach oben reißt. Und fühlt es mehr in der Bauchhöhle, als dass er es sieht: Der Kasten muss das Gewicht eines Tresors haben. Er bricht durch die Decke und stürzt herab. Nicht mehr so verlangsamt, wie der Leuchter es gerade eben getan hat – sondern so schnell und abrupt, dass Nick nur einen Schatten wahrnimmt.

Ein Schatten, der Brandon im nächsten Augenblick am Kopf trifft, ihn unter sich begräbt und mit unerbittlicher Gewalt auf die Träger und Klingen des zerschmetterten Leuchters presst.

Einen Wimpernschlag lang hat Nick die Hände vor die Augen geschlagen. Als er sie wieder herunterreißt, ist die Kette, die gerade noch bis zur Decke gereicht hat, heruntergerasselt.

In der Halle ist es jetzt fast vollkommen dunkel. Wie betäubt schaut Nick auf die Umrisse der anderen, die sich wie in Zeitlupe bewegen. Sie sind vor der Panoramascheibe gerade noch zu erkennen, während dahinter die Bergwelt in der Schwärze des verlöschenden Tages versinkt.

9

War das da vorn Henry, die Gestalt, die als erste bei Brandon ankam? Nick sah, wie sich jemand zu den Scherben des Glastischs herunterbeugte, auf dem erst Brandon und dann der Kasten gelandet waren.

»Vorsicht! *Nicht* – nicht anfassen!« Louises Stimme – gefasst, entschieden, klar.

Der Henry-Schatten richtete sich wieder auf – dann gingen die Scheinwerfer an, die unterhalb der Galerie angebracht waren. Jemand musste den Lichtschalter gefunden haben. Nicks Hand fuhr vor seine Augen, um nicht geblendet zu werden, aber die Lampen wurden bereits wieder heruntergedimmt.

Er sah Louise unten bei Henry zwischen den Sofas stehen. Sich herunterbeugen. Ihre Voodoopuppenzöpfe standen in die Höhe. Freddy-Krueger-Henry drehte sich zu den anderen um.

Es – kann – nicht sein.

Nick konnte nicht klar denken. Aber er spürte es, irgendwo tief in sich, dass etwas entsetzlich schiefgegangen war. Dass etwas zwischen ihnen eingeschlagen hatte, und mit diesem fürchterlichen Hieb alles verändert war.

Die Spitzen von Brandons schwerem Schuhwerk standen nach oben. Überall lagen die Scherben des Glastischs. Der Teppich unter dem Tisch war in den gleichen gedeckten Farben gehalten wie der ganze Raum, aber Nick hatte den Eindruck, Flecken darauf zu erkennen, die noch dunkler waren. Brandons Kopf war von Louises Rücken verdeckt, die jetzt bei ihm hockte. Der Kasten war nach dem Aufprall zur Seite gesprungen und lag gleich neben ihnen. Henry kauerte dicht bei Louise. Sollten sie versuchen, den Kasten anzuheben?

Dieser Kasten ... was hatte Brandon gerufen? »Lampenfahrstuhl«? War es eine Art Leuchtenlift? So etwas gab es doch. Ein Lift, mit dem man einen Kronleuchter in der Höhe verstellen konnte. Deshalb war Brandon so langsam hinuntergefahren. Er wollte es! Danach hatte er sich erhoben und sie begrüßt. Aber DANN war etwas schiefgegangen. Als der Kasten durch die Decke gebrochen war und ihn erschlagen hatte. Oder?

Erst jetzt wurde Nick das Stimmengewirr bewusst, das sich aus der Schockstarre, in die sie alle gestürzt waren, erhoben hatte wie ein Unterwasserungeheuer, das auftaucht.

Er blickte nach oben zu der Decke, durch die der Kasten gebrochen war. Mit der Kette hatte der Leuchter an diesem Kasten gehangen – aber zusammen mit Brandon war das Gewicht zu groß gewesen. Als Brandon noch ein Junge war, hatte es funktioniert – jetzt nicht mehr. Das ganze System war aus der Verankerung gerissen worden und *hat ihn erschlagen?*

Louise verdeckte noch immer Brandons Körper.

Sie ist Ärztin – sie weiß, was sie tut.

Aus dem Augenwinkel nahm Nick wahr, wie Ralph zwei Stufen auf einmal die Treppe zur Galerie nach oben lief.

Richtig, sie mussten versuchen, einen Notarzt zu rufen!

Nicks Hand fuhr in die Seitentasche seines Wolfsanzugs.

Zugleich ging es durch ihn hindurch wie ein Stich. Sein Handy. Er hatte es ja unten im Pförtnerhäuschen gelassen.

»Er sieht nach, wo das Festnetztelefon ist«, hörte er jemanden neben sich sagen.

Scotty war an ihn herangetreten. Plötzlich war die Schminke

in Scotts Gesicht deutlich zu erkennen. Es trug noch immer die Zombiezüge, aber jetzt hatten sich *echte* schwarze Furchen darin eingegraben, und Nick schreckte zurück. Ein alter Mann – in Schoolboy-Uniform.

»Ist hier unten keins – kein Telefon?« Nick hob seine Hand – die Pfote hatte er bereits abgezogen. Er drehte die Handfläche zu sich um und sah, dass sie zitterte.

»Offenbar nicht«, hörte er Scott neben sich sagen.

»Es ist ein Zufall, dass wir das Handy abgegeben haben«, murmelte Nick, »ein Zufall, dass das passiert ist.«

Er spürte, wie er noch immer auf seine Hand starrte. Im nächsten Augenblick sah er, wie Louise sich erhob. Sein Blick fiel auf die Gestalt zu ihren Füßen. Ohne die Totenkopfmaske – die Lider geschlossen. Eine tiefe Wunde klaffte an Brandons Schläfe. Der Teppich unter seinem Kopf hatte sich mit einer tiefroten, glitschigen Flüssigkeit vollgesogen. Blut.

»Oben ist auch keins!«, hörte Nick eine Stimme rufen, sah hoch – immer noch wie in einem durchsichtigen Gelee gefangen, das verhinderte, dass er sich bewegen konnte.

Ralph stand am Geländer und schaute zu ihnen nach unten.

»Aber Curtis hat doch gesagt, dass es im Haus Festnetz gibt!«, rief Kimberly und klang dabei richtig böse. Ungelenk, aber flinker als Nick es für möglich gehalten hätte, bewegte sie sich über die Treppe nach oben.

Kein Festnetz. Kein Handy.

Was geht hier vor?

Kalte Dunkelheit umfing Nick, als er auf die vordere Veranda hinaustrat. Der Jeep stand noch dort, wo er ihn abgestellt hatte. Scotty war an seiner Seite, redete auf ihn ein, aber Nick achtete nicht darauf. Der Autoschlüssel – er hatte ihn stecken lassen – das wusste er noch ganz genau. Wenn der Schlüssel jetzt nicht mehr im Zündschloss ...

Aber der Schlüssel steckte.

Kurz darauf hockte Nick hinter dem Steuer und hörte den Motor anspringen. Scotty war auf den Beifahrersitz geglitten.

»Er hat gesagt, dass man die Fähre auch von dieser Seite des Flusses aus holen kann.« *Curtis – hat gesagt...*

»Hat denn wirklich jeder sein Handy abgegeben?«, erwiderte Scotty und krallte sich am Armaturenbrett fest, als Nick Gas gab. Sie wendeten – ein weißer Schatten huschte aus dem Haus auf den Weg. Ashley. Nick bremste, und sie riss die Hintertür auf.

»Wo wollt ihr hin?«

»Wir holen die Fähre – spring rein!« Nicks Schultern fühlten sich an wie aus Beton. Die Wagentür schlug ins Schloss, er trat das Pedal durch, Geröll spritzte. Dann tanzten die Scheinwerfer über die schwarzgrünen Bäume, die den Sandweg säumten.

Minuten später kamen sie unten am Ufer des Stroms an. Der Wasserpegel schien sich aufgrund des Regens noch einmal angehoben zu haben. Weiß schäumte die Gischt im Licht der Scheinwerfer. Nick lenkte das Fahrzeug so, dass die Lampen die gegenüberliegende Seite des Flusses anstrahlten. Dort war die Fähre gerade noch zu erkennen.

Er stieß die Wagentür auf – kalt rann ihm das Regenwasser über das Gesicht. Er trug noch immer sein Wolfsfell, das sich rasch vollsog und ihn regelrecht zu Boden zu ziehen schien. Scottys und Ashleys Umrisse irrten durch den Lichtkegel. *Die Fähre... auch von dieser Seite aus...* Sie konnten das Drahtseil sehen, den sanften Bogen, den es beschrieb, bevor es unter der aufgewühlten Wasseroberfläche versank. Auf ihrer Uferseite war das Seil an einem Betonblock befestigt, auf dem sich ein paar Schalter befanden. Eine einfache Anzeige, Hebel, auch ein Schlitz für einen Schlüssel war dort. Ein Schlitz – in dem aber kein Schlüssel steckte!

Nick legte den Hauptschalter um – nichts passierte. Natürlich nicht, sie brauchten den Schlüssel!

Brandon kann den Kahn hier auch bedienen. Das war es, was Curtis gesagt hatte. Brandon hatte bestimmt auch den Schlüssel, aber Brandon...

Nick war aus der Halle gestürzt, bevor Louise etwas über den Zustand Brandons gesagt hatte. Er wusste es auch so. Er hatte gesehen, wie Brandon von dem Kasten getroffen worden war. Wie schief sein Hals plötzlich stand.

Im Haus... sie müssen den Schlüssel im Haus finden!

»Vielleicht...«, sagte eine helle Stimme hinter ihm, und als er sich umblickte, sah er Ashleys dünnhäutiges Gesicht vor sich. »Aber das kann nicht sein, oder?«

Was kann nicht sein?

»Vielleicht lebt Brandon noch? Ich meine, es kann doch Teil der Begrüßung gewesen sein, die Brandon sich ausgedacht hat, meinst du nicht?«

Nick drehte den Kopf und schaute zu dem Haus, dessen Lichter weit über ihnen durch die Regennacht schimmerten.

Ich glaube nicht, dass alles in Ordnung ist, Ash – ich glaube, gar nichts ist okay.

Im gleichen Moment fühlte er, wie sie sich an ihn schmiegte und ihre kleine Nase an seinem Hals rieb. Er sah über ihren Scheitel hinweg zu Scotty, der vor dem hohen Kühler des Jeeps stehen geblieben war und auf die gegenüberliegende Uferseite starrte.

»Komm schon, Scotty.« Sein alter Freund wandte sich zu ihm um, und sie schauten einander an. »Lass uns zurückfahren, hier kommen wir nicht weiter.«

10

Ashley blickte durch das Fenster des Jeeps nach draußen. Wie schwarze Spinnen zogen die entlaubten Bäume am Wegesrand vorüber.

Sie hatte Brandon auf dem Stahlgerippe... dem Stahlgestell des Leuchters gesehen – sie hatte gesehen, was für eine Maske er trug – das ausgewaschene Weiß des Knochengesichts.

Und sie hatte den Strick gesehen, an dem Brandon – als er noch auf der Galerie stand – den Leuchter zu sich herangezogen hatte.

»Ihr auch, oder? Ihr habt es auch gesehen?« Sie beugte sich nach vorn, wo Scotty und Nick saßen. Nick steuerte den Wagen und schien ganz auf die Straße konzentriert zu sein, die von den Scheinwerfern aus dem Dunkeln geholt wurde.

»Hm? Was?« Scott sah sich zu ihr um.

»Es war ein Strick... eine Schnur, oder? Ich meine, Brandon hat den Leuchter an diesem Strick zu sich herangezogen – als er noch auf der Galerie stand.«

Scott sah sie an, und sein Blick wirkte seltsam stumpf. Als könnte er sie überhaupt nicht verstehen.

»Kannst du mir folgen?«

»Der Strick?« Er sah sie immer noch ausdruckslos an.

»Ja, der Strick. Hast du ihn gesehen?«

Scotty warf Nick einen Blick zu. »Nick? Der Strick? Alles klar?«

Sie schaute zu Nick. Er sah durch die Windschutzscheibe.

Einen Moment lang beobachtete sie ihn, während seine Aufmerksamkeit in eine ganz andere Richtung gelenkt war. Eine Antwort bekam sie jedoch nicht.

Ashley ließ sich wieder gegen die Rücklehne sinken. Die beiden wirkten fast wie gelähmt ... wie betäubt?

»Na, ist ja vielleicht auch nicht so wichtig«, murmelte sie.

Scott hatte sich wieder nach vorne gedreht. Eine Weile lang war nur das Brummen des Motors zu hören, ab und zu ein Stein, der gegen den Unterboden des Fahrzeugs geschleudert wurde.

Wir kommen von dem Grundstück nicht herunter.

Ashley schloss die Augen. Zurück in das Glashaus. Zurück zu Kimberly, Donna und den anderen. Zurück in diese Halle. Lag er noch dort? Er musste noch dort liegen. Sie würden ihn nicht weggeschafft haben.

»Louise ist Ärztin, oder?« Wieder hatte sie das Wort ergriffen. Sie ertrug es nicht, schweigend zu warten, bis sie wieder beim Haus waren. Sie wusste, dass die beiden Männer keinen Wert darauf legten, zu sprechen. Aber es war stärker als sie. Sie fühlte sich wohler, wenn sie das Schweigen mit Worten durchbrach.

»Ja, Ärztin ... Kinderärztin, glaube ich.« Es war Scotty, der antwortete.

»Ich meine diese Schnur, okay«, sprudelte es aus ihr heraus. »Hast du sie jetzt gesehen oder nicht?«

»Ich habe sie gesehen, Ashley, ja? Zufrieden?« Scott hatte einen Ellbogen in die Fensterlaibung der Wagentür gestützt und seine Stirn gegen die Hand gelehnt, als müsste er sich bemühen, einen Kopfschmerz fernzuhalten.

»Hat jemand danach gegriffen, Scott – hast du gesehen, ob jemand danach gegriffen hat?« Ashley klemmte sich zwischen die beiden Vordersitze, und ihr Gesicht befand sich fast auf der Höhe der zwei Männer. »Die Schnur war vielleicht lang genug! Ich weiß, es war dunkel, ich habe auch nicht richtig sehen können, aber als Brandon dort oben geschaukelt hat... für einen Moment – ich meine, ich bin mir nicht sicher, deshalb frage ich ja, aber ich hatte doch den Eindruck, als hätte sich – oder?«

»Oder *was*, Ashley? Ich verstehe überhaupt nicht, was du sagst!« Scottys Sommersprossengesicht schwebte dicht vor ihrem. Ein leichter Anflug von Mundgeruch flog sie an, und sie wich ein wenig zurück.

»Ob jemand nach dem Strick gegriffen hat! Ich hatte den Eindruck, dass es so gewesen sein könnte.«

»Was? Dass jemand an dem Strick gezogen und dadurch den Leuchter heruntergebracht hat?« Es war das erste Mal, dass Nick das Wort ergriff, und seine Stimme war völlig klar.

»Ja?«

»Hast du das gesehen?« Er achtete auf die Straße.

»Ja... vielleicht.«

»Vielleicht? Was soll das heißen? Ja oder nein?«

»Ja, ich glaube schon, und Nick... kann es sein... hast du nicht dort gestanden? Ich bin mir, wie gesagt, nicht sicher, aber du wärst doch an die Schnur herangekommen, oder?«

Plötzlich war es, als wäre die Temperatur in dem Wagen um fünfzehn Grad gefallen. Es fühlte sich an, als hätte ihr jemand einen Eiswürfel in den Kragen geschoben.

Scotty nahm den Ellbogen von der Wagentür und legte beide Hände auf seine Schenkel. Auf einmal hatte Ashley das Gefühl, dass er sie aus dem Augenwinkel heraus im Blick behielt.

»Nein, ich hab nicht auf die Schnur geachtet«, kam eine Stimme von der anderen Seite – klar und kalt wie ein Robotersound. »Ich glaube auch nicht, dass... obwohl, vielleicht hast du recht.« Nick griff nach dem Schaltknüppel und wechselte den Gang, um die Serpentine besser hinaufzukommen. »Wir müssen uns das ansehen...«

»Was?«, fiel Scott ihm ins Wort. »Den Leuchter und diesen Kasten? Meinst du nicht, wir sollten alles lassen, wie es ist, und die Sache der Polizei übergeben?«

Polizei.

»Er wollte uns überraschen – und das ist furchtbar schiefgegangen«, hörte Ashley Nick sagen. »Wir müssen sehen, ob wir den Festnetzanschluss finden, den Curtis... oder war es Vera? Den die beiden erwähnt haben. Dann rufen wir irgendeine Notfallnummer an, und die sollen sich darum kümmern. Aber seltsam ist es schon... keine Handys... kein Festnetz, und dann der Unfall.«

Ashley hielt ihre Hände vor das Gesicht.

Seltsam ist es schon. Und wir haben die ganze Nacht noch vor uns.

11

Das Erste, was Ashley auffiel, als sie zusammen mit Nick und Scotty zurück in das Haus kam, waren die altmodischen Plastiktelefone, die auf dem Sideboard in der Halle standen. Festnetztelefone. Hellgrau, mattbeige. Tastentelefone, die noch einen richtigen Hörer hatten und über eine Schnur mit der Basis verbunden waren.

»Wir haben sie angeschlossen, aber die Leitungen sind tot.«

Ashleys Blick ging nach oben. Donna stützte sich auf das Geländer der Galerie und sah zu ihnen nach unten. »Die Telefone waren in einem der hinteren Räume. Abgestöpselt. Ralph hat sie entdeckt.«

Hinter Ashleys Rücken wechselten Nick und Scotty ein paar Worte, und sie fühlte, dass sich die beiden entfernten. Offenbar wollten sie nach dem Schlüssel suchen, mit dem sich die Fähre holen ließ.

»Seid ihr alle dort oben?« In der Halle war niemand sonst. Ashley sah wieder zu Donna hoch.

»Ralph ist hier, die anderen schauen sich in dem Haus um. Henry wollte sehen, ob er nicht doch ein Telefon findet, das funktioniert...«

»Habt ihr inzwischen rausgefunden, was genau passiert ist?« Ashley vermied es, zu dem Buckel unter dem weißen Laken zu sehen, der ein paar Schritte von ihr entfernt gleich bei dem zerschmetterten Glastisch auf dem Boden lag.

»Komm hoch, sieh es dir selbst an«, hörte sie Donna antworten. »Es ist ein ziemliches Durcheinander. Und es sieht so aus, als ob Brandon den Lampenlift selbst installiert hat, ohne allzu viel davon zu verstehen.«

»Dort oben, ja?«

»Ralph meint, die Schrauben könnten sich gelockert haben.«

»Dass es ein Unfall war?«

»Naja, oder es war eben doch kein Unfall, und Brandon wollte es so.«

»Du meinst, er *wollte*, dass der Leuchter herabstürzt?«

»Das wohl auf jeden Fall. Der Leuchter war über eine Kette gesichert, die in verschiedenen Geschwindigkeiten auf und ab bewegt werden kann. Er konnte mit dem Leuchter so langsam runterkommen, dass er sich nicht verletzte. Dass dann der Kasten mit dieser Vorrichtung herausgebrochen ist – das ist es, was ... ich meine, wir wissen nicht, ob es geplant war.«

»Aber ...« Ashley stand noch immer unten in der Halle und sah zu Donna hinauf. Hinter Donnas Kopf war die viereckige Öffnung zu sehen, durch die der Kasten mit dem Leuchtenlift gebrochen war. »Warum sollte er das denn wollen? Es kann doch nur ein Unfall gewesen sein. Er wollte uns überraschen – wie damals auf dem Leuchter. Aber diesmal war's eben erst dann eine wirkliche Überraschung, wenn es schiefzugehen *schien* – und dann ist es wirklich schiefgegangen!«

»Oder er wollte, dass es schiefgeht – wollte, dass der Kasten auf ihn fällt. Das ist nicht gleich zu erkennen. Vielleicht ist er auch einfach das Risiko eingegangen. Komm hoch, sieh es dir an. Offenbar ist er ein paarmal zum Baumarkt gefahren, hat Stahlplatten und Schrauben gekauft und das Ganze zusammengezimmert – aber dann ... er musste doch wissen, was für ein Gewicht das ist, der Leuchter, mit ihm dran. Das hat die Stümperarbeit nicht ausgehalten. Und das soll ihm nicht klar gewesen sein?«

Ashley hörte Donna zu und hatte dabei die Hände in die Hüften gestemmt.

»Kimberly hat gesagt, dass sie mit Vera gesprochen hat – dieser Haushälterin«, fuhr Donna fort. »Gleich als sie angekommen ist. Sie hat versucht, von ihr mehr darüber zu erfahren, wie es Brandon in all den Jahren ergangen ist.«

»Und?«

»Kim meint, sie hätte den Eindruck gehabt, diese Vera wäre angewiesen worden, sich nichts anmerken zu lassen… aber dann hätte sie ihr doch etwas zu verstehen geben wollen.«

»Was denn?«

»Dass es für Brandon einen ganz bestimmten Grund dafür gab, uns alle ausgerechnet *dieses* Jahr hierher einzuladen.«

Ja?

»Sie meinte –«

»Wer? Kimberley?«

»Ja. Kim meinte, Vera hätte ihr zu verstehen gegeben, dass Brandon uns eingeladen hat, weil er uns etwas mitteilen wollte.«

»Und was?«

»Dass es ihm gesundheitlich nicht gut ging.«

Ashley sah Brandons Gesicht vor sich, das Gesicht des Jungen, den sie damals gekannt hatte… aber dann legte sich das Knochengesicht darüber, das unter der Kapuze im Feuerschein des Leuchters geglänzt hatte.

»Was hatte er denn?«

»Das hat Vera Kim wohl nicht anvertraut. Ich weiß nicht, frag Kim – wie gesagt, ich hab selber gar nicht mit Vera gesprochen.«

»Und wo ist Kim?« Ashley machte einen Schritt zur Seite, um durch die Tür an der Rückwand der Halle in den Flur zu spähen, der sich dort anschloss. Aber der Flur war leer.

»Vielleicht bei Louise im Schlafzimmer. Sie wollten sehen, ob sie dort etwas finden – möglicherweise einen Anhaltspunkt darüber, was mit Brandon los war.«

12

Mannshoch, golden, Plastik. In der Ecke des niedrigen und schlecht proportionierten Schlafzimmers stand der *Star Wars*-Roboter C-3PO im Maßstab eins zu eins. Größer als Ashley, die fluoreszierenden Glasaugen direkt auf sie gerichtet. Der Boden war mit einem beigen Teppich ausgelegt, in dem sie fast bis zu den Knöcheln versank.

Es klirrte, und sie wandte den Kopf. An der Seite stand eine Tür offen. Dahinter brannte Licht, und sie konnte Louise am Waschbecken stehen sehen. Der Spiegelschrank, der darüber angebracht war, war aufgezogen.

»Hast du was gefunden?« Ashley machte ein paar Schritte auf die Badezimmertür zu.

Louise drehte den Kopf in ihre Richtung. Sie war allein. In jeder Hand hielt sie ein Plastikdöschen, und für einen Moment schien sie irritiert. »Ashley, hey ... ich hab dich gar nicht kommen hören.«

»Oh, sorry, ich wollte dich nicht erschrecken.«

Louise wandte sich wieder dem Schränkchen zu und stellte die beiden Behälter zurück.

»Also?«

»Ja«, Louises Blick traf Ashleys Augen in dem Teil des Spiegelschranks, der geschlossen war. »Es ... stand nicht gut um ihn.«

»Nein?«

»Er ...« Abrupt drehte sie sich zu Ashley um. »Brandon war offenbar schwer krank.«

»Ach ja?« Ein flaues Gefühl breitete sich in Ashleys Magen aus. *Schwer krank.* »Was hatte er denn?«

»Ich habe ihn nicht untersucht, Ashley, deshalb weiß ich es nicht genau … aber die Medikamente deuten sowas an.« Louise schloss die Türen des Spiegelschranks und ließ sich auf dem Rand der Badewanne nieder. »Kimberly meint, Vera hätte auch etwas in der Richtung angedeutet, bloß …« Louises Blick hob sich, und ihre hübschen Augen ruhten auf Ashley. »Ob es ein Unfall war oder ob er es so gewollt hat, wissen wir dadurch auch noch nicht wirklich.«

»Sag doch mal – was hatte er denn?«

»Die Medikamente, die hier stehen, deuten auf FFI hin – so heißt das im Fachjargon. Eine Schädigung des Gehirns, das muss schon seit Jahren in ihm gewachsen sein.«

»Des Gehirns?«

»Eine Art Schlafkrankheit. Tödliche familiäre Schlaflosigkeit. Schon mal etwas von Creutzfeldt-Jacob gehört?« Louise stützte sich mit beiden Händen auf dem Rand der Badewanne ab. »Oder diesem Rinderwahnsinn? Das sind alles verwandte Erscheinungen, sogenannte schwammartige Hirnleiden. Vom Alter her passt es, das beginnt meist mit Ende vierzig und fängt ganz harmlos mit Einschlaf- und Durchschlafstörungen an.« Ihr Blick wandte sich ab und ging durch die Tür ins Schlafzimmer. »Aber es ist der Anfang von einem Leiden, das die Hölle ist.«

Voodoo … Louises Kostüm ist das einer Voodoopuppe, in die man seine Nadeln steckt, wenn man jemand anderen quälen will, zog es Ashley durch den Kopf. Gleichzeitig wurde ihr bewusst, dass auch sie noch immer ihr Fliegenkostüm trug. Der Arztkittel, die Fliegenbrosche am Kragen, in deren Flügelchen sich das Licht der Badezimmerlampe spiegelte.

»... frisst dich auf«, hörte sie Louise sagen, die weitergesprochen hatte. »Diese Schlaflosigkeit greift alles an. Das Nervensystem, die Muskulatur, die Bauchspeicheldrüse ... du verlierst immer mehr die Kontrolle über deinen Körper. Und es kommt zu traumartigen Zuständen und Halluzinationen, sodass die Grenze zwischen Wachsein und Schlafen verschwimmt, verstehst du?«

Nein.

»Sogenannte oneiroide Zustände nennen das die Ärzte. Man ist nicht mehr in der Lage, zwischen dem, was man nur geträumt hat, und dem, was man wirklich erlebt hat, zu unterscheiden. Kannst du dir sowas vorstellen? Ein Albtraum, aus dem man nicht mehr erwacht.«

Ashley spürte, dass sie sich gegen das Waschbecken hatte sinken lassen. Für einen Moment kam es ihr so vor, als würde Louises Stimme ein wenig schwanken. Oder war es ein Sekundenschwindel? Sie sah ihre Fliegenbeine – den Stretchanzug, der aus dem Laborkittel hervorkam und bis über ihre Turnschuhe reichte. *Ich bin ein Wissenschaftler, der dabei ist, sich in eine Fliege zu verwandeln ...*

»Gleichgewichtsstörungen, Gedächtnisstörungen, Muskelzuckungen«, hörte sie Louise sagen, »bis man in gewisser Weise bei lebendigem Leibe auseinanderfällt. Und es zu schweren Bewusstseinsstörungen kommt, von denen man sich nicht mehr erholt.«

Als er dort oben auf den Leuchter gesprungen ist – er war schon nicht mehr er selbst.

»Ich könnte mir vorstellen, dass er darauf nicht warten wollte«, fuhr Louise fort. »Er wollte Schluss machen, bevor er dazu selbst nicht mehr in der Lage war. Und er wollte dabei nicht allein sein. Also hat er uns eingeladen – und es geschehen lassen.«

Brandon.
Er wollte, dass wir dabei sind, wenn er stirbt.
Ashley erinnerte sich an ihn als siebzehn-, achtzehnjährigen Jungen ... wie er gegrinst hatte, durchströmt von einer Lebenskraft, die sie immer wieder mitgerissen hatte.

»Hey ... Ashley?«

Sie blickte auf und sah, dass Louise sie beobachtete.

»Wir dürfen jetzt nicht den Kopf hängen lassen, Ash. Morgen früh kommen wir raus hier. Ich hoffe, ihr fahrt nicht gleich alle ab?«

Ashley schluckte. So weit hatte sie überhaupt noch nicht gedacht.

»Ich weiß, Vera und Curtis sind schon lange bei Brandon, sie waren ja schon bei seinem Vater, aber ich glaube, Brandon wollte es – er wollte seine alten Freunde hier haben, wenn er stirbt«, sagte Louise. »Und ich glaube, er wollte, dass wir uns auch ein bisschen darum kümmern, was hier passiert, wenn er tot ist. Verwandte, Geschwister, das hat er ja alles nicht.« Sie ergriff Ashleys Hand und hielt sie fest. »Deshalb meine ich ... ich hoffe, ihr verstreut euch nicht gleich morgen Abend in alle Winde, okay?«

Erst hatte Ashley es gar nicht bemerkt, aber jetzt fühlte sie, dass Tränen über ihre Wangen liefen.

»Du siehst großartig aus, Ashley«, flüsterte Louise und stand auf. Ihre Hand näherte sich Ashleys Kinn, und sie berührte es leicht, damit Ashley den Kopf hob. »Was machst du da unten in Florida eigentlich?«

»Zahnarzt ... ich arbeite als Zahnarzthelferin«, stammelte sie.

Aber das stimmt nicht. Das ist nicht wahr. Es ist nicht das, was ich mache.

13

Achtzigerjahre ... Revivalparty ...

Henry schnaubte durch die Nase – nur leicht, er wollte nicht, dass Ashley und Louise ihn hörten, die sich im Bad des Schlafzimmers aufhielten und miteinander sprachen.

Er konnte nicht recht verstehen, was sie sagten, aber er wollte nicht in ihr Gespräch hineingezogen werden. Nein, er würde sich lieber noch ein bisschen im Haus umsehen. Damals, bei dieser letzten Halloweenparty vor etlichen Jahren, war er in Brandons Zimmer gewesen. Er konnte sich noch verschwommen an die Filmplakate erinnern, die an der Wand gehangen hatten.

Ob es dort wohl immer noch genauso aussah?

»Achtzigerjahre.«

Er murmelte es etwas verbissen vor sich hin, während er den Gang, der vom Schlafzimmer aus tiefer in den Bau hineinführte, entlangschlich. Alle taten so, als wäre das Jahrzehnt nichts als Sonnenschein, Geldsegen, Lachen und Freude gewesen. War es aber nicht. Die Achtziger hatten nicht etwa 1985 begonnen, sie hatten 1980 begonnen, und Henry hatte ein paar Erinnerungen an diese Zeit, die alles andere als fröhlich und kunterbunt waren.

Er blieb stehen und lauschte. Die Stimmen der beiden Frauen waren zu einem entfernten Zwitschern herabgesunken. Wo war dieses Kinderzimmer gewesen? Wahrscheinlich hatte Brandon es doch längst umdekoriert. Obwohl, wenn er diese Party hier ganz im Stil der Achtziger haben wollte, dann hatte er vielleicht auch sein Zimmer aus jener Zeit ...

Mumifiziert? Konserviert?

Und wozu?

Um sich dort aufs Bett zu legen und zu träumen, er wäre fünfzehn? Und dann was? Kramte er eine alte *Penthouse*-Ausgabe unter der Matratze hervor, sah sich die Titten der Achtzigerjahre-Schlampen an und holte sich einen runter? War diese Halloweenparty nicht sowas in der Art? Was hatte Brandon denn damit bezweckt? Kam er nicht los von Donna, Louise, Janet – kam er nicht los von den Gedanken an diese Frauen –, wie sie als Mädchen gewesen waren? Wie er für sie geschwärmt hatte? Das war es doch sicher – er kam mit erwachsenen Frauen nicht zurecht! Wahrscheinlich hatte er in all den Jahren, die er allein in diesem Stahl-und-Glas-Quader verbracht hatte, den Kopf vollgehabt von irgendwelchen Hentai-Mangas mit Mädchen in durchsichtigen Röcken, Brüsten so groß wie Melonen und Nippeln, die einem erigiert entgegenwippten, dass man gar nicht anders konnte

als sie in den Mund zu nehmen und daran zu saugen!

Henry atmete aus. War es das ganze Blut dort unten in der Halle, das ihm so zusetzte? Wie es geknirscht hatte, als der Liftkasten Brandon am Kopf traf!

Überall ist das Blut hingelaufen!

Aber es stimmte doch! Was sollte das denn? Achtzigerjahre? Als sie alle noch Teenager waren – gerade so wie die Mädchen in den Mangas? Es war vorbei!

Es ist vorbei, Brandon – für dich erst recht!

Für mich aber auch, fügte er grimmig in Gedanken hinzu, *für mich ist es verdammt noch mal auch vorbei. Wenn nicht heute oder morgen, dann in ein paar Jahren.*

Oder?

Ist Freddy Krueger Achtziger genug für dich, Brandon? A Nightmare on Elm Street, haben wir das nicht zusammen unten in New Jericho in dem Kino an der Hauptstraße gesehen? Du hast mein Kostüm gar nicht mehr bemerkt? Schade eigentlich!

Unwillkürlich musste er an Janet denken. Er würde ihr die Brille schon noch abnehmen, wenn sie ihn nur ließe. Ganz vorsichtig, sie brauchte sich keine Sorgen zu machen, er würde ganz vorsichtig ihre Brille neben sie legen und ihr die Bluse hochstreifen. Er sah sie vor sich, wie sie in den Achtzigern gewesen war, die Haut so elastisch, dass man erschauderte, wenn man sie berührte. Die Lippen wie ...

Knospen?

Ein bisschen klebrig hatten ihre Lippen immer gewirkt, und sie hatte aus dem Mund gerochen wie die Mädchen damals alle rochen. Irgendwie nach Bonbon, Eis und Limonade. Natürlich waren sie älter geworden, aber spielte das wirklich eine Rolle? Sah er in Janet, Louise oder Ashley, wenn er sie anschaute, nicht die Mädchen vor sich, die sie damals waren? Deren Wölbungen unter den T-Shirts ihn in schlaflosen Nächten verfolgt hatten wie blutdürstige Hunde? Er hatte die Fäuste gegen die Schläfen gestemmt und verzweifelt versucht, an etwas anderes zu denken, aber ihre Münder, ihre Schenkel, ihre Brüste hatten ihn heimgesucht, ihm zugeraunt, ihn berührt und an ihm entlanggestrichen. Er konnte sich so oft wie er wollte an sich vergreifen, allen Saft aus sich auspressen wie aus einer Zitrone – kaum war er fertig, sah er sie schon wieder vor sich, die Münder, die Haare, die Schenkel und das Dreieck zwischen ihren Beinen, das er nie wirklich zu Gesicht bekommen, sich aber vorgestellt hatte ... vorgestellt, wie er mit seiner Zungenspitze die Schamhaare teilen würde, entdecken, was sich dahinter verbarg, spüren, wie es feuchter wurde und schließlich ganz darin eintauchen... während oben, oberhalb des schweren Busens, Laute aus ihrem Mund kamen –

Janets Mund –

der sich regte und maunzte und miaute, bis unten alles so nass geleckt war – und Henry selbst so riesig versteift war –, dass er nicht länger warten konnte, sich hochstemmte und sein pulsierendes Glied langsam, tief und entschlossen in sie hineinschob und spürte, wie sie fühlte, dass er sie füllte.

Er atmete aus.

Die Vorstellungen, die ihn ganz benebelt hatten, flossen aus ihm heraus. Geträumt hatte er davon, das mit Janet zu tun – getan aber hatte er es nie.

Höchste Zeit, das nachzuholen!

War sie vielleicht nicht mehr so verlockend wie damals?

Doch, das war sie!

Seine Hand tastete nach dem Lichtschalter in dem Raum, den er betreten hatte.

Blau – ein Keil – ein keilförmiges Dreieck, das nach oben stieß. Darüber, genau über der Spitze des Dreiecks: eine Frau. Nackt, oder? Sie war nackt, ganz sicher, und sie schwamm – sie kraulte, aber sie wusste nichts von dem Keil, der nach oben schoss, der in der nächsten Sekunde bei ihr sein würde. Von dem MAUL, das in dem Keil – in dem Haikopf gähnte, von den Zähnen, die darin standen, von der Gier, mit der das Vieh sie verschlingen würde.

Der weiße Hai. Ein Plakat fast so groß wie die Wand, an der es hing.

War das Brandons Zimmer?

Henrys Blick wandte sich zur anderen Wand. Auch blau –

blau-schwarz – ein riesiger Mond mit all seinen Kratern, und davor? *Diese Silhouette...*

Jawoll, das waren sie, die Achtziger.

Die Silhouette eines BMX-Rads.

So hießen die damals, nicht wahr? BMX – wofür das wohl stand?

Die Silhouette eines BMX-Rads, mit dem ein Junge vor der Scheibe des riesigen Monds über den Nachthimmel FLOG – denn er flog, und was er vorne im Korb des Fahrrads mit sich führte, war E.T.

Jetzt erinnerte sich Henry wieder – es war Brandons Zimmer, er hatte es gefunden, und auch damals schon hatten diese Plakate darin gehangen. Es war genau so, wie er es vermutet hatte: Brandon hatte sein Zimmer konserviert wie eine Mumie, das Zimmer eines Teenagers aus den Achtzigern.

Als auch ich so einer war, ging es Henry durch den Kopf, aber es war nicht alles Lachen und Grinsen und Wichsen und Mädchen – es war auch

Gift

gewesen.

Weniger am Ende der Achtziger als vielmehr an ihrem Anfang, als er noch kleiner war, als das mit den Mädchen noch nicht einmal begonnen hatte. Er hatte sie gehasst. Alle. Fast alle. Ralph vor allem, aber auch Terry und Scotty – die drei am meisten, denn sie hatten ihm...

Er machte einen Schritt in das Zimmer hinein und ließ sich auf Brandons Bett sinken.

Schon auf der Fahrt hierher hatte er daran denken müssen. Wie viele? Dreißig Jahre waren seitdem vergangen – oder über dreißig... und es gab andere Dinge, die in seinem Leben schiefgegangen waren. Aber immer wieder hatte er auch einfach an

Ralph, Terry und Scotty denken müssen. Pausenbrot – das hatte ihm seine Mutter täglich gemacht – irgendwie hatte es am Anfang immer mit seinen Pausenbroten zu tun, mit denen er in die Schule gekommen war. Zuerst war es vor allem Terry gewesen, der ein bisschen größer gewesen war als Henry und –
Warum?
Das wusste er nicht.
Aber Terry hatte es auf ihn abgesehen.
In einer Hofpause – da war er wie alt? Vielleicht elf?
Er, Henry, hatte mit seinem Brot am Rand des Schulhofs gestanden, weiter hinten, wo die Sportplätze waren, wo die Lehrer nicht so genau hinsahen, als plötzlich Terry und Scott aufgetaucht waren und –
sie haben mir das Brot glatt aus der Hand geschlagen!
Dass es im Dreck lag.
Über dreißig Jahre war das jetzt her, aber es hatte sich in Henrys Gedächtnis gebrannt. In der nächsten Sekunde hatte Terry auf ihm gesessen – es war wie ein Rausch. Scotty war dabei gewesen, Scotty, der immer so tat, als wäre er der beste Kumpel von allen. Terry hatte auf ihm gesessen, und Scotty hatte Henrys Arme festgehalten, und dann hatte Terry Henrys Mund aufgerissen und ihm das Brot, das im Dreck gelegen hatte und ganz sandig war, hineingestopft. Minutenlang hatte das angedauert, Henry hatte gestrampelt und versucht, den Kopf wegzudrehen, aber Scotty war ja auch dort, und zu zweit waren sie stärker als er. Bis sie mit einem Mal aufsprangen und fortliefen, weil die Pause schon vorbei war. Er hatte sich erhoben und war ebenfalls ins Klassenzimmer zurückgekehrt. Er hatte es hingenommen. Er hatte es genauso hingenommen wie all die anderen Sachen, die später kamen. Auf der Klassenfahrt, die sie gemacht hatten – wann? Im Jahr darauf? Das wusste er

nicht mehr so genau, aber wieder war es um das gegangen, was Henrys Mutter ihm mitgegeben hatte. Diesmal nicht das Pausenbrot – diesmal eine Flasche mit Apfelsaft. Apfelsaft, sowas hatten die anderen nicht dabei. Sie hatten Cola oder Eistee – aber keinen Apfelsaft. Er hatte also den Saft aus seiner Flasche getrunken, und das war wohl der Moment gewesen, in dem auch Ralph – der zu dem Zeitpunkt bereits bester Kumpel von Scott und Terry geworden war – aufging, dass es sich lohnte, sich Henry vorzuknöpfen. URIN – genau. Das war es doch, was er da trank, nicht wahr? Gelb und süß? Es konnte nur Urin sein. Was war also logisch? Dass Henry ein KLO sein musste! Natürlich! Ein Klo, in das man Urin hineinschüttete! Und was tat man, wenn man erkannte, dass jemand ein Klo war? Man behandelte ihn entsprechend!

Erst Klo – dann Amöbe. Einer dieser Einzeller, die sich praktisch fließend fortbewegen und die sie im Unterricht gerade durchnahmen. Eine *Amöbe* – genau, das war er als Nächstes. Und was machte man mit Amöben? Man musste Spray einsetzen, um sie zu verscheuchen. Er kam an, kam in die Schule und sie hielten ihm ihre Hände entgegen. »SPFFFFFT« – wie es zischte, wenn sie zu dritt oder auch zu fünft ihr imaginiertes Spray gegen ihn einsetzten! Man brauchte bloß die Hand hochzuhalten, die Finger bewegen, als würde man eine Spraydose betätigen – und das typische Sprühgeräusch machen. So einfach und so effektiv! »*VORSICHT, die Amöbe, steckt euch nicht an Leute*, PFFFFFT.« Bis auch das nicht mehr reichte und er noch einmal befördert wurde zu dem, was vielleicht der Gipfel war – zu NICHTS. Nichts – er war nichts. Was bedeutete, dass man durch ihn hindurchsehen musste. Es ließ sich nur zu gut umsetzen. Hat er was gesagt? Ach, das war *nichts*. Da kommt *NICHTS*. Ich hab *nichts* gehört. Fantastisch – die

Möglichkeiten schienen unbegrenzt. Er konnte machen, was er wollte, er war nichts. Im Jahr Zwei oder Drei nach dem Pausenbrot auf dem Schulhof. Da hatten sie ihn schon ziemlich mürbe.

Henrys Blick schweifte durch das Zimmer, in dem er saß. Der Schrank, die Regale, die Plakate. Ein Rubiks-Zauberwürfel lag hier mit Sicherheit auch irgendwo. *Saturday Night Fever* – eher Siebziger, oder? Aber das Plakat war da, der weiße Anzug, Travolta bei dem Tanzschritt, den Terry in der Disco allen vorgeführt hatte. Erst die Fäuste umeinanderkreisen lassen, dann der Ausfallschritt und Lasso-Bewegungen. Sie hatten gestaunt und gelacht, und Terry war ein Idiot gewesen, aber keiner machte ihm den Ausfallschritt nach. Travolta und gleich daneben *Flashdance* – na bitte. Henry konnte diesen Hit nicht mehr summen, aber *Flashdance* ... wie hieß die noch? Jennifer Beals? Mit ihren sexy ... wie heißen die Dinger? Leg Warmers? Stulpen? Jedenfalls ganz im Aerobic-Style der Achtziger! *What a feeling – what a feeeeling* – so ging das doch! *Being is believing* – oder? *I can have it all – now I'm dancing for my life.* Na klar! Er wusste doch noch, wie sie bei der Vorführung durch diesen Raum geflogen war, dass man nicht anders konnte als mitzuwippen. *Ein Offizier und Gentleman,* Tom Cruise und Richard Gere, *Top Gun,* die Erinnerungssplitter vermischten sich – außen auf den Plakaten, die in dem Zimmer an der Wand hingen, und innen, wo Henry die Namen und Titel hörte. Es waren nicht die Sechziger gewesen und nicht die Siebziger, die hatte er nicht wirklich mitbekommen. Nein, ihre Zeit waren die Achtziger gewesen, nicht die Epoche der Hippies – sondern der *Yuppies.* Tom Cruise immer wieder, er war perfekt, er war Achtziger wie vielleicht sonst keiner, und es war keine Weltveränderung gewesen, die ihnen vorgeschwebt hatte, wie den älteren Brüdern zum Teil noch. Worum war es ihnen denn gegangen? Sie waren selbst nicht wirklich Yuppies gewesen, aber auch ihnen war es letztlich um nichts anderes gegangen als ums Geld, oder? Und sie waren die Ersten gewesen. Nick hatte vielleicht noch von was anderem geträumt... und Ashley? Wer wusste das schon. Aber Terry, Ralph? In Gedanken sah er sie wieder vor sich. Terry, der Schlaksige, Ralph, der Kräftige, und Scotty, der zu klein Geratene.

Sie hatten ihm klar gemacht, dass er *nichts* war, und sie hatten ihm klar gemacht, dass sie ihm in der kommenden Woche... was? Das Licht ausblasen würden? Was hatte denn noch kommen sollen? Sie hatten seine Schulhefte vollgeschmiert, Terry hatte sich gegen ihn geworfen, als Henry an einer halbhohen Mauer gestanden hatte, der Schmerz war ihm ins Rückgrat gefahren, genau dort, wo die Mauerkante in seine Wirbelsäule gerammt worden war, und dieser Schmerz kam noch heute manchmal wieder. Henry wusste nicht mehr, wie sie es ihm klargemacht hatten, aber er erinnerte sich noch, dass er es damals genau zu wissen glaubte: Dass sie ihn in der kommenden Woche endgültig fertigmachen wollten. Ihm die Knochen brechen? Ihn kahlrasieren? Ihn nackt ausziehen und in eine Mülltonne stecken? Das Wochenende hatte er zu Hause in seinem Zimmer auf den Knien verbracht. Er hatte Angst gehabt wie noch nie zuvor in seinem Leben. Er war panisch gewesen, hatte Gott angefleht, dass er ihm helfen sollte, das zu überstehen. Er hatte in den Abgrund geschaut.

Und dann war ein Wunder geschehen. Am Wochenende hatte Ralph einen Skiausflug mit seiner Familie gemacht – und sich bei einem Unfall das Bein gebrochen. Sodass er am Montag, als Henry verschwitzt und voller Angst in der Schule ankam, fehlte. Und nicht nur am Montag, sondern – wie sich bald herausstellte – mindestens die ganze Woche, wenn nicht gar zwei oder drei Wochen lang.

Damit war es vorüber gewesen. Die Dinge änderten sich, andere Sachen rückten in den Vordergrund, der Anführer war nicht mehr dabei, und ohne ihn ließen Terry und Scotty ihn in Ruhe.

Henry lag auf dem Bett, und sein Blick war auf die Decke über ihm gerichtet. Langsam kehrte er aus der Vergangenheit, in die er versunken war, zurück in die Gegenwart. Vor seinen Augen hing das Poster eines Pink-Floyd-Albumcovers. *Dark Side of the Moon*. Wieder Siebziger.

Wo sind eigentlich alle? In der Halle? Er sollte auch dorthin gehen. Wer konnte schon wissen, wie lange sie noch beisammenblieben. Er stemmte sich aus der Matratze hoch und fühlte, dass jenes Kribbeln in seinen Körper zurückgekehrt war, das ihn damals tage- und wochenlang nicht verlassen hatte. Das Kribbeln, das einsetzte, wenn er den Schulhof betrat und totgesprayt wurde oder *nichts* war. Ein seltsames, lähmendes Kribbeln. Es war wieder da.

Er erhob sich, und das Gefühl verflüchtigte sich. Er musste keine Angst haben – was damals gewesen war, war vorbei.

Oder?

14

Janet saß auf einem Hocker in der Halle und hörte Louise zu.

»Das Gewicht, das auf ihn gestürzt ist, war viel zu groß! Er hat eine Fraktur der Halswirbel, ob sein Schädel zusätzlich frakturiert ist, kann ich ohne Instrumente nicht feststellen, aber er muss auf der Stelle tot gewesen sein.«

Hohlwangig sah Louise in die Runde. Scotty und Donna hockten ihr gegenüber auf einem Sofa, und Janet bemerkte, dass jemand am oberen Ende der Treppe auftauchte. Seinen Hut hatte er inzwischen abgenommen, aber die Fleischlappen, die sich über sein Gesicht gelegt hatten, waren noch da.

Henry als Freddy Krueger.

Janet mochte ihn nicht, hatte ihn nie gemocht – obwohl sie sicher war, dass er früher an ihr interessiert gewesen war.

Und wenn schon?

Sie rückte ihre Brille zurecht.

Wo sieht er denn hin! Auf meine Bluse?

Womit hatte Henry eigentlich die letzten dreißig Jahre seines Lebens verbracht? Wusste das jemand? War Henry am Ende derjenige gewesen, der wirklich zu ihr gepasst hätte? Ein wenig Außenseiter – ein wenig einsam, verschroben, traurig. Sie hasste diesen Gedanken, aber hätte sie *ihn* vielleicht glücklich machen sollen? Dass sie es gekonnt hätte, daran zweifelte Janet nicht.

Sie lehnte sich ein wenig zurück. Etwas abseits der anderen hatte sie auf einem Sitzklotz Platz genommen. Sie war aus Boston hierhergefahren worden, wo sie an einem Wissenschaftsinstitut eine Anstellung als Sekretärin hatte. Seit Jahren schon. Sie war keine Wissenschaftlerin, keine Managerin, arbeitete auch nicht in der Personalabteilung ... nein, sie war *nur* die Sekretärin. Sie war es schon gewohnt, wie die Leute reagierten, wenn sie erfuhren, dass sie *nur* die Sekretärin war. Aber Janet mochte es, Sekretärin zu sein. Einen Chef zu haben. Der einen lobte – sagte, was man zu tun hatte.

Und doch: Verglich sie sich mit Louise, dann konnte sie den heißen Dorn des Neids in sich spüren. Louise, die Ärztin, hatte aus ihrem Leben wirklich was gemacht! Verheiratet mit Terry *dem Schwächling* –

Na und? Louise hatte ein Zuhause und eine Arbeit. Donna hatte eine erfolgreiche Agentur aufgebaut. Kimberly? Hatte einen ganzen Stall voller Kinder. Sie waren alle meilenweit vorangekommen, während sie ...

Janet saß auf ihrem Sitzklotz und hatte das Gefühl, seit '86, seit dem letzten Mal, als sie hier gewesen war, praktisch keinen Schritt vorwärtsgekommen zu sein. Würde sie vielleicht hübscher werden in den kommenden Jahren? Würde sie – wenn sie erst einmal älter war als fünfzig – *eher* jemanden finden, der zu ihr passte?

Ihr Kopf sank noch etwas tiefer zwischen ihre Schultern, und ihr Blick fiel auf den dicken weichen Teppich zu ihren Füßen. Sie hatte das Gefühl, ihr ganzes Leben wäre zu einem kleinen Klümpchen verklebt, das sie nun eine Treppe herunterkullern und eine Straße entlangrollen sah, und das kurz davor war, zwischen den Stäben eines Gullys auf Nimmerwiedersehen in den Abwässern zu verschwinden.

Eigentlich gab es nur eins, was ihr noch Freude bereitete. Unwillkürlich hatte sich die Erinnerung an zwei samtige braune

Hundeaugen in ihre Gedanken geschoben. Ein Paar Hundeaugen, das sie liebevoll, besorgt, ja fast ein wenig zärtlich anschaute. Pepper. Der kleine Foxterrier, den sie vor einem Jahr noch als Welpe aus dem Tierheim geholt hatte, und den sie sogar mit zur Arbeit nehmen durfte, wo er dann stundenlang auf ihren Füßen lag und geduldig darauf wartete, dass sie in der Mittagspause mit ihm um den Block lief. Janet wusste, dass sie in Wahrheit in ihrem ganzen Leben nie einen Menschen so geliebt hatte, wie sie Pepper liebte – aber war das verboten? Schlimm? Es war ihr egal. Sie war der tiefen Überzeugung, dass Pepper ein gutes Wesen hatte, wohingegen sie sich nie sicher zu sein glaubte, ob das auf irgendeinen Menschen auch zutraf. War es ein Fehler gewesen, den Hund für das Wochenende ihrer Nachbarin anzuvertrauen und nicht hierher mitzunehmen?

Ein plötzliches Knirschen ließ sie hochfahren – ein Knirschen, das auch den anderen aufgefallen sein musste, denn die Gespräche waren verstummt und alle sahen sich verwundert um.

Im gleichen Moment war es, als würde der Berghang, an dem das Haus stand, zu rutschen beginnen. Ein Rasseln ertönte und wurde so laut, dass Janet unwillkürlich die Hände auf ihre Ohren presste, um sie zu schützen. Gedämpft hörte sie die Rufe der anderen, sah, wie sie die Münder aufrissen – wie sie aufsprangen und nach oben schauten... während alles um sie herum einzustürzen schien.

15

Links von Janet: eine Jalousie aus Stahllamellen, die herunterrasselt... hinter ihr, wie sie sieht, als sie herumfährt: ein Rollladen, der vor dem Fenster runterkommt... rechts von ihr genauso. Wie Guillotinen-Klingen rattern die Läden über Schienen, die bisher keinem aufgefallen sind, zum Boden und schließen sie ein – auf allen Seiten.

So schnell – Janet vergisst regelrecht zu atmen. Sie kann nur stoßweise denken, dass sie betet, die Decke möge nicht auch auf sie herabstürzen. Wie soll sie sich denn befreien, wenn der ganze Betonbau, in dem sie sitzen, auf sie herunterkracht?

Dann – Stille. Ein verzögertes Knirschen noch, ein nachklingendes Schnappen – nichts.

Die Gesichter der anderen – Halloweenkostüme, in denen kaum noch Menschen zu stecken scheinen. Frankensteins Monster, der Zombie, die Fliege... bleich im fahlen Licht der Neonröhren.

»Was...«

»Meine Eltern auch! Sie hatten das auch, sie haben das auch in ihrem Haus – ein Panikraum, so heißt das! Man kann einen ständig bereitstehenden Panikraum haben oder so eine Konstruktion mit Jalousien, die sich herabsenken lassen – und zwar schnell, wenn Gefahr droht!«

»Welche Gefahr denn?«

Hat sie etwas verpasst – haben sie etwas verpasst – nähert sich etwas Gefährliches von außen?!

»Kommt jemand – oder sind wir gefangen?« Es ist Ralph, der das fragt.

»Ja, genau.« Janet springt auf. »Was soll das denn – wer hat das denn...« Ihr Blick fällt auf das weiße Laken, unter dem Brandon... Brandons Leiche liegt.

Wer hat das denn ausgelöst?

Sie sieht, wie die anderen zu ihr schauen, darauf warten, dass sie ihren Satz beendet – als plötzlich die Lichter zu flackern beginnen.

Was JETZT?

Janets Blick hüpft nach oben zu den Neonröhren, die erst flackern und dann ganz verlöschen.

»Hat jemand von euch den Lichtschalter berührt, verdammt?!«

Ralph – er behält den Überblick.

»Was sollen wir denn jetzt tun, Ralph?«, platzt es aus Janet heraus, ohne dass sie darüber nachdenkt. »Wie kommen wir jetzt hier raus?«

Gleichzeitig ist ein Klappern zu hören. Janet schaut zu der Glastür, die auf die Veranda führt, und kann dort eine Silhouette erkennen, die sich herunterbückt. Ist das Terry?

»Die Jalousie muss unten irgendwie verriegelt sein«, hört sie seine Stimme. »Sucht doch mal eine Taschenlampe oder sowas!«

Wieder flimmert etwas – eine Taschenlampe? Die Jalousien haben sich auch vor die Innentür geschoben, die nach hinten ins Haus führt, vor alle Fenster – sie sind gefangen, in der Halle.

Alle? Sind sie alle hier?

Im gleichen Moment bemerkt Janet, dass das, was dort zu flimmern begonnen hat, ein Bildschirm ist. Ein Flachbildschirm, der an der Wand hängt.

Brandon?

Dort steht er wieder. In seiner Totenkopfmaske und dem Todesumhang. Auf dem Bildschirm ... genau wie vorhin auf der Galerie.

Auferstanden von den Toten.

Nein – Moment, es sind nur Aufnahmen auf dem Bildschirm, auf denen er zu sehen ist!

Sie starrt zu dem Laken. Die Wölbung darunter ist im bläulichen Licht des Bildschirms genau zu erkennen.

»Ist er noch dort, Louise? Ist seine ... LEICHE noch dort?« Janet kreischt. Sie kann sich kaum noch beherrschen. Aber sie ist nicht die Einzige, die nicht an sich halten kann. Alle rufen durcheinander. Dann wird Janet klar, dass nur *eine* Stimme davon genau weiß, was sie sagt. Eine Stimme, die von oben kommt, von dem Flachbildschirm, auf dem nun eine Art Video läuft.

Es ist eine Aufzeichnung.

Er hat es aufgezeichnet. Es ist Brandon, als er noch lebte. Nicht auferstanden von den Toten, sondern aufgezeichnet vor dem Tod.

Eine Aufzeichnung, die völlig verrauscht ist. Ein schwarzweißes Rauschen, in dem sich nur undeutlich – und doch unverkennbar – Brandons Todesgestalt abhebt: grobkörnig, durchblitzt, zersplittert – und zugleich seltsam klar, als er spricht.

»Ich freue mich, dass ihr alle da seid.«

Ist das ein Achtzigerjahre-Horrorfilm? *Halloween, Freitag der 13., Amityville House* – oder wie die hießen?!

»Wie geht es euch?«

Was ... was soll das, Brandon?

Unten in der Halle spricht jetzt niemand mehr. Janet sieht

die bleichen Gesichter der anderen, die sich nach oben gereckt haben, dem Bildschirm entgegen, der von der Wand dort zu ihnen spricht – *wie von jenseits des Grabes.*

»Könnt ihr entschuldigen, dass ich mich kurzfasse? Die Zeit hat begonnen zu laufen – sagt man das so? Die Zeit...«

Er scheint nachzudenken.

»Was Brandon, verdammt! Was ist mit der Zeit?!« Es ist Henry, der das schreit, und seine Stimme klingt grell.

»Habt ihr die Digitalanzeige an dem Kasten noch nicht gesehen?«

Kann er ihn hören – kann Brandon Henry hören? Nein, das kann nicht sein!

»An dem Kasten, der mich... nun ja erschlagen hat? Ich hoffe, es hat alles funktioniert?«

ER WOLLTE ES, durchfährt es Janet, er wollte, dass der Kasten ihn erschlägt.

»Scotty«, spricht die Stimme weiter. »Bist du so nett und siehst mal nach? Da ist eine Klappe, gleich an der Seite...«

Janet macht einen Schritt dorthin, wo sie zunächst nicht hinwollte, zu den Sofas, die in der Vertiefung in der Mitte des Raums stehen und zwischen denen das Laken liegt, die Leiche und der Kasten. Sie sieht, dass Scott sich dem Kasten nähert und hinabbeugt.

»Nick? Ich kann nichts finden«, ruft er – aber bevor Nick etwas antworten kann, ist Ralph zu hören.

»Scott, verflucht, hast du ihn nicht gehört – Brandon will, dass *du* nachsiehst!«

Brandon will – Brandon ist tot, Ralph...

»Hier, Moment«, ist wieder Scott zu hören, »ich hab's!«

Im gleichen Moment sieht Janet es rot aufleuchten, an der Seite des Kastens – *was ist das?*

00.03.56 ... 00.03.55 ... 00.03.54 ...

»Hat Scotty es gefunden?«, ist wieder Brandon zu hören. »Wo steht die Anzeige, bei drei-dreiundfünfzig?«

Ja.

»Es ist ein Sprengsatz.«

Für einen Augenblick hat Janet das Gefühl, zu schwanken. Was hat er gesagt? Sie hat doch gar nichts getrunken ... ist es die Aufregung – soll sie sich setzen?

»... genau ... das sind jetzt noch wie viel?«, dringt Brandons Stimme zu ihr wie durch einen Nebel. »Drei Minuten neunundvierzig Sekunden ... so in etwa, oder?«

00.03.47 sieht sie es rot bei Scotty blinken – *Brandon, du bist zu langsam!*

»... detoniert. Glaubt ihr mir nicht?«

Sie spürt, dass sie auf die Rückenlehne des Sofas gesunken ist, das direkt vor ihr steht.

»Besser, ihr glaubt mir, liebe Freunde. Warum? Weshalb? Wieso? Wie sagt man so schön? *Eins nach dem anderen*, oder?«

Was für ein elendes Rauschen in der Aufzeichnung. *Wir haben nicht 1987, Brandon, wir haben 2018!*

00.03.40 ... 00.03.39 ...

»Der Punkt ist: Man kann den Sprengsatz entschärfen, liebe Freunde. Seht ihr die Kontakte gleich dort bei der Anzeige?«

Janet kneift die Augen zusammen. Scottys verdammter Schädel ist genau davor. Dann bewegt er sich, und sie blickt auf eine Aussparung direkt unter der Anzeige, in der verschiedenfarbig isolierte Drähte einander umschlingen.

»Man kann den Kasten aufschrauben – aber dann geht er hoch«, knarzt es oben aus dem Bildschirm. »Man kann nichts tun – und er geht hoch, wenn der Countdown bei Null ist. Oder einer von euch nimmt den roten und den blauen Draht –

seht ihr sie? Ich habe extra den roten und den blauen gewählt. Ihr müsst nicht darüber nachdenken, wie oder was – einfach den roten und den blauen in die Hand nehmen, dort, wo die Isolierung endet, und festhalten, sodass der Stromkreis geschlossen wird. Schwer? Nicht wirklich, oder? Einer von euch stellt eine Verbindung her ... aber der Strom muss durch seinen Körper fließen, okay? Der Widerstand – das ist genau abgestimmt – es geht nur, wenn einer es mit seinem Körper macht! Mehr ist es nicht – dann stoppt der Countdown.«

00.03.31 ... 00.03.30 ... 00.03.29 ...

»Nur dass derjenige, der das macht, es nicht überlebt.«

Nicht ... was?

Sie legt den Kopf in den Nacken und sieht den Bildschirm direkt über sich flimmern – den Bildschirm – das Rauschen und die Todesgestalt.

»Sorry«, hört Janet die Gestalt sagen, dann versinkt das Bild im Schwarz.

16

Für einen Moment klingt es in Janets Ohren, als wäre sie in einen Raubtierkäfig gestürzt. Henrys Fauchen, Kimberlys Quieken, Ralphs Brüllen... sie fallen einander ins Wort, versuchen, sich Gehör zu verschaffen, werden unterbrochen... Zugleich ist es stockdunkel in der Halle, da der Bildschirm nicht mehr läuft, das Deckenlicht noch immer verloschen ist, und von außen – wegen der Nacht und der Jalousien – keine Helligkeit ins Innere des Hauses dringt.

»Vergesst das verdammte Licht, Leute«, schreit Henry, und irgendwie gelingt es ihm, alle anderen zu übertönen, »ob wir im Dunkeln oder Hellen in die Luft gesprengt werden, ist doch scheißegal...« Aber da fallen die anderen schon wieder über ihn her.

»Glaubst du, was Brandon gesagt hat? Es ist doch nur ein Spaß – wie der Kronleuchter!«

»Ganz genau, wie der Kronleuchter – und jetzt liegt er dort mit zerschmettertem Schädel. Willst du das Laken zurückschlagen? Es ist *blutig* dort, Nick. Es stinkt nach Eisen, und wenn du ganz genau hinsiehst, kannst du wahrscheinlich auch noch ein wenig Gehirnflüssigkeit entdecken, die beim Aufprall aus seinen Ohren gespritzt ist!«

00.03.00... 00.02.59...

Noch drei Minuten? Janet wird schwindlig.

»Scotty?« Wieder Henry – irgendwie scheint er einfach lauter zu schreien als alle anderen. »Brandon hat *dir* gesagt, du sollst die Anzeige suchen, richtig? Wahrscheinlich ... oder Leute? Na klar, so muss es sein, er hat Scotty gemeint – dass *Scotty* die Kabel anfassen soll! Mach schon, Scott, du Idiot, drei Minuten – nicht mal mehr – los, komm jetzt, was willst du? Dass wir alle hier in die Luft fliegen?«

Was? Scott? Janet versucht im Dunkeln auszumachen, wo Scotty steckt, aber sie kann ihn nicht sehen. Gleich neben ihr steht Ashley – sie riecht sogar ihr Parfüm, weiter hinten kann sie schemenhaft Terrys hohe Gestalt erahnen.

»Ah! Was soll das denn?«, kreischt Henry. »Er hat mich geschlagen! Scott, bist du jetzt völlig übergeschnappt?!«

Halt doch einfach mal dein Maul, kommt es Janet rau und roh in den Sinn.

»Scott – Henry! Was soll das, lasst uns ... es hat doch keinen Zweck, wir müssen uns das jetzt überlegen ...«

Ralph, endlich.

»Scotty, hat dir Brandon was gesagt? Weißt du, was er gemeint ...«

»Was er gemeint hat?«, verschafft sich Donna Gehör. »Hast du das nicht eben selbst gehört, Ralph? Er hat gesagt, dass einer die verfickten Kontakte in seine verfickten Pfoten nehmen soll, oder das ganze verfickte Ding da geht in die Luft.«

»Aber – das ist doch Unsinn ... was ... er hat es vielleicht nur so gesagt.« Es ist Nick, Janet erkennt seine Stimme. »Das ist nur irgendeine alberne ...«

»Albern?«, hört Janet sich aufheulen. »Was ist daran albern? Brandon ist tot. Er hat das aufgezeichnet. Er hat die Jalousien so geschaltet, dass sie runterkommen, und jetzt will er, dass einer ...« Sie unterbricht sich. »Scott, ich ... ich weiß ja nicht, was die anderen denken ...« Sie hält inne. Und plötzlich wollen die anderen offenbar wissen, was sie zu sagen hat, denn für einen Moment ist es still. »Scott?« Ihr bleiben die Worte im Hals stecken. *Was? Scott was, Janet?* Soll sie ihm wirklich sagen, dass er die Kabel festhalten soll?

»Was – Janet? Was ist mit mir?«

Sie atmet auf, als Henry es ihr abnimmt, Scott zu antworten: »Was mit dir ist, Scotty? Du hast Janet doch gehört. Und Brandon. Und mich. Willst du jetzt von jedem Einzelnen eine Aufforderung? Zwei Punkt einunddreißig. Mach dich fertig, Junge. Deine Zeit – ach, was soll's – dein verfluchtes letztes Stündlein hat geschlagen, okay? Pack die Scheiß-Kabel an ...« Plötzlich verändert sich seine Stimmlage. »Weißt du was? Ich bin sicher, Nick hat recht. Es wird gar nichts passieren. Du nimmst die Kabel in die Hand – und bing-bumm-bäng bleibt die Uhr einfach stehen. Wir ruhen uns aus, und morgen geht's nach Hause.«

Ja?

»Ich fass die beschissenen Kabel nicht an. Mach du's doch, Henry, wenn du es so genau weißt.«

00.02.14 ... 00.02.13 ... 00.02.12 ...

»Okay, Leute«, mischt sich Ralph ein, »zwei Minuten. Was machen wir?«

»Terry? Henry?« Wieder Nick. »Helft mir mal, vielleicht kriegen wir die Jalousien einfach auf.«

Ja? Das glaube ich nicht, denkt Janet, aber sie sagt nichts. Und sieht die Schatten der Männer zu der Eingangstür rennen, an der sich einer von ihnen ja vorhin schon

vergeblich

zu schaffen gemacht hat. Für ein paar Sekunden ist nichts zu hören außer dem Klappern der Stahllamellen und dem Schnaufen der Männer, zu denen sich auch Ralph gesellt hat.

Sie schaut zurück zu der Uhr. 00.01.46 ... 00.01.45 ...

»Verdammte SCHEISSE!« Jemand hat sich mit Anlauf gegen die Jalousie geworfen. Es scheppert – die Stimme heult auf – das Scheppern verklingt – und ein anderes Geräusch übernimmt. Ein *Ticken*.

00.01.43 – Tick... 00.01.42 – Tick... außerdem hat eine rote Lampe zu blinken begonnen.

AN – AUS – bei jedem Ticken ein Lichtwechsel, der ihre Gesichter mal in ein leuchtendes Rot taucht, – mal in ein tiefes Schwarz, in dem die Augen, die sich gerade an den Rotschein gewöhnt haben, nichts mehr erkennen können.

Rot – Tick – Schwarz...

»Wer ist dafür, dass Scotty die Kabel nimmt und den Stromkreis schließt?« Wieder Henry. »Der sagt jetzt seinen eigenen Namen. *Henry*. Komm schon, Ralph, was wollen wir denn sonst machen?!«

»*Janet*«, hört sie sich rufen.

»Danke, Janet, du blöde FOTZE«, schreit Scotty, und er scheint keine Luft mehr in den Lungen zu haben, so dünn klingt es.

»Hey Leute, ruhig Blut, das... so geht das nicht...«

»Ach nein – wie denn sonst, Nick?«, brummt Ralphs Bass. »Hast du eine bessere Idee?«

»Ist jemand bereit«, gibt Nick zurück, »ist jemand bereit, die Kabel anzufassen? Freiwillig. Vielleicht geschieht wirklich nichts. Wer weiß. Das mit dem Leuchter war kein Spaß, aber... ich bin noch immer nicht sicher, ob es Absicht...«

»Hör auf rumzuquatschen, Mann«, gellt Henrys Stimme dazwischen. »Was ist jetzt, was ist dein Vorschlag? Dass sich einer opfert? Okay, Freiwillige vor. Habt ihr schon vergessen? Brandon ist offensichtlich übergeschnappt! Er war todkrank und hat sich bereits ins Jenseits befördert. Und dorthin sollen wir ihm jetzt folgen. Dazu bin ich aber nicht bereit! Also, Nick, wie wär's? Dein Scheiß-Vorschlag – ich schlage vor, du lässt Taten folgen!«

00.01.02 – Tick ... Rot ... 00.01.01 – Tick ... Schwarz ...

Janets Herz klopft so hart und schnell, dass es sich anfühlt, als würde es gleich zwischen ihren Lippen hervor in ihre Hand springen. Aber nein – es ist nur eine Art ALARMTON, der eingesetzt hat, und zwar richtig laut. So laut, dass sie vor Schreck beide Hände an die Schläfen stemmt – während das rote Licht noch einmal an Intensität zugenommen zu haben scheint. Ein Alarmton, der auf- und abschwillt, sodass es ihr vorkommt, als würde sie direkt IN DER SIRENE stehen.

Die Gesichter der anderen ... rot eingefärbt. Louise als Voodoopuppe ... der Monsterclown ... Donnas schönes Profil ... die Münder aufgerissen. Freddy Krueger gestikulierend ... Scotty auf einem Sofa kniend, den Blick geistesabwesend auf die Digitaluhr gerichtet, als müsste er darüber nachdenken, ob er nicht doch die Kabel anfassen soll. Janet fühlt, wie sie praktisch in Flammen steht, meint, den Tod bereits spüren zu können. Was die verzerrten Gesichter um sie herum rufen, kann sie nicht mehr verstehen, denn das anhaltende Alarmgeheul hat jetzt alles andere verschlungen, scheint sie alle umschlossen zu haben mit einer Faust, die sich immer fester ballt.

00.00.24 ... 00.00.23 ... 00.00.22 ...

Sie kann nicht mehr klar denken und hat das Gefühl, keine Luft mehr zu bekommen.

Scotty – mach, dass es endlich aufhört. Oder Ralph. Mach du es. Selbst dorthin zu gehen – diesem Licht und dem Geheul entgegen – nicht einmal auf den Gedanken kommt sie. Wie ein Tier, das angebrüllt wird und sich in der Ecke verkriecht, liegt Janet auf dem Boden neben der Sofalehne, auf der sie gehockt hat, die Beine an den Bauch gezogen, den Kopf zur Digitaluhr gewandt, die Hände auf den Ohren – und in den Pupillen mit einem Mal den Widerschein eines Funkenregens, der fast bis hinauf an die Decke sprüht. Sie sieht ein Zucken – eine Gestalt – die Schultern bis an die Ohren gezogen. Ein menschlicher Umriss vor dem glühenden Schweif.

Terry ... es ist Terry.

Und wie er schreit. »Macht mich los – es ist keine Attrappe – hier ist Strom drin ...«

Seine Stimme erfüllt glasklar den Raum, denn mit dem Einsetzen des Funkenregens hat das Alarmsignal ausgesetzt.

00.00.06 ... 00.00.05 ... 00.00.04.

Er bricht am Fuß des Kastens zusammen – im nächsten Augenblick ist Louise über ihm. Verdeckt ihn mit ihrem Körper.

»Er hat es für Louise getan.«

Janet wendet den Kopf. Kimberly hat sich an ihren Rücken gedrängt und starrt an ihr vorbei auf das Paar, das zwischen den Sofas beim Kasten kauert. »Er dachte, dass es vielleicht gutgeht.«

Das Licht ist auf Rot stehen geblieben. Plötzlich scheint alles erstarrt. Janet fühlt, wie sie zu zittern begonnen hat. Ihr Körper ist von einer eiskalten Schweißschicht bedeckt.

Im Raum aber herrscht Stille.

Totenstille.

Und die Uhr steht.

00.00.03.

17

Mit lautem Kreischen rumpelten die Rollläden wieder hoch. Draußen vor den Fenstern war es noch immer dunkel.

»Ach, und eins noch ...«

Scotty drehte seinen Kopf und blickte zum Bildschirm hoch, von dem aus Brandon zu ihnen gesprochen hatte. Tatsächlich – dort war er wieder zu sehen. Der Totenkopfschädel unter der Kapuze ... grobkörnig und von Blitzen durchzuckt, die das Bild immer wieder ein wenig springen ließen. Die Botschaft aus dem Grab.

»Wenn nur noch einer von euch übrig ist, wird er nach Hause gehen können.«

Wenn nur noch einer von euch übrig ist, wird er nach Hause gehen können.

Scotty merkte, dass er die Worte bei dem Versuch, sie zu begreifen, leise vor sich hinsagte.

»Viel Spaß noch – und Vorsicht mit dem Haus!«

Das Bild zog sich zu einem Punkt zusammen, der noch kurz nachglomm und dann verlosch.

Noch was, Brandon – HAST DU NOCH WAS VERGESSEN?

Aber der Monitor blieb dunkel.

Scotty saß das, was vor wenigen Sekunden geschehen war, wie ein glühender Stachel zwischen den Augen.

Sie hatten sich bereits auf mich eingeschossen.

Sein Blick fiel auf Terry. Dämonenpriester? Hatte Terry gesagt, er wäre als Dämonenpriester verkleidet? Es kam Scotty so vor, als könnte er die verbrannte Haut riechen. Oder war das sein Angstschweiß, der so stank?

Janet hat ihn auch gerufen, oder? Meinen Namen? Natürlich hat sie das!

Scotty hatte immer eine Schwäche für Janet gehabt. Er wusste, dass er nicht der Einzige war, und er wusste, dass er eigentlich nie eine Chance bei ihr gehabt hatte.

Er zwang sich, sie nicht anzuschauen, denn keinesfalls wollte er, dass sich ihre Blicke trafen und sie den Kopf wegdrehte. Aber ihr Gesicht hatte er vor Augen, ob er das wollte oder nicht.

Scotty! Sie hatte seinen Namen gerufen, sie wollte, dass es ihn traf, er war ihr doch völlig egal! Als die Luft erst einmal brannte, hatte sie nach der erstbesten Rettung gegriffen, und die bestand darin, ihn ans Messer zu liefern.

Verstohlen beobachtete er, wie Donna und Ashley sich um Louise kümmerten, die nicht von Terry fortzubekommen war. Fast war es, als würde ein unhörbarer Sington in der Luft liegen und allen ins Gehirn schneiden. Sollte er zu Terry hinübergehen? Aber Louise war Ärztin, sie wusste am besten, was man tun konnte. Sie hatten Terry auf den Rücken gedreht, Scott konnte sogar seine Augen sehen. Wahrscheinlich würden sie ihm die Lider gleich herunterdrücken, aber noch hatten sie das nicht getan. Sie standen offen. Und die Pupillen waren starr. Der elektrifizierte ... elektrokutierte Priester.

Scott warf Nick einen Blick zu. Der hatte sich jedoch abgewendet und schien aus dem Fenster zu schauen.

Wenn nur noch einer von euch übrig ist, wird er nach Hause gehen können.

Hatte Brandon das tatsächlich gerade gesagt? Mein Gott, sie waren völlig ... wie benebelt.

Wenn nur noch einer von euch übrig ist, wird er nach Hause gehen können.

Wenn das stimmte ... und immerhin: Sich selbst hatte Brandon bereits getötet. Für Terrys Tod hatte er ebenfalls gesorgt. Es sah ganz danach aus, als habe Brandon sich einiges einfallen lassen, um zu verwirklichen, was er vorhatte. Wenn tatsächlich stimmte, was er gesagt hatte – was sollte das heißen? Dass tatsächlich NUR EINER VON IHNEN HIER LEBEND RAUSKAM?

Unwillkürlich kam Scott Ralph in den Sinn. Ralph war auch jetzt noch stärker als er ... fast jeder hier würde sagen, dass nicht er, Scotty, sondern Ralph überleben würde.

Überleben sollte?

Wenn abgestimmt werden würde – wen würden sie wählen: Ralph oder ihn? Oder sich selbst?

Nur EINER – nur einer wird überleben ... wenn es stimmte, was Brandon gesagt hatte ...

Wie würde denn bestimmt, wer derjenige war, der überlebte?

Und Vorsicht mit dem Haus – das hatte Brandon auch noch gesagt. Es waren weitere Fallen aufgestellt!

Scotty atmete aus. Plötzlich hatte er das Gefühl, dem Ganzen kaum noch gewachsen zu sein.

Er war hierhergekommen ... klar, Brandon hatte sich bei ihm gemeldet, aber natürlich hatte sich Scott überlegt, ob er die weite Reise überhaupt auf sich nehmen sollte. Schließlich hatte er beschlossen, es zu tun. Und wieso? Weil es hier Geld gab? Tatsächlich? Brandon war wohlhabend, wenn nicht sogar reich. Das war Brandons Familie schon immer gewesen. Auch Scottys Eltern – alle, fast alle, die in New Jericho lebten, hatten ein kleines Vermögen. Gute Häuser – gute Jobs – gute Familien. Genau diese Art Städtchen in Connecticut war es nun einmal. Die Leute aus New York, die Geld hatten, aber nicht in der Stadt wohnen wollten, zogen hierher. Scottys Eltern hatten keine Ausnahme gebildet – auch sie hatten Geld gehabt, inzwischen allerdings waren sie tot, und das kleine Vermögen, das sie ihm hinterlassen hatten ...

Er hatte damals praktisch zur ersten Generationen von Jungs gehört, die programmieren konnten. Es war eine großartige Chance gewesen! Nach Westen gehen, nach Stanford, ins Silicon Valley ... Dollars in die Hand nehmen, um eine eigene Firma aufzubauen. Wie hatten es denn Bill Gates und Steve Jobs gemacht? Doch genauso – ganz genauso! Nur dass sie dabei steinreich geworden waren. Und er? Hatte seine Erbschaft verspielt.

Er hatte Pech gehabt – vielleicht hatte er auch einfach immer die falschen Entscheidungen getroffen. Dabei war er fleißig gewesen, kaum Alkohol, keine Drogen, hatte viel programmiert – aber nicht gut genug?

Natürlich hatte er auch Fehler gemacht. So war es schon immer gewesen: Er hatte sich immer mit Leuten eingelassen, die nicht gut für ihn waren. Das meiste Geld hatte er vor etlichen Jahren in eine Firma investiert, die er zusammen mit einem Kumpel gegründet hatte. Einem Kumpel? Er hatte den Typen doch kaum gekannt! Er hatte geglaubt, ihm eine Chance geben zu müssen. Er wusste, dass der Kerl im Gefängnis gesessen hatte. Gerade deshalb hatte er ihm eine Chance geben wollen, hatte sich von dem Typen einlullen lassen. Vielleicht war er ja auch einfach nur glücklich gewesen, dass endlich mal jemand etwas mit ihm hatte machen wollen! Jedenfalls war Scotty aus allen Wolken gefallen, als sein sauberer Geschäftspartner plötzlich mit dem Firmenvermögen verschwunden war. Das war das Geld gewesen, dass seine Eltern ihm vererbt hatten, und so hatte er es sich abknöpfen lassen! Danach war ihm nichts anderes übrig geblieben: Er hatte eine Anstellung in einer Softwarefirma angenommen, hatte gekündigt, als es unerträglich wurde, hatte wieder etwas Neues versucht – aber nichts davon hatte so recht funktioniert. Bisher jedenfalls. Und genau deshalb – wenn er ehrlich war, musste er das zugeben – genau deshalb hatte er beschlossen, Brandons Einladung anzunehmen und hierherzukommen. Scott wusste, dass Brandon reich war und dass in New Jericho eine Menge Geld zu holen war. Er brauchte einfach noch eine kleine Starthilfe! Wer konnte schon wissen, ob es nicht auch bei ihm endlich klappte, wenn er nur noch einmal ein bisschen Risikokapital in die Finger bekam und loslegen konnte? Mit dem verdammten Bus wäre er vom Flughafen gekommen, wenn Ralph ihn nicht abgeholt hätte.

»So ist er doch früher nicht gewesen, oder?«

Scott sah auf.

Nick war neben ihn getreten. »Brandon? Na gut, vielleicht war er immer ein bisschen ... komisch, aber ...« Er brach ab.

»Louise hat gesagt, er litt seit ein paar Jahren an einer schweren Krankheit.« Scott sah Nick an. »Was mit Schlaflosigkeit, soweit ich verstanden habe. Er hat auch Medikamente genommen deshalb, wohl ein ziemlicher Pillencocktail, das kann einen Menschen schon verändern.«

»Hast du eine Ahnung, was Brandon all die Jahre über eigentlich gemacht hat?«

Scott zog die Schultern hoch. »Was hast *du* denn gemacht, Nick, hm? Ein paar Bücher geschrieben. Davon war ja nun auch nicht jedes ein Bestseller. Oder Moment mal, warte – eigentlich war kein Einziges davon ein echter Hit der Top-Ten-Liste in der *New York Times*, richtig?«

Er sah, wie Nick gutmütig das Gesicht verzog. »Schon gut,

ich meine ja nur, Brandon... wir dachten damals, wenn aus einem was wird, dann aus Brandon, oder? War das nur, weil er ein Jahr älter war als wir?«

Richtig, Brandon war ein Jahr älter gewesen, das hatte Scotty inzwischen völlig vergessen. »Wir dachten, Brandon würde mal groß rauskommen, aber *was genau* aus ihm werden sollte, wussten wir nicht. Vielleicht ist das ja auch das Problem gewesen: Er wusste es selber nicht.«

»Und jetzt ruft er uns alle zusammen und... das hier? Ist das sein großer Auftritt, auf den wir alle gewartet haben?«

Sie sahen zu Louise, die von Donna und Ashley halb verdeckt wurde. Terrys Gesicht lag im Schatten.

»Das ganze Haus hier, die Einrichtung...«, sagte Scott. »Hast du sein Zimmer oben gesehen? Sein altes Kinderzimmer. Noch genau wie damals.«

»Ach ja?«

»Er ist in den Achtzigern stehen geblieben... vielleicht sind wir das alle ein bisschen, was?« Scott wartete keine Antwort ab. »Womöglich ist das ja für Brandon der Grund gewesen, uns alle hierher einzuladen. Er konnte nicht länger an sich glauben – hat das aber nicht verkraftet. Und jetzt will er uns alle mit reinreißen.«

»Deshalb die Party hier?« Nick sah Scotty direkt ins Gesicht. »Meinst du wirklich, dass er so durchgedreht war? Wir kannten ihn doch... Brandon... ich weiß noch, wie er aussah, wenn er grinste oder Fußball spielte... oder eine Arbeit schrieb. Und dieser Junge soll sich so verändert haben? Nur weil er es nicht ertrug, seine Hoffnungen dahinschwinden zu sehen?« Nick drückte den Rücken durch. »Naja, plus ein paar Pillen, das sollte man wahrscheinlich nicht ganz vergessen.«

Scott nickte. »Das denke ich auch.«

»Wie lange hat er jetzt hier gelebt? Zwanzig Jahre? Und immer allein? Das kann einen Mann schon fertigmachen. Empfindlich war er ja. Sein Vater hat ihn allein großgezogen, nicht? Brandons Mutter war schon früh tot – oder wurde vermisst?«

Etwas in der Art, das wusste Scotty auch noch. »Sein Vater, Brandons Vater, war der nicht auch Arzt?«

»Arzt, ja genau«, hörte er Nick antworten. »Gynäkologe? War er nicht Frauenarzt?«

Jetzt erinnerte sich auch Scott wieder. *Frauenarzt, richtig.* Damals schien das ganz normal, aber wahrscheinlich war es Brandon schon im Kopf herumgegangen, oder? Dass sein Vater Frauenarzt war und seine Mutter...

»War sie nun vermisst oder tot?« Scott warf Nick einen Blick zu.

»Nein, sie war tot, jetzt weiß ich es wieder. Das war doch gerade das Schlimme. Sie war bei Brandons Geburt gestorben...«

»Und sein Vater hatte die Geburt als Arzt überwacht!« Na klar, so war es gewesen! »Früher haben wir das ja gar nicht so sehr beachtet«, sagte Scott langsam, »aber wenn seine Mutter bei Brandons Geburt gestorben ist, könnte sein Vater Brandon das schon vorgeworfen haben. Also unbewusst zumindest. Immerhin hat Brandon seine Mutter dann ja ... getötet?«

»Und zugleich wird Brandon seinem Vater vorgeworfen haben, dass er die Mutter bei der Geburt nicht retten konnte. Kein Wunder, dass in dem Haus hier immer eine seltsame Stimmung geherrscht hat!«

Scotty ließ es sich durch den Kopf gehen. Ob Brandon deshalb so durchgedreht war? Aber warum erst jetzt? Und was hatten *sie* damit zu tun?

18

Kim hatte nicht hinsehen können. Erst war ja sowieso nichts zu erkennen gewesen außer dem Sprühen der Funken – und dann, nachdem die Jalousien wieder hochgegangen waren, hatte sie es Louise überlassen, sich um Terry zu kümmern.

Waren die beiden nicht sowieso verheiratet... gewesen?

Einen Moment lang hatte Kim überlegt, ob sie ihr groteskes Clownskostüm ausziehen sollte, aber sie war sich nicht einmal sicher, ob ihre Reisetasche überhaupt mit nach oben gekommen war oder noch in dem Pförtnerhäuschen unten stand. Wen hätte sie danach fragen sollen? Nick? Hatte er ihre Tasche in den Jeep gepackt, bevor sie hochgefahren waren? Das Wiedersehen mit den alten Freunden hatte sie so aufgeregt, dass sie ganz durcheinander gewesen war.

Also hatte sie ihr Kostüm anbehalten und begonnen, sich ein wenig im Haus umzusehen. Dabei war sie in Brandons altes Kinderzimmer gelangt, wo sie Ralph getroffen hatte.

Erst hatte er ihr die Original-Unterschrift von Steven Spielberg gezeigt, die er unten auf dem *E.T.*-Plakat entdeckt hatte. Dann hatte er sie auf ein Foto von Stephen King hingewiesen, auf dem der Horror-Meister breit grinsend vor dem Fledermaus-Tor zu seinem Grundstück stand, in Bangor, Maine, gar nicht weit weg von hier.

Mit den Nerven am Ende hatte sie sich auf Brandons altes Bett fallen lassen und zugesehen, wie Ralph die Spielsachen durchging. Bis er auf ein Achtzigerjahre-Quiz stieß.

»Hier – erste Frage: Welcher Regisseur hat Michael Jacksons berühmtes ›Thriller‹-Musikvideo gedreht?«, las er von der obersten Karte ab und setzte sich neben sie auf das Bett. »Ridley Scott, Steven Spielberg, John Landis oder George Lucas?«

Kim hörte ihn die Frage stellen. Sie verstand schon, dass Ralph um jeden Preis versuchte, sich von dem abzulenken, was vor einer knappen Stunde in der Halle geschehen war, aber ihre Gedanken wanderten noch immer.

Morgen Abend würde Joe sie wieder abholen. Vierundzwanzig Stunden später, so hatte sie es mit ihm verabredet, würde er sie wieder aufgabeln. Abgesetzt hatte er sie gegen sechs Uhr abends – bis sechs Uhr morgen Abend musste sie also noch durchhalten. Dass sie ihren Mann anrief, damit er früher kam, wäre natürlich eine Lösung – aber das ging leider nicht. Kein Festnetz – keine Handys. Wie sie es auch drehte und wendete, sie musste noch ein wenig aushalten.

»John Landis«, sagte Ralph hinter ihr. »Er war es, der das Michael-Jackson-Video gedreht hat, Kim. Na gut. Nächste Frage: Was war Madonnas erster Top-100-Hit: ›Papa Don't Preach‹, ›La Isla Bonita‹, ›Material Girl‹ oder ›Like a Virgin‹?«

»›Like a Virgin‹«, murmelte sie. »Like a Virgin« war damals ... wann genau? 1984? Es war ein unglaublicher Hit gewesen. »Warst du auch scharf auf Madonna, Ralph?« Sie drehte den Kopf, um zu ihm nach oben zu schauen.

»Madonna war nicht schlecht«, hörte sie ihn brummen.

Klar, das hätte sie sich ja denken können.

»Jetzt pass auf«, fuhr er fort. »Welcher Star hat sein Kinodebüt in Wes Cravens *A Nightmare on Elm Street* gehabt? Kevin Bacon, Rob Lowe, Johnny Depp oder Drew Barrymore?«

»Das solltest du Henry fragen.« Kim musste unwillkürlich

ein wenig lächeln. »Irgendwo hab ich einen Freddy Krueger hier rumlaufen gesehen.«

»Also?«

»Johnny Depp, Mann, das weiß doch jeder.«

»Richtig! Also weiter. Ridley Scotts *Blade Runner* ist die Verfilmung eines Science-Fiction-Romans von Ray Bradbury, Dean Koontz, Philip K. Dick oder Isaac Asimov?«

Kimberly musste seufzen. *Blade Runner.* Das war einer dieser Filme, auf den die Jungs schon immer abgefahren waren, mit dem sie aber nie so recht etwas hatte anfangen können. Wobei... Harrison Ford als was? Android? Auch nicht verkehrt.

Sie nahm Ralph den Kartenstapel aus der Hand. Philip K. Dick stand dort als Antwort. Und wenn schon...

»Welche Schauspielerin oder welches Model hat in der Jeans-Werbung von Calvin Klein gesagt: ›Weißt du, was ich zwischen mich und meine Calvin Kleins lasse? Nichts.‹ Na, Ralphy?«

Sie blinzelte nach oben. Keine Antwort.

»Claudia Schiffer, Brooke Shields, Bo Derek oder Cindy Crawford?«

»Brooke Shields«, sagte er und sah ihr in die Augen.

Alles an ihm ist groß, dachte Kimberly. *Sieh dir diese Hände an.* Ralph war schon damals nicht nur einen Kopf größer gewesen als alle anderen – sondern zwei. Ob seine Eltern ihm einen besonderen Vitamin-Mix verabreicht hatten? Kim hatte schon immer über ihn und was wohl wie groß an ihm war nachdenken müssen. Versonnen dabei zugesehen, wie er im Unterricht über irgendwelchen Aufgaben geschwitzt hatte, schräg von den Sonnenstrahlen getroffen, die durch das Fenster fielen...

Meinst du, ich habe auch kein Höschen an, ging es ihr durch den Kopf, *wie Brooke Shields unter ihren Calvin Kleins?*

»Meinst du, wir kommen hier je wieder raus?«, sagte sie stattdessen und ließ die Karten sinken.

Er lag auf dem Rücken und sah sie an. »Na klar, was denkst du denn? Wir sitzen ja nicht auf einem Boot oder so. Wenn es hell wird, sieht alles anders aus.«

»Und wenn nicht?« Ihre Augen weiteten sich. Diese Gestalt auf dem Bildschirm – der Alarmton – Terry... *wie er gezuckt hat.* So gut es ging hatte sie es von sich ferngehalten, aber jetzt... es kam ihr so vor, als würde es ihr auf einmal doch nahegehen. Vielleicht, weil sie sich in Ralphs Nähe zum ersten Mal – trotz allem, was passiert war – sicher fühlte?

»Ich habe zwei Kinder, weißt du, unten in New Jersey«, flüsterte sie. »Du hast auch Kinder, oder?«

»Drei«, hörte sie ihn brummen.

»Erst hat er es so eingerichtet, dass wir die Handys abgeben und dann...« Natürlich war es unvorstellbar, dass sie hier nicht mehr rauskommen sollten, und doch... all das, was bisher geschehen war, gab ihr ein Gefühl, wie sie es, wenn sie ehrlich war, in ihrem Leben überhaupt noch nie verspürt hatte. Ein Gefühl der Bedrohung, als hätte ihr ein Arzt plötzlich eröffnet, dass sie an einer unheilbaren Krankheit litt. Das Gefühl, nicht nur bedroht zu sein, sondern vollkommen ausgeliefert – dem Tod ausgeliefert.

Sie rutschte ein wenig hoch und schob eine Hand unter Ralphs riesigen Oberkörper, legte den Kopf auf seine Brust. Sein Arm bettete sich über ihr, und Kimberly fühlte, wie sie ausatmete, als würde eine große Last von ihr abfallen.

»Der Bach ist ziemlich reißend«, hörte sie ihn sagen, »das wird schwierig. Aber das Grundstück muss ja auch noch an den anderen Seiten irgendwo aufhören. Nur muss es eben hell sein, damit wir was sehen können.«

»Brandon wird sich schon was überlegt haben«, erwiderte sie.

»Na dann«, kam es von oben, »sterben wir eben hier.«

Meint er nicht ernst. Natürlich nicht.

Sie drückte sich fester an ihn. *Wie warm er ist. Wie ein Heizkraftwerk.*

»Am 1. August 1981 hat MTV mit welchem Video seinen Sendebetrieb aufgenommen? ›Take On Me‹ von a-ha, ›Girls Just Wanna Have Fun‹ von Cyndi Lauper, ›Wake Me Up Before You Go-Go‹ von Wham oder ›Video Killed The Radio Star‹ von … äh … den Buggles?«

Sie hatte ihm gar nicht richtig zugehört. Sie waren beide verheiratet, hatten beide Kinder. Für einen Moment musste sie an Joe unten in New Jersey denken. Aber es war etwas anderes – beinahe wie ein anderes Leben. Als würde sie jetzt, da sie mit Ralph auf dem Bett lag, noch einmal zurückspringen an einen Punkt in ihrem Leben, an dem ihre spätere Existenz noch gar nicht begonnen hatte. Es war etwas anderes, und das hier war … *riesig*.

Hatte der Schrecken unten in der Halle sie irgendwie erregt – auch wenn sie es noch so wenig wollte? Es musste so sein, denn sie ertappte sich dabei, dass sie sich fragte, wie Ralph wohl *nackt aussieht*.

Sie spürte, was der Gedanke mit ihr machte. Ohne darüber nachzudenken hatte sie sich bewegt, und ihre Bewegung hatte offenbar etwas mit den Dingen, die ihr durch den Kopf gegangen waren, zu tun gehabt, denn sie fühlte, wie sich Ralphs Körper ein wenig anspannte.

Geräkelt – das war es – sie hatte sich nur ein wenig gereckt und ihn dabei wohl etwas von sich spüren lassen.

Und wenn schon.
Seine Hand lag ganz leicht auf ihrer Hüfte. Ihr Halloweenanzug hatte einen Schlitz dort. Vielleicht gelang es ihr ja, eine geschmeidige Bewegung zu machen, damit seine Finger in diesen Schlitz hineinglitten. Nur für einen Augenblick alles andere vergessen! Unter ihrem Kostüm trug sie kein Unterhemd, sodass er ihre Haut spüren musste.
Und die ist warm.
Aber Kim zögerte. Es bestand die Gefahr, dass er aufstand, wenn sie sich jetzt noch einmal bewegte. Seine Atemzüge schienen nicht mehr ganz so gleichmäßig zu sein. Fühlte er nicht dasselbe wie sie? Hatte er Angst, etwas zu tun, das er womöglich bereuen könnte?

Inzwischen hatte sich auch ihr eigener Körper ein wenig verkrampft. Was nicht gut war. So konnten sie unmöglich lange liegen bleiben – sie war sich sicher, dass er bald aufstehen würde. Das aber würde heißen, dass sie entweder weiter allein durchs Haus laufen oder zu den anderen zurückkehren musste. Und auf beides hatte Kim überhaupt keine Lust. Nein, vielmehr war sie ganz durchtränkt von dem warmen Gefühl, hier mit Ralph zu liegen.

Ihre linke Hand ruhte unterhalb ihres Gesichts auf seinem Bauch. Passend zu seinem Frankenstein-Kostüm trug er ein Jackett und darunter einen Rollkragenpullover. Vielleicht sollte sie die Hand über seine Brust gleiten lassen? Aber er lag da wie ein Klotz. Fast kam sie sich vor wie ein Stück Butter, das auf einem heißen Ziegelstein zerschmolz.

»Keine Fragen mehr?« Sie ließ sich langsam auf die Seite rollen, schob ihre Hüfte dabei ein wenig in die Höhe... *so ist es recht*... und merkte, dass seine Fingerspitzen durch die Bewegung genau in den Schlitz hineinglitten, der sich an der Seite ihres Kostüms befand. Dass sie reglos auf ihrer Haut liegen blieben.

Ralphs Kopf war ein wenig geneigt, da er auf dem Kissen lag, und sein Blick – mitten in diesem Frankensteingesicht – war auf sie gerichtet. Nicht erschrocken – eher verwirrt.

Der Hellste ist er nie gewesen, nur der Größte.

Er zog seine Finger nicht weg, sagte nichts – und doch hatte Kim den Eindruck, in Ralphs Miene würde sich so etwas wie eine Frage abzeichnen.

Verheiratet, Ralphy? Ja, ich auch, na und? Wir kennen uns schon so lange, da gilt das nicht.

Sie schloss die Augen und fühlte, wie sich ihr Becken bewegte. Erst ein wenig nach unten, sodass seine Fingerkuppen über den Gummizug ihres Höschens glitten, und dann wieder zurück nach oben. Ja, er hatte seine Finger ein bisschen versteift, sodass sie jetzt UNTER dem Gummiband lagen.

Wie ein Feuer, so kam er ihr vor, *das nicht recht angehen will.* Beim Barbecue? Aber irgendwann fing es dann doch immer zu brennen an. Oder aber es ging aus.

Kim führte ihre Hand nach unten zu dem breiten Plastikgürtel, der ihr Kostüm an der Taille zusammenschnürte, und löste die Schnalle. Dann ließ sie sich vorsichtig auf den Rücken sinken und schob ihr Gesäß behutsam auf Ralphs Bauch, sodass sie rücklings auf ihm zu liegen kam. Gleichzeitig fühlte sie, wie seine Hand sich unter dem Stoff auf ihre Vorderseite legte. Langsam zog sie ihre Schenkel auseinander und wusste, dass sie auf dem richtigen Weg war, als seine Finger in die Wärme zwischen ihren Beinen eintauchten.

Leise gab Kim einen Laut von sich und spürte, dass sich der Berg unter ihr zu bewegen begann. Genau so hatte sie sich das vorgestellt. Oft war sie sich zu schwer vorgekommen, zu groß, hier aber, auf Ralph, kam sie sich vor wie ein winziges Wesen, das ein riesiges Reittier bestiegen hatte.

Mit geschlossenen Augen fühlte sie, wie sich auch seine andere Hand unter ihr Kostüm schob, entschlossen den BH zur Seite streifte und vorsichtig ihre Brust umgriff. Endlich einer, dessen Hand groß genug war, um ihren Busen ganz zu packen! Nichts gab ihr mehr Sicherheit als seine Pranke, die sie sanft festhielt, während der Mittelfinger seiner anderen Hand tief in sie eindrang. Kimberly drückte ihren Hintern nach außen, und da war es auch schon – das, wonach sie die ganze Zeit schon gesucht hatte. Das Ding war praktisch so groß wie ein Baseballschläger und mindestens genauso hart. Eingeklemmt in seiner Hose und nur zu bereit, endlich befreit zu werden.

19

»Wer sagt uns, dass irgendetwas explodiert wäre?«

»Naja ... der Stromschlag, den Terry abbekommen hat, war auch keine leere Drohung.«

Nick und Scotty hatten sich in eine Ecke der Halle zurückgezogen. Scotts Blick war auf ein Stück Plastik gerichtet, das er in der Hand hielt.

Sie waren allein in der Halle zurückgeblieben. Louise war von Donna in ein Badezimmer geführt worden, das im ersten Stock lag, die anderen mussten irgendwo in dem Gebäude unterwegs sein.

Scott richtete das Plastikteil – ein knochengroßes Element mit ein paar Knöpfen darauf, das wie eine Fernbedienung aussah – in die Mitte der Halle. Das hatte er auch vorhin schon gemacht. Und er hatte es auch vorhin schon einmal bedient, kaum dass er das Ding gefunden hatte.

Als Nick und er sich Terry genähert hatten, nachdem die Frauen für einen Moment hinausgegangen waren, war es ihm unter einem der Sofas aufgefallen. Nick und er hatten schauen wollen, wie Terry aus der Nähe aussah. Sie hatten die Tagesdecke, die über ihn ausgebreitet worden war, vorsichtig angehoben und sich hingekniet. Scotty hatte gesehen, dass jemand Terrys Augen zugedrückt hatte, den Blick abgewandt – und das Plastikteil unter einem der Sofas entdeckt. Vielleicht ging ja damit der Fernseher an und zeigte ihnen den nächsten von Brandons Auftritten?

Doch der Bildschirm war schwarz geblieben – stattdessen hatten sich die Jalousien in Gang gesetzt. Die Jalousien des Panikraums.

Blitzschnell hatte Scott auf der Fernbedienung die Taste mit dem Quadrat gedrückt – und es war tatsächlich die Stopptaste gewesen.

Danach hatten er und Nick sich in die Ecke der Halle bewegt, um in Ruhe zu reden.

Scotty zielte mit der Fernbedienung noch immer in die Mitte des Raums und sah Nick an. »Und? Was denkst du?«

Nick erwiderte seinen Blick, sagte aber nichts.

Vorsichtig senkte sich Scottys Daumen auf die Taste mit dem Pfeil – und es kam Bewegung in die Stahllamellen.

»Stopp – halt das Ding an«, fuhr Nick ihn an, »wer weiß, ob du die Rollläden nachher wieder hochkriegst!«

Mit einem Ruck blieben die Stahlmarkisen stehen, als Scott die Stopptaste presste. Er zog seinen Arm wieder ein und tippte Nick mit dem Plastikteil gegen die Brust. »Woher wusste Brandon, wann wir alle in der Halle sind, Nick, hast du dich das schon gefragt?«

Er war einen ganzen Kopf kleiner als Nick, aber sie beide waren den Größenunterschied noch von früher gewohnt und bemerkten ihn nicht einmal mehr. Als Scott älter geworden war – nicht mehr dreizehn, vierzehn Jahre alt, sondern eher sechzehn, siebzehn –, hatte er begonnen, sich an Nick zu halten. Zu diesem Zeitpunkt waren ihm die Spielchen mit Ralph und Terry ... das Herumhacken auf Henry ... zuwider geworden, und er hatte sich mit Nick angefreundet.

»Brandon konnte es nicht wissen, weil er tot ist, richtig?«

Nick wischte das Plastikteil, das ihn in die Brust piekte, beiseite, ohne etwas zu sagen.

»Eine Lichtschranke – oh ja, ganz sicher, ich erklär dir das mal«, fuhr Scotty fort. »Sie ist so eingestellt, dass sie mitzählt, ob alle da sind. Und wenn sie registriert: Super, jetzt sind alle zehn in der Halle, dann löst sie die Rollläden aus?« Er hielt inne, und seine Augen leuchteten. »Ganz bestimmt NICHT!« Er schlug mit dem Plastikgerät in die leere offene Hand. »Ich sag dir, was passiert ist. Einer von denen, die eben noch hier waren, hat das Teil hier bedient! Wir haben uns Brandons Ansprache angehört, alle haben zu dem Bildschirm hochgesehen, und keiner hat auf denjenigen mit der Fernbedienung geachtet. In dem Moment hat er – oder sie – das Teil benutzt und es danach ganz unauffällig unter dem Sofa verschwinden lassen. Während die Rollläden runtergekommen sind und alle starr waren vor Schreck.«

»Meinst du?« Nick sah ihn skeptisch an.

»Ich meine nicht nur – ich weiß es!« Wie zum Beweis drückte er erneut die Taste auf dem Gerät. Kreischend setzten sich die Jalousien in Bewegung. Rasch nahm Nick ihm die Bedienung aus der Hand und stoppte die Rollläden.

»Ist dir klar, was das heißt?« Scotty fuhr sich durch seine Haare. Er spürte, dass ihn das, was er soeben begriffen hatte, mächtig aufregte. »Ich meine, verstehst du überhaupt, was ich dir zu erklären versuche?« Trotz seiner Anspannung achtete er darauf, dass seine Stimme leise blieb.

»Nicht wirklich.« Nick schaute auf die Fernbedienung in seiner Hand.

»Ich will sagen, dass wir niemals hierher hätten kommen sollen. Und vor allem will ich sagen, dass einer von uns ... ja genau ... von den ... wie viele sind wir noch? Neun? Einer von den neun Leuten, die noch hier sind, hat die Fernbedienung benutzt. Und damit Terry auf dem Gewissen! Einer von uns

Gästen steckt mit Brandon unter einer Decke. Ist sein Helfershelfer!« Jetzt wurde er richtig eindringlich. »Ich wusste es – gleich als ich losgefahren bin, habe ich mir gesagt: Tu's nicht, fahr nicht dahin, das bringt nur Stress. Ich wusste es – und jedes Mal ist es das Gleiche: Ich habe ein Gefühl, ahne, dass etwas schiefgeht – und was mach ich? Hör ich auf mein Gefühl? Tu ich nicht! Ich renne in mein Verderben und …«

Er sah auf, weil Nick ihm eine Hand auf den Arm gelegt hatte. »Scotty?«

»Was!?«

»Reg dich ab, ja? Es macht keinen Sinn, hier durchzudrehen.«

Einen Augenblick lang war sich Scott unschlüssig, ob das nicht doch besser wäre.

»Was passiert ist, ist passiert«, zischte Nick. Offensichtlich hatte auch er keine Lust, allzu laut zu sprechen. »Wir sind jetzt hier, wir müssen einen kühlen Kopf bewahren.« Er holte Luft. »Bist du klar?«

Scottys Lippen bewegten sich, aber es war nichts zu verstehen.

Nick drehte sich zur Seite, legte die Fernbedienung auf ein Sideboard und nahm ein Glas Wasser hoch, das dort stand. »Hier, nimm einen Schluck.« Er reichte ihm das Glas.

Scotty griff danach und nippte daran.

»Einer von uns, ja?« Nick hatte die Arme verschränkt, und sein Blick schien durch Scott hindurchzugehen.

»Mit Henry? Ich meine, wie vernagelt muss man sein, sich auf so etwas einzulassen, wenn man weiß, dass Henry dabei ist?«, kam es von Scott, und seine Stimme hatte beinahe etwas Brüchiges bekommen. »Er ist labil – war es schon immer! Hast du gesehen, was er gemacht hat, als die Uhr runterzählte? Wie er meinen Namen gerufen hat? ›Scotty, Scotty‹, ich hör ihn jetzt noch schreien! Was hat er gesagt? Dass Brandon wollte, dass ich die Kabel anfasse und den Stromkreis schließe?« Scott hielt beide Hände offen vor sich, als wolle er Henrys Kopf damit greifen. »Henry könnte es durchaus gewesen sein. Wenn du mich fragst, war er es! Er hat sich von Brandon...«

»Du meinst, Brandon hat ihn... bevor er... also, als er noch am Leben war... Brandon hat sich mit Henry – was? Abgesprochen?«

»Ja?« Scotty starrte Nick an, und in seinen Augen stand... Zweifel. »Hast du gehört«, fuhr er hastig fort, »was Brandon gesagt hat? ›Einer von euch wird überleben, nur einer.‹ Das hat er gesagt! Aber wie will er das denn anstellen? Jetzt sag ich dir was: Langsam glaube ich, dass er wirklich ernst macht. Er nimmt hier einen nach dem anderen von uns aus dem Spiel!«

»Und was? Am Ende bleibt nur Henry übrig?«

»Ja! Warum nicht? Könnte ich mir durchaus vorstellen! Brandon hat Geld, okay? Das weißt du doch. Brandons Vater hat richtig gut verdient. Und Brandon hat geerbt. Es ist ja auch sonst niemand von der Familie mehr übrig. Die Mutter war damals schon tot, und Brandon hat keine Geschwister. Er hat geerbt und Henry gesagt: Pass auf, hier, was weiß ich, wenn du das alles machst, kriegst du... wenn alles vorbei ist... ALL MEIN GELD.«

»All sein Geld?« Nick hatte sich eine Zigarette angezündet und blies den Rauch aus.

»Ganz genau.«

»All sein Geld. Oder ein bisschen was. Ist ja auch egal. Jedenfalls hat Brandon sich einen von uns gekauft, ja?«

Scotty nickte. Offensichtlich ließ sich Nick die Sache durch den Kopf gehen. Er war nicht so fahrig wie Scotty, aber es war klar, dass das, was sein alter Kumpel zu sagen versuchte, ihm durchaus zu denken gab.

»Henry?« Nick kniff ein Auge etwas zusammen, weil ihm Rauch hineingeraten war. »Klar, Henry war schon immer ein Psycho, aber wer weiß, du könntest es auch gewesen sein, Scotty, das mit der Fernbedienung? Brandons Mann? Soweit ich weiß, ist das genauso gut möglich.«

Scotts Augen glänzten. Er hatte die Hände heruntergenommen und in seine Hosentaschen gestopft. »Endlich schaltest du dein Gehirn ein, Nicky! Klar könnte ich es gewesen sein. Aber ich weiß, dass ich diese Fernbedienung«, er deutete mit dem Kopf zu dem Plastikteil auf dem Sideboard, »vorhin nicht angefasst habe. Hab ich nicht, das weiß ich, weil ich weiß, was ich getan habe. Aber das ist auch alles, was ich weiß. Meiner Meinung nach könntest DU es genauso gut gewesen sein, verstehst du?« Er sah zu Nick. »Oder Ralph... oder eine der Frauen? Warum nicht? Kimberly? Die habe ich noch nie leiden können.« Er zog die Schultern hoch, senkte den Blick, ging auch die anderen in Gedanken durch, riss plötzlich aber, als Nick nichts sagte, den Blick wieder hoch. »Lass uns abhauen, Mann. Worauf warten wir? Bis der Nächste dran ist? Wir müssen verrückt sein, dass wir überhaupt noch hier sind! Ob es Kimberly ist oder Janet oder...«, er schauderte ein wenig und sah hinüber zu Terry, der unter der Tagesdecke lag. »Vielleicht war es sogar Terry, und etwas ist schiefgegangen. Das ist mir doch ganz egal! Fakt ist, dass Brandon gesagt hat, dass nur einer durchkommt. Und Fakt ist, wenn du mich fragst, dass Brandon einen... wie sagt man? Einen Verräter, einen Judas? Dass er so jemanden hier unter uns hat, der – oder die – ihm hilft, auch wenn Brandon selbst inzwischen tot ist. Und mit so jemandem wird Brandon am Ende mit seinem ganzen Projekt tatsächlich noch durchkommen! Darauf warten? Ohne mich, Nick!« Breitbeinig stand Scott vor seinem alten Freund und versuchte, überzeugend zu klingen. Zugleich aber wusste er, dass er alleine nirgendwo hingehen würde, sondern immer nur Vorschläge machte und Ideen anregte, letztlich aber nur das ausführte, was ihm ein anderer sagte.

»Die anderen im Stich lassen, ja?« Nick runzelte die Stirn. »Vielleicht ist einer ein fauler Apfel, aber die anderen doch nicht. Wir sagen nichts, machen uns aus dem Staub...« Er brachte den Satz nicht zu Ende, offenbar war ihm noch etwas anderes eingefallen. »Außerdem, glaubst du wirklich, dass Brandon keine entsprechenden Vorkehrungen getroffen hat? Der Bergbach schneidet ja schon mal die Straße ab. Wir können jetzt im Dunkel los und uns irgendwo im Gelände an einer Klippe den Hals brechen. Aber das macht keinen Sinn. Wir kommen hier jetzt nicht weg.« Er drückte die Zigarette in einem großen Aschenbecher auf dem Sideboard aus. »Wenn es stimmt«, sagte er, »dass einer von uns weiß, was Brandon gemacht hat, wenn einer von uns wirklich im Bilde ist, müssen wir doch nur herausbekommen, wer das ist. Er oder sie wird uns dann auch sagen können, wie wir hier lebend rauskommen.«

Scottys Lippen hatten sich vorgeschoben. Darauf war er noch gar nicht gekommen.

»Wenn du mich fragst«, fuhr Nick fort, »wenn es tatsächlich einer von uns sein sollte... was ist dann eigentlich mit Donna? Du meinst, Brandon hat sich seinen Partner *gekauft*. Wenn es um Geld ging, war doch immer Donna die Schlauste von uns allen, oder nicht?«

20

Louise hatte das Gefühl, in ihrem Kopf hätte sich eine Art Nebel ausgebreitet. Vielleicht weil ihr beim Würgen – mit dem Kopf über der Kloschlüssel – das ganze Blut in den Schädel geströmt war. Der Brechreiz war so stark gewesen, dass sie gefürchtet hatte, sich die Lunge aus dem Hals zu spucken, herausgekommen waren dann aber nur ein paar Tropfen äußerst bitterer Magensäure.

Sie ließ sich nach hinten sinken und geriet in eine halb kniende, halb hockende Stellung vor dem Porzellansitz der Toilette. Donna hatte freundlicherweise ihr Haar festgehalten, um zu vermeiden, dass Louise sich beschmutzte.

»Er hat es für mich getan...« Louise griff nach dem Kleenex, das Donna ihr hinhielt, und wischte sich den Mund damit ab. »Er hat es für mich getan, kannst du dir das – oder?«

Donnas dunkle Augen waren auf sie gerichtet. Nickte sie?

»Donna?« Louises Stimme war leise.

»Vielleicht... vielleicht war es wirklich so.« Donna nahm ihr das Kleenex aus der Hand und warf es in die Kloschlüssel. »Terry hat dich immer sehr geliebt. Schon damals, in der Schule.«

Louise fühlte, dass ihre Augen sich mit Tränen füllten. »Ich hätte es nicht zulassen dürfen.«

»Es ist nicht deine Schuld, Lou.«

Nein? »Kannst du dir vorstellen, was in diesen Minuten – länger war das doch nicht... drei Minuten – was in Terry da vor sich gegangen sein muss?« Sie nahm noch ein Kleenex und schnaubte hinein. »Es ist alles blitzschnell gegangen – und er musste eine Entscheidung treffen.«

»Ich hätte nicht so schnell reagieren können wie Terry.«

»Nein.« Louise behielt das Taschentuch in der Hand. »Er hat gesehen, dass es nur einen Weg gibt. Er musste diesen Wahnsinn stoppen. Vielleicht konnte er sich gar nicht vorstellen, dass es wirklich so weit kommen würde. Für ihn gab es nur eins: Die Uhr muss angehalten werden. Also hat er zugepackt.« Die letzten Worte waren kaum noch zu verstehen, weil sie die Fäuste auf ihren Mund gedrückt hatte. Alles in ihr fühlte sich an wie zerschlagen.

»Was ist nur mit Brandon passiert?«, hörte sie Donna murmeln, die inzwischen auf dem Badewannenrand Platz genommen hatte. »Diese Medikamente? Wie viel musste er denn davon nehmen? Hast du mit ihm darüber mal gesprochen?«

Louise schüttelte den Kopf. »Ich hatte keine Ahnung. Ich habe ihn jahrelang nicht gesehen.« Sie sah auf. »Du?«

»Was?«

»Hast du ihn nochmal gesehen, in all den Jahren?«

»Wieso?«

Louise streckte ein Bein aus, in dem sich das Blut schon zu stauen begonnen hatte. Es fiel ihr schwer, einen klaren Gedanken zu fassen. »Nur so, Donna.« Sie überlegte, ob sie sich aufrichten sollte. So neben der Toilette zu sitzen ... Sollte sie Brandons Medizinschrank durchsuchen und schauen, ob sie ein Beruhigungsmittel fand? Ihr Blutdruck war offenbar viel zu hoch. Sie hatte den Eindruck, richtiggehend verwirrt zu sein.

»Er war mal bei mir in L. A.«, hörte sie Donna sagen und verschob das Projekt, sich zu erheben.

»Ja?«

»Ein paar Jahre ist das inzwischen auch schon wieder her. Ich habe mich gefreut, ihn zu sehen. Er meinte, er hätte beruflich...«

»Beruflich? Was hatte er denn für einen Beruf?«

»Nein, richtig, jetzt weiß ich es wieder, er hat nur gesagt, er hätte in L. A. zu tun und hätte gehört, dass ich eine Agentur besäße, und da hätte er sich einfach ans Telefon gehängt und sich gemeldet. Ich fand das nett.«

»Hm.« *Und?*

Aber Donna sagte nichts mehr.

Louise strich sich eine Haarsträhne aus dem Gesicht. »Habt ihr miteinander geschlafen?«

Donnas dunkle Augen leuchteten auf wie zwei Scheinwerfer. »Ja, das haben wir, Louise, auch wenn ich mir nicht sicher bin, was dich das angeht.«

Sie haben miteinander geschlafen. Das wusste ich gar nicht.

»Ich habe Brandon immer gern gehabt«, fuhr Donna fort. »Für mich war Brandon jemand...«, sie suchte nach Worten, »... mit so etwas wie einem Riss in der Seele.«

»Wegen seiner Mutter, ja? Die so früh gestorben ist.«

»All die Jahre allein mit dem Vater«, Donnas Blick wanderte durch das Badezimmer, »hier in dem Haus, es wird nicht einfach für ihn gewesen sein.«

»Willst du ihn jetzt in Schutz nehmen für das, was er hier abzieht?«

»Nein, natürlich nicht, das stimmt schon, Brandon hat immer... irgendwie danebengegriffen?« Donnas Gesicht nahm einen zartfühlenden Ausdruck an. »Das weißt du doch. Mal war er zu laut, mal zu heftig, mal zu schrill. Er hatte kein Gespür dafür, wie man sich benimmt! Und er hat sich dafür gehasst, weißt du? Dafür, dass er nicht in der Lage war, ein gewisses erträgliches Mittelmaß zu treffen. Zugleich war er aber auch außergewöhnlich einfühlsam, wenn man ihn etwas besser kannte.«

»Ach ja?«

»Ja.« Donna schaute sie an. »Dass meine Mutter ... du erinnerst dich, oder? Du weißt schon ... dass sie nicht weiß ist?«

»Ja, klar.« Das wusste Louise noch sehr gut. Dass Donnas Mutter Afroamerikanerin war. Aber sie und ihr weißer Mann hatten sich für eine In-vitro-Befruchtung entschieden, bei der ihr eine fremde Eizelle eingesetzt wurde, um ein Kind auszutragen. Die Eizelle einer weißen Frau, befruchtet vom Samen des Vaters. Sodass Donna zwar weiß war, ihre Mutter aber – die Frau ihres Vaters, die Frau, die für Donna immer ihre Mutter gewesen war – afroamerikanisch. Als Kinder hatten sie sich alle ein bisschen gewundert, aber bald war es ihnen ganz normal vorgekommen. Schließlich kannten sie Donna und wussten, dass sie gut drauf war – und das war alles, was damals für sie zählte.

»Dass meine Mutter die Einzige von allen Müttern im ganzen Jahrgang war, die nicht weiß war? Keinem von euch ist es wirklich gelungen, das zu vergessen – außer Brandon«, hörte Louise Donna sagen. »Es hat für ihn keine Rolle gespielt. Ich weiß schon, ihr alle – wie soll ich sagen? Habt euch nichts anmerken lassen? Aber wirklich egal war es nur einem. Brandon. So schrill er zuweilen auch sein mochte – dafür hatte ich ihn ins Herz geschlossen.«

Louise schwieg. Sie konnte sich gut vorstellen, dass Brandon Donna gegenüber immer den richtigen Ton getroffen hatte.

»Meine Eltern waren mit seinem Vater befreundet, das weißt du ja«, hörte sie Donna sagen. »Brandons Vater hatte die Schwangerschaft meiner Mutter als Arzt betreut.«

Ja, natürlich ...

»Als wir kleiner waren«, fuhr Donna fort, »sind meine Eltern ein paarmal mit mir hierhergekommen. Dadurch haben Brandon und ich uns öfter gesehen. Wir kannten uns schon recht gut. Deshalb hat es mich auch nicht gewundert, als er sich plötzlich gemeldet hat. Und es war schön, mit ihm zusammen zu sein.«

»Einmal – oder öfter?«

»Was ist das hier, Louise, eine Fragestunde?« Donnas Blick hatte sich verhärtet.

Aber Louise hatte den Eindruck, dass dies nicht der richtige Zeitpunkt wäre, um übermäßig zurückhaltend zu sein. »Meinst du nicht, dass ich ein Recht habe, das zu fragen?«, sagte sie leise, ohne aufzuschauen. »Nach dem, was gerade in Brandons Haus passiert ist?«

»Ich habe ihn zwei- oder dreimal in all den Jahren gesehen – immer in L. A.«

»Und wann zuletzt?«

»Vor drei Jahren.«

»Und da hast du nichts bemerkt? Ich meine, vor drei Jahren, da muss er diese Medikamente doch schon genommen haben. Ist dir keine Veränderung aufgefallen?«

Donna schien nachzudenken. »Ich wollte ihm helfen«, sagte sie schließlich. »Er hatte Probleme ... klar, aber auch Probleme mit Frauen? Ich hatte das Gefühl, dass ich ihn da nicht im Stich lassen sollte. Aber es war ihm unangenehm, er litt darunter, dass es nicht immer ging, okay? Er hatte wohl gehofft, dass er es in den Griff bekommen würde, wahrscheinlich hatte es auch mit den Medikamenten zu tun. Aber dann ... es wurde nicht besser, sondern schlimmer. Bis ich mich schließlich gefragt habe, ob er vielleicht geglaubt hat, ausgerechnet mit mir sein

Problem lösen zu können, nur um festzustellen, dass es bei uns beiden erst recht nicht ging.« Sie hatte ein Bein auf den Rand der Badewanne gestellt und das Knie an sich herangezogen.

»Er hat dich um Hilfe gebeten?«

»Ja ... erst schon.«

»Und was hat er dir als Gegenleistung geboten?«

Es war, als hätte Louise eine Nadel gezückt und Donna in die Stirn gerammt.

»Wie meinst du das denn?« Für einen Moment schlug Louise unverhohlener Hass aus Donnas Blick entgegen.

Louise hielt ihm dennoch stand. »Brandon hatte Geld, Donna, und soweit ich weiß, ist es deiner Komparsenagentur auch mal nicht so gut gegangen, oder? *Du* hast *ihm* geholfen – und *er dir?* War es so?«

Aber kaum hatte Louise das gesagt, bereute sie es auch schon. Donnas Körper hatte sich völlig versteift. Offenbar überlegte sie, ob sie gehen, antworten oder Louise eine Ohrfeige geben sollte.

»Apropos Geld«, stieß Donna schließlich hervor, »hier in New Jericho hatten ja alle Familien genug davon – nur deine nicht, so war es doch, oder?«

»HILFE – hallo?« Der plötzliche Schrei fuhr zwischen sie wie ein Blitz. »*Um Gottes Willen – die Tür – sie ist einfach zugefallen!*«

Janet.

Ihre Stimme war deutlich zu erkennen!

Louises Blick begegnete dem von Donna, und sie sprangen gleichzeitig auf.

21

»Aus dem Keller! Das war Janets Stimme, oder? Ralph ist schon auf dem Weg nach unten!« Kimberly kommt Louise und Donna durch den Flur im Erdgeschoss entgegen und zeigt auf eine Tür, die offensteht.

Dahinter sind schemenhaft die Stufen einer Steintreppe zu erkennen, die in die Tiefe führt.

»HEY! Hört mich jemand?« Janets Stimme ist gedämpft – als würde sie nicht direkt am Fuß der Treppe stehen, sondern hinter einem Vorhang ... einer Tür – einer Mauer.

»Was ist mit ihr?« Nick. Er ist hinter Louise und Donna aufgetaucht.

»Sie muss im Keller sein«, stößt Louise hervor. Ihre Hand tastet hinter der Kellertür über die nackte Wand, findet einen Schalter, legt ihn um.

Ein Klicken – aber es bleibt dunkel.

»Es muss auch so gehen.« Nick drängt an ihr vorbei und springt die Stufen hinunter. Diffus wird die Treppe von dem wenigen Licht erhellt, das aus dem Flur durch die Kellertür fällt.

Louise folgt ihm, gelangt in einen kahlen Kellerraum – sieht zwei Türen blass im Dunkeln schwimmen.

»Nick!«, hört sie Janets Stimme. »Bist du das?«

Er hat mit der Faust gegen eine der Türen geschlagen – reißt jetzt an der Klinke.

»Wir sind hier, Janet, mach die Tür auf!«

»Es geht nicht, hier drinnen gibt es keine Klinke – ich bin

durch die Tür – hier ist eine Leuchtschrift, eine rote Laufschrift!«

Was? Leuchtschrift – was denn für eine Leuchtschrift?

»›Exit‹ hat darauf gestanden. Die Tür stand offen, die Leuchtschrift befand sich dahinter. ›Exit‹, ich dachte, dort komm ich hinaus, aber ich muss gegen ein Stöckchen – was auch immer – gestoßen sein, das die Tür aufgehalten hat. Denn kaum war ich hindurch, ist sie zugefallen.«

»Was ist mit der anderen Tür?!« Louise macht einen Schritt auf die zweite Tür zu, die sich in dem Keller befindet, greift nach der Klinke, aber auch sie ist abgesperrt.

»Ralph!«, hört sie hinter sich Kimberlys alarmierte Stimme. »Ralph, bist du hier?«

Ein harter Schlag von innen gegen das Türblatt lässt Louise zusammenfahren.

»Ich habe Janets Hilferufe gehört«, dringt Ralphs Stimme dahinter hervor, »aber die Tür, hinter der sie zu hören war, war verschlossen. Also habe ich es mit dieser hier probiert, bin rein – alles ist dunkel hier drin, nur die Leuchtschrift...«

»Welche Leuchtschrift?« Nick tritt neben Louise.

»Hier, hier drinnen. ›Exit‹, das stimmt, hier auch, aber... kaum war ich drin, ist die Tür zugefallen...«

»Hör zu, Ralph.« Nick hat den Unterarm gegen die Stahltür gelegt, die Stirn dagegengepresst. »Was sind das für Räume?«

»Eine Sauna?«, kommt Ralphs Stimme gepresst zurück. »Ich weiß es nicht, aber es ist verdammt heiß!«

Ein metallischer Schnapplaut schneidet ihm das Wort ab, und für einen Moment muss Louise die Augen schließen, so sehr blendet sie das Licht, das angesprungen ist. Von allen Seiten scheint es in den Raum vor den beiden Türen zu fluten, in dem sie stehen: Louise – Nick – Donna – und Kimberly.

Louises Kopf dreht sich, damit ihr das Licht nicht zu sehr in die Augen sticht. Ihr Blick fällt auf einen Mauervorsprung. Direkt neben der rechten Tür führt ein Gang um die Ecke, aus dem das Licht strömt. Ohne nachzudenken geht sie darauf zu, umrundet die Ecke – und sieht es vor sich. Das Glas. Die Neonröhren. Die Gestalt Ralphs, der hinter dem Glas steht wie ein Tier in einem Käfig. Der Gang, den sie erreicht hat, führt an dem Raum vorbei. Hinter Ralph kann sie einen zweiten Raum erkennen, in dem sich Janet in eine Ecke presst. Und noch hinter Janet, jenseits einer weiteren Glaswand, ist Kim zu sehen, die auf der anderen Seite um die beiden Glaskästen, in denen Ralph und Janet gefangen sind, herumgelaufen sein muss.

»Was ist das für eine Hitze?!«, ist Janet zu hören. »Nick! Sieh doch mal nach, ob du irgendwo dort was bedienen kannst. Ich hab das Gefühl, zu verdampfen!«

»Ist das eins von Brandons Spielen?!« Ralphs Stimme ist heiser. Er trägt nichts als ein T-Shirt und Boxershorts.

Wo ist sein Kostüm – die Frankenstein-Kluft?

»Hier gibt es nichts, was sich bedienen lässt«, kann Louise Nick hören, der auf der anderen Seite um die beiden Glasräume herumgelaufen ist. »Ralph? Janet? Ich seh zu, ob ich eine Axt oder sowas finde!« Dann ist er verschwunden.

Instinktiv legt Louise eine Hand auf das Glas vor ihr und zuckt zurück. Die Scheibe ist sehr warm, bestimmt vierzig oder fünfzig Grad. Sie kann sehen, wie rot Ralphs Gesicht ist.

Hinter ihm bemerkt sie eine Bewegung. Ein rotes Leuchten.

»Die Leuchtschrift! Jetzt läuft sie wieder! Da, wo vorhin ›Exit‹ gestanden hat.« Janet zeigt auf das LED-Band, das in gut drei Metern Höhe durch beide Glaskästen gezogen ist.

»*Runde zwei, liebe Freunde?*« Die Buchstaben rennen geradezu über die Anzeige. Für einen Moment verstummen alle, die Blicke auf das Schriftband geheftet.

»Das ist das, worum es diesmal geht: Wer zuerst an dem Drehschalter in seiner Sauna...«

»Aber das Drehding verändert doch gar nichts!«, ist Janet zu hören. Louise sieht, dass Janet die Hand an einem Schalter hat, der in ihrem Glaskasten direkt unter dem Laufband angebracht ist.

»...Drehschalter in seiner Sauna 200 Grad einstellt«, verkündet das Laufband weiter, zu dem Louises Blick zurückgesprungen ist, *»sorgt dafür, dass die Tür sich öffnet. Keine Angst, die Luft da drin ist ganz trocken. 200 Grad, das müsste zu schaffen sein. Der Langsamere allerdings wird es nicht überleben. Und wenn ihr nichts macht? Naja... die Temperatur steigt auch von alleine. Bis auf 240 Grad. Also, entweder einer von euch ist schnell – oder ihr seid beide tot. Und ihr wisst ja: Je länger man in solchen Temperaturen ausharrt, desto gefährlicher wird es. Los geht's! Runde zwei, liebe Freunde!«*, und dann fängt die Laufschrift wieder von vorne an.

240 Grad... 200 Grad...

Tatsächlich kann Louise sehen, dass sich in beiden Glaskästen jeweils ein Drehschalter unter dem Laufband befindet. Jenseits der Glaswände sind Henry und Scotty eingetroffen, die in dem anderen Gang aufgeregt mit Donna und Kim reden, aber Louise kann nicht verstehen, was sie sagen. Instinktiv schaut sie wieder zu Janet, die mitten in ihrer Sauna steht. Schweiß läuft über ihr Gesicht. Ralph ist ebenfalls darum bemüht, so wenig Kontakt wie möglich mit den Wänden des Glaskastens zu haben. Sein Kopf ist zu dem anderen Käfig gedreht, in dem Janet steht, und seine Hand tastet nach dem Schalter unter der Leuchtschrift.

»Hör zu, Janet«, hört Louise ihn sagen, »ich wäre jetzt nicht hier, wenn ich dir nicht zu Hilfe gekommen wäre.«

Janets Gesicht erhebt sich aus den Händen, die sie davorgeschlagen hat.

»Ich weiß, Ralph, ich weiß.«

Wer zuerst 200 Grad einstellt ...

Louise sieht erneut zu der Laufschrift. Anstelle der Buchstaben ist jetzt eine Zahl dort aufgetaucht, und diese Zahl ist in beiden Käfigen gleich.

»90 Grad.«

Das muss die Temperatur sein, die in den zwei Glaskästen herrscht. Es ist der Haut der beiden bereits anzusehen. 90 Grad. Einen Topf Wasser könnte man damit schon fast zum Kochen bringen. Aber so heiß ist es in Saunen oft. Nur dass die Leute dann nicht so lange darin verweilen.

96°.

Innerhalb von Sekunden ist die Temperatur um sechs Grad gestiegen!

99°. 100°.

Oder hat einer von ihnen bereits begonnen, an seinem Schalter zu drehen?

Nein. *102° ... 104°* ist gleichermaßen in beiden Käfigen zu sehen. Die Hitze steigt in beiden Saunen gleichmäßig.

»Was soll ich denn machen, Ralph?«

»Ich wollte dir helfen!«

»Ja, du wolltest, du hast dich bemüht, Ralph. Aber es ist so heiß hier drin, ich halte das nicht aus. Ich spüre das doch, mein Blut fängt an zu kochen, ich muss HIER RAUS, begreifst du das nicht?«

»Ich auch, Janet, aber wir müssen jetzt Ruhe bewahren!«

Ein Schatten taucht neben Louise auf. Es ist Nick. Seine

Arme heben sich, und es ist ein lauter Knall zu hören. Er hat eine Axt in den Händen, aber das Stahlblatt des schweren Werkzeugs ist an dem Glas abgeprallt, ohne eine Spur darauf zu hinterlassen.

124°.

»Ralph, was machst du denn?!«, ruft Janet. Ihr Haar klebt ihr jetzt am Schädel, ihr Gesicht wirkt, als sei es innerhalb von Minuten bis auf die Knochen abgemagert.

»Nichts, ich mache nichts!«

»Ich kann nicht mehr«, schreit sie. Ihre Augäpfel sind beinahe aus den Höhlen hervorgetreten, ihre Pupillen zu winzigen Punkten zusammengezogen.

»Fass den Schalter nicht an, Janet, wir finden eine andere Lösung!«, beschwört Ralph sie.

Sie bringt ihn um, wenn sie auf 200 Grad geht. Janet wird es wahrscheinlich überleben, aber was dann mit Ralph geschieht –

»Warte ab, 240 Grad – die Tür wird aufgehen, und wir werden frei sein. Wir können raus ins Freie, uns abkühlen...«

»UND WENN NICHT? Wenn die Tür nicht aufgeht und wir gekocht werden, bis uns das Blut aus den Augen quillt?!«

Ihr Entschluss steht fest, Louise kann es Janets Haltung ansehen. Ralph ist gekommen, um sie zu retten, und jetzt bringt sie ihn um – weil sie nicht anders kann.

Ralphs Blick ist auf Janets Hand geheftet, die sich bereits fest um den Drehschalter in ihrer Sauna geschlossen hat.

152° ist in der Leuchtschrift in Janets Kasten zu sehen, *159°...*

Während Ralph sich nicht rührt.

»Was soll das, Ralph?! Dreh den Schalter!«, kreischt Kimberly. »Worauf wartest du?! Sie bringt dich um, sie hat kein Recht dazu!« Kim stützt beide Hände auf das Glas, zieht sie aber sofort wieder weg. »Wir brauchen dich hier, Ralph! Brandon tötet uns einen nach dem anderen. Janet kann uns nicht helfen, nur DU kannst das! Dreh den Schalter – VERBRÜH SIE, diese Hexe!«

Ralph aber sieht nicht zu Kim. »Du machst einen Fehler, Janet«, kann Louise ihn flüstern hören, »du bringst dich selbst um. Wir wissen nicht, ob das, was Brandon sagt, auch eintrifft. Dreh den Schalter wieder runter ...«

Die Haut an seinen nackten Beinen ist jetzt tiefrot.

»Weißt du, was wir mit dir machen, wenn du Ralph massakrierst?!«, heult Kimberly.

Louise dreht sich zu Nick um, der verzweifelt die Axt gegen das Panzerglas krachen lässt. »Nick, hol alles, was du finden kannst, aus dem Medizinschrank oben! Wenn die Tür der Sauna aufgeht, egal bei wem, werden sie schlimme Verbrühungen haben. Wir brauchen Salben, Tücher ...«

Sie sieht, wie sich Nick in Bewegung setzt, und hört zugleich Janet wimmern. »Es tut mir leid, Ralph, ich ... ich will nicht, dass wir beide sterben!«

199°. 200°.

Es KLACKT. Deutlich ist zu hören, wie eine Verriegelung aufspringt.

Durch das Glas hindurch kann Louise sehen, wie Janet aus der auffliegenden Tür ins Freie taumelt. Im nächsten Augenblick dringt ein scharfes Zischen aus der Sauna, in der Ralph jetzt schützend die Arme über dem Kopf zusammenschlägt. Gleichzeitig schießt staubfein zersprühtes Wasser aus Dutzenden von Düsen in seine Kammer.

204°. 212°. 224°.

Der feine Sprühregen verwandelt sich in der Hitze sofort in kochend heißen Wasserdampf. Wo eben noch die krebsrote

Haut des großen Mannes zu sehen war, beginnen sich im nächsten Augenblick handtellergroße Blasen zu bilden ... und aufzuplatzen. Immer noch strömt Wasser wie bei einem Aufguss in die glühend heiße Backofensauna. Rasend schnell breiten sich die Blasen über Ralphs Körper aus, überziehen sein Gesicht, häuten ihn – bis sich die verbrühte Haut in breiten Lappen abschält und auf den Boden der Glaskammer klatscht. *268°. 286°.*

Louise reißt sich los. Hört, wie Ralphs schwerer Körper auf den Boden der Kammer fällt. Wie es zischt, als würde ein Steak in eine ölsiedende Pfanne geworfen. Dann ist sie aus dem Gang heraus und vorn bei der Tür, aus der Janet gekommen ist. Gleichzeitig kommt Nick die Treppe herunter.

»Schnell, nach draußen ins Freie mit ihr!«, ruft Louise Nick und Henry zu, während sie mit fliegenden Fingern die herbeigeschafften Medikamente nach geeigneten Mitteln durchsucht.

22

Das Haus frisst uns auf.

Lauerte der Tod in der Halle – im Schlafzimmer ... Brandons altem Kinderzimmer?

Vorsicht vor dem Haus, Brandon hatte es ja selbst in seiner Videobotschaft gesagt. Und Donna wusste nur zu gut, dass er noch etwas anderes gesagt hatte. *Erst wenn nur noch einer übrig ist, wird er gehen können.*

Terry war von dem Stromschlag getötet worden, Ralph verbrüht ...

Noch acht, nachdem auch Brandon, wie Louise ja eindeutig festgestellt hatte, nicht mehr lebte.

Acht.

Und Donna war eine von ihnen.

Sie tat es nicht absichtlich, aber sie musste doch daran denken: Sieben andere mussten vor ihr sterben, wenn sie diejenige sein sollte, die als Letzte überlebte. Henry, Nick, Louise ... Was bedeutete das? Bedeutete es, dass einer der sieben anderen daran dachte – ebenfalls daran dachte ...

Sie dachte ja *nicht wirklich* daran!

Aber vielleicht einer der anderen? Henry zum Beispiel, dem Donna eigentlich alles zutraute. Dachte Henry darüber nach, wie er sieben andere ausschalten konnte, um selbst der Letzte zu sein, der entkam? Dachte Kimberly so?

Sie jedenfalls, Donna, stellte solche Überlegungen nicht an! Aber offensichtlich hatte Brandon alles bis ins Detail vorbereitet. Er würde schon dafür sorgen ... dafür gesorgt haben, dass noch sieben von ihnen starben, bevor einer gehen konnte.

»Gehen, ja? Was heißt das? Habt ihr das mal zu Ende gedacht?«

Donna hatte sich an Nick gewandt. Alle acht hatten sich in der Küche versammelt. Riesige eiskalte Regentropfen strömten draußen vom Nachthimmel herab. Binnen Minuten wäre man bis auf die Haut durchnässt und würde sich den Tod holen, wenn man sich aus dem Haus wagte und im Freien herumtrieb. Es kam nicht infrage. Das Gebäude war mörderisch – aber draußen konnten sie sich einfach nicht aufhalten, solange es dunkel war.

Donna hatte sich kurz in den Wagen gesetzt – doch dann, nachdem sie ein paar Minuten allein dort im Dunkeln ausgeharrt hatte, war sie wieder aufgesprungen und hatte nach den anderen gesucht. Und sie in der großen Küche gefunden.

Unterdessen hatte Louise Janet mit Nicks und Henrys Hilfe so gut es ging versorgt. Zuerst hatte es schlimm ausgesehen, aber Janet war nur kurz der extremen, glücklicherweise trockenen Hitze ausgesetzt gewesen. Höchstwahrscheinlich würde sie keine bleibenden Schäden davontragen, hatte Louise gemeint. Ralph hingegen ... auch eine Stunde nach dem Vorfall war das Schloss seiner Sauna noch nicht zu öffnen gewesen. Donna hatte ihn durch das Glas auf dem Boden liegen gesehen. Die Haut dunkelrot – die Augen leblos.

»Soweit ich weiß, liegt ein Fluss zwischen uns und dem Eingangstor, durch das wir auf das Grundstück gelangt sind. Was genau soll ›gehen‹ also heißen?«, brachte Donna ihre Überlegung zu Ende.

»Die Fähre ist auf der anderen Seite des Flusses festgemacht – einen passenden Schlüssel haben wir bisher nicht gefunden«, sagte Nick. »Aber morgen Abend werden Vera und Curtis kommen, das haben sie ja gesagt. Und sie werden einen Schlüssel für die Fähre haben. Mit ihnen werden also alle diejenigen, die dann noch am Leben sind, *gehen* können.«

»Vielleicht gibt es noch einen anderen Weg«, schaltete sich Henry ein. »Wir müssen schauen, wie es bei Tagesanbruch aussieht. Ich nehme an, das Grundstück ist eingezäunt? Womöglich kommen wir ja über den Zaun. Dann müssen wir nicht bis zum Abend warten. Nur jetzt bei Nacht hat es keinen Sinn. Das Dickicht ist praktisch undurchdringlich, und eine Taschenlampe scheint es im ganzen Haus nicht zu geben.«

»Janet ist durch diese Tür gegangen – das war leichtsinnig«, meldete sich Kimberly. »Sie hätte Ralph nicht ... sie hätte ...« Sie stammelte, und ihre dicken Finger umkrampften einander. »Der Nächste, der sich in irgendeins der dunklen Zimmer hier wagt, wird dort alleingelassen!«, stieß sie schließlich hervor. »Am besten bleiben wir alle in der Küche zusammen. Da kann doch dann nichts passieren!«

Donnas Blick fiel auf eine große Kanne Tee, die Kim aufgebrüht hatte. Obwohl Donna seit Stunden außer ein paar Schlucken Wasser nichts zu sich genommen hatte, wollte sie nichts davon. Scott und Henry hatten den Kühlschrank durchsucht und waren auf jede Menge Kürbisgerichte gestoßen, aber niemand rührte sie an.

»Nick und ich haben uns vorhin in der großen Halle noch ein wenig umgesehen«, sagte Scott, der wie die meisten anderen auf einem der hohen Barhocker an der Küchentheke Platz genommen hatte. »Wir glauben – oder Nick?« Er sah zu seinem alten Kumpel, der neben Donna saß.

Donna wusste, dass Scott und Nick auch früher schon, zumindest in den letzten Schuljahren, gut befreundet gewesen waren. Hatten sie auch nach der Schule noch Kontakt gehabt? Das wusste sie nicht. Außer Brandon hatte sie niemanden von ihnen nach 1986 noch einmal gesehen.

»Was denn?« Nick schaute zu Scotty, offensichtlich wollte er es ihm nicht abnehmen, selbst zu sagen, was er meinte.

»Na ... mit den Rollläden?«

»Hallo? Könnt ihr mal bitte ausspucken, worum es geht?«, fuhr Donna Nick ungeduldig an.

»Nun ja«, antwortete Scotty, »es ist nicht ganz einfach, aber ich fürchte, dass Brandon ... also, dass er einen von uns auf seiner Seite hat.«

Donna fühlte, wie sich ihre Augen zu Schlitzen verengten. »Ja? Wieso?«

»Die Rollläden. Jemand hat sie per Fernbedienung gesteuert. Einer von uns. Einer von denen, die in der Halle waren.«

»Ja, ist das so?«

Scotty hielt ein Gerät hoch, das wie eine Plastikkeule mit Tasten aussah. »Ich wüsste nicht, wie es sonst funktioniert haben soll.«

»Also los Leute, wer war's?«, fuhr Donna auf. *Was meint Scott denn*, musste sie gleichzeitig denken, *dass einer von uns hier ... Nick ... oder Louise – oder ICH ... dass einer von uns schuld ist an dem, was Ralph und Terry zugestoßen ist?*

Keiner antwortete ihr. Sie sah wieder zu Scotty. »Du meinst, Brandon ist tot, aber er hat das alles hier vorbereitet und einer von uns *hilft ihm dabei*?«

»Hm, hm.«

»Wahrscheinlich bist du es, Scotty«, schnaubte sie. »Das wäre besonders gewitzt, richtig?«

Er sah sie aufmerksam an.

»Ich meine«, fuhr sie fort, »einer von uns ... will uns alle töten?« Ihr kam ein Gedanke. »Und das ist dann natürlich auch derjenige, der als Letzter überlebt. Korrekt?«

»Sieht ganz so aus.« Scott nippte an seiner Teetasse.

»Und?« Sie wandte sich an die anderen. »Seht ihr das auch so wie Scott? Nick? Was denkst du?«

Nick schien sich in seinem Werwolf-Fell regelrecht verkriechen zu wollen. »Ich weiß es nicht.« Er schob die Finger seiner Hände ineinander. »Unten die beiden Saunen, das sah schon so aus, als hätte Brandon es vorbereitet. Irgendeine Schaltung, die ab einer bestimmten Temperatur dafür sorgt, dass eins der Schlösser aufgeht, während die andere Sauna mit Wasser geflutet wird. Automatisch. Das kann er so eingestellt haben, als er noch am Leben war. Aber vorhin, mit den Rollläden, da muss ich Scotty recht geben, da könnte jemand geholfen haben.«

»Du aber warst es nicht, richtig?«

Nick hatte den Kopf in Donnas Richtung gedreht. Er zuckte mit den Schultern. Was sollte er auch sagen?

»Der muss ja ganz schön wütend auf uns alle sein«, war Henry zu vernehmen, der sich einen Wodka aus der Bar eingeschenkt hatte und hinter dem Glas mit der durchsichtigen Flüssigkeit an dem hohen Tisch saß. »Killt hier einen nach dem anderen oder hilft zumindest dabei. Ich wusste gar nicht, dass einer von euch so sauer auf die anderen ist!«

»Du, oder?«, fuhr Ashley ihm in die Parade. »Haben sie dich nicht früher gemobbt? Wie nennt man das, wenn es unter Schülern passiert? ›Bullying‹? Das würde doch gut passen. Ein armes Würstchen wird seine gesamte Kindheit und Jugend lang gehänselt, aber dann rächt es sich ganz furchtbar.«

»Ich glaube eher, du warst … oder bist es, Ashley«, schnappte er zurück. »Wenn ich mich recht entsinne, warst du '86 bei der letzten Party, hier bei Brandon, gar nicht eingeladen, oder?«

»Ja, das stimmt«, warf Kimberly ein, »daran erinnere ich mich auch.«

»Dann aber bist du trotzdem gekommen. Und du hast Glück gehabt, Brandon hat dich nicht rausgeschmissen, das weiß ich noch.« Henry hielt sein Glas so, dass er Ashley durch die Flüssigkeit hindurch ansehen konnte. »Ganz schön dreist, einfach so aufzutauchen. Ich meine, war dir das nicht peinlich?«

»Brandon hatte nur vergessen, mir meine Einladung zu geben!«, fuhr Ashley ihn an.

»Na klar«, gab er zurück, zögerte einen Moment und fügte dann hinzu: »Sag mal, Ashley, was wir uns alle schon gefragt haben ... da unten in Florida, ja? Bist du da auch so ein Immobilienmakler wie Ralph? Wie Ralph es war, meine ich. Oder was machst du dort?«

Donna sah zu Ashley. Es kam ihr so vor, als wäre Ash ein wenig bleicher als sonst.

»Eine Familie hast du nicht, oder?« Henry ließ nicht locker. »Lebst du allein da unten? Ashley?«

»Worauf willst du eigentlich hinaus, Henry?« Ashley hatte sich Henry jetzt ganz zugewandt.

»Worauf ich hinauswill? Naja, worüber reden wir denn gerade? Wer weiß, vielleicht bist *du* ja diejenige, die wir gerade suchen. Ich meine, was weiß ich schon von dir? Doch nicht einmal, womit du dein Geld verdienst!«

»Eine Art Verhör, ja? Sehe ich das richtig, Henry? Ausgerechnet von dir!«

»Warum nicht?«

»Weil *du* doch derjenige bist, dem alle hier am meisten zutrauen, dass er uns alle umlegt!«

»Na klar«, ergriff Kimberly jetzt das Wort. »Es war Henry – oder aber Nick! Und wieso? Weil er eine Inspiration für sein neues Buch sucht. Richtig, Nick? Wie sieht es aus? Auf Recherche bei den alten Freunden? Aber muss es denn gleich derartig blutig werden?«

Donna sah, dass Nick ein schiefes Grinsen aufgesetzt hatte – zugleich aber hatte sie den Eindruck, dass es nicht wirklich von Herzen kam. *Und dass Terry jetzt tot ist, passt ihm ja wirklich ganz gut in den Kram*, musste sie unwillkürlich denken. Hatte Nick früher nicht immer Louises Nähe gesucht, bis er sie an Terry verloren hatte?

»Louise hat vorhin auch schon geargwöhnt, dass *ich* vielleicht diejenige bin, die Brandon hilft«, warf Donna in die Runde, bevor es jemand anders tat. »Louise meinte, dass ich womöglich Geld für meine Agentur gebraucht haben könnte, stimmt's?« Sie schaute zu Louise, deren Mund vor lauter Überraschung ein wenig offen stand. »Aber«, fuhr Donna fort, bevor Louise etwas sagen konnte, »ich weiß nicht... Scotty? Du brauchst doch mindestens so dringend Geld wie ich. Mit diesen Start-ups – da kann man doch nie genug Kapital einsammeln. Wobei... Louise?« Sie stützte die Hände auf die Tischplatte und drückte die Arme durch, fuhr im spöttischen Ton fort und hatte, während sie sprach, zugleich doch das Gefühl, auf etwas gestoßen zu sein. »Wir alle sind aus allen möglichen Ecken des Landes hergekommen, du aber wohnst hier in New Jericho. Und hast hier mit Terry all die Jahre über gelebt. Da könntest du Brandon ja besonders gut geholfen haben!«

»Ihr alle seid extra angereist, ja?« Louise war ihre Erschöpfung anzusehen. »Na, ich hoffe, das stimmt und niemand ist doch schon etwas länger hier.«

»Du zum Beispiel, Donna«, nahm Kim Louises Faden auf, »du warst doch schon als Kind öfter hier im Haus von Brandons Vater. Waren deine Eltern nicht mit seinem Vater befreundet? Deine Eltern leben doch noch in New Jericho? Und ihr hattet immer ein gutes Verhältnis, oder? Brandon und du, meine ich.«

»Und?«

»Und? Na, was ist, bist du nicht öfter hier? So eine Agentur – ich bin sicher, du hast einen Geschäftsführer, der sich um alles kümmert, und du findest Zeit, hin und wieder in den Osten zu reisen.«

Ja, ich bin ab und zu hier, aber das heißt doch nicht ...

»Wie war es denn früher so, hier bei Brandon zu Hause?«, hakte Kim nach.

»Schwierig war es, aber das wisst ihr doch!«

»Nicht so genau. Schwierig, wieso?«

»Weil sein Vater ihn allein großzog? Es gab Vera und Curtis, okay, aber für so einen Jungen, mit zwölf, dreizehn Jahren, ohne Mutter, war es nicht leicht. Brandon hat schon darunter gelitten.« Ihre Stimme wurde leiser. »Er hat einfach auch seine Mutter sehr vermisst.«

Eine Weile lang schwiegen sie.

»Das ist alles?« Kimberly hatte ihr Monsterclownsgesicht noch immer nicht von Donna abgewandt.

»Ich denke schon, ja.« Donna bemerkte selbst, wie unsicher sie klang.

»Was soll das heißen, Donna?«, kam Nicks Stimme von der Seite. »Weißt du noch etwas? Denkst du an etwas Bestimmtes oder nicht?«

1986 ...

Donna musste sich geradezu zwingen, den Blick nicht auf die Kinderärztin zu richten.

Louise ist Ärztin – Brandon war krank – sie hat hier in New Jericho gelebt. Wer sonst, wenn nicht Louise, soll mit Brandon unter einer Decke gesteckt haben? Aber wenn sie es wirklich ist, muss ich mich dann nicht vor ihr in Acht nehmen!?

»Was? Komm schon!«

Sekundenlang hatte Donna auf die Tischplatte gestarrt, ohne etwas zu sagen. Es war den anderen nicht entgangen.

»Bei dieser Halloweenfeier damals?«, stammelte sie, *habe ich Louise aus dem Keller kommen sehen*, ging es in ihrem Kopf weiter.

...MUSS ICH MICH DANN NICHT VOR IHR IN ACHT NEHMEN?

Sie winkte ab. »Ach was, das hat sicher nichts zu bedeuten.«

»Na klasse. Ehrlich? Wie neugierig willst du uns denn noch machen?« Louises sonst so weiche Stimme klang plötzlich schärfer.

»Ich weiß ja auch nicht, was ich davon halten soll.« Donna fühlte, dass ihre Wangen glühten. »Wir waren alle ziemlich betrunken an dem Abend damals, oder?«

»Na und?« Henry – wie auf der Lauer.

»Was mir nur einfällt«, stotterte Donna, »wenn ich an den Abend zurückdenke – und ich meine, glaubt ihr denn, es ist reiner Zufall, dass Brandon ausgerechnet eine Halloweenparty für das Wiedersehen ausgerichtet hat? Nachdem wir uns auf genau so einer Party zuletzt gesehen haben?«

»Was ist es, das dir einfällt, Donna?«, insistierte Scotty, und mit einem Mal hatte Donna das Gefühl, von den anderen regelrecht mit dem Rücken an die Wand gedrängt zu werden.

»Dass Janet...«, brach es aus ihr hervor, »...naja, ich glaube, sie hat an dem Abend etwas gesehen, was sie nicht sehen sollte.«

Janet – genau! Es war *Louise*, die Donna gesehen hatte, aber sie hatte einfach nicht den Mut, Louise das jetzt ins

Gesicht zu sagen. Irgendetwas aber *musste* sie doch sagen! Noch immer vermied Donna es krampfhaft, zu Louise zu schauen, obwohl sie die ganze Zeit an sie denken musste. Janet lag hinten in einem der Gästezimmer und war jetzt nicht bei ihnen. Deshalb hatte sie *Janet* gesagt. Denn die konnte sich nicht dagegen wehren.

»Oh wow, Janet hat etwas gesehen!«, spöttelte Henry. »Das ist ja wirklich hochinteressant, Donna, das bringt uns jetzt so richtig voran!«

»*Was* hat Janet denn gesehen, Donna?«, fiel Nick ihm ins Wort.

»Gesehen ... oder mitbekommen ... ich weiß nicht, was genau in dem Keller passiert ist, ich hab Janet nur völlig verwirrt die Treppe nach oben stürzen sehen. Ich habe sie aufgehalten und gefragt, was los ist, aber sie hat nur gestottert, dass sie das bestimmt nicht hätte mitkriegen sollen. Ich hab sie gefragt, was sie meinte, aber sie hat mir nicht geantwortet und dann die Party verlassen.«

All das stimmte, nur war es nicht Janet gewesen, sondern Louise.

»Wisst ihr noch«, fuhr Donna fort, »wie Brandon damals aus dem Keller gekommen ist? Völlig verstört? Kurz danach war die Party vorbei. Aber was da unten im Keller passiert ist weiß keiner. Oder?«

Sie sah in die Runde. Ausdruckslose Gesichter.

Weiß sie jetzt, dass ich sie meine – weiß Louise Bescheid, hab ich mich verraten?

Aber Donna vermied es noch immer, zu Louise zu schauen.

»Janet, ja?« Scott hatte die Ellbogen auf den Tisch gestützt und die Daumen gegen die Stirn gepresst.

Donna fühlte, wie ihr Herz raste. Scotty hatte nach einem

Verräter gesucht – hatte sie ihm jetzt *Janet* geliefert – obwohl sie eigentlich *Louise* gesehen hatte? Sollte sie lieber sagen, dass sie sich nicht sicher war? Alles zurücknehmen? Aber ... würden sie sich dann nicht vielleicht wieder auf SIE einschießen?

23

Der neue Tag brach an.

Noch war er nur ein mattes Glimmen am Horizont hinter den Bergen, aber er hatte begonnen, an der Schwärze des Himmels zu nagen. Bald würde die Morgendämmerung die Herbstnacht verscheucht haben.

Nick war die paar Stufen von der Veranda vor dem Haus heruntergekommen und suchte mit den Augen den Vorplatz ab. Neben ihm standen Louise, Scotty und Donna.

Kim und Ashley waren mit dem Jeep bereits losgefahren, um sich nochmal bei Tageslicht einen Überblick über die Situation beim Fluss zu verschaffen. Nick hingegen hatte vorgeschlagen, dass sie versuchen sollten, das Grundstück an anderer Stelle zu verlassen. Das würde zwar heißen, dass sie sich durch das Dickicht und an den Klippen entlang durchschlagen mussten, aber Louise, Scotty und Donna hatten ihm zugestimmt.

Langsam wurde es heller. Sie entschieden, ihr Glück mit einem Pfad zu versuchen, der rechts neben dem Haus abging, und marschierten kurz darauf zu viert im Gänsemarsch Richtung Osten. Scotty und Donna liefen an der Spitze des Zugs, Louise folgte ihnen, den Abschluss bildete Nick.

Nach einer Weile blieb Scotty stehen.

»Hier?« Er deutete mit dem Kopf auf eine Art Hohlweg, der sich am Rand der Klippen in die Tiefe schlängelte.

»Kommt man da nicht auch gleich wieder beim Fluss raus?« Nick blickte den Hohlweg entlang.

»Wollt ihr den Weg weiter geradeaus gehen, und wir probieren es hier mit dem Abstieg?« Donna hatte einen Fuß auf einen hochstehenden Stein gestemmt und holte Luft. Offenbar war sie ganz froh, eine kurze Pause einlegen zu können.

»Gute Idee«, nahm Louise den Vorschlag auf. »Oder wie ist das? Man soll sich nie trennen?« Sie hob die Augenbrauen.

»Brandon hat gesagt, dass wir uns vor dem *Haus* in Acht nehmen sollen.« Scotty lächelte schwach. »Aber hier draußen sind wir ja nicht im Haus.«

»Sagen wir, in zwei Stunden in der Halle?« Nick warf einen Blick auf seine Armbanduhr. »Wenn eine Gruppe bis dahin nicht wieder da ist, geht die andere los und sucht sie.« Vielleicht war das übertrieben, aber er hatte doch das Gefühl, es wäre eine gute Idee, sich ein wenig abzusichern.

»Passt auf euch auf!« Donna nahm ihren Fuß von dem Stein und begann, den Hohlweg hinabzusteigen.

»Gehst du vor?« Nick sah zu Louise. Er hatte nichts dagegen, sie beim Laufen vor sich zu haben, aber das brauchte er ja nicht gleich zu sagen.

Sie nickte und schritt weiter den Pfad entlang, der kurz darauf wieder tiefer ins Unterholz führte. Weich zog sich das Moos über den Waldboden, die hochstämmigen Bäume ließen die ersten Strahlen der Sonne durch, und vor ihnen glitzerte ein winziges Rinnsal zwischen den Steinen.

»Donna hat vorhin gesagt«, hörte Nick Louises Stimme, »dass Janet damals, also '86, was gesehen hätte. So habe ich Donna jedenfalls verstanden, du auch?« Sie blieb stehen und sah sich zu ihm um.

Nick blieb ebenfalls stehen. »Das kann alles Mögliche bedeuten, oder?«

»Ich hatte den Eindruck, es sei ihr wieder eingefallen, als wir alle überlegt haben, wer ... also der Verräter sein könnte. Wobei, was heißt schon ›Verräter‹? Wer von uns Brandon helfen könnte? Wen von uns Brandon eingespannt hat?«

Nick kniff die Augen ein wenig zusammen. »Man mag es kaum glauben, aber vielleicht ist es wirklich so. Dass jemand Brandon hilft.«

Louise setzte sich wieder in Bewegung. »Wahrscheinlich sollten wir so schnell wie möglich herauskriegen, wer das ist, oder? Denn auch wenn wir einen Weg über den Zaun finden –«

»Wer weiß –«

»Ich meine nur, auch wenn. Wenn einer von uns es darauf abgesehen hat, Brandons Wahnsinnsplan zu Ende zu bringen, und wir mit ihm – oder ihr – dann zum Zaun gehen, würde er oder sie wahrscheinlich ein Mittel finden, um uns doch noch ins Verderben zu reißen.« Sie sah ihn von der Seite an. »Ich will nur sagen: Solange wir nicht wissen, wer es ist, nützt es uns vielleicht auch nichts, wenn wir wissen, wie wir hier rauskommen.«

»Ja, aber ... vielleicht ist es doch am besten, wenn wir zumindest versuchen, das Grundstück erstmal so schnell wie möglich zu verlassen.«

Sie liefen eine Zeit lang schweigend weiter.

»Wer kommt denn überhaupt infrage?«, fing Louise wieder an. »Janet? Schon möglich. Andererseits liegt sie ziemlich mitgenommen hinten in dem Gästezimmer. Und das spricht nicht gerade dafür, dass sie tatsächlich diejenige ist, die wir suchen, oder? Ich meine, Janet hat Glück gehabt, dass Ralph nicht zuerst die verlangte Temperatur in seiner Sauna eingestellt hat. Sonst hätte sie das ... man weiß es nicht ... aber höchstwahrscheinlich nicht überlebt. Ein hohes Risiko. Das wäre sie doch nicht eingegangen, wenn sie Bescheid gewusst hätte.«

Nick verstand, was sie sagen wollte. »Wer weiß, vielleicht

wäre es an Ralphs Schalter gar nicht möglich gewesen, die Temperatur einzustellen. Oder vielleicht hat sich Janet nur so schnell entschließen können, die zweihundert Grad einzustellen, weil sie wusste, um was es ging? Da gibt es doch unzählige Möglichkeiten. Vielleicht ging es auch nur darum, sie über jeden Verdacht erhaben erscheinen zu lassen. Denn natürlich würde man sagen: Janet kann es nicht sein, sonst wäre sie nicht in der Sauna gewesen.«

»Sie hätte also nur nach einer guten Tarnung gesucht?«

»Das wäre zumindest denkbar. Auch wenn es vielleicht nicht sehr wahrscheinlich ist.«

Der Wald, den sie durchquerten, begann, sich zu lichten.

»Eben, das denke ich auch: Es ist nicht sehr wahrscheinlich«, sagte Louise. »Wer aber dann? Wenn es nicht Janet ist. Doch niemand? Doch Brandon allein? Denn wirklich glauben, dass jemand von uns so etwas tun könnte – mit Brandon unter einer Decke stecken – kann ich gar nicht.«

»Ich auch nicht, andererseits ...« Was Scotty über die Fernbedienung herausbekommen hatte, deutete schon darauf hin, dass einer von ihnen an den Geschehnissen beteiligt war. Nick überlegte. Henry? Kimberly?

»Vielleicht hat ja auch jemand draußen vor den Fenstern gestanden«, sagte Louise neben ihm. »Und er – oder sie – hat von dort aus alles beobachtet. Gewartet, bis wir alle in der Halle sind, und dann die Rollläden runterkommen lassen.«

»Die Fernbedienung lag aber *innen* unter dem Sofa.«

»Und wenn es zwei Fernbedienungen gibt? Oder vier? Jedenfalls eine unter dem Sofa und eine, die jemand draußen bedient hat?«

Nick wich einem herabhängenden Ast aus. »Ich sag ja, es ist alles Mögliche denkbar. Aber wenn du mich fragst ... sicher, die alten Gesichter, man kennt sich seit einer Ewigkeit, ist in gewisser Weise sehr vertraut miteinander. Und doch, dreißig Jahre sind eine unglaublich lange Zeit. So vertraut mir Donna oder Scott oder Janet auch zu sein scheinen, täuscht das vielleicht? Lasse ich mich täuschen, weil ich noch immer die alten Kindergesichter vor mir sehe, wenn ich sie anschaue? Während in Wirklichkeit eben nicht mehr die Kinderfreunde von damals vor mir stehen, sondern Erwachsene, die ihre ganz eigenen Erfahrungen in all den Jahrzehnten gemacht haben. Und die eben jetzt auch ihre ganz eigenen Sorgen haben. Wahrscheinlich ist es eher so, oder? Und dann stellt sich schon die Frage: Was kann ich ihnen zutrauen? Wie groß sind die Schwierigkeiten, in denen sie wirklich stecken? Wie verbittert, enttäuscht, zornig ist der eine oder die andere? Wie rücksichtslos? Klar, alte Freunde, Vertraute, alte Zeiten, auf der anderen Seite aber ist sich irgendwo auch jeder selbst der Nächste.«

»So denkst *du*.« Sie war wieder stehen geblieben.

Färbte sie sich eigentlich die Haare? Es sah nicht so aus. Aber ein wenig grauer müssten sie schon sein. Louise trug noch immer die gleiche Frisur wie in den Achtzigern. Eine ziemlich wilde Mähne, die die Weiblichkeit ihrer Züge betonte. Nick hatte immer geliebt, dass es nichts Verwaschenes in diesem Gesicht gab, dass es von Louises klar geschnittenem Mund und ihren wachen Augen geprägt wurde, die ihrer Erscheinung etwas ungemein Aufmerksames und Ansprechendes verliehen. Und das hatte sich nicht geändert.

»*Ich* denke so?«, sagte er. »Naja, ich weiß nicht, aber die Dinge, die in den letzten Stunden passiert sind, haben nicht gerade dafür gesorgt, dass ich fester an das – du weißt schon – Gute im Menschen glaube.«

»Warst du nicht schon immer so, Nick? Diese – wie soll ich

sagen – Beschränktheit in den Gefühlen? Dass man nur Vorteile, Machtspiele und die eignen Interessen sehen und gelten lassen will ... ich weiß, es gibt Typen, Männer wie Frauen, die das noch viel ausgeprägter glauben. Ich meine, bei all deinem Bücherschreiben musst du dich doch in die Menschen hineinversetzen, also wissen, wie Gefühle funktionieren. Aber wenn es hart auf hart kommt, lässt du nur die Machtverhältnisse, die Gier, die Berechnung des Vorteils gelten. Und das ist nicht bei jedem so. Bei vielen, aber nicht bei jedem. Das ist zumindest die Erfahrung, die ich gemacht habe.«

Es überraschte ihn ein wenig, was sie da sagte, aber es war auch nicht so, dass er ihr gar nicht folgen konnte.

»Eine gewisse Verantwortungslosigkeit«, fuhr sie fort, »das ist mir auch früher schon bei dir aufgefallen. Dass dir eine gewisse Unreife und Verantwortungslosigkeit eigen wären.« Sie holte Luft. »Vielleicht muss das aber auch so sein, damit du deine Romane schreiben kannst. Ist natürlich möglich.«

Ihre Worte ließen ihn nicht unberührt. Was wollte sie ihm eigentlich sagen?

»Du meinst, weil du in New Haven den Kindern im Shelter hilfst, während ich immer nur um mich selbst kreise?«

»Mach mir das jetzt nicht zum Vorwurf, Nick. Ich weiß, was das, was ich tue, wert ist. Wie viel und wie wenig. Ich möchte nicht, dass du es in den Dreck ziehst.«

Er schwieg. Natürlich hatte sie recht! Wie hatte er so dumm sein können, so etwas zu sagen? Hatte es ihn nicht mit Macht gerade erst auf dem Weg zu Brandons Haus ergriffen: das Gefühl, das eigene Leben sinnlos zu vergeuden? Vielleicht, weil er nie etwas anderes getan hatte, als an sich selbst zu denken!

Er sah an ihr vorbei. Der Pfad schlängelte sich weiter oberhalb der Klippen durch das Grün. Unter ihnen erstreckte sich bis zum Horizont der Wald, und es war nicht zu erkennen, wo eine Straße verlief.

»Hätte ich mehr Verantwortung übernehmen sollen? Wobei denn?« Doch bevor sie ihm antworten konnte, kam ihm noch ein anderer Gedanke. »Oder meinst du, dass ich dann ja wohl derjenige sein muss, der hier mit Brandon zusammenarbeitet?«

Ihr Blick ruhte auf ihm. Sie lächelte nicht, aber er hatte den Eindruck, in ihren Augen so etwas wie eine Art Zustimmung sehen zu können. Zustimmung zu seinem Vorschlag, dass er der gesuchte Maulwurf sein könnte? Oder Zustimmung in dem Sinne, dass er sich nur weiter vorantasten sollte, dann würde er schon finden, was sie ihm zu verstehen geben wollte?

»Du wolltest deine Bücher schreiben, Nick, das weiß ich doch. Das war ja auch damals schon so, und ich habe das immer verstanden.«

»Bücher schreiben – oder was? Meine Güte, es klingt, als hätte ich eine Alternative gehabt.«

»Wir hätten uns auch ein Leben zusammen aufbauen können – und das weißt du, Nick.«

Er sah sie an. Hatte er sich all die Jahre lang etwas vorgemacht? Er hatte die *Wahl* gehabt? Unwillkürlich musste er lächeln. »Hätte, würde, könnte, möge...« Sie stand noch immer vor ihm, und er sah in ihren Augen, wie tief der Schmerz über das, was erst wenige Stunden zurücklag, bei ihr saß. Terry war immer jemand gewesen, der Nick wie eine seltsam blasse Persönlichkeit vorgekommen war, aber Louise und Terry waren all die Jahre über zusammengeblieben. Hatte sie Terry geheiratet, weil er, Nick, nicht wirklich zur Verfügung gestanden hatte? Hatte er alles falsch verstanden? Und – was bedeutete das... jetzt?

»Weißt du, ich glaube nicht, dass man ...« *die Zeit zurückdrehen kann,* wollte er sagen, aber er brachte den Satz nicht zu Ende. Hatte sie recht? Er war sich nicht sicher. Hatte die Option damals wirklich bestanden? Er hatte New Jericho den Rücken gekehrt, kaum dass er die Schule hinter sich hatte, sie war hiergeblieben. Was hätte er hier tun sollen?

»Erinnerst du dich an den Sommerabend, an dem wir *Blue Velvet* im Kino unten an der High Street gesehen haben?«, fragte er schließlich.

»Ja, ich erinnere mich.«

Es war gut, dass sie das tat.

»Ich habe oft an diesen Abend zurückgedacht«, sagte er. »Damals habe ich das natürlich noch nicht so wahrgenommen ... damals dachte ich, es sei zwar ein schöner Abend, aber solche Abende würden mir noch oft bevorstehen. Heute hingegen weiß ich«, er warf ihr einen kurzen Blick zu, »dass es im Grunde genommen in einem Leben nicht besonders viele so schöne Abende gibt.«

Er sah, wie sie begann, auf dem Weg weiterzulaufen – die Hüften gleichmäßig wiegend, die Haare über den Rücken ausgebreitet.

War es noch nicht zu spät?

»In unserem Alter«, sagte Nick und folgte ihr, »ist es wahrscheinlich nicht außergewöhnlich, das zu denken, aber ... jedes Mal, wenn mir klar wird, wie schnell das Leben an uns vorübergezogen ist, kann ich die Überraschung darüber fast nicht verkraften.«

Sie liefen schweigend weiter, und er bemerkte einen Raubvogel, der über dem Tal kreiste.

»Deine Bücher«, hörte er plötzlich ihre Stimme, »ich habe sie alle gelesen, weißt du.«

»Tatsächlich.«

»Es ist mir nicht immer leichtgefallen. An einigen Stellen entsteht eine Art Intensität, die mir manchmal zu viel war. Aber«, fuhr sie fort, ehe er etwas entgegnete, »was ich mich gefragt habe, Nick...«

»Ja?«

»Das war es also, was du dein Leben lang machen wolltest? Solche Romane schreiben?«

»Was meinst du denn?«

»Mord, Angst, Grausamkeit...«

»Ach so.« Er überlegte. Er mochte seine Bücher. Er hatte keine Kinder, und manchmal dachte er, dass seine Romane ihm vielleicht das bedeuteten, was anderen Menschen ihre Kinder bedeuteten. Aber dass sie nicht perfekt waren, wusste er natürlich auch selbst. »Hast du keine Kompromisse in deinem Leben gemacht, Lou?« Sie hatten damals irgendwie zusammengehört. Jetzt spürte er es wieder – deutlicher vielleicht als jemals zuvor. Aber sie waren nicht zusammengekommen. Er war fortgegangen, und sie hatte Terry geheiratet. Womöglich war wirklich alles falsch gewesen.

Sie hängte sich bei ihm ein. »Terry und ich... wir haben keine Kinder, haben beide eigentlich immer gearbeitet.« Ihre Hand lag federleicht auf seinem Arm. »So viel Zeit haben wir nicht einmal miteinander verbracht. Aber es war... gut. Wir haben uns praktisch nie gestritten, Terry hat mich geliebt.« Sie hob ihr Gesicht zu seinem, und er sah die Tränen in ihren Augen schwimmen. »Du hast gesehen, was er gemacht hat.«

»Hast du ihn auch geliebt?«

Es war, als würde ihr Blick nur eins erwidern: *Dich habe ich geliebt, Nick, warum weißt du das nicht?* Aber bevor er sie an sich ziehen konnte, hatte sie sich ihm entwunden und mit einem flinken Laufschritt ein paar Meter Abstand zwischen sie beide gebracht.

Im gleichen Moment ging es durch ihn hindurch wie ein Nagel. *Bin ich dabei, in eine Falle zu tappen?* War es wirklich nur ein dummer Irrtum, dass sie einander... *verpasst* hatten? Konnte das sein? Oder war es nicht viel wahrscheinlicher, dass sie mit ihm spielte? Dass sie ausnutzte, wie verliebt er in sie gewesen war? Dass sie wusste, wie sie ihn nehmen musste – und dass sie ihn zappeln ließ wie ein routinierter Marionettenspieler seine Puppe? Was wusste er denn von ihr? War er nicht dabei, eine erwachsene Frau mit dem siebzehnjährigen Mädchen zu verwechseln, das sie einst gewesen war? Und auch daran bestand doch gar kein Zweifel: Louise hatte die ganze Zeit über in New Jericho gelebt. Sie und Terry – als Einzige von ihnen. Sie war in Brandons Nähe gewesen. Lag es nicht auf der Hand, dass *sie* diejenige war, die mehr über Brandon wusste als alle anderen?

Oder lasse ich gerade zu, dass mein Misstrauen das letzte unverfälschte Gefühl, das ich habe – Louise zu lieben und immer geliebt zu haben –, vergiftet?

War es das, was Brandon letzten Endes erreichen wollte? Ihnen allen noch über seinen Tod hinaus Gift ins Herz zu träufeln – weil er selbst nie glücklich geworden war?

24

»Natürlich habe ich mich gefragt, wieso Louise ausgerechnet Terry geheiratet hat. Hast *du* das vorausgesehen?«

Scotty schüttelte den Kopf.

»Trotzdem, dass Terry ein Schwächling oder sowas wäre, habe ich auch nie geglaubt.« Donna sah ihn an. Sie hatten den steilsten Teil des Abstiegs hinter sich und auf ein paar Steinen am Wegesrand Platz genommen. »Manchmal kommt es mir so vor, als hätten wir Terry auch damals schon unterschätzt. Denn soweit ich das sehe, hat er nicht viel falsch gemacht. Alle Jungen waren in Louise verliebt...«

»Nein, das ist übertrieben«, warf Scotty ein.

»Ach ja – du nicht, oder was?« Etwas spöttisch blinzelte Donna ihn durch ihre kreisrunden Brillengläser an.

»Mir ist Louise immer ein wenig affektiert vorgekommen.« Scott lächelte. »›Natürlich sehe ich blendend aus, bin klug und wahnsinnig feinfühlig, aber ich lasse mir das alles nicht anmerken‹ – das hat sie doch damals schon ausgestrahlt. Und für mich, wenn ich ehrlich bin, strahlt sie es heute noch aus. Aber ich habe Louise das nie abgekauft. Was denn, einerseits lässt du es dir nicht anmerken, andererseits ist es genau das, was ich denken soll, wenn du einen Raum betrittst? Beides geht nicht, Louise.«

»Du hast also nicht für sie geschwärmt. Für wen denn dann?«

»Ist das hier eine Art Flaschendrehen, bei dem man die

Wahrheit sagen muss? Meinst du nicht, die Zeiten sind allmählich vorbei?«

»Für mich?«

Scotty zuckte ein wenig zusammen. Das war nun etwas schwierig. Er mochte Donna, aber geschwärmt hatte er für eine andere.

Donna klatschte in die Hände. »Das war ein Scherz, Scotty! Ich weiß doch, dass dir an mir nie viel lag.« Sie riss etwas Gras aus, das an dem Stein emporwuchs. »Mir, ehrlich gesagt, auch nie viel an dir, weißt du.«

Ihre Bemerkung berührte ihn unangenehm, aber das war natürlich albern. »Nick und Louise – so hatte ich das immer gesehen. Wieso sie dann Terry geheiratet hat, werde ich nie verstehen. Für mich waren Nick und Louise ein gutes Paar. Aber natürlich zu jung.«

»Nick, ja? Klar, er hatte was. Und seine Bücher scheinen ja auch nicht schlecht zu laufen. Aber mich wundert nicht, dass Louise sich am Ende für Terry entschieden hat. Was er vorhin ohne lange darüber nachzudenken für uns alle getan hat, das hätte Nick nicht fertiggebracht. Genau deshalb hat *Terry* auch Louise bekommen und nicht Nick. Wenn es drauf ankam, wusste Terry immer, was zu tun war.« Sie zog die Samenkapseln ab, die an den Spitzen der Gräser wuchsen, und betrachtete sie auf ihrer Handfläche. »Du und Nick, ihr wart ja immer gut befreundet. Da kann ich mir vorstellen, dass du ihm Louise gegönnt hättest.«

Scott nickte.

»Aber das ist alles Schnee von gestern«, fuhr sie fort. »Wer weiß schon, ob das, was jetzt hier los ist, mit der Vergangenheit überhaupt etwas zu tun hat!«

Scott bemerkte, dass Donna ihren roten Vampirumhang eng

um sich geschlungen hatte. Die Morgensonne hatte noch nicht begonnen, die Luft aufzuheizen. Gleichzeitig wurde ihm bewusst, dass auch er noch sein Kostüm trug, dass Donna also, wenn sie ihn anschaute, nicht den Nerd aus dem Valley vor sich sah, sondern einen ältlichen Schuljungen in Zombieuniform.

Unwillkürlich wanderten seine Gedanken zu Janet. Für wen er geschwärmt hatte? Für sie, für Janet. Kurz vor Tagesanbruch war er noch bei ihr im Gästezimmer gewesen. Sie war wach gewesen, und er hatte sich an ihr Bett gesetzt. Ja, sie hatte ihm ihre Hand überlassen, als er vorsichtig danach gegriffen hatte. Es war schön gewesen, ein schöner Moment, wie er ihn mit ihr noch nie erlebt hatte. Sie hatte ihm sogar von Pepper erzählt, ihrem Hund, den sie ihrer Nachbarin über das Wochenende anvertraut hatte. Und er hatte ihr von seiner Geschäftspleite berichtet, als der Typ, dem er eine Chance hatte geben wollen, mit den Rücklagen der noch ganz kleinen Firma einfach verschwunden war.

»... auch mit Brandon befreundet, wie mit den meisten, oder?« Scott hielt den Kopf ein wenig schräg. Er hatte den Anfang von Donnas Satz glatt überhört. »Hm, klar«, murmelte er.

»Deshalb frage ich mich, ob *er* es vielleicht sein könnte.«

»Nicky?«

»Ja.«

»Ausgeschlossen.«

Donna lehnte sich zurück. »Schon gut, Scotty, eure Blutsfreundschaft in allen Ehren, aber hier geht es um was anderes. Und Nicky ... richtig schlau bin ich aus ihm nie geworden.«

»Ach Unsinn, Nick ist ein Träumer«, wehrte Scott ab, »er will einfach nur schreiben.«

»Brooklyn, ja? Wie ich gehört habe, sind die Preise dort auch nicht gerade gesunken. Er verkauft seine Bücher – wunderbar. Aber auch genug davon, um sich ein sorgloses Leben in New York leisten zu können? Ich habe bei meiner Arbeit inzwischen ja auch den einen oder anderen Autor kennengelernt. Und bin das Gefühl nie losgeworden, dass das Einzige, was diese Leute noch mehr interessiert als ihre Bücher ... na, was meinst du wohl, was das ist?«

»Sex?«

»Nein, Geld. Das ist es, was sie wirklich wollen. Denn mit Geld können sie sich alles kaufen. Deshalb ...«

»Hatte man das vorhin nicht ausgerechnet von *dir* geargwöhnt? Dass du womöglich Brandons Partner sein könntest, weil deine Agentur so viel Geld verschlingt?« Er ließ sie nicht aus den Augen.

Donna breitete die Hände aus. »Na und?«

»Na, das bringt doch nichts, dass wir uns hier reihum der Geldgier bezichtigen.«

»Was schlägst du vor? Einfach warten, bis das Fallbeil wieder runterkommt, und den nächsten Toten abhaken?«

Scotty verschränkte die Arme vor der Brust und drückte den Rücken durch. Lange würde er auf dem Stein nicht mehr sitzen können. Das war es, was ihm die Jahrzehnte am Computer vor allem eingebracht hatten! Auch ihm war es nicht erspart geblieben, sich den Rücken zu ruinieren. »Henry ist ein Psycho«, kam es zwischen seinen fast geschlossenen Zähnen hervor, »ist er schon immer gewesen. Hast du gehört, wie er vorhin rumgeschrien hat, dass ich mich opfern soll?«

Donnas braune Augen ruhten auf ihm, als versuchte sie, ihn einzuschätzen.

»Es kann eigentlich nur Henry sein, wenn ich es mir richtig überlege«, fuhr Scott fort, als sie nichts sagte.

»Henry ist labil«, antwortete Donna nachdenklich, »das

wissen wir alle. Sollte sich Brandon wirklich den Unzuverlässigsten von allen ausgesucht haben, um diese Sache durchzuziehen?«

»Also eher Nick als Henry?« Scottys Blick verschwamm. »Herrje, vielleicht hast du sogar recht«, fuhr er verbittert fort. »Oder du bist es, Donna – oder ich! Wir drehen uns im Kreis! Kimberly, Janet, Ashley ...«

»*Ashley* ... weißt du, was Janet mir vorhin über Ashley erzählt hat?«

Er sah auf.

»Es sei schon einige Jahre her, aber sie sei –«

»Wer, Ashley oder Janet?«

»Janet! Sie sei zu jener Zeit mit einem Physiker vom MIT befreundet gewesen, der damit geprahlt habe, hin und wieder Frauen für ihre Dienste zu bezahlen.«

»Und sie war mit ihm *befreundet*?«

»Dieser Physiker scheint sehr witzig gewesen zu sein, aber Janet hatte ... also ... keinen Sex mit ihm. Sie waren bloß, wie gesagt, befreundet, er habe es bei ihr auch versucht, aber nachdem sie das begriffen hatte, habe sie sich von ihm ferngehalten.«

»Was begriffen?«

»Dass er dafür zu zahlen bereit war.«

»Na schön – und?«

»Ich hab davon auch schon mal Wind bekommen, von dieser Dienstleistung. Aber Janet meinte, als der Typ davon angefangen habe, sei das noch ganz neu gewesen. Die sogenannte ›Girlfriend Experience‹. Schon mal gehört?«

Scotty überlegte. »Ist das nicht ein Film oder sowas?«

»Ein Film und ein ganz besonderer Service. Freundin für Geld, okay? Was du bekommst, wenn du das buchst, ist nicht eine Prostituierte im kurzem Lederrock und Nuttenfummel, sondern ein zumindest dem Anschein nach anständiges Mädchen in Bluse und Kostüm, mit dem du dich überall blicken lassen kannst. Mit dem du dich unterhalten kannst, das gepflegt ist, gebildet – und nicht billig! Das mit dir aber, wenn du willst, auch ins Bett steigt. Eine Girlfriend Experience eben, als sei sie deine Freundin, ja? Freundin fürs Filmegucken, Essengehen – und naja, du weißt schon. Nur das Vergnügen, ohne all den Stress, aber für Geld. Es gibt Agenturen in New York und L. A., die sich längst darauf spezialisiert haben. Offenbar eine ziemliche Boombranche.«

»Okay ...«

»Janet sagt, nachdem der Typ ihr davon erzählt habe, sei sie irgendwie neugierig geworden und habe die Website der Agentur angeklickt, die er ihr genannt hatte.«

»Und?« Aber er ahnte es schon.

»Und sie hat Ashley auf einer der Seiten wiedererkannt. Das Gesicht beziehungsweise die Augen waren unkenntlich gemacht. Aber Janet ist sich völlig sicher. Es war Ashley.«

»Ist sie nicht viel zu alt dafür?«

»Es ist, wie gesagt, schon eine ganze Weile her. Zehn Jahre mindestens. Aber überleg doch mal: Was Ashley macht ... keiner weiß es. Was hat sie gesagt? Zahnarzthelferin? Stimmt nicht! Sie ist Callgirl, bietet die Girlfriend Experience an und lässt sich aushalten! Und ich trau ihr das auch absolut zu. Das gewisse Extra, das Männer *richtig* scharfmacht, das sie dazu bringt, wirklich die Kreditkarte anzuzapfen, nur um mit dieser Frau einen Abend verbringen zu dürfen, das hat Ashley, meinst du nicht?«

Naja, sicher, Ashley ist ... heiß.

»Sie hat es noch immer, das gewisse Extra, das sehe ich doch. Und erzähl mir nicht, dass ich mich irre.«

Nein, es stimmte.

»Kannst du dir vorstellen, mit was für Leuten sie zu tun hat?«, sprach Donna weiter. »Bei so einem Job, über viele Jahre? Sie ist es gewohnt, ihre Karten nicht offenzulegen! Deshalb frage ich mich: Was ist Ashleys Spiel hier, was sind die Karten, in die sie sich nicht sehen lässt? Hast du dir das schon mal überlegt?« Donna sah Scott mit großen Augen an.

25

Der Regen hatte den Weg vollkommen aufgeweicht, und die großen Räder des Jeeps wühlten sich tief in den Schlamm. Ashley kurbelte an dem Steuerrad, ging vom Gas und rutschte die Kurve mehr herunter, als dass sie fuhr. Sie musste aufpassen, dass sie nicht von der schmalen Sandpiste abkam. Ein Seitenblick zu Kimberly zeigte ihr, dass auch der Monsterclown die Augen nicht von der Straße nahm. Ashley wusste nicht, was genau zwischen Kim und Ralph gewesen war, als Janet sie alle mit ihren Rufen aufgeschreckt hatte, aber es war nicht zu übersehen gewesen, dass Kim dort unten im Keller so ziemlich jeden Halt verloren hatte, als sich abzeichnete, dass Ralph der tödlichen Falle nicht entkommen würde. Und auch jetzt noch waren Kimberlys Augen tränenverschmiert.

»New Jersey, ja?«, sagte Ashley, als sie den Wagen wieder einigermaßen unter Kontrolle hatte. »Mann und Kinder, Haus, zwei Autos... der *American Dream* sozusagen – also der Vorstadttraum, oder wie muss ich mir dein Leben vorstellen?«

Kimberly nickte. Sie hatte ihre nicht unbeträchtliche Körperfülle ein wenig zusammengerollt und – wie aus Trotz – einen Fuß gegen das Handschuhfach gestemmt. »Was will er von uns«, murmelte sie, ohne auf Ashleys Frage einzugehen, »hast du dich das einmal gefragt – also wirklich gefragt, Ash?« Sie nahm den Blick nicht von der Straße.

»Du sprichst von Brandon, oder?«

»Ja, Brandon.«

»Ich bin mir nicht sicher, ob er an normalen Maßstäben überhaupt noch gemessen werden kann.«

»Nicht? Wegen der Medikamente?« Kim sah zu Ashley.

»Louise hat gesagt, sie können das Bewusstsein und die Persönlichkeit eines Menschen vollkommen verändern. Anders kann ich mir das nicht erklären.«

»Hast du früher eigentlich mehr mit ihm zu tun gehabt?« Ashley überlegte. »Schon, ja, ein bisschen.«

»Ach so. Wie denn?«

»Mathe? Das war immer so eine Schwäche von mir. Und Brandon konnte das. Er konnte es nicht nur, er konnte es mir auch erklären – und zwar so, dass ich es kapiert habe. Es machte sogar Spaß, wenn er es erklärte, kannst du dir das vorstellen?« *Er war schlau, wirklich schlau, vielleicht schlauer als wir alle, Kim.*

Kimberly schnaufte. »Und trotzdem hat er nichts aus seinem Leben gemacht.«

»Vielleicht ist das einer der Gründe, weshalb wir hier erleben, was wir erleben. Das ist es, was er aus seinem Leben gemacht hat.«

»Eine tödliche Falle ... ein Mordhaus?«

»Ich würde es ihm zutrauen.«

»Und dass er nicht allein handeln soll?« Kimberly ächzte, als sie auch den zweiten Fuß nach oben zog und gegen das Armaturenbrett drückte. Ihre rothaarige Glatzenperücke hatte sie inzwischen abgenommen, aber der sackartige Clownsanzug umhüllte sie noch immer. Für einen Moment kam es Ashley so vor, als würde ein zorniger und zugleich trauriger großer Dämon neben ihr in dem Jeep kauern.

»Ja«, sagte Ash vorsichtig. Man konnte nie wissen. Wo sollte es hinführen, wenn sie jetzt damit anfingen, wieder einen nach dem anderen zu verdächtigen? So aufgewühlt wie Kim war, konnte es passieren, dass sie plötzlich SIE verdächtigte. Schied *Kim* eigentlich aus?

Ashley zog am Steuer, spürte, wie der Wagen in eine Senke hineinglitt, die sich durch einen herabstrudelnden Regenbach gebildet hatte, und schlidderte um die nächste Kurve herum.

»Vorsicht!«

»Jaja ...« Geistesgegenwärtig trat Ashley auf die Bremse, aber nicht so heftig, dass sie riskierte, das Fahrzeug zum Schleudern zu bringen.

Dann standen sie. Vor ihnen strömte ein brauner, schlammiger Fluss, der fast doppelt so hoch angeschwollen schien wie am Vorabend. Die Regenfälle hatten ihn erheblich genährt. Der Wolkenbruch hatte zwar aufgehört, aber das Wasser floss aus den Bergen immer noch nach. Fast dreißig Meter weit entfernt konnten sie die Fähre am anderen Ufer tanzen sehen. Der Pfosten mit den Schaltern zum Bedienen des Seilzugs stand zwar noch im Trockenen, aber einen Schlüssel hatten sie immer noch nicht.

»Nick hat recht, an die Fähre kommen wir jetzt nicht heran.« Kim hatte die hochgestemmten Knie mit ihren kurzen Armen umschlossen, und für einen Moment hatte Ashley den Eindruck, ihre alte Klassenkameradin wäre kurz davor, erneut in Tränen auszubrechen.

»Vielleicht könnte man durchschwimmen?« Ashley überlegte laut, aber im Grunde genommen wusste sie bereits, dass sie sich niemals in den aufgewühlten Strom, der vor ihnen den Berg hinabsprudelte, stürzen würde.

»Und dann auf der anderen Seite?« Kim sah zu ihr. »Die Handys sind im Tresor unerreichbar. Und das Tor ist mit Sicherheit auch verschlossen. In nasser Kleidung oder nackt über das Tor klettern und zu Fuß die Straße vierzig Meilen bis zum nächsten Ort laufen?«

»Das überlebt man nicht – bei der Kälte schon gar nicht.« Es kam nicht infrage.

Ashley griff nach dem Steuer. »Lass uns den Fluss entlangfahren, vielleicht sieht es an einer anderen Stelle besser aus.«

Aber das tat es nicht. Der Weg führte zunächst zwar ein paar Meter weit von der Anlegestelle ins Unterholz, wurde dann jedoch rasch schmaler, und die Schlaglöcher wurden tiefer. Bald schien es ihnen ratsam, zu stoppen. Womöglich setzten sie den Wagen sonst noch in ein Schlammloch, aus dem sie nicht mehr herauskamen.

Ashley stieß die Fahrertür auf und sprang aus dem Jeep. Zu Fuß ließ sich der Weg fortsetzen. »Kommst du?«

Gemeinsam trotteten sie den Schlammpfad weiter. Rechts von sich konnte Ashley durch das nass herabhängende Geäst immer wieder den aufgewühlten Bergbach sehen, dessen tosendes Gurgeln sie ständig begleitete. Dann endete auch der Fußpfad an einer Umzäunung, hinter der sich eine gleichmäßig brummende Anlage befand.

»Was ist das?« Kims Finger griffen durch den Maschendraht. Keine Beschriftung, kein Eingang. Ashley wusste es nicht. Langsam umrundeten sie die Anlage und orientierten sich weiter flussaufwärts. Kaum zwanzig Meter weiter war der Ausflug schließlich zu Ende. Kimberly trat neben Ashley, und sie starrten auf eine Schneise, deren plötzliches Auftauchen inmitten dieser Wildnis beinahe gespenstisch wirkte. Ein Streifen von vielleicht zwanzig Metern Breite, der schnurgerade durch das Dickicht geschlagen worden war. Zwei bestimmt vier Meter hohe Maschendrahtzäune waren auf diesem Streifen errichtet und mit einer Rolle Rasierklingendraht gekrönt worden. Das eigentliche Hindernis aber befand sich dazwischen: Eine gleichmäßige Reihe von Holzpfählen, an denen einfache, aber dicke Drähte über Porzellanköpfe befestigt waren. Das leichte Summen des Gittergeheges, auf das sie am Anfang des Fußwegs gestoßen waren, vermischte sich hier mit einem leisen Knistern, das nur einen Schluss zuließ.

»Wie viel Volt, Ampere, Watt oder was auch immer hier wohl durchfließen?« Ash warf Kimberly einen Blick zu.

»Wollen wir was dagegen schmeißen?«

Ashley zuckte mit der Schulter. »Was hat Brandon gesagt? ›Wenn nur noch einer übrig ist, darf er gehen.‹ Das hätte er wohl nicht verkündet, wenn wir einfach so nach Hause spazieren könnten.« Sie machte einen Schritt nach vorn und blickte die Schneise entlang. In der Ferne war eine Klippe zu sehen, die nackt und felsig in den Morgendunst aufstieg. Dort endete der Elektrozaun. »Auf den Felsen da hinten steht das Haus.«

»Stimmt das eigentlich, was Janet über dich erzählt?«

Ashley fuhr herum. Kims Gesicht wirkte grau – fast als hätte der Clowncharakter die Züge der Hausfrau aus New Jersey jetzt ganz überwuchert. »Was erzählt?«, schnappte Ashley.

»Dass du – du weißt schon.«

Dass ich was, Kim? Ashley spitzte die Lippen. »Was denn?«

»Hör mal, Ash, weißt du was? Wenn ich so ausgesehen hätte ... oder so aussehen würde wie du, würde ich es wahrscheinlich ganz genauso machen. Lass die Kerle doch dafür bluten! Meinst du, ich bin stolz darauf, dass ich alles, was ich habe, glatt verschenke? Manchmal schon, klar, aber manchmal ... wenn mein Mann mal wieder mit schlechter Laune aus dem Büro nach Hause kommt, denke ich auch, dass ich alles falsch gemacht habe.«

Ashley fühlte, dass sich etwas in ihr zusammenzog. Sie

wusste, wie Frauen wie Kimberly wirklich darüber urteilten. Sie verachteten sie für das, was sie tat. Oder etwa nicht?

»Was meinst du denn, Kim?«

»Dass du ... unten in Florida ... einen richtigen Millionär hast, der für dich sorgt.«

»Ach ja – sagt Janet das? Ist ja interessant.« Ashley riss ihren Kopf ein wenig hoch. »Leider ist mein Leben nicht so lustig, wie Janet sich das offensichtlich ausmalt. Aber wer weiß, vielleicht ist *sie* ja auf diese Weise umtriebig, wenn sie sich so gut damit auskennt.«

»Für mich bist du immer so süß gewesen, ich würde alles bezahlen, was ich hätte.« Kim lächelte, und das unheimliche Grau, das ihre Miene eben so verschattet hatte, war verflogen.

»Ach komm schon, Kimmy, wenn du so bist, darfst du auch mal umsonst ran.« Ashley kraulte ihre alte Freundin unter dem Kinn, und die beiden fielen einander in die Arme. »Lass uns zurück zum Haus fahren, dann kann Janet was erleben«, zischte Ashley Kim ins Ohr, und sie machten sich auf den Rückweg zum Jeep.

26

Als Janet die Augen aufschlägt, spürt sie, dass etwas nicht stimmt. Sie erinnert sich, dass Louise ihr Schmerzmittel gegeben hat, dass sie in das Gästezimmer im Erdgeschoss gebracht wurde, dass sie eingeschlafen ist und das Gemurmel der anderen gehört hat.

Aber jetzt liegt sie nicht mehr im Bett, sondern sitzt auf einem Stuhl. Und ihr Arm ist fixiert!

»Was soll das?«

Ihre Stimme ist gefasst. Ein paar *Schnallen*... Sind das *Gürtel*?

»Henry?«

Er steht mit dem Rücken zu ihr an der Anrichte. Sie befinden sich in der Küche im oberen Stockwerk.

Wie bin ich hierhergekommen?

Ihre Haut, soweit sie sie sehen kann, ist noch ein wenig gerötet und gereizt, aber sie hat die Hitze in der Sauna gut überstanden.

»Du magst das, nicht wahr?«

Sie kann ihn kaum verstehen. Sein rot-blauer Pullover – die Freddy-Krueger-Verkleidung...

Ich mag das? »Mach mich los, Henry.« Ihre Stimme ist ganz leise, ganz vorsichtig.

Wenn er jetzt dort steht – es kann nur Henry gewesen sein, der sie vom Bett hierhergebracht und festgeschnallt hat.

Meine Brille...

Sie kann ihn nicht ganz scharf sehen. Ihre Brille liegt wahrscheinlich noch auf dem Nachttisch neben dem Bett.

Er will, dass ich ihn nicht richtig sehe. Er will, dass ich hilflos bin.

»Die anderen sind auf dem Grundstück unterwegs«, hört sie ihn sagen, »wir haben alle Zeit der Welt.«

Sie beobachtet, wie er sich umdreht, die Krueger-Maske mit den fetten künstlichen Narben, dem Rohes-Fleisch-Look im Gesicht.

Kann er mir unmaskiert nicht entgegentreten?

»Ich frage mich, wie ist das möglich?«

Sie kommt erst langsam wirklich zu sich. Die Schmerzmittel haben ihr offenbar ein wenig den Kopf verklebt. Henry hat sie – was? Angegurtet? Janet spannt die Muskeln in den Armen an und versucht, sie zu heben, aber die Schnallen halten sie an den Lehnen des Küchenstuhls fest. Genauso wie ihre Beine an den Stuhlbeinen fixiert sind. Und es sind nicht nur Schnallen, Gürtel, es ist auch breites Klebeband.

Meinen Mund hat er freigelassen…

»Wie ist *was* möglich, Henry?«

Was will er? Zugleich muss sie an Pepper denken, der sie immer genauso anschaut. *Hundchen? Kümmert sich die Nachbarin gut um dich? Du wirst sehen, heut Nacht komm ich wieder nach Hause.*

»Ralph war ein Hüne, Janet, er war schon immer der Kräftigste von uns allen. Und du bist seit jeher eher zierlich. Richtig?«

»Ja, Henry. Gefällt dir das? Dass ich nicht so groß bin?« Sie weiß, dass es ihm gefällt. Sie weiß, was er denkt, wenn er sie anschaut. Sie weiß, wie es in seinen Augen glimmert und in seinem Bauch gluggert, wenn sie seinen Blick erwidert. Sie haben sich ein paar Jahrzehnte lang nicht gesehen, aber in diesem Moment scheint es, als wäre gar keine Zeit vergangen.

»Wie ist es möglich, dass Ralph dir im Zweikampf unterlegen war, Janet? Das ist es, was ich mich frage.«

Sie starrt ihn an, während er die Gummimaske von seinem Gesicht abzieht.

»Komm schon, Henry, was soll das? Mach mich los, und wir reden.«

Ist *er* es? Derjenige, den sie suchen? Was ist in ihn gefahren? Sie kennt Henry doch! Hat sie ihn schon immer unterschätzt? Was ist es, das in seinem Blick flackert? Nur das alte Begehren? Aber er ist keine siebzehn mehr, sondern ein erwachsener Mann.

»Henry? Mach – mich – los!« *Oder was? Oder ich schreie?*

»Weißt du, was ich glaube, Janet?«

Wie dünn er ist. Seine Haut wirkt, als könnte man durch sie hindurchschauen. Er ist vollkommen außer sich. Was hier passiert, hat ihn nicht unberührt gelassen. *Ich muss aufpassen. Er ist nicht er selbst.*

»Du hast gehört, was Scott gesagt hat, Janet: Einer von uns muss mit Brandon zusammenarbeiten.« Er flüstert es und hält eine Hand hinter dem Rücken.

»Was hast du hinter dem Rücken, Henry?«

»Die anderen laufen auf dem Grundstück herum, Janet, aber ich glaube, das führt zu nichts.« Sie beobachtet ihn. Er hat sich breitbeinig vor ihr aufgebaut. »Hast du dich von dem Schreck in der Sauna gut erholt?«

»Mir geht es gut, Henry. Was willst du? Was soll ich tun?« Sie zwingt sich, ruhig zu bleiben.

Sein Blick ruht auf ihr, und er scheint nachzudenken. Abrupt wendet er sich ab, und ihre Augen folgen ihm, als er zu der

Anrichte auf der Seite tritt – nicht ohne die Hand vor den Bauch zu nehmen, damit sie sie weiterhin nicht sehen kann.

Plötzlich ist ein scharfer Drumsound zu hören, der durch die Küche pumpt. Ein Bass – rhythmisch – laut. Und ein Zischen – Kieksen. Ein Keybord.

›*She was more like a beauty queen from a movie scene* ...‹

»Hey!« Janet streckt sich, soweit es das Klebeband und die Gurte zulassen. »Das ist Michael Jackson, oder? Komm schon, Henry – schöner Song, welcher ist es?«

Er dreht sich zu ihr um, und die Musik spielt weiter. Der Bass und der Schluckauf in Jacksons Stimme füllen die Küche, werden von den Kacheln zurückgeworfen.

›*She told me her name was Billie Jean, as she caused a scene* ...‹

»›Billie Jean‹! Natürlich!« Janet fühlt, wie ein Kälteschauer über ihre Haut rieselt. Sie ist noch immer nicht ganz bei Kräften. »Mach mich jetzt los, Henry, ich ... fühl mich nicht wohl.«

Er hat den Kopf gesenkt, scheint ganz in der Musik aufzugehen, die Schulter bis zu den Ohren gezogen, die Beine ein wenig eingeknickt.

Er TANZT – kommt auf den Zehenspitzen zum Stehen – rollt ab –

»Ich tu auch was für dich Henry, hm?«

›*Who will dance on the floor in the round* ...‹

»Ist es dir so lieber, Henry? Wenn ich festgebunden bin? Weißt du was? Mir auch, mir ist es so auch lieber. Wenn ich mich gar nicht so viel bewegen kann.« Sie kann sehen, wie es ihn erregt, dass sie das sagt.

›*What do you mean, I am the one* ...‹

»Bin ich das für dich, Henry, *THE ONE*? Komm her, hier, meine Hand, ich kann meine Finger bewegen ...« Ihre Stimme wird tiefer. »Du brauchst mich gar nicht loszumachen. Komm nur ein wenig näher, damit meine Hand an dich herankommt.«

Sie sieht, wie sein Kopf sich hebt und sein Blick ihre Augen sucht, als wollte er sehen, ob sie es ernst meint oder ihn nur verwirren will.

»Erinnerst du dich an das Video zu dem Song, Janet?«, hört sie ihn murmeln, »›Billie Jean‹. '83 in Heavy Rotation auf MTV, sie haben es praktisch ständig gespielt.«

›*People always told me be careful what you do*…‹

»Siehst du ihn vor dir? In dem schwarzen Lederanzug, ganz mager, das rosa Hemd, die rote Fliege. Siehst du das Video vor dir?«

Ja, sie sieht es vor sich, sie sieht Michael über den Gehsteig tanzen, sie sieht, wie die Platten des Bürgersteigs aufleuchten. Wie alles zu leuchten beginnt, was er berührt. Und sie sieht Henry vor sich in der Küche, wie er den Moonwalk tanzt. Er kann es längst nicht so gut wie Jackson, aber seine Füße bewegen sich über den Boden und sein übriger Körper scheint bewegungslos.

»Es geht um die Groupies, jetzt erinnere ich mich wieder!«, hört sie sich rufen, »angeblich hatte eine von denen ihm eine Pistole geschickt, war es nicht so? Er sollte sich erschießen, sie würde es auch tun, nachdem sie ihr gemeinsames Kind getötet hatte!«

›*Billie Jean is not my lover. She's just a girl who claims that I am THE ONE*…‹

»Also, was ist, Janet?!«, faucht er sie plötzlich an. Henry ist vor ihr stehen geblieben, und sie kann seinen Atem riechen. »Was gibt Brandon dir dafür, dass du ihm hier hilfst?!«

Sie weint. »Ich weiß es nicht, Henry, ich weiß nicht, was du meinst, ich habe Brandon nicht gesehen, seit Jahren schon nicht mehr.«

»Die anderen versuchen, einen Ausweg vom Grundstück zu finden, aber ich weiß, dass du es bist, der ... wie hat Scotty gesagt? Der uns alle an Brandon verraten hat. Du bist es, Janet, und ich will wissen, was Brandon dir dafür gegeben hat!«

Die Tränen fließen ihr übers Gesicht. Sie fühlt, dass ihre Arme taub werden, weil das Blut abgeschnürt wird. Sie weiß nicht, was sie tun soll. Er hasst sie, weil er sie immer begehrt hat, aber sie ihn verschmäht hat.

»Wundert dich das, Henry? Siehst du nicht, was du für ein Mensch bist?« Was hat er sie gefragt? Sie kann nicht mehr klar denken. Die Musik – sein eingefallenes Gesicht – die tauben Gliedmaßen –

»Was glaubst du?«, schreit er sie an. »Dass ich warte, bis die anderen zurück sind und ihnen dann zeige, dass ich dich hier gefesselt, aber nichts herausbekommen habe? Sie müssen jeden Moment wieder da sein. Was dann, Janet? Wie, meinst du, geht das hier weiter?!«

›*The kid is not my son ...*‹

»Wie haben sie es mit Michael gemacht? Sie haben in seinem Gesicht herumgeschnippelt!« Es ist ein *Messer*, das er in der Hand hat, und jetzt hält er es nicht mehr hinter dem Rücken.

»Schlag mich, Henry, los, leg das Messer auf den Tisch und schlag mich, ich mag das, ICH WILL DAS, hörst du!« *Nur das Messer – leg es weg!!*

Wha – HAMMM –

Für einen Moment sieht sie nur rot und schwarz vor den Augen, dann tröpfelt die Küche zurück in ihr Gesichtsfeld, mit Henry, der vor ihr steht, und dem Jackson-Song, der durch den Raum pumpt.

›*Don't go around breaking young girls' hearts*…‹

»Ja, Henry, genau«, röhrt sie, »schlag mich, dass der Reißverschluss aufgeht, du weißt, was darunter ist – fass zu, Henry, nimm mich…«

Wieder fliegt ihr Kopf herum, weil er sie geschlagen hat. Und als sie sich zurück in der Küche weiß, scheint das ganze Zimmer ein wenig gekippt. Hat sie das Bewusstsein verloren?

Es kitzelt, er hat ihren Mumien-Overall aufgerissen…

Henry steht gebeugt vor ihr, und es ist die Spitze der Messerklinge, die über ihre nackte Haut gleitet, hinauffährt über die Kurve ihres Bauchs.

Er hat meinen BH durchschnitten.

Jetzt hat das Stahl ihre Brust erreicht, reizt sie vorsichtig, sodass ihre Brustwarzen sich starr aufrichten.

›*She says I am the one*…‹

»Wie kommen wir hier wieder raus, Janet? Was hat Brandon mit dir abgesprochen?«

»Ich weiß es nicht, Henry, bist du wahnsinnig?« Ihre Augen sind weit aufgerissen. »Lutsch meine Titten, Henry, das will ich, nimm sie in den Mund.«

Und sein Blick verschmilzt mit ihrem.

Das, was hier passiert, ist zu viel für ihn. Janet weiß es, sie erkennt es in seinen von Bluteinschüssen geröteten Augen, die er auf sie gerichtet hat.

›*I AM THE ONE*‹

Da sieht sie plötzlich eine Bewegung – fühlt etwas Warmes über ihren Mund laufen – und erkennt, wie sich das Grauen in seinem Gesicht abzeichnet.

»Was – was ist, Henry?«

»Was ist?«, schreit er. »Hättest du nicht für mich da sein können, Janet?! Das ist! Mein ganzes Leben ist verpfuscht! Es ist vorbei und verflogen! Und wozu? Was sollte das? Es sollte ein Leben sein? Es war kein Leben. Es war ein Haufen Dreck und Schmerz. Es war Betrug. Wusstest du nicht, dass ich für dich da gewesen wäre? War ich nicht gut genug für dich?«

›Billie Jean is not my lover ...‹

Mitten in ihrem Gesicht brennt es, als hätte er ihr Säure auf die Nase gespritzt. Plötzlich hat sie den Eindruck, der Raum, in dem sie sitzt, würde noch schiefer stehen.

Pepper? Lieber Pepper, kann es sein, dass wir uns nie wiedersehen?

Henry schreit noch immer, aber sie kann nicht mehr verstehen, was er sagt.

Mein Bauch ist ja voller Blut. Aber er hat mich mit dem Messer doch kaum berührt. Nur die NASE –

Michael Jackson und seine Nase –

›Because the lie becomes the truth ...‹

»Was hast du«, sie hört, wie ihre Stimme leiert – eiert – schwankt und verschwimmt, »mach meine Hand los, Henry, ich will ...« *mein Gesicht berühren, denn dort stimmt etwas nicht.*

Aber die Gedanken entgleiten ihr, als würde sie mit von Blut glitschigen Händen nach einem Fisch greifen.

Meine Nase – jetzt sieht sie sie unten vor ihren kleinen Füßen auf den Kacheln liegen.

Henry, heb sie auf, sie liegt auf dem Boden, dort ist es nicht sauber.

Während das Blut aus ihr herausströmt.

Er hat meine Nase abgeschnitten. Mein Gesicht – es ist ein Loch in meinem Gesicht.

»Weißt du, was passiert ist, als Jackson die Pepsi-Werbung mit diesem Song gedreht hat? Ein Feuerwerkskörper ist in seinem Gesicht explodiert, seine Haare haben Feuer gefangen, und er musste sich operieren lassen.«

Sie ist sich nicht sicher, ob Henry das wirklich gesagt hat. Es ist, als würde sie sich durch einen langen Tunnel hindurch von ihm entfernen.

»Das brauchst du jetzt auch, Janet – eine Operation.«

Ich weiß, Henry, bitte ... hebst du meine Nase für mich vom Fußboden auf? Die Ärzte brauchen sie doch, sonst ... ich kann doch nicht mit einem Loch im Gesicht herumlaufen.

27

Henry steht vor ihr, blickt in ihr Gesicht, sieht, wie ihre Lider flattern.

Auf ihre Nase schaut er nicht. Auch auf den Mund nicht, der von dem Blut überströmt ist. Nicht auf die Bläschen, die zwischen ihren Lippen hervortreten. Er schaut auf die Lider, die flimmern und den unteren Rand seltsam matter Pupillen freilegen. Und er schaut auf ihren Oberkörper, über den das Blut gelaufen ist. Wie oft er sich die Berührung vorgestellt hat. Ihre Weichheit, Wärme, Samtigkeit.

Seine Linke schwebt auf halber Höhe zwischen ihm und Janet. Ihre Lider beben wie Schmetterlingsflügel, aber ihren Kopf hält sie immer noch aufrecht.

Er zuckt zusammen.

›*Just the smell of sweet perfume, this happened much too soon…*‹

Mit einem Hieb kappt er die Musik. Michael Jacksons letzter Schluckauf scheint noch in der Luft zu hängen.

»I am the one.« Henry muss lächeln.

Aber was war das? Das Geräusch, das ihn hat aufmerken lassen?

Eine Wagentür.

Na klar – weiß er doch. Sie sind zurück.

Aus dem Augenwinkel nimmt er Janets Körper mitten in der Küche wahr.

Und jetzt?

Sie dürfen ihn hier nicht sehen. Er hat sie verletzt, im Gesicht, aber sie lebt.

Er wirft das Messer auf die Anrichte, durchmisst mit wenigen Schritten die Küche, hetzt im angrenzenden Raum zum Fenster, das auf den Vorplatz hinausgeht. Vor der Veranda kann er den Jeep stehen sehen. Auf dem Vorplatz ist niemand mehr. Sie müssen schon im Haus sein.

Ich musste es tun!

»Ich hab Donna gesagt, dass ich gleich mit ihr mitkomme, aber zuerst wollte ich mir diesen Zaun ansehen. Seid ihr auch darauf gestoßen?« Scottys Stimme. Sie dringt über die Treppe aus der Halle bis zu Henry.

»Nick meinte, solche Elektrozäune würden vor allem in Gefängnissen eingesetzt... früher auch an Staatsgrenzen, in Südafrika zum Beispiel«, hört Henry Louise antworten.

»Ist Nick mit dir wieder hochgekommen?«

»Ist er noch nicht hier? Ich bin zuerst umgekehrt, er wollte noch ein bisschen weiterschauen, ob er eine Stelle findet, an der man an dem Felsen herunterklettern kann.«

Ihre Schritte entfernen sich, wahrscheinlich haben sie den Flur betreten, der nach hinten führt.

Henry ist schwer atmend gegen die Wand gesunken. All die Aufregung, der Tanz, Janet... er ist ziemlich außer Atem, das merkt er erst jetzt. Die Entscheidungsmöglichkeiten überkreuzen sich in seinem Hirn. Entfernt ist eine Klospülung zu hören.

Hat er ihr wirklich die Nase...

Sie wollte es doch! Hat sie nicht gesagt, er solle ihre Nippel lutschen? Das hätte sie gerne gehabt. Gefesselt wie sie war. Ihre Stimme... wie sie geklungen hat, als sie ihn angefleht hat, sich endlich an ihr zu vergreifen! So hoch, dass er sich um ein Haar über sie hergemacht hätte.

Vorsichtig bewegt er sich auf die Küche zu. Jetzt kann er durch die Türöffnung hindurch die Anrichte sehen, den Gettoblaster. Er macht noch einen Schritt, und der Küchenstuhl mit Janet taucht im Türrahmen auf.

Ihr Shirt ... das geht nicht. Wenn die anderen sehen, dass es offen steht –

Hastig tritt Henry hinter den Stuhl in der Küche. Sein Blick fällt auf die Blutlache, die sich unter dem Stuhl gebildet hat.

Alles ist Brandons Schuld! Wie soll man klar denken, wenn man in diesem Haus gefangen ist? Oder? Er wollte doch nur das Richtige tun. Janet konnte unmöglich gegen Ralph angekommen sein, ohne mehr zu wissen, als sie sagte. Deshalb, *allein deshalb* hat er sie an den Stuhl gegurtet. Nicht wahr?

Aber ihr Kostüm ... du hättest ihr nicht den Mumien-Overall aufreißen dürfen.

Na, dann mach ich den Reißverschluss eben wieder zu – so schwer ist das doch nicht!

Henry gibt dem drehbaren Küchenstuhl einen Tritt, damit Janet herumschwingt, ohne dass er sie dafür berühren muss ... sieht, wie ihr Körper durch die Bewegung in die entgegengesetzte Richtung sackt – und starrt in ihr Gesicht.

Fühlt, wie sich sein Kopf zu der Anrichte wendet. Dort hat er es hingeworfen. Er kann ja noch den Fleck sehen, wo es gelegen hat!

Das Messer.

Er hat es auf die Anrichte geschmissen.

Dort aber liegt es nicht mehr.

Er schaut zurück in Janets Gesicht.

Sie flattern nicht mehr – die Lider.

Sie sind offen und starr.

Und das Messer – steckt im rechten Augapfel.

»AHHHHHHHHHHHHHHHH!«

»Hey – Henry!?« Nicks Stimme. »Was ... um Gottes willen – was – warst du das, Henry – hast du so geschrien?«

Ich habe ihr das Messer nicht ins Auge gerammt!

Entsetzt hebt er den Blick und sieht, wie Nick von der anderen Seite aus in die Küche gerannt kommt. »Was ist denn los?«

Henrys Arme sind durchgedrückt und starr wie Stöcke nach unten gestreckt. Über Janets Scheitel hinweg begegnet sein Blick dem von Nick.

»Ich ... hab Janet gerade gefunden«, stammelt er. »Jemand hat sie erstochen!«

28

Die Bodenfliesen, die Deckchairs, die massive Balustrade, alles war in einem schwarz-weißen Kachelmuster gehalten. Die ganze Terrasse eine Schachbrettlandschaft. Selbst der Pool in der Mitte war mit schwarz-weißen Quadraten ausgekleidet. Noch lag das leergepumpte Schwimmbad im Schatten, die Lounge-Sessel und der niedrige Tisch aber befanden sich bereits in der Sonne. Auch die kleine Außenbar, die gleich hinter dem Pool eingerichtet war, funkelte bereits im Vormittagslicht.

»Du warst als Einziger hier, Henry, und mit ihr allein!«

»Hier? Aber nein!«, schleuderte Henry Nick entgegen, der wie ein großer Hund in seinem Werwolf-Kostüm vor ihm stand. »Ich war erst hinten, an den Klippen! Nachdem ihr aufgebrochen seid, bin ich dorthin gegangen. Sicher, es ist steil da, und man weiß nicht, wie sicher das Gelände ist. Aber ich dachte, dass man vielleicht auf diesem Weg versuchen sollte, von dem verfluchten Grundstück herunterzukommen!«

Sie standen in einem Halbkreis um Henry herum. Der Horrorclown, die Voodoopuppe, der Zombie, die Fliege und Donna im Vampirgewand mit den Plastikflügelchen.

»Da ist noch ein Seil – seht es euch an!«, stieß Henry hervor. »Ich habe einen Akkubohrer hier im Haus gefunden und einen dieser Haken. Felshaken – Bohrhaken, wie heißen die? In die man einen Karabiner einhängen kann, wenn man die Schraube angezogen hat, sodass sie sich im Felsloch spreizen?«

»Was ... wovon redest du?«, fuhr Donna ihn an.

»Von dem Seil, das ich mit dem Haken dort im Felsen befestigen wollte, Donna!«

Das alles stimmte, sie konnten es nachprüfen. Es war das, was er getan hatte, bevor er auf die Idee gekommen war, nach Janet zu sehen.

»Der Bohrhaken muss noch im Fels stecken! Geht hin, seht es euch an, dann werdet ihr begreifen, dass ich keinen Unsinn rede!« Er konzentrierte sich wieder auf den Werwolf, der gleich vor ihm stand. »Hör zu, Nick, ich glaube, wir machen einen Fehler, wenn wir uns hier gegenseitig zerfleischen, anstatt gemeinsam zu versuchen, lebendig aus diesem Haus herauszukommen! Ich war hinten an der Klippe, aber der Fels ist porös dort, eher bricht man sich den Hals, als dass man dort absteigen kann. Also bin ich zurück zum Haus gekommen, aber da stand der Jeep schon wieder vor der Veranda.« Er deutete ans Ende der Terrasse, wo eine Steintreppe direkt nach unten führte. »Ich bin nicht durchs Haus gegangen, verstehst du? Sondern gleich über die Außentreppe hoch. Und als ich in die Küche komme...« Er musste schlucken. *IM AUGE steckt ihr das Messer.* »... hab ich dasselbe gesehen wie du. Janet auf diesem Stuhl mit der Klinge –«

»Wir wissen, was in der Küche ist, Henry«, fiel Kim ihm unwirsch ins Wort.

Er riss sich zusammen. »Ich meine, es könnte doch genauso gut einer von euch gewesen sein!« Er machte einen Buckel, fast wie eine Katze, und sein Blick wanderte zu Louise. »Louise und Nick, ihr seid gemeinsam los, zusammen mit Scott und Donna, richtig?«

»Ja, das stimmt.« Zombie-Scott hatte sich weiter hinten auf einen der schwarz-weißen Deckchairs sinken lassen. »Wir sind zu viert los, haben uns zwischenzeitlich aufgeteilt, aber am Ende des Pfads, den ich und Donna gegangen sind, haben wir Louise dann wiedergetroffen. Da hatte sie sich von Nick bereits getrennt. Ich bin dann noch weiter, wollte sehen, ob ich auf Nick stoße, aber die Frauen wollten schon zurück.«

»Donna ist fitter als ich«, warf Louise ein, »deshalb ist sie vorgegangen...«

»Aber ich hab Nick nicht gefunden, also habe ich mich allein auf den Rückweg gemacht«, sagte Scotty.

»Na schön.« Henry überlegte. »Also sind Louise, Nick, du, Scott und Donna jeweils einzeln hier oben angekommen.« Er sah zu Ashley. »Was ist mit dir und Kim? Ihr habt den Jeep genommen...«

»Kim ist unten am Fluss entlang, sie wollte sehen, ob es eine Stelle gibt, an der man ihn überqueren kann, so war es doch? Kim?«

Kimberly lehnte mit den Ellbogen auf der Balustrade und sah zu Henry. »Ich hab Ashley gesagt, sie kann mit dem Jeep schon vorfahren, ich komme zu Fuß dann nach.«

»Aber ich bin nicht gleich wieder zum Haus gefahren«, warf Ashley ein. »Ich habe auf halber Strecke kurz haltgemacht. Ich weiß ja nicht, wie es euch geht, aber ich war froh, einen Moment mal Luft zu holen. Vielleicht bin ich sogar kurz eingenickt. Die Nacht war ja doch lang.«

»Der Wagen war jedenfalls schon hier, als ich zurück zum Haus gekommen bin«, versetzte Henry – sollten sie doch erstmal nachprüfen, ob das stimmte.

»Aber ich bin mit dem Wagen doch gerade erst angekommen!« Ashley wischte sich eine Strähne aus dem Gesicht.

»Ja?« Henry verengte die Augen zu Schlitzen. »Ist das so? Und wenn schon!«, grunzte er. »Zehn Minuten reichen doch. Janet liegt völlig erschöpft im Bett, jemand packt sie, gurtet sie auf dem Küchenstuhl fest, spielt mit dem Messer an ihr herum. Aber das ...«, die Worte sprudelten aus ihm hervor, ohne dass er groß darüber nachdenken musste, »*ist ins Auge gegangen.* Alle sechs seid ihr einzeln hier angekommen – jeder von euch kann es gewesen sein!« *Ich hab sie mit dem Messer bearbeitet, aber ich hab es ihr nicht ins Auge gestoßen!* »Es muss einer von euch gewesen sein – tut doch nicht so!«

»Und wieso – wieso sollte einer von uns Janet das antun, Henry?« Donna musterte ihn.

»Weil er oder sie durchgedreht ist? Was weiß ich denn! Vielleicht gibt es kein Wieso? Darüber schon mal nachgedacht? Vielleicht geht es nur ums Schlachten, verdammt! Wieso hat Brandon uns hier eingesperrt? Wieso dies – wieso das? Weißt du was? Mir ist das Wieso scheißegal – solange ich nur heil hier rauskomme!« Es kam von Herzen. Er hatte sie nicht getötet. *Wer von euch war es? Wieso ... ist doch ganz egal wieso!*

»Vielleicht ist noch jemand hier auf dem Grundstück?«

Er hörte Ashleys Stimme fast wie durch einen Schleier hindurch. *Noch jemand ...* Henry stellte den Blick wieder scharf.

»Vielleicht sind Curtis oder Vera oder beide gar nicht abgefahren, sondern verbergen sich hier irgendwo?«, sprach Ashley weiter. »Oder jemand ganz anderes treibt sich hier rum? Vielleicht ist das auch genau derjenige, der Brandon hilft! Brandon hat ihm Geld versprochen, wenn er macht, was Brandon sagt – das wäre doch möglich? Vielleicht hat er schon bezahlt? Und wir verdächtigen uns hier gegenseitig völlig zu unrecht!«

»Oder ein Geist ist unter uns und macht das alles, Ashley«, giftete Henry. »Wie wär's denn damit? Ein Geist, der in dem Haus hier wohnt? Ein bisschen Stephen-King-Spuk? Das würde doch in die Achtziger passen, meinst du nicht?«

Sie starrten ihn an.

»Ich glaube nicht, dass irgendein Hexenzauber Janet das Messer ins Auge gerammt hat. Ich glaube, es war einer von euch! Und wieso?« Henry holte Luft. Der Gedanke war ihm gerade erst gekommen, aber kaum hatte er ihn gefasst, erschien er ihm ungemein plausibel. »Weil er oder sie der letzte Überlebende sein will!«

»Wie jetzt?«, hörte er Kimberly schnappen.

»Das hat Brandon doch gesagt, oder? Der Letzte, der übrig bleibt, kann gehen. Ist doch klar! Wenn ich alle anderen selbst erledige, bin ich der Letzte, der bleibt, und komme lebend hier raus.« Henry hatte das Gefühl, ein Vogel würde in seiner Bauchhöhle flattern, so sehr überzeugten ihn seine eigenen Worte. »Wer ist so schlau, sich den Weg auf diese Weise frei zu ... morden? Hm?«

»Du meinst, derjenige, der mit Brandon unter einer Decke steckt, ist auch der ... oder die, die Janet erstochen hat?« Scotty hatte sich auf seinem Deckchair aufgerichtet und sah zu Henry.

»Weiß ich doch nicht! Kann sein – muss aber nicht. Vielleicht sind es zwei? Eine oder einer hat sich von Brandon einspannen lassen und sieht jetzt mit Schrecken, dass jemand ganz anderes angefangen hat zu morden, um selbst zu überleben? Kann doch sein.«

»Alles Monster, Mörder, ja?« Nicks Stimme klang verächtlich. »So siehst *du* es vielleicht, Henry – ich nicht. Ich meine, wie lange kennen wir uns? Und plötzlich ist aus all den netten Leuten ein Haufen durchgedrehter Killer geworden?«

»Moment, Nick«, mischte sich Donna ein. »Vielleicht gibt es einen konkreten Grund, warum ausgerechnet Janet getötet worden ist? Die Situation hier – kein Wunder, wenn einem die Nerven durchgehen.« Sie drehte sich zu Scotty um. »Warst du nicht immer an Janet interessiert, Scott? Das ist lange her, ich weiß, aber ... was machen dreißig Jahre schon aus, wenn man sich nicht gesehen hat?«

»Na klar, Scotty war schon immer auf Janet scharf«, bestätigte Kim.

»Aber sie hat dich nie ernst genommen, Scott.« Donna ließ ihn nicht aus den Augen. »Soweit ich weiß, hat Janet damals etwas mit Nick angefangen, auch wenn das nicht lange funktioniert hat. Aber du bist leer ausgegangen, Scott, stimmt's?«

»Und wenn schon!« In seiner Schuljungenuniform sah Scotty wirklich fast noch aus wie sechzehn.

»Wäre das kein Grund, sich endlich an ihr auszulassen?«

»An Janet?« Scott war anzusehen, dass er versuchte, ruhig zu bleiben, und doch an einer empfindlichen Stelle getroffen worden war. »Ich bin heiß auf sie – aber dann bring ich sie um? Das ergibt doch keinen Sinn!«

»Gerade«, fauchte Henry, »das macht gerade Sinn, Scott! Und? Warst du es?«

»Janet ist nicht zufällig als Nächste getötet worden?«, schleuderte Scott zurück, anstatt zu antworten. »Na gut, kann ja sein. Dann glaube ich allerdings, dass es Kimberly war!«

»Was – wieso denn ich?« Der Horrorclown hatte die fetten Hände von sich abgespreizt.

»Janet hat sich immer für was Besseres gehalten, Kim«, brachte Scotty vor. »Sie hatte einen Job, hat sich als Frau selbst durchgebissen, während du als Hausfrau in ihren Augen nicht viel erreicht hast. Das hat sie mir doch selbst gesagt.«

»Hat sie das? Das wusste ich gar nicht.«

»Ja, hat sie – sie hatte eine Arbeit gefunden, du nicht. Und wann immer ich euch heute ... oder gestern zusammen gesehen habe, hatte ich den Eindruck, regelrecht mitzubekommen, wie sie es dich hat spüren lassen.«

»Ach, das ist doch völliger Unsinn!«

Aber Scott schien zu spüren, wie sehr er die Aufmerksamkeit der anderen, die auf ihn gerichtet gewesen war, nun auf Kimberly umlenkte und ließ nicht locker. »Wer weiß, vielleicht hat es gereicht. Angespannt wie die Stimmung ist, hast du ihr in der Küche das Messer ins Gesicht geknallt und dir gesagt, dass sie damit die längste Zeit auf dich herabgesehen hat!«

Kim sah ihn an. Unter der weißen Schminke war sie so bleich, dass sie fast grünlich wirkte. »Oder Donna«, brach es unvermittelt aus ihr hervor. »Janet hat es so direkt nie gesagt, aber alle wussten es doch! Für Janet war es immer ein großes Thema, dass du, Donna ... wie soll ich sagen ... nicht zwei weiße Eltern hast? Mir war das ganz egal, nicht dass wir uns jetzt falsch verstehen. Ich spreche von Janet. Das weißt du selbst. Dass sie es dich immer ein bisschen hat spüren lassen. Und hier – nach all den Jahren – ist es dir jetzt zu viel geworden. Du überlegst nicht lange, es herrscht sowieso ein großes Durcheinander, und zahlst ihr all die Demütigungen endlich heim!«

Donna blieb völlig gelassen. »Ganz sicher, Kim. So wird es gewesen sein. Wobei ... fällt mir nur gerade ein. Ashley?«

»Was denn?!« Ashley hatte sich ebenfalls auf einem der Liegestühle ausgestreckt.

»Ich weiß es von Janet – was du unten in Florida wirklich machst? Wem hat Janet noch davon erzählt?« Donna sah in die Runde. Die Blicke hatten sich auf Ashley gerichtet. »Stimmt doch, oder? Janet hat es herumerzählt. Wolltest du das? Hat es dich gefreut? Warst du ihr dankbar dafür?«

Ashley hielt eine Hand über die Augen. *Um sie vor der Sonne zu schützen – oder um die Blicke abzuschirmen?*, ging es Henry durch den Kopf.

»Was sie macht? Was Ashley in Florida macht, ich verstehe

nicht, was macht sie denn?« Es war Nick, der sich eingemischt hatte. Offensichtlich wusste er nicht, wovon die Rede war.

»Sag du es ihm, Ashley.« Donna nickte Ashley zu.

»Sag du es ihm doch selbst, Donna, wenn du es so genau weißt!« Ashley hatte die Hand heruntergenommen, und als Henry genau hinsah, konnte er erkennen, dass in ihren Augen Tränen glänzten.

»Ashley arbeitet als Escort, Nick. Oder, Ash?«, ergriff Scotty das Wort. »Girlfriend Experience – ist das der Fachbegriff? Professionelle Freundin? Kann man es so sagen?«

Als Escort ... Henry spürte, was der Gedanke mit ihm machte.

»Na und!«, platzte Nick heraus. »Was hat das denn mit der Lage zu tun, in der wir uns hier befinden!? Hört ihr euch überhaupt zu? Einer giftet den anderen an, man könnte fast meinen, DAS sei es, was Brandon erreichen wollte. Dass wir uns wiedersehen, aber einander fertigmachen! Wollen wir das wirklich? Ihm den Gefallen tun – wenn es das war, was er bezwecken wollte? Die Monsterklamotten haben wir ja schon an, passt doch!«

Für einen Moment schwiegen alle. Es war offensichtlich, dass Nick nicht ganz unrecht hatte.

»Niemanden geht das was an, was Ashley mit ihrem Leben ...«, aber weiter kam Nick nicht, denn Ashleys helle Stimme schnitt ihm das Wort ab.

»Du brauchst nicht für mich zu sprechen, Nick, lass nur!« Ihre helle Haut schien von Röte überzogen zu sein. »Als wenn du nicht das Gleiche denken würdest wie alle anderen auch!« Jetzt stand sie, und ihr war anzusehen, wie sie versuchte, der Scham und Wut, die sie ergriffen hatten, Herr zu werden. »Tu doch nicht so, als wenn du es dir leisten könntest, für mich Partei zu ergreifen, Nick!«, zischte sie. »Im Gegenteil: Ich könnte mir gut vorstellen, dass das mit Janet... dass *du* das warst Nick, ganz egal, was du jetzt für scheinbar großzügige Reden hier schwingst! Ja genau, DU, NICK, überrascht dich das? Nicht wirklich, oder? War nicht Janet diejenige, die deinen großen Traum zerstört hat? Das wissen wir doch alle... unser Traumpaar Nick und Louise, oder?«

Ja klar, Nick und Louise, aber daraus ist nichts geworden – warum eigentlich nicht? Das hatte sich Henry auch schon gefragt.

»Janet war der Grund, weshalb nichts daraus geworden ist, Nicky, oder?«, fauchte Ashley Nick an, und je wütender sie wurde, desto faszinierender wirkte sie auf Henry. »Hier im Haus bei Brandon, vor all den Jahren, da war es doch so weit. Das war ja geradezu mit Händen zu greifen, hier sollte es endlich passieren, dass ihr zusammenkamt, Nick, Louise – hab ich recht?«

Louise wirkte blass und verschlossen. Sie sah Ashley nicht an, sondern schaute zu Nick, der seinerseits Ashley anstarrte.

»Aber dann ist etwas dazwischengekommen, Nick – und weißt du, was das war? Es war Janet! Ich weiß nicht, ob es mit dem zu tun hat, was Donna uns erzählt hat, dass Janet damals in dem Haus etwas gesehen haben muss. Das hätte uns wahrscheinlich nur Janet selbst sagen können, aber das geht ja nun nicht mehr. Auf jeden Fall war *Janet* diejenige, die euch damals dazwischengekommen ist. Wir alle haben gesehen, wie du an dem Abend mit Janet in der Ecke gelegen hast – obwohl das eigentlich Louise hätte sein müssen. Wieso war das so? Hast du dich an Janet gehalten, als aus dem Rendezvous mit Louise nichts geworden ist?!«

»Das geht dich wirklich nichts an, Ashley.« Nick hatte die Arme verschränkt.

»Meinst du?«, gab sie zurück. »Nun, das sehe ich anders.

Denn Janet ist jetzt tot, und für mich sieht es ganz so aus, als hätte unser Treffen hier all die alten Erinnerungen in dir wieder wachgerufen. Als hättest du nach all den Jahren Janet jetzt für das büßen lassen, was sie dir damals vermasselt hat.«

»Was denn nun, Ashley? Habe ich mich mit Janet getröstet, oder hat sie mir was vermasselt?« Nick hatte den Kopf erhoben und die Beine durchgedrückt, und doch wurde Henry den Eindruck nicht los, dass Ashley einen wunden Punkt bei ihm berührt hatte.

Von ihm, Henry, waren sie mittlerweile jedenfalls ein wenig abgekommen. *Gut so!* Fast schien es, als hätten sie sich so schnell wieder in den alten Rivalitäten, Kräfteverhältnissen und Zuneigungen verstrickt, dass sie fast vergaßen, was in der Küche auf sie wartete.

Der Tod, Leute! Wenn ihr genau hinseht, könnt ihr ihn dort hocken sehen. Er hat praktisch Janets Platz eingenommen, hält ganz still dort, mit dem Messer im Auge, er wartet in Janets Körper, bis er in den Nächsten von euch schlüpfen kann...

Zittrig wischte sich Henry über die Augen, während er die anderen weitersprechen hörte. Ganz offensichtlich begann er, die Kontrolle über sich zu verlieren.

Krauses Zeug...

Er nahm die Hand wieder herunter und sah, dass Scott inzwischen an die Bar gegangen war und dort in den Schränken nachschaute, was es an Getränken gab.

»Ist es nicht noch ein bisschen früh für einen Drink, Scott?«, rief Henry ihm zu.

Aber Scotty schien es nicht für nötig zu halten, zu ihm zu schauen. Er schüttelte nur den Kopf. »Jeder, wie er möchte, Henry«, gab er zurück und zog den kleinen Kühlschrank auf, der hinter der Theke stand.

Henry drehte sich wieder zu den anderen. Ashley hatte den Kopf gesenkt, Nick stand noch vor ihr, Louise hatte sich umgedreht und sah über das Geländer ins Tal.

HALLOWEEN.

Henry atmete aus, ordnete seine Gedanken. »Gut, also«, fing er an zu sprechen, als alle anderen gerade schwiegen. »Wo stehen wir? Vielleicht sollten wir jetzt, da wir uns alle ein bisschen beruhigt haben, die ganze Sache nochmal in Ruhe durchgehen. Es gibt einen hier unter uns, der Brandon hilft, zumindest sieht es ganz danach aus. Und es gibt einen, der Janet ... umgebracht hat?«

Zombie, Fliege, Puppe, Werwolf ...

Für einen Moment hatte er das Gefühl, wirklich in die Achtzigerjahre zurückgefallen zu sein, die dieses Haus scheinbar nie verlassen hatten.

»Was ich mich frage«, fuhr er fort, »lässt sich am einfachsten vielleicht so sagen: Ist der Verräter auch der Mörder? Ist derjenige, der sich von Brandon irgendwie auf seine Seite hat ziehen lassen, derselbe ... oder dieselbe, die oder der Janet getötet hat?«

Sie sahen zu ihm, aber niemand antwortete.

»Nicht unbedingt«, dachte er weiter laut nach. »Zum Beispiel könnte Janet von Brandon gekauft worden sein, okay? Aber sie wird sich kaum selbst das Messer ins Auge gestochen haben.« Er schwieg kurz und registrierte aus dem Augenwinkel, dass Scotty an der Bar aufgehört hatte, in den Schränken zu wühlen. Hörte er ihm zu? Wirkte er irgendwie angespannt? Henry besann sich wieder auf das, was er sagen wollte. »Wie auch immer es Brandon gelungen ist, einen von uns auf seine Seite zu ziehen«, er hob einen Zeigefinger, »für mich zählt jetzt vor allem eins: Wer von euch hier hat Janet getötet? Denn ich weiß nur, dass ich es nicht war.« Sein Blick wanderte von einem zum anderen. »Nick, du? Das glaube ich eigentlich nicht. Ehrlich gesagt glaube ich, du bist zu feige, um einen Menschen umzubringen.« Er nahm den Finger wieder runter und sah zu Kim. »Kimberly schon eher ... und warum? Weil sie um jeden Preis überleben will. Ist es nicht so, Kim? Donna auch ... Donna ist hart genug, ihr traue ich das schon zu. Und Ashley? Das könnte ich mir auch vorstellen.« Sie hörten ihm seltsam gebannt zu, als wären sie unfähig, sich dem Sog seiner Anschuldigungen zu entziehen. »Louise? Eher nicht, würde ich sagen. Obwohl, vielleicht spricht das gerade gegen sie. Genauso bei Nick, vielleicht ist es gerade einer von ihnen, weil man sie am wenigsten verdächtigen würde.« Er nickte langsam und hob dann noch einmal an. »Das könnte alles so sein, und man weiß es nicht, aber am Ende kommt für mich eigentlich nur einer von euch infrage.«

»Ach ja?« Donna war wie immer die Erste, die sich besann. »Und wer?«

»Scotty«, hörte Henry sich sagen, und es klang fast wie ein Peitschenhieb. *Scotty, ja, da guckst du! Hast du dir nun einen Drink eingeschenkt oder nicht? Vorhin habe ich es nicht geschafft, dass du die Kabel umfasst – vielleicht gelingt mir das hier jetzt ja besser.*

»Du warst schon immer ein Mitläufer, Scott«, stieß Henry in Scottys Richtung hervor, und er fühlte, wie der Hass, der ihm vor all den Jahren eingepflanzt worden war, als sie ihn gequält hatten – Scotty, Ralph und Terry –, sich nun Bahn brach. »Damals mit Ralph und Terry war es doch genauso. Du hast dich hinter Ralphs breitem Rücken versteckt und nachgetreten, wenn keiner hinsah. *Zack,* kam Scotty auch noch nach vorn und hat ebenfalls zugeschlagen. Nie als Erster – nein, dafür bist du wohl zu klein. Aber wenn ein anderer vorneweg geht, wenn ein anderer dir Schutz gibt, bist du dabei. Hinterrücks auskeilen, das macht dir keiner nach!«

»Ach ja?«

Was ...

Henry stutzte, und mit einem Mal wurden seine Glieder schwer. Das Blut strömte aus seinem Kopf in seine Beine. *Nicht umkippen jetzt!* Aber Scotty ...

Er muss sie dort hinter der Bar gefunden haben.

Das Metall der Waffe glänzte in der Morgensonne.

»Hast du die im Kühlschrank gefunden?«, stotterte Henry.

»Nicht im Kühlschrank. Vorsicht!«, fauchte Scott Nick an. »Bleib, wo du bist! Das geht nur mich und Henry was an. Mir reicht's jetzt langsam!«

»Vorsicht, Scott, das Ding kann geladen sein. Lag sie dort hinter der Theke?«

»Sie lag hinter den Flaschen, Henry – und ja, sie kann geladen sein, also pass auf, was ich dir jetzt sage. Ich war es nicht, verstehst du? Ich habe Janet nicht angefasst! Ich weiß nur, dass wir alle unterwegs waren und du hier mit Janet allein warst. Und dass sie jetzt tot ist. Also, für mich sieht es ganz so aus – rühr dich nicht!«

Henry hatte einen Schritt auf ihn zugemacht. Wenn sie sich jetzt wieder alle miteinander gegen ihn verschworen ...

»Kann schon sein, dass wir alle Arschlöcher sind, Henry«, fuhr Scott ihn an, »aber der wirkliche Psycho bist du, und jeder hier weiß das! Glaubst du ehrlich, du bist nur deshalb so ein Freak, weil wir dich damals aufgezogen haben?! Täusch dich nicht, Henry, du bist kein Freak, weil dich ein paar Jungs gehänselt haben. Wir haben dich ... wie sagt man? Ausgegrenzt? Weil wir instinktiv gespürt haben, dass du ein Freak bist!

Immer gewesen bist – und immer sein wirst. So ist das gewesen. Also spuck endlich aus, was hier mit Janet passiert ist! *HEY!*« Aber da war Henry schon in der Bewegung. Die Explosion des Schusses gellte in seinen Ohren, ein gleißender Schmerz glühte in seinem Arm auf. Er knallte gegen die Theke und rannte Scott einfach um. Henry war fast zwei Köpfe größer als Scott und wusste, dass er jetzt zuschlagen musste, ohne Rücksicht zu nehmen. Unter der Wucht des Aufpralls gab Scottys kleiner Körper fast widerstandslos nach, und sie stürzten auf die Fliesen. Direkt unter Henrys Augen schlug Scotts Hinterkopf auf den Boden, und seine Augen weiteten sich. Verzerrt hörte Henry die Stimmen der anderen hinter sich, fühlte Hände, die ihn packten – spürte Scottys Hand mit der Waffe in seinem Bauch – griff dorthin, bekam das kühle Metall der Pistole zu fassen, drehte Scotts Hand um, zwängte den Finger hinter den Abzug und ballte die Finger zur Faust.

Der zweite Knall sang in seinen Ohren. Seine Hand wurde warm – das Strampeln unter ihm verebbte. Die Schreie hinter ihm verwoben sich zu einem undurchdringlichen Netz. Vor allem aber glühte sein Arm – so sehr, dass er sich kaum noch anfühlte wie sein eigener. Eine Taubheit, die schneller, als er denken konnte, auf seinen Kopf zukroch, sich in ihm ausbreitete und ihn übermannte, noch während er sich an dem leblosen kleinen Körper festhielt, auf dem er lag.

Teil II

29

Brandon ... fast noch ein Kind.

Er steht an der halboffenen Tür seines Zimmers und lauscht. Es sind zwei Stimmen, die durch den Flur zu ihm dringen. Die sonore Stimme seines Vaters Robert und der helle Ton von Vera.

Die beiden reden miteinander, und sie reden über ihn. Roberts einziges Kind. Brandons Mutter ist bereits vor Jahren gestorben.

Warum bist du tot, Mom?

Er weiß warum. Es war bei seiner Geburt. Sie war zu zerbrechlich und zart dafür, heißt es. Am liebsten hätte er mit seinem Vater darüber gesprochen. Aber er traut sich nicht, danach zu fragen. Wenn er auch nur in die Nähe der Frage kommt, kann er spüren, wie sein Vater unruhig wird. Und Brandon hasst es, wenn sein Vater unruhig wird.

Dad.

Er liebt seinen Vater. Und er mag auch Vera. Meistens jedenfalls. In letzter Zeit allerdings etwas weniger. Etwas ist im Gange zwischen den beiden – zwischen Vera und seinem Vater, aber Brandon weiß nicht, was es ist. Er weiß nur, dass es etwas ist, wovon er ausgeschlossen wird. Und wovon auch Curtis ausgeschlossen ist, Veras Mann, mit dem sie in der kleinen Einliegerwohnung in den unteren Stockwerken des Hauses lebt. Die riesige Betonvilla ist halb in den Felsen hineingebaut und erstreckt sich über mehrere Stockwerke. Nach Süden fällt das Gelände ab, und dort gibt es eine kleine eigenständige Woh-

nung halb im Souterrain, in der Curtis und Vera wohnen. Sie haben auch schon dort gewohnt, als Brandons Mutter noch lebte, sie wohnen dort bereits, solange Brandon denken kann. In letzter Zeit allerdings trifft er Vera oft auch weiter oben im Haus an, wo die Schlafzimmer sind. Sein Schlafzimmer und das seines Vaters, in dem sein Dad allein nächtigt, seitdem Brandons Mutter tot ist.

»*Du weißt, dass er so klein nicht mehr ist, Robert ...*«
»*Zwölf.*«
»*Im nächsten Monat wird er dreizehn, also kaum noch ein Kind.*«
»*Na und wenn schon.*«
»*Er beobachtet uns, Robert.*«
»*Unsinn!*«
»*So? Ich habe ihn doch gesehen. Er steht an der Tür zu seinem Zimmer, sie ist nur einen Spalt weit geöffnet, aber er schaut dort heraus, und ihm entgeht nichts von dem, was um ihn herum geschieht.*«
»*Das mag ja sein, Vera, aber was soll ich machen? Dem Jungen die Augen verbinden? Er lebt hier! Natürlich behält er die Augen offen. Ich habe mir schließlich Mühe gegeben, einen aufgeweckten Knaben aus ihm zu machen. Sollte ich lieber wollen, dass er Tag und Nacht die Kopfhörer aufbehält und die Tür zu seinem Zimmer nicht öffnet?*«
»*Robert –*«
»*Nein, jetzt hörst du mal mir zu, Vera. Ich verstehe, dass für dich die ganze Situation nicht einfach ist. Auf der anderen Seite ist das alles nun auch wieder nicht so furchtbar schwierig. Brandon ist jetzt dreizehn ... zwölf, wie alt auch immer. In ein paar Jahren wird er hier ausziehen. Bis dahin werde ich dafür sorgen, dass er sich in seinem Haus, im Haus seines Vaters*

wohlfühlt. Brandon ist ein Einzelkind, er hat seine Mutter verloren, ein bisschen müssen wir einfach Rücksicht auf ihn nehmen. Ist das zu viel verlangt?«

Brandon steht mit nackten Füßen auf den kalten Marmorplatten, die auf dem Fußboden seines Zimmers verlegt sind, und ihn fröstelt ein wenig. Es ist Winter, und das Haus lässt sich nicht überall gut heizen. Aber er will auch nicht zurück in sein Bett schlüpfen. Er will wissen, was sie sagen. Er mag Vera. Er mag, wie sie riecht, er mag es, wenn sie ihn ansieht, und er liebt ihr weiches helles Haar. Er mag es, wenn sie sich morgens um sein Frühstück kümmert. Er mag es, wenn sie ihn abends ins Bett bringt – sofern sein Vater nicht dazu kommt –, noch ein wenig auf der Kante sitzt und sich mit ihm unterhält. Er liebt es, wie sie sich von ihm verabschiedet. Früher hat er seine Arme um sie geschlungen, aber inzwischen weiß er nicht mehr, ob er nicht zu groß dafür ist. Er weiß, dass Vera mit Curtis verheiratet ist, aber er hat immer das Gefühl gehabt, ihr Mann wäre viel zu grob und unbeholfen für sie. In Wahrheit – das ist es, was Brandon schon lange denkt – ist Vera für ihn hier. ER, Brandon, ist der wirkliche Grund, weshalb sie im Haus ist. Er liebt es, ganze Nachmittage bei ihr in der Küche zu verbringen, wenn sie ein Essen vorbereitet, oder auf der Couch herumzulungern, wenn sie mit dem Staubsauger zugange ist. Er liebt es, zu sehen, wie sich der enge Rock über ihrem Gesäß spannt, wenn sie sich bückt. Er liebt es, wenn sie einen Teig anrührt, einen Finger hineinsteckt und ihm in den Mund schiebt, damit er davon kosten kann. Er kann sich noch sehr gut daran erinnern, dass sie einmal das Badezimmer in der Wohnung oben benutzt hat, ohne die Tür ganz zuzumachen. Sie hat sie nicht nur nicht abgeschlossen, sondern auch nicht ganz zugezogen. Er ist an den Schlitz herangeschlichen und hat ihr dabei zuge-

sehen, wie sie auf der Porzellanschüssel gehockt hat. Und in dem Augenblick, in dem sie sich erhoben hat und ihr Rock noch hochgeschoben war, hat er sehen können, dass sie dort, wo ihre Oberschenkel enden, keine Schamhaare hatte, sondern nackt war wie ein kleines Mädchen. Er hat sogar den Eindruck gehabt, sie hätte mitbekommen, dass er sie durch den Spalt hindurch beobachtete. Hatte sie ihre Bewegungen absichtlich ein wenig verlangsamt, damit er sie besser sehen konnte? Hatte sie aus dem Augenwinkel heraus zur Tür geschaut? Gelächelt? Sich mit der Hand absichtlich langsam über den Bauch gestrichen und die Finger einen Moment zwischen ihren Beinen liegen gelassen?

Er ist so aufgeregt gewesen, dass er das Gefühl gehabt hat, sie müsste seinen Herzschlag bis hinein ins Badezimmer hören. Dann aber hat sie sich umgedreht – ihr Hintern hat nackt und prall geleuchtet – und mit einer entzückenden Handbewegung den störrischen Rock darübergezogen.

Trägt sie denn nichts unter dem Rock? DAS war es, was er sich gefragt hat, und den ganzen Tag lang hat er daran denken müssen. Aber natürlich war es unmöglich gewesen, sich bei seinem Vater danach zu erkundigen. Und Vera? Hatte ihn überhaupt nicht weiter beachtet. Tagelang, vielleicht sogar wochenlang waren Brandons Gedanken darum gekreist, aber er hatte die Tür des Badezimmers – in der Hoffnung, so etwas noch einmal zu erleben – vergeblich im Auge behalten.

Inzwischen war die Sache mit dem Bad schon wieder ein paar Monate her. Und statt sie dort noch einmal zu sehen, ist Brandon aufgefallen, dass Vera zunehmend Zeit mit seinem Vater zu verbringen begonnen hat. Zuvor ist sein Dad tagsüber auf der Arbeit gewesen, und Brandon und Vera hatten das Haus für sich, wenn Brandon nicht in die Schule musste. Curtis ist aus seiner Einliegerwohnung ja kaum herausgekommen und hat sich vor allem um das Grundstück gekümmert. Jetzt aber kann es vorkommen, dass Brandons Vater erst spät das Haus verlässt und Vera bereits früh morgens bei ihnen anzutreffen ist. Im Badezimmer, auf dem Flur. Einmal hat er sie auch aus dem Schlafzimmer seines Vaters herauskommen sehen, und es hat ihm einen schmerzhaften Stich versetzt. Was tun sie, wenn er, Brandon, nicht zusieht? Was hat es mit Veras Geruch zu tun? Mit ihren Beinen ... und all den anderen Gegenden ... von denen er ja nun weiß, dass sie rasiert sind?

»*Er beobachtet uns, Robert, und manchmal frage ich mich, ob dir klar ist, wie weit dein Sohn eigentlich schon ist.*«

Brandon steht noch immer in der Tür zu seinem Zimmer und hört ihnen zu.

»*Wie weit – was meinst du?*«

»*Wie weit ... ich meine, er hat viel Zeit zum Nachdenken, Robert, und ...*« *Ihre Stimme verliert sich.*

»*Kannst du bitte versuchen, dich so auszudrücken, dass ich verstehe, was du sagen möchtest? Vera? Ist das zu viel verlangt?*«

»*Er weiß, was zwischen uns ist! Klar genug? Soll ich noch deutlicher werden?*«

Für einen Moment ist nichts zu hören, offensichtlich muss sein Vater über die Bemerkung nachdenken.

»*Nun, und wenn schon*«, *brummt er schließlich,* »*wie ich ja eben schon gesagt habe: Was soll ich dagegen machen? Er ist ein Junge, er wird ohnehin draufkommen. Es ist nicht schlimm, denke ich.*«

»*Brandon ist kein normaler Junge, Robert. Er ist oft allein, ich weiß nicht, was du mit ihm gemacht hast –*«

»*Nichts, verflucht! Nichts habe ich mit ihm gemacht!*«

»Na schön, dann ist er eben von sich aus so geworden.«
»Wie geworden?«
»So... frühreif?«
»Ach so. Du meinst... wie auch immer. Frühreif oder nicht...«

»Robert, er hasst das, was wir machen. Vielleicht geht es ihm auch um seine Mutter, dass er nicht möchte, dass ich die Stelle seiner Mutter einnehme. Oder aber... ich weiß es nicht, aber vielleicht mag er mich auch einfach.«

»Du meinst, er ist eifersüchtig? Er will dich für sich haben, Vera? Komm her«, und dann klingt sie richtig tief und mächtig, die Stimme seines Vaters, »damit ich dir den Hintern versohle. Hast du ihm den Kopf verdreht? Meinem Brandon, der sich gegen dich nicht zur Wehr setzen kann? Das darfst du nicht!«

»Ich habe ihm nicht den Kopf verdreht, red keinen Blödsinn. Ich bin einfach viel hier mit ihm im Haus allein...«

»Und?«

»Und nichts. Vielleicht ist das der Grund... jedenfalls... trifft er sich mal mit Freunden? Nein, ich bin doch oft die einzige Person, die er sieht. Und natürlich hat er angefangen, sich mit mir zu beschäftigen. Mein Gott, Robert, ich bin ihm halt im Kopf herumgegangen, ist das so verwunderlich?«

»Absolut nicht. Ich kann ihn sehr gut verstehen. Du in deinem Arbeitsröckchen, das sich an deinem Hintern spannt – wer kann da schon widerstehen?«

»Lass mich, Robert, ich meine es ernst. Er hasst das, was wir machen, und ich mache mir Sorgen. Ich weiß nicht, ob er den Mut hat, mit dir darüber zu sprechen, ich weiß nicht, ob er sich gegen mich richten wird... vielleicht richtet sich seine Wut am Ende auch gegen Curtis?«

»Curtis! Darauf wäre ich ja gar nicht gekommen!«

»*Ja, Curtis! Wie gesagt, ich weiß nicht, was passieren wird, aber ich werde das Gefühl nicht los, dass sich in Brandon eine Art Zorn aufstaut, der sich irgendwann entladen wird. Und ich will nicht diejenige sein, die das abkriegt. Ich will auch nicht, dass Curtis etwas passiert, und ich möchte nicht, dass du und Brandon aneinandergeraten.*«
»*Drei Männer, Vera, und alle drei liegen dir zu Füßen.*«
Sie antwortet nicht.
»*Komm schon her, all das Gerede, jetzt will ich endlich bekommen, wonach sich die halbe Welt zu verzehren scheint!*«
»*Hör zu, Robert ... warte!! Gleich ... gleich ... ja ... ja ... warte, Robert, nicht ... hör mir doch erstmal zu! Brandon – Curtis gegenüber, ja? Offenbar ist ihm das ein wenig zu Kopf gestiegen. Dass er, als dein Sohn, so eine Art kleiner Herr im Haus ist, während Curtis nur ein Angestellter ist. Und jetzt ... er hat mitbekommen, was zwischen uns ist, Robert, ganz außer Frage steht das ... und offenbar missachtet er Curtis, weil er weiß ... spürt ... er bekommt einfach mit, dass Curtis das geschehen lässt.*«
»*Curtis hat nichts dagegen, Vera, das hast du mir doch selbst gesagt. Curtis will einfach den Job hier nicht verlieren. Das muss schon jeder selber wissen, was ihm wichtig ist.*«
»*So genau weiß Curtis vielleicht gar nicht, was wir machen, Robert! Was ich sagen will – so warte doch ... lass mich das erstmal ausziehen! Brandon verachtet Curtis, und ich weiß nicht, was er glaubt, Curtis antun zu dürfen. Aber er täuscht sich, Brandon täuscht sich, wenn er glaubt, er könne mit Curtis umgehen, wie er möchte. Curtis mag vielleicht harmlos wirken, aber das ist er nicht. Curtis kann sich durchaus durchsetzen. Und wenn er mitbekommt, dass so ein Bengel, so ein Jüngelchen wie Brandon ihm blöd kommt, dann wird er sich wehren.*

Deshalb meine ich, dass du mit Brandon reden musst, bevor noch etwas passiert. Hörst du mich, Robert?«

»Aber ja doch, komm schon, mach das endlich ab!« *Die Stimme seines Vaters klingt gedämpft, als hätte er ein Stück Stoff im Mund.*

»Sag ihm, dass er Curtis nicht so schlecht behandeln darf, Robert, sonst fliegt uns all das, was wir hier haben, noch um die Ohren. Und das wäre doch... hier... ja... hm... ja, genau – VORSICHT, nicht so fest... das wäre doch schade, oder?«

30

Sie befanden sich noch immer auf der Terrasse. Nick und Henry hatten sich von den anderen ein wenig abgesondert. »Er hat mich angegriffen, Nick – du hast es doch gesehen!« Henrys aschblondes Haar stand von seinem Kopf ab, die Augen schienen etwas kleiner geworden und in den Schädel eingesunken zu sein. »Er hat zuerst geschossen, Nick, dass sich dann noch ein Schuss...« Henrys Gesicht zuckte, als hätte er sein Mienenspiel nicht ganz unter Kontrolle. Nick musste den Blick kurz abwenden, um nicht von dem Widerwillen, der in ihm aufstieg, übermannt zu werden. »Es war ein Unfall! Ich habe mich auf ihn geworfen, klar, aber hätte ich mich von Scott niederschießen lassen sollen wie ein Hund?«

Nick sah, dass Louise sich hinter der Theke über Scotty gebeugt hatte. Es war vollkommen unbegreiflich. Eben noch war Scott bei ihnen gewesen, und jetzt –

»Ich bin verletzt, Nick.« Henry drehte sich ein bisschen zur Seite, sodass sein rechter Arm, wo ihn die Kugel gestreift hatte, zu Nick zeigte. Es war nur eine oberflächliche Wunde, und Louise hatte sie gleich verbinden können, aber es war doch eindeutig eine Schussverletzung.

Nick sah noch immer zu der Theke, hinter der Scottys Beine in den Zombieschuljungen-Hosen hervorschauten, an den Füßen die ausgelatschten Chucks, die er trug.

»Nick.« Henrys Stimme klang jämmerlich. Andererseits: Konnte Nick ihm vorwerfen, dass er jämmerlich klang? »Nenn mich von mir aus Freak, Nick, was auch immer, ich weiß schon, wer ich bin...«

Es war unangenehm, ihn so sprechen zu hören. Vage erinnerte er Nick an Gollum, das Wesen aus dem Tolkien-Buch, dessen Willen von den Kräften des Rings völlig zersetzt worden war. Es war abstoßend und mitleiderregend
und gefährlich
zugleich.

»... wie ich in Chicago lebe – das willst du gar nicht wissen. Na schön, macht ja nichts. Kann nicht jeder so viel Glück haben, richtig, Nick?«

Er zwang sich, zu Henry zu schauen. Wie lange kannten sie sich schon? Dreißig Jahre? Nein, es waren ja schon über vierzig. War er ihm etwas schuldig? Diesem bereits ergrauten Mann, der vor ihm stand und in dem er noch immer eigentlich nur den ungewaschenen Bengel von damals erkennen konnte?

»Ich hab nicht viel auf die Reihe bekommen, Nick, und wenn du mich in Chicago besuchen würdest, könnte ich dich noch nicht einmal zu mir nach Hause einladen, denn ich habe keinen festen Wohnsitz. Ja? Die Wohnung, in der ich zurzeit lebe, das ist eine Übergangslösung. Aber ich weiß, dass ich auch wieder rauskomme aus diesem Loch. Es ist nur vorübergehend.« Er wischte sich über den Mund, in dessen Winkeln sich kleine weiße Speichelpfützen gesammelt hatten. »Das mag alles so sein, Nick, ich bin nicht stolz drauf und hätte es auch nicht unbedingt hier erzählt, aber... was ich sagen will«, und jetzt sahen sie einander direkt in die Augen, »ich habe Janet nicht getötet, Nick. Verstehst du? Verstehst du, was das heißt? Das mit Scott – es tut mir leid. Es war ein Unfall, das war ich – ich weiß, ich werde mich dafür verantworten müssen. Aber Janet? Ich habe sie nicht getötet! Und das heißt«, er nickte mit dem Kopf zu der Theke, wo sich außer Louise auch Ashley, Kim und Donna zusammengedrängt hatten, »dass es eine von ihnen gewesen sein muss.« Seine Pupillen wanderten in seinen Augenwinkel, und Nick bemerkte, dass Henry noch einmal zu ihm sah. »Du warst es nicht, Nick, das weiß ich einfach – und ich auch nicht. Also kann es nur eine von ihnen gewesen sein. Oder ein böser Geist, der hier umgeht, aber das glaube ich nicht. Du?«

Ein böser was?

Nick holte Luft. Ein böser Geist? Wie sollte man sich das denn vorstellen?

»Hm?«

»Böser Geist? Naja...« Nick atmete aus. »Henry, ich höre ja, was du sagst, einer von uns... Louise, Ashley, Kim... Donna... schon klar, nur... einer von uns ein Mörder? Von UNS? Das mag ja sein, dass es so aussieht. Und dass es ein böser Geist wohl kaum gewesen ist. Aber einer von uns ein *Mörder*? Sieh sie dir doch an! Louise? Kim? Mörderin? Unmöglich! Das ist es, was ich denke, wenn du es wissen willst.«

Henry hatte sich nach hinten gegen die Balustrade der Terrasse sinken lassen und die beiden Ellbogen daraufgestützt.

»Nein, natürlich«, sagte er nachdenklich, »wir sind keine Mörder, Nick. Es sei denn, einer von uns hat sich eben ein bisschen verändert.« Wieder zogen die Pupillen in den Augenwinkel und sahen Nick an.

»Das würden wir doch merken, Henry. Wir kennen uns seit einer Ewigkeit. Gut, es ist viel Zeit vergangen, man kann sich auch verändern – vielleicht sogar so sehr. Ich weiß, vorhin habe ich Louise gegenüber ganz ähnlich wie du jetzt gesprochen. Aber wenn ich es so von dir höre... ein Mörder... von uns... man würde das dem- oder derjenigen doch ansehen – oder anmerken. Die Leute, die hier sind, weißt du, ich habe wirklich das Gefühl, dass sie mir sehr vertraut sind. Vertrauter als viele der Menschen, die ich in den letzten Jahren in New York oder sonstwo getroffen habe. Es ist was anderes.«

»Ja, klar. Und du meinst wirklich, dass wir es merken würden?« Henry hatte die Stimme etwas gesenkt.

Nick gefiel das nicht. Er wollte sich nicht mit Henry hier gegen die anderen verschwören. Aber sie hatten dieses Gespräch nun einmal begonnen, und sein Eindruck war, dass sie den Gedanken ruhig zu Ende spinnen sollten.

»... genau da bin ich anderer Meinung, Nick«, hörte er Henry weitersprechen. »Dass wir es merken würden. Weißt du, welcher Prozentsatz aller Morde im Durchschnitt entdeckt wird?«

»Was?«

»Wie viele von all den Morden, die begangen werden, überhaupt als Morde von der Polizei untersucht werden?«

»Keine Ahnung.«

»Jeder Zwölfte.«

»Ach Unsinn, das sind doch nur irgendwelche Zahlen, Henry. Woher hast du die denn?«

»Jeder Zwölfte, ich sag's dir!« Er stockte. »Oder waren es zwölf Prozent?« Henry musste lächeln, weil er sich so offensichtlich verrannt hatte. Er machte eine Handbewegung, wie um den Zahlenzauber beiseitezuwischen. »Wie auch immer, das sind jedenfalls nicht alles irgendwelche Serienkiller oder Mafia-Hitmen, Nick, das sind zum Teil ganz normale Leute. Jeder kann ein Mörder werden, Nick, hast du dir das schon mal überlegt? Nicht einfach so – natürlich nicht. Aber wenn man einen Menschen, einen Mann oder eine Frau – oder auch ein Kind – nur wieder und wieder an seinem wunden Punkt reizt, dann kann derjenige oder diejenige zum Mörder werden! Und so einen wunden Punkt, an dem man empfindlich ist, an dem eine Berührung einen verrückt machen kann – jeder hat sowas Nick, JEDER. Und deshalb kann auch jeder zum Mörder werden. Dann genügt nur noch ein Tropfen, ja genau, der sprichwörtliche Tropfen, der das Fass zum Überlaufen bringt, und es geschieht – der Mord vollzieht sich.«

Der Tropfen, der das Fass zum Überlaufen bringt ...

»Was wissen wir denn über Kim? Über Donna, Nick? Nichts! Wir haben keinen blassen Schimmer, wo ihr wunder Punkt ist. Wir haben sie jahrzehntelang nicht gesehen. Aber wo die Menschen sensibel sind – das hat meist etwas mit ihrer Vergangenheit zu tun, Nick, das brauche ich dir als Romanautor doch nicht zu sagen. Das weißt du selbst, oder?«

»Sicher, natürlich ist jeder in gewisser Weise ein Produkt des Lebens, das er geführt hat ...«

»Siehst du!«, unterbrach Henry ihn, und die Konzentration, mit der er den Gedanken verfolgte, schien geradezu von ihm abzustrahlen. »Was weiß ich von dir zum Beispiel, Nick? Dass du Bücher schreibst. Na super! Was für Bücher? Thriller? Sind es doch, oder? Was für Thriller? Horrorthriller mit bösen Erscheinungen, Mystery, Übernatürliches? Oder Thriller, in denen es keine übernatürlichen Kräfte gibt? Thriller, in denen ein Mensch zum wilden Tier wird? Fantasy – oder *richtige* Morde, Nick, worum geht's bei dir?«

»Richtige Morde, wie du sagst, ohne böse Geister.«

»Na bitte!« Henry stieß sich vom Geländer ab und machte so abrupt einen Schritt auf Nick zu, dass dieser ihn fast riechen konnte. »Richtige Morde! Und, wie ist es? Musst du dafür nicht ein wenig recherchieren? Wie machst du das? Besuchst du die Killer im Knast? Oder machst du keine halben Sachen und bringst ein Mädchen um, um genau zu wissen, wie sich das anfühlt?«

Nick starrte ihn an.

»Oder nimm Louise«, fuhr Henry fort, als wäre ihm Nick die Antwort nicht schuldig geblieben, »hübsch wie sie ist, aber Moment mal! Immer in New Jericho? Mit Terry? Waren die beiden denn wirklich glücklich? Ich hatte nicht wirklich den Eindruck.« Seine Augen verengten sich. »Also, was ist ihr Geheimnis? Wofür brennt sie? Das wissen wir nicht, Nick. Wir sehen ihr Gesicht, die Augen, die wir schon so lange kennen, aber das ist nur die Oberfläche, unter der sich alles Mögliche verbergen kann. Denk an Kim«, sprach er weiter, fast ohne Luft zu holen, »ihre Kinder. Würde sie gewalttätig werden, wenn es um ihre Kinder geht? Wie eine Löwenmama? Natürlich würde sie das! Ist ihr Leben hier bedroht? Natürlich ist es das! Würde sie töten, um zu vermeiden, dass ihre Kinder mutterlos aufwachsen müssen? Aber sicher doch!«

Gut, das kann natürlich sein.

»Von Ashley wissen wir jetzt ja sogar, dass wir zunächst nichts darüber wussten, wie sie wirklich lebt. Denk daran, Nick, Janet war nach dem, was in der Sauna geschehen ist, geschwächt. Ashley ist wirklich nicht stark. Aber stark genug, um der erschöpften Janet das angetan zu haben, ist sie allemal. Es muss kein Mann gewesen sein. Denk an die beiden Kinder, die damals in dem Einkaufscenter in England den kleinen Jungen entführt und getötet haben – stand ja in allen Zeitungen. Sie waren zehn Jahre alt, Nick – zehn! Alt genug, um zu töten. Also erzähl mir nicht, dass keiner von uns ein Mörder sein kann, das ist Unsinn, und das weißt du!«

Louise hatte sich hinter der Theke erhoben und sah zu ihnen herüber. Neben ihr standen Donna und Kim. Ashley hatte die

Terrasse offensichtlich schon verlassen. Nick verspürte einen dumpfen Druck auf dem Brustkorb, als säße jemand oder etwas darauf. Aber das würde sich bestimmt gleich wieder geben.

»Es hat was mit New Jericho zu tun, Nick, vielleicht auch mit dem Haus hier, in dem wir alle vor Jahren ja schon einmal an Halloween beisammen waren. Es muss damit etwas zu tun haben, dass einer von uns zum Mörder geworden ist!« Henry hatte sich nahe an Nick herangebeugt, und für einen Moment kam es Nick so vor, als flüsterte Henry ihm seine Worte direkt ins Ohr. »Der Tropfen, den wir suchen, Nick, der Tropfen, der das Fass zum Überlaufen bringt – er muss hier irgendwo sein. Wir schauen schon die ganze Zeit darauf, aber wir erkennen ihn nicht. Und das sollten wir – solange es uns noch nicht erwischt hat!«

31

Halloween 1986

Alle wollten kommen. Henry und Nick natürlich, Janet, Kim und Ashley ... es war die letzte Party, die es geben würde, bevor sie auseinandergingen. Manche von ihnen hatten bereits zusammen im Kindergarten auf den Bänken gesessen. New Jericho war nicht groß. Ralph, Terry, Louise ...

Brandon stieg die scharfkantigen Stufen in dem Haus nach unten. Er trug bereits sein sorgfältig ausgesuchtes Halloweenkostüm und wusste, dass die Gäste bald eintreffen würden. Er freute sich. Über die Jahre hatte er immer wieder Geburtstage in dem Haus gefeiert, in dem er mit seinem Vater lebte, aber dies würde nicht ein Geburtstag unter vielen sein, dies würde die ultimative Abschiedsparty werden. Das war ihnen allen sehr wohl bewusst. Tatsächlich hatte sich sogar schon eine gewisse Wehmut verbreitet. Die Schule lang hinter und das Leben vor ihnen. Wie würde es weitergehen? Was würden sie aus sich machen?

Brandon blieb mitten auf der Treppe stehen und lauschte. Das Haus lag ruhig da. Curtis war wahrscheinlich irgendwo auf dem Grundstück unterwegs, Brandons Vater machte sich – soweit Brandon wusste – gerade in seinem Schlafzimmer für die Halloweenparty zurecht, auf die er von seinen Kollegen eingeladen worden war. Und Vera?

Musste sich unten in der Souterrainwohnung befinden, in der sie mit Curtis lebte.

*Und genau das war auch der Grund, weshalb Brandon auf dem Weg über die Treppe nach unten war.
Er wollte sie sprechen. Vera. Er wollte es nicht länger aufschieben. Monatelang hatte er mit sich gerungen, es verzögert, hin- und hergeschwankt – die Zeit der Unschlüssigkeit war vorbei. In wenigen Wochen würde er dieses Haus verlassen, es gab etwas, das er mit Vera zuvor besprechen musste. Und der heutige Abend war dafür genau der richtige. In wenigen Minuten würden seine Gäste kommen, heute war er der Gastgeber hier, der Hausherr. Vor allem aber, und das hatte den Ausschlag gegeben, wusste Brandon, dass sein Vater Vera auf die Halloweenparty, auf die er selbst eingeladen worden war, nicht mitnehmen würde. Wie bitte? Mindestens einmal die Woche verbrachte Vera die Nacht oben im Schlafzimmer seines Vaters, aber zu seiner Einladung nahm er sie nicht mit? Und das ließ sie sich gefallen? War es nicht ohnehin unhaltbar, wie sie miteinander in diesem Haus lebten? Curtis, Vera, sein Vater und er, Brandon? Seit Jahren ging das nun schon, zunächst war es Brandon auch ganz normal vorgekommen. Je älter er geworden war, desto mehr hatte er sich jedoch daran gestört. Trotzdem hatte er es nie gewagt, das zur Sprache zu bringen. Wie hätte er denn weiter in dem Haus wohnen wollen, wenn es darüber erst einmal zu einem Streit gekommen wäre? Jahr um Jahr war vergangen, und sie hatten ihr merkwürdiges Leben fortgesetzt. Bis jetzt. Heute sollte Schluss damit sein, er würde das Haus ja ohnehin bald verlassen. Natürlich kamen Louise, Kim, Ashley, Janet und all die anderen gleich. Aber es war ihm um diese Mädchen nie gegangen. Ganz tief in sich hatte er immer gespürt, dass er sich zu keiner anderen jemals so hingezogen fühlen würde wie zu Vera. Weil sie freundlich zu ihm war und ihn in ihre Nähe ließ? Schon immer gelassen hatte? Ja,*

auch. Aber auch, weil sie schön war. Und niemand ihn so gut verstand wie sie.

»*Hey, Brandon! Aufgeregt? Sieht super aus, dein Kostüm.*«

Er zuckte zusammen. Er hatte seinen Weg durch das Haus fortgesetzt und war inzwischen die schmale Innentreppe zur Souterrainwohnung heruntergekommen.

Die Stimme, die ihm entgegenrief, war jedoch nicht angenehm und hell wie die von Vera. Und es war auch nicht die Stimme seines Vaters. Sondern die von Curtis.

Der stämmige Mann mit den widerspenstigen schwarzen Haaren sah freundlich zu ihm die Treppe hoch.

Nein, er war nicht auf dem Grundstück unterwegs.

»*Ist Vera da?*«, *kam es Brandon über die Lippen. Er würde sagen, dass etwas mit dem Kostüm war, dass er sie bitten wollte, einen Knopf anzunähen!*

»*Vera? Nein, die ist grad nicht hier.*«

Sondern?

Brandon sah ihn an. Curtis erwiderte den Blick.

»*Ist sie in die Stadt gefahren?*«

»*Nein, Brandon, sie ist nicht in die Stadt gefahren.*«

Sondern bei meinem Vater. Brandon brauchte es Curtis gar nicht erst zu sagen, er wusste es auch so.

Im gleichen Moment, in dem ihm das klar wurde, spürte Brandon, dass er wütend wurde. Wie hatte er nur so dumm sein können! Natürlich war sie oben bei seinem Vater. Heiß durchströmte ihn das Bewusstsein, wie lächerlich sein Vorhaben gewesen war, sie sprechen zu wollen.

»*Was ist denn, Brandon?*«, *neckte ihn Curtis.* »*Freust du dich nicht auf deine Gäste?*«

Brandon zwang sich, den Kloß, der plötzlich in seinem Hals steckte, herunterzuschlucken. »*Doch, klar!*«, *stieß er hervor.*

»Was wolltest du denn von Vera?«
Er sah Curtis in die Augen. Curtis war stets nett und kumpelhaft zu ihm gewesen. Er war ein einfacher Mann, der sich mit dem Haushälterjob über Wasser hielt und zugleich so etwas wie eine angenehme Freundlichkeit bewahrt hatte. Brandon konnte schon verstehen, wieso Vera an ihn geraten war. Genau wusste Brandon das nicht, aber offenbar hatte sich Curtis bereits um Vera gekümmert, als sie noch ein Teenager gewesen war. Kurz nach ihrer Heirat hatte Curtis dann über eine Annonce die Stelle bei Brandons Vater gefunden, und sie waren in dem Haus eingezogen. Ein gutes Jahr bevor Brandons Mutter gestorben war.
›Was wolltest du denn von Vera?‹
Er konnte verstehen, wieso sie Curtis geheiratet hatte. Wie Curtis ruhig mit ansehen konnte, was seit Jahren zwischen Vera und Brandons Vater stattfand, würde er allerdings nie begreifen.
»Hast du schon was gegessen? Du musst doch was im Bauch haben, wenn gleich deine Gäste kommen«, fuhr Curtis fort, als Brandon ihm nicht antwortete.
Brandon lächelte ein wenig schief und trottete die letzten Stufen hinunter in Curtis' halbdunkle Wohnung.
»Danke, Curtis, ist schon okay.«
Immer wieder kam es vor, dass in der Küche seines Vaters oben die Vorräte alle waren, dann kam Brandon herunter, und Curtis briet ihm ein Spiegelei oder machte ihm eine Suppe heiß.
Er ließ sich an dem Tisch nieder, der mitten in der Küche stand, und sah zu, wie Curtis ihm gegenüber Platz nahm und damit fortfuhr, sein Brötchen zu verschlingen. Das war es, wobei Brandon ihn gerade unterbrochen hatte.
»Schmeckt's?« Er grinste, weil Curtis so hungrig in sein Brot biss.

»Hmhm.«

»Hör mal, Curtis...« Er sah, wie Curtis weiterkaute und doch die Ohren spitzte. »Hat dich das eigentlich nie gestört, was zwischen Vera und meinem Vater läuft?«

Das Kauen stoppte. Curtis' schwarze Knopfaugen hefteten sich auf Brandons Gesicht. Das Brötchen hielt er noch in den Händen, den Mund hatte er voll, aber er wirkte, als hätte er einen Stromschlag bekommen.

»Ich weiß«, sprach Brandon hastig weiter, »wahrscheinlich hätte ich nie davon anfangen sollen, hab ich ja all die Jahre auch nicht, aber jetzt, da ich sowieso bald von hier fortgehen werde...« Er streckte seinen Arm aus, und seine Hand kam Curtis beschwichtigend über die Tischplatte entgegen. »Curtis, ich hab immer gedacht, dass wir gut miteinander auskommen, aber... ich meine, weißt du überhaupt, was da oben los ist? Zwischen Vera und meinem Vater?«

Er sah zu, wie Curtis das Brot langsam auf den Teller legte und sich den Mund mit der Papierserviette abwischte, die er bereitgelegt hatte.

Brandon war richtig schlecht. Es kam ihm so vor, als hätte er an den Grundfesten des Hauses, in dem er all die Jahre über ganz gut gelebt hatte, gerüttelt, und alles um ihn herum hätte angefangen, zu schwanken.

»Ich glaub wirklich, darüber willst du gar nicht reden, Bran.«

Wie bitte?

Er starrte Curtis an. Das war alles, war er dazu zu sagen hatte?

»Das sind Sachen, die sind zu groß für dich, okay?«

»Zu groß?«

Curtis nickte langsam, und Brandon sah, wie alle Farbe aus dem Gesicht des Haushälters wich.

»Das ist größer als wir alle, Mann«, murmelte Curtis, »das hat mit dem Tod deiner Mutter zu tun.«

Es fühlte sich an, als würde eine eiskalte Hand durch Brandons Brustkasten hindurch nach seinem Herz greifen und die feuchtkalten Finger darumlegen.

»Und mit der Arbeit, die dein Vater macht – hinten auf dem Stützpunkt.«

Brandon nickte. Unfähig, sich sonst zu regen.

»Deshalb meine ich, Bran, ich kann schon verstehen, was du sagen willst, aber«, und damit stand Curtis auf, nahm den Teller mit dem angebissenen Brötchen und stellte beides in die Spüle, »es hat keinen Zweck, dass wir zwei darüber reden, okay?«

Er hatte sich nicht wieder zu Brandon umgedreht. Brandon starrte auf Curtis' muskulöse Schultern, und für einen Moment hatte er den Eindruck, der ganze Mann sei schief gewachsen.

»Was ... was soll das denn heißen?«, stammelte er.

Curtis wandte sich nicht um. Die Hände hatte er jetzt auf den Rand der Spüle gestemmt, und durch seine Schultern schien ein Zittern zu laufen.

»Curtis?«

»Nein, wirklich, ja?«, hörte er ihn antworten, und es klang brüchig, als wäre der Haushälter mit einem Schlag um Jahre gealtert. »Geh wieder nach oben, Bran, vergiss das am besten. Leb dein Leben, Junge, lass das Haus hier hinter dir und lass dich nicht in einen Strudel ziehen, aus dem du vielleicht nicht mehr herauskommst.«

Und dann drehte er sich abrupt doch noch um. Erschrocken starrte Brandon in Curtis' aschfahle Miene, in der die Augen des Haushälters brannten wie zwei entzündete Wunden.

»Tust du mir den Gefallen?«

»Aber was meinst du denn?«

»WILLST DU ENDLICH ABHAUEN!«

Als hätte Curtis einen Schuss abgefeuert, sprang Brandon auf und stolperte rückwärts zur Treppe. So hatte Curtis ihn noch nie angebrüllt. Mit hochgezogenen Schultern stand der Haushälter vor der Spüle, die Arme nach unten gestreckt, die Hände zu Fäusten geballt.

Aber ..., *raste es in Brandons Kopf,* ist es denn mehr als nur ein Verhältnis zwischen Daddy und Vera?

»Und zieh um Himmels willen deine Freunde da nicht mit rein!«, schleuderte ihm Curtis entgegen.

Völlig verwirrt riss Brandon seinen Körper in dem Todeskostüm herum und stürzte die Treppe nach oben.

32

»Hast du überhaupt schon was gegessen, seit du hier bist?«

Nick hob den Blick und sah, dass Louise einen Korb mit Äpfeln, Bananen und Weintrauben hochgebracht hatte. Henry war nach unten gegangen, wo sich die anderen inzwischen aufhielten, aber Nick hatte ein wenig allein sein wollen und war auf der Terrasse geblieben.

Er griff nach den Weintrauben und sah, wie sich Louise in den Liegestuhl setzte, der neben seinem stand. Sie trug noch immer das knappe Voodookleidchen, das unter der Skijacke, die sie übergeworfen hatte, hervorblitzte. Auf beiden Seiten ihres Kopfes standen wild hochgesteckt die Zöpfe ab, die zu ihrer Kostümierung gehörten, und an ihrem Handgelenk baumelte eine kleine Voodoopuppe. Spinnennetz-Strumpfhosen aus Seide, ein rot glänzender Unterrock, der unter dem Kleid hervorlugte ... Louise wusste sich zu kleiden – und doch waren Nicks Gedanken woanders.

Bei Scott.

»Es rauscht vorbei, was?« Sie konnte nicht wissen, was er meinte. Oder doch? »Scotty ... ich habe gar keine Zeit gehabt, mit ihm richtig zu reden.«

Louise saß neben ihm, und das tat gut.

»Ich habe schon während der Fahrt hierher gedacht: Wer weiß, was passieren wird«, fuhr er fort. *Aber dass Scotty hier den Tod finden würde ...*

Er wollte noch etwas sagen, doch seine Stimme blieb weg.

Was hatte Brandon in dem Video angekündigt? *Wenn nur noch einer übrig ist, kann er gehen.* Terry und Scott, Ralph und Janet waren nicht mehr. Es rauschte vorbei – das Leben. Vielleicht war wirklich die Zeit gekommen, sich auf das Ende vorzubereiten. Immerhin, dachte Nick weiter, war er inzwischen fast fünfzig Jahre alt. War die Zeit gekommen, Abschied zu nehmen? So plötzlich?

»Kim hat gesagt, ihr Mann holt sie heute Abend um sechs von hier ab«, hörte er Louise leise neben sich. »Jetzt ist es kurz nach zwölf. Bleiben noch knapp sechs Stunden.«

Er warf ihr einen Blick zu. Ihren Augen konnte er ansehen, dass sie einen schweren Verlust erlitten hatte, dass sie aber versuchte, nicht das Gleichgewicht zu verlieren.

»Meinst du, die nächsten Stunden vergehen einfach so, ohne dass noch etwas passiert? Dass nachher Kims Mann unten ankommt, merkt, dass sie nicht da ist, langsam anfängt, jemanden zu alarmieren – und wir ... also befreit werden?«

»Wenn nur noch *einer* übrig ist – so hat Brandons Ankündigung gelautet.« Sie dachte laut nach. »Hat er einen von uns in der Hand – wie Scotty gesagt hat? Hat Brandon einen von uns beauftragt ... was? Weiter zu töten?«

»Oder es sind Fallen im Haus aufgestellt, die zuschnappen – wenn wir es am wenigsten erwarten.«

»Aber wieso? Wieso hat Brandon das vorbereitet, wieso tut er das – oder hat es getan?«

Nick fühlte das Gewicht der Pistole, die Scotty gefunden hatte, in seinem Schoß. Er hatte sie an sich genommen und mit zum Deckchair gebracht.

»Tja, wieso? Ich weiß es nicht. Jedenfalls würde ich mich nicht wundern, wenn wir gleich einen Schrei hören – und der Nächste ist dran.«

Louise atmete aus. »Die anderen essen unten – vielleicht sind die Vorräte vergiftet ...«

»Wir haben uns in den letzten Jahren nicht mehr gesehen«, sagte Nick unvermittelt, »aber Scott ... in den letzten Schuljahren und auch in der ersten Zeit danach ... all die Sachen, die Spaß gemacht haben, habe ich damals mit ihm unternommen.« Er richtete sich auf einem Ellbogen auf. »Wenn ich an diese Zeit zurückdenke ... das geht mir bei keinem anderen Jahrzehnt so, aber von den Achtzigern, ja? Da kann ich die einzelnen Jahre noch richtig auseinanderhalten. Was war 1994, was war 1996? Das ist für mich alles praktisch eine Soße. Aber in den Achtzigern nicht. 1981, das war das Jahr, in dem ich Scott kennengelernt habe, weil seine Familie hierher nach New Jericho gezogen war. '82 haben wir eine Radtour gemacht – nur ich und Scott – ohne Eltern, ohne Geschwister, zwei Wochen mit dem Rad übers Land. '83 bin ich mit meinen Eltern in Europa gewesen, '84 gab es eine Wandertour mit Scotty über die Appalachians, '85 hatte ich«, er warf ihr einen kurzen Blick zu, »zum ersten Mal Sex, '86 haben wir die Schule beendet, '87 habe ich damit verbracht, einen Amateurfilm zu drehen – ich dachte noch, ich sollte vielleicht Filme machen, statt Bücher zu schreiben –, da war Scott auch dabei. '88 bin ich mit ihm nach Mexiko, ein ziemlich chaotisches Jahr ... und '89 schließlich hat er beschlossen, sein Leben noch einmal herumzudrehen und Informatik zu studieren. Und ich habe entschieden, dass ich mein Glück als Schriftsteller versuchen will, da haben sich unsere Wege getrennt. Danach waren die Würfel in gewisser Weise gefallen. Die Lebendigkeit meiner Erinnerungen – danach verschwimmt sie. Nicht in den Achtzigern – diese zehn Jahre sind so lebendig wie sonst nichts.« Er ließ sich zurücksinken. »Vielleicht weil man noch jünger war. Ich meine, so schwer ist es ja nicht zu verstehen. Es war unser Jahrzehnt, oder?« Er drehte den Kopf und sah zu ihr. »Die Sechziger, die ganze Protestbewegung, die Siebziger, die Drogen, die Neunziger – ich weiß nicht, und von den Nuller- und Zehnerjahren spreche ich erst gar nicht. Das sind alles Jahrzehnte, die anderen gehören, aber die Achtziger – langweile ich dich?«

Louise hatte die Hände ineinander verschränkt und unter den Kopf geschoben. Ihr Gesicht war der Sonne zugewandt, aber sie wirkte ruhig und schien ihm zuzuhören. »Was? Nein! Vielleicht hast du recht. Vielleicht hat Brandon uns hier zusammenkommen lassen, damit wir uns ... was? Besinnen? Wir hatten damals ja ziemlich hochfliegende Träume, oder? Damals, als 1986 seine Halloweenparty hier stattgefunden hat. Das weiß ich doch noch! Wir glaubten, alles Mögliche erreichen zu können. Man macht sich große Hoffnungen – und dann, beim nächsten Mal, wenn man darüber nachdenkt, ist die Zeit abgelaufen und man hat nichts erreicht. Vielleicht ist es das, was Brandon ... worauf er uns stoßen will?«

Nick schwieg. 1986. Das ganze Haus hatte gedröhnt von der ohrenbetäubenden The-Cure- und Depeche-Mode-Musik, die Brandon aufgelegt hatte.

»Unsere Träume«, murmelte er, »von den Träumen der anderen Generationen verstehe ich nichts. Aber *unsere* Träume – was für Träume hatten wir denn? Wollten wir die Welt verändern? Wollten wir die Welt retten? Ich wollte Geschichten erzählen oder Filme machen wie Spielberg, wie Kubrick ... oder wenigstens so ein Buch schreiben wie *Es*. Oder wollte ich bloß genauso viel Geld verdienen?« Seine Arme hingen auf den Boden, so kraftlos fühlte er sich plötzlich. »Das waren die Achtziger im Kern, oder? Geld! Das war das NEUE! Es ging nicht um Ideale, um ... Revolutionen. Was war Spielbergs

Riesen-Errungenschaft? Inhalt – eine Message? Nein, seine Errungenschaft war, dass er mit *Der weiße Hai* einen unglaublichen Blockbuster erschaffen hatte! *Star Wars* ... die Bücher von King – Millionenseller –, das war es doch, was unsere Fantasie beflügelt hat. Der Sinn war das Geld. Vielleicht waren wir die erste Generation, die von Anfang an so gedacht hat.« Er legte die Hand auf die Stirn und schaute zu Louise. »Welcher Typ war denn so etwas wie eine Personality-Ikone des Jahrzehnts? Hm?«

»Personality-Ikone? Was meinst du?«

»Trump meine ich, Donald Trump. Wolkenkratzer, Gold und Casinos. Models und Cleanness – Leere –, Donald Trump war doch damals schon in aller Munde. Und ist es auch heute wieder. Wir erleben doch nichts anderes als ... sozusagen die Zeit, in der die Achtziger ... am liebsten würde ich sagen: endgültig zu sich selbst finden.«

»Ach, das sind doch nur Worte, Nick«, sagte Louise neben ihm. Vielleicht hatte sie recht, ging es ihm durch den Kopf.

»Du wirst nicht das ganze Land, all die Jahrzehnte – du irrst dich, wenn du glaubst, du könnest all das plötzlich in seinem Kern erkennen, Nick. Das glaube ich nicht. Was stimmt, ist, dass wir schon '86 hier waren und Brandon eine Halloweenparty gefeiert hat. Wir hatten Träume, sicher, aber die waren doch auch geprägt von der Situation, in der wir aufgewachsen sind. New Jericho ... fast durchweg wohlhabende Eltern – meine nicht, aber die anderen? Die meisten waren vermögend und hatten sich unweit von New York in diese Idylle zurückgezogen, um ihre Kinder hier aufzuziehen. Eine künstliche Welt, eine Art künstliches Paradies, kein Wunder, dass wir als Kinder ein wenig den Bezug zur Wirklichkeit verloren hatten.«

New Jericho ...

»Deswegen... ich kann mir nicht vorstellen«, hörte er Louise fortfahren, »dass Brandon... dass das, was hier passiert... dass es keinen Grund dafür gibt. Und wenn du mich fragst: Der Grund muss mit New Jericho zu tun haben. Wir alle sind hier aufgewachsen – hier zur Schule gegangen. Will Brandon uns was über die Zeit sagen, in der wir großgeworden sind? Oder ist das, was ihn umtreibt – oder umgetrieben hat – viel konkreter? Es hat mit unserer Vergangenheit zu tun, Nick, aber nicht mit ›Greed is good‹ oder irgendeiner Eighties-Ikone. Sondern mit dir... mit mir... Scott, Brandon, Terry, Kim und all den anderen, die er eingeladen hat. Aber was – was ist es?! Das müssen wir herausbekommen, wenn wir lebendig dieses Grundstück verlassen wollen!«

33

Brandon fand ihn in seinem Schlafzimmer – allein –, wo sich sein Vater auf die Halloweenparty vorbereitete, zu der er selbst eingeladen war. Soweit Brandon wusste, fand diese nicht weit weg statt, sondern gleich in New Jericho, bei einem Kollegen.

»Hey, Brandon.« Sein Vater sah an dem Spiegel vorbei, vor dem er stand, und nickte ihm zu.

»Du gehst als Ghostbuster?« Brandon war beeindruckt – für einen Moment vergaß er sogar, weshalb er seinen Vater sprechen wollte. »Woher hast du das Kostüm?«

»Hat Vera mir aus New York mitgebracht.« Er grinste und nickte mit dem Kopf zum Ende des Zimmers, wo eine Tür offen stand, die nach draußen führte.

»Vera, ja?« Das passte! »Ist sie dort hinten?«

Sein Vater zog den schwarzen Gürtel fest, der den beigefarbenen Overall an der Taille zusammenschnürte, und begutachtete sich im Spiegel. »Wie sehe ich aus?« Er hatte offensichtlich keine Lust, auf Brandons Frage einzugehen.

»Wo ist deine ... Laserkanone – oder was die da haben?«

Robert drehte sich um und hob einen gewaltigen Plastikrucksack vom Stuhl, der über einen Schlauch mit einer futuristisch aussehenden Waffe verbunden war. »Und jetzt ...« Er betätigte einen Schalter auf dem Rucksack, und das Ding begann, in allen Regenbogenfarben zu blinken.

»Na großartig.« Brandon ließ sich auf das Bett fallen und

sah seinem Vater dabei zu, wie er den Rucksack aufschnallte.
»Aber es ist Halloween – richtig gruselig ist das ja nicht.«

»Nein? Warte ab, bis ich den ersten Dämon mit der Kanone atomisiert hab.«

Brandon winkte ab. »Hör mal, Dad, ich komm gerade von Curtis.«

»Ach ja?«

»Genau.« Wenn er mich jetzt fragt, was ich unten bei Curtis wollte, muss ich mir was einfallen lassen, *ging es Brandon durch den Kopf, aber er fuhr unbeirrt fort:* »Und er hat da was angedeutet – ich hab gleich gefragt, was er meint, aber er ist mir ausgewichen.«

›Das hat mit dem Tod deiner Mutter zu tun.‹ Curtis' Worte hatten sich praktisch in Brandons Kopf eingebrannt. ›Und mit der Arbeit, die dein Vater macht – hinten auf dem Stützpunkt.‹

Sein Vater sah nicht zu ihm. Stattdessen schien er ganz mit dem Geisterjäger-Logo auf seinem Anzug beschäftigt zu sein.

»Daddy?«

»Brandon, ehrlich. Was interessiert es dich denn, was Curtis sagt? Er arbeitet hier bei uns, und er macht das sehr gut – lass ihn doch reden, es bedeutet nichts.«

»Er hat gesagt ...«

Aber sein Vater fiel ihm ins Wort. »Will ich nicht wissen, Brandon, tut mir leid, aber das gibt doch nur böses Blut. Er redet schlecht über mich, wir reden über ihn, das gibt Missverständnisse, jemand ist eingeschnappt, und bevor man weiß, was geschieht, ist viel Porzellan zerschlagen. Ich will aber nicht, dass zwischen mir und Curtis irgendeine Missstimmung herrscht. Ich hab nichts gegen ihn.«

»Er hat nicht schlecht über dich geredet, er hat gesagt, dass ...«

»Nein, Brandon – und weißt du was? Ich glaube wirklich, dass du dir darüber auch nicht so sehr den Kopf zerbrechen solltest. Heute ist deine Party, deine Freunde kommen, lass doch den armen Curtis da unten in seiner Wohnung hocken, der tut niemandem was.« Er senkte die Stimme. »Junge, der Mann ist viel zu unwichtig. Lass ihn reden, was kümmert uns das?«
»Aber du kannst doch nicht so tun, als wäre alles in bester Ordnung, wenn Curtis –«
»Hey, Brandon! Hast du nicht gehört, was ich gesagt habe? Vergiss es, okay!« Sein Vater hatte sich vom Spiegel abgewandt und sah zum Bett.
»Es ist ja nicht nur Curtis«, maulte Brandon, der sich so einfach nicht ablenken lassen wollte.
›Das hat mit dem Tod deiner Mutter zu tun.‹ Was hatte Curtis denn gemeint? Brandon wusste, dass er sich jedes Mal, wenn er die Sprache auf seine Mutter brachte, mit seinem Vater stritt. Sie war bei seiner Geburt gestorben, und sein Vater war ihr Frauenarzt gewesen. Es war eines der Dinge, über die sie einfach nicht miteinander sprechen konnten. Genauso wie über Vera.
»Es ist auch Vera«, brachte er schließlich hervor, aber da fiel ihm sein Vater erneut ins Wort.
»Ach komm schon, Brandon. Wie alt bist du jetzt? Siebzehn? Weißt du, ich glaube, ich ahne bereits, was das Problem ist. Das kennt jeder Mann, jeder Junge, wenn er älter wird, das gehört nun mal dazu.« Er setzte sich auf die Bettkante. »Vielleicht glaubst du, es hat damit zu tun, dass deine Mutter dir fehlt. Aber sie hätte dir da auch nicht weiterhelfen können.« Er legte einen Fuß auf sein Knie. »Heute kommen doch die Mädchen aus deiner Schule. Ihr feiert, alle verkleidet – das ist ein guter Moment.«

Ich will keine von denen – ich will Vera!« *Es ist nicht, wie du denkst, es ist ... Vera ...«*

Aber sein Vater unterbrach ihn wieder. *»Lass gut sein, Brandon, genug gejammert.«* Er stand auf. *»Das führt zu nichts.«*

»Aber hör mir doch mal zu!«

»Ich denke gar nicht daran. Was weiß ich denn – am Ende erzählst du mir irgendwas über Curtis und Vera, ich mach einen Riesenzirkus, und dann stellt sich raus, dass du dir das alles nur ausgedacht hast.«

»Warum sollte ich mir denn was ausdenken, Dad? Zum Beispiel deine Party«, wechselte Brandon plötzlich die Stoßrichtung, »wo du gleich hingehst – nimmst du Vera da mit?«

»Was – wie kommst du denn darauf?«

»Du verbringst den ganzen Nachmittag mit ihr im Bett, aber zu deiner Einladung gehst du allein! Warum? Weil du selbst weißt, dass Vera nicht die Richtige ist. Du gehst, und sie bleibt zu Haus. Du behandelst sie schlecht, Dad, das hat sie nicht verdient!«

»Brandon, ich kann Vera nicht mitnehmen, weil es eine Einladung bei Kollegen ist, Herrgott nochmal, da kommen Leute aus Washington, aus Regierungskreisen, ich glaube, es soll sogar ein General dabei sein. Und ich komme mit Vera, die keiner kennt, bei all den Ehefrauen dort – was sollen die denn denken? Dass sie erstmal wissen wollen, wer Vera ist? Werde erwachsen Brandon, dann erklär ich dir das nochmal.«

›Das hat mit dem Tod deiner Mutter zu tun und mit der Arbeit, die dein Vater macht – hinten auf dem Stützpunkt.‹

»Ach ja? Was ist das eigentlich, was du und deine Kollegen, bei deiner Arbeit auf dem Stützpunkt, was ihr da macht?«

»Ich mache meinen Job, Brandon, nichts weiter.«

»Aber es ist geheim, ja?« Brandon wusste, dass sein Vater als

Frauenarzt arbeitete. *Was genau er auf dem Stützpunkt der Army tat, hatte sein Vater ihm aber nie gesagt.*

Er sah, wie sein Vater die Schranktür langsam schloss, an deren Innenseite der Spiegel angebracht war. »Erst Curtis, dann Vera, jetzt meine Arbeit? Was ist los mit dir? Hast du Angst vor deiner eigenen Party?«

»Nein, ich meine ja nur ... da das so geheim ist – vielleicht solltest du dir überlegen, wie leichtsinnig es ist, mit einer verheirateten Frau und ihrem Mann unter einem Dach zu leben, wenn du mit der Frau schläfst. Das sollte wahrscheinlich nicht öffentlich werden, oder?« Brandon sah seinem Vater in die Augen, und er wusste, dass er auf dem richtigen Weg war, wenn er etwas herausbekommen wollte. Mochte sein Dad auch noch so sehr versuchen, ihm auszuweichen – was seine Arbeit anging, war Brandons Vater immer vorsichtig gewesen. Wenn Brandon ihn also an dem Punkt in Bedrängnis brachte, konnte er womöglich seinen Kopf durchsetzen und erfahren, worauf Curtis angespielt hatte.

»Wir hängen es nicht an die große Glocke ...«

»Es ist geheim, Daddy, tu doch nicht so! Ich bin dein Sohn, und nicht einmal ich weiß, was du machst.«

»Ich arbeite als Gynäkologe – das habe ich immer gemacht, das weißt du doch.«

»Ja, das weiß ich, aber in deiner Praxis bist du nicht mehr. Seit ein paar Jahren gehst du in dieses Labor auf dem Army-Stützpunkt. Und da – was macht ihr dort?«

»Sorry, Brandon, darf ich nicht drüber reden, genau wie du sagst.«

»Siehst du! Aber Curtis und Vera wissen offensichtlich mehr als ich. Sonst hätte Curtis doch nicht so geredet. Haben die zwei dich in der Hand? Ist es das? Muss Vera deshalb heute

Abend zu Hause bleiben?« Er zuckte zusammen. Im Augenwinkel hatte er eine Bewegung wahrgenommen. Brandon drehte den Kopf und erkannte, dass jemand bei der Tür stehen geblieben war, die nach draußen führte.

»Vera«, rief sein Vater, »komm rein. Stehst du schon lange dort?«

Sie wirkte gefasst, aber ihrem Gesicht war doch anzusehen, dass sie einiges von der Auseinandersetzung mitbekommen hatte.

»Nein, ich wollte nicht stören.«

»Tust du nicht, Brandon wollte nur sagen, dass er sich auf seine Party freut.«

»Das stimmt doch überhaupt nicht, Dad!«

»Nicht? So? Was wolltest du denn von mir, Junge?«

»Ich wollte wissen, was mit Moms Tod ist, Dad, ich wollte wissen, wieso Vera, Curtis und du – wieso ihr zu dritt hier lebt. Ich wollte wissen, was das mit deiner Arbeit zu tun hat!«

Die Worte schienen für einen Moment in der Mitte des Zimmers in der Luft zu schweben, bevor sie vom Rauschen der Bäume vor den Fenstern fortgespült wurden.

»Robert, das ... darüber können wir ja wirklich mal bei Gelegenheit in Ruhe reden«, sagte Vera, die sich als Erste zu fangen schien. »Brandon meint es sicher nicht so.«

Alles an Brandon zitterte. Er wusste, dass er sich viel zu weit nach vorn gewagt hatte. »Doch, Vera, genauso meine ich es«, stieß er hervor, aber dann platzte sein Vater dazwischen.

»Brandon, was soll das? Du verlässt das Haus doch sowieso in den nächsten Wochen! Tut mir leid, Buddy, aber was Vera, ich und Curtis machen, geht dich gar nichts an, okay?«

»Siehst du denn nicht, was sie für einen Keil zwischen uns treibt, Dad?«

»Hör zu, Robert«, mischte Vera sich ein, bevor Brandons Vater etwas sagen konnte. »Versuch nicht, das jetzt zu klären, das wird sich alles finden, da bin ich mir sicher.« Sie machte einen Schritt zurück nach draußen. »Ich lass euch jetzt lieber allein.«

Verunsichert wandte sie sich um und überquerte die Terrasse, an deren Ende die Freitreppe nach unten führte.

Hinter sich hörte sie die Stimmen von Brandon und seinem Vater, die noch immer aufeinander einredeten.

Lautlos glitt Vera die Stufen der Treppe hinunter, ging um das Haus herum und betrat die Wohnung, in der sie mit Curtis lebte.

»Curtis?«

Sie sah, wie sich die gedrungene Silhouette ihres Mannes erhob, der am Küchentisch gesessen hatte.

Sie gab sich einen Ruck. »Pass auf, mir reicht es! Tu es! Erteile dem Kleinen eine Lektion, sonst dreht der noch völlig durch. Du hast schon was angedeutet? Sag ihm, was immer du glaubst, dann lässt er mich hoffentlich in Ruhe!«

34

»Na gut, Henry, mach schon, schenk mir auch einen ein!«

Sie saßen in dem abgesenkten Bereich vor dem Kamin inmitten der großen Halle. Ashley, Donna, Henry und Kim.

Lange genug hatte Kim es jetzt hinausgezögert. Heute war sowieso alles aus dem Ruder, da konnte Henry ihr genauso gut einen Wodka über den Tisch schieben.

»Danke.« Sie griff nach dem Glas, das er gefüllt hatte, hob es in seine Richtung, nickte Henry zu und trank. *Ahh*. Gleich viel besser. Und auch das schlechte Gewissen, das sie meist zwickte, wenn sie sich zu Hause heimlich ein Glas gönnte, blieb heute aus. Ashley und Donna hatten auch ein Gläschen genommen, Henry sowieso. Inzwischen hatten sie einige von den Vorräten in der Küche gegessen und sich jetzt in der Halle versammelt, während Nick und Louise noch oben auf der Terrasse waren.

»... warum sollte ich das nicht verraten, jetzt ist doch ohnehin alles egal!«, hörte sie Henry sagen, dem der Alkohol offensichtlich die Zunge ein wenig gelöst hatte. »Schön ist es nicht, aber andererseits auch halb so schlimm. Es ist ja nicht so, dass ich unter Brücken penne, nur so, dass ich im Moment keinen festen Mietvertrag habe – und ein eigenes Haus sowieso nicht. Aber das hat auch Vorteile. Seht *euch* doch mal an«, fuhr er fort, »Häuser, Bankkonten, Kinder, tausend Verpflichtungen, denen man nachkommen muss. Die sind euch doch schon vollkommen über den Kopf gewachsen! Ihr steht morgens auf, um das alles zu schaffen, und wenn ihr fertig seid, ist der Tag vorüber. Ihr fallt ins Bett – endlich schlafen! –, nur um am nächsten Tag wieder von vorn anzufangen. Das ist doch Irrsinn! Jeder weiß es – trotzdem sind die wenigsten in der Lage, aus diesem Teufelskreis auszubrechen. Und erzählt mir jetzt bloß nicht, dass das kein Teufelskreis ist, sondern das Glück!«

Vielleicht gar nicht so falsch, was er da sagt ...

»Hey, wo sind eigentlich Brandon und Terry?« Henry hatte die Hände mit den Innenflächen nach oben von sich gestreckt und deutete auf den Platz vor dem Kamin. Dorthin, wo der Kasten des Kronleuchterlifts aufgeschlagen war. Gleich daneben, zwischen Kamin und Kasten, hatten Terry und Brandon gelegen, nachdem sie Decken über sie gebreitet hatten. Jetzt aber waren sie verschwunden.

»Scott, Louise und Nick haben sie kurz vor Tagesanbruch nach hinten in eins der Schlafzimmer gebracht«, antwortete Kim, stockte dann jedoch. »Oder waren es nur Louise und Scott?«

»Louise und Scott, genau«, sagte Donna, die neben Kim auf dem Sofa saß, »mit dem Servierwagen auf Rädern. Zuerst Brandon, dann Terry. Bei Terry dachte ich noch, ob ich helfen sollte, aber Louise bestand darauf, Terrys Schultern zu nehmen, und Scotty hatte seine Beine.«

»Hast du das auch gesehen?« Henry blickte zu Ashley, die sich auf einen der frei stehenden Sessel gekauert hatte. Ihr Glas mit der durchsichtigen Flüssigkeit hielt sie in der Hand, die schlanken Beine, die nur mit einem Stretchanzug bekleidet unter dem Laborkittel hervorsahen, hatte sie unter sich gezogen.

»Was?« Ashley richtete sich ruckartig auf.

»Ob du ...« Henry winkte ab. »Vergiss es. Aber das mit deinem Job, was Janet gesagt hat – Ashley?«

»Was denn, Henry?« Ashleys blaue Augen waren auf Freddy-Krueger-Henry gerichtet. *Michelle Pfeiffer*... immer wenn Kim Ashley sah, musste sie an Michelle Pfeiffer denken.

»Girlfriend Experience... Escort... wirklich?«

Ashleys Züge erschlafften ein wenig. »Ach Henry, was willst du denn wissen? Ja, es ist genau so, wie du dir das vorstellst. Und ja: Du wirst es dir selbst niemals leisten können.«

»Erzähl doch mal!«

»Wozu? Hilft uns das hier weiter? Du scheinst zu vergessen, wo wir sind, Henry. Ich glaube nicht, dass Brandon mit uns fertig ist. Und was soll ich denn auch erzählen? Einzelheiten? Zahlen? Im Moment sind es...« Sie atmete aus, schien die Lust zu verlieren.

»Sind es?«, mischte sich Donna ein.

»Dreitausend pro Date, einmal pro Monat, seit drei Jahren mit dem gleichen Mann, Donna. Ist es das, was ihr wissen wollt?« Ashleys Gesicht wirkte wie von hellem Rot übergossen und zugleich stolz. *Schmutzig seid ihr, wenn ihr mich das fragt*, schien sie zu denken. Kim konnte nicht anders, als sie zu bewundern. Wie bitte? Dreitausend pro Date? Das sagte sie wahrscheinlich nur, um es nicht ganz so erbärmlich klingen zu lassen.

»Wow, das hätte ich dann wohl auch als Karriere einschlagen sollen.« Donna lächelte. »Obwohl, so sexy wie du bin ich nie gewesen.«

Ashley rollte sich in ihrem Sessel noch ein wenig mehr zusammen. »Du weißt nicht, was du sagst, Donna.«

»*Pretty Woman*, oder? So stell ich es mir vor.« Donna grinste ironisch. »Die schöne Seite des Geschäfts – übrigens auch ein Achtziger-Film, nicht wahr?« Sie nippte an ihrem Glas.

»War der nicht schon Neunziger?«

»Absolut.« Ashley beugte sich vor, um ihr Glas auf dem Tisch abzustellen. »Marty McFly in *Zurück in die Zukunft*... *Stand By Me*, *Diner*... solche Sachen – das waren die typischen Achtzigerjahre-Filme. Die habe ich damals mit Nick gesehen, und er hat nicht aufgehört, mir zu erklären, wie gut die Fünfziger zu den Achtzigern passten. Dass die Sehnsucht nach der heilen Welt der Fünfziger im Grunde genommen die Seele der Achtziger sei, deshalb all die Reisen zurück in der Zeit...«

»Ich erinnere mich«, fiel Kim ihr ins Wort. »Das war so eine Art Steckenpferd von Nick, oder? Ist es ja immer noch! Gestern Abend hat er mir erklärt, die Achtziger seien vielleicht das letzte Jahrzehnt mit einem Stil gewesen, den man wenigstens klar erkennen und kopieren könnte. Hat er das ernst gemeint oder sich über mich lustig gemacht?«

Sie sah, dass Henry sich zur Seite gelehnt hatte und einen Bildschirm einschaltete, den jemand zur Sofaecke gerollt hatte.

»Die Challenger-Katastrophe, Reagan... und womit fing 1980 alles an? Mit dem Mord an John Lennon!«, hörte sie Donna sagen. »Und was kam danach? MTV. Ich muss Nick schon recht geben, die Achtziger hatten was. Und auch das stimmt: Die Achtzigerjahre waren immer etwas, worüber Nick gern gesprochen hat, selbst damals schon. Deswegen meine ich: Wie ist Brandon eigentlich auf die Idee gekommen, ausgerechnet eine Eighties-Revivalparty zu machen?«

Kim sah zu ihr. »Wie... was meinst du denn?«

»Nick und Brandon haben sich dreißig Jahre lang nicht gesehen, und dann ist *Brandon* derjenige, der die Eighties-Halloween-Party macht? Vielleicht ist es ja unfair, jetzt über Nick zu sprechen, wenn er nicht dabei ist, aber vielleicht ist es auch eine gute Gelegenheit, um sich das mal gemeinsam zu überlegen.«

»Was?«
»Was wir von Nick eigentlich wissen.«
Kim starrte Donna an. *Von Nick?* Was wusste sie von Nick schon? Dass er Bücher schrieb, in Brooklyn lebte...
»AHHHH!«
Kim fuhr hoch – es war Ashley gewesen, die plötzlich geschrien hatte.
»*WAS DENN?*«
Ashley stand auf der Sitzfläche ihres Sessels, die Flüssigkeit ihres Drinks war auf ihrem Laborkittel verschüttet. »Ich... entschuldigt bitte... ich hatte nur gerade gedacht – dort hinter der Scheibe – als hätte jemand zu uns hereingeblickt.«
Kim sah sich um. Hinter dem Fenster war der beginnende Wald zu erkennen, dessen Baumspitzen bis fast auf die Höhe der Scheibe reichten. »Bist du sicher?«
»Ach Quatsch, sie hat den Fernseher gehört«, sagte Henry, »oder, Ashley?« Er drückte einen Knopf auf dem altmodischen Apparat, und der Kanal wechselte. »Großartig... MTV, Donna? Hast du gerade MTV gesagt? Hier auf dem einen Kanal, der muss mit dem Festplattenrekorder verbunden sein. Brandon hat eine richtige Sammlung von den alten Videos. Na bitte, wer sagt's denn?« Er ließ sich von der Armlehne der Couch, auf die er gerutscht war, wieder zurückfallen. Auf dem Bildschirm war ein alter Straßenkreuzer zu sehen, der durch eine dunkle Straße fuhr.
»Thriller« – Kim kannte das Video, sie hatte es unzählige Male gesehen, aber das war lange her.
»I am not like other guys«, zwitscherte Henry mit künstlich hochgestellter Stimme, während die gleichen Worte aus dem Bildschirm perlten. »Kann man wohl sagen, Michael.«
»I am different«, kam es aus dem Fernseher, und Michael

Jackson war darauf zu sehen, der eben mit einer afroamerikanischen Schönheit dem Straßenkreuzer entstiegen war.
»Gleich kommt's«, Henry fuhr die Lautstärke hoch, »jetzt!«
»Go away!«, schrie es aus der Bildröhre – und Kim fühlte, wie sich ihre Finger in das Sofa krallten. Da kam er schon hoch – Jackson als Tier-Mutation – die sich noch verwandelte – deren Finger lang wurden – während schwarze Borsten durch seine Haut stießen. Dann streckte er sich mit majestätischer Mähne ins Mondlicht. Der zum Werwolf mutierte Star. Während das Mädchen schrie und rannte.

»Was für ein Video! Vielleicht das beste, das sie jemals gemacht haben«, schwatzte Henry aus seiner halb liegenden, halb sitzenden Position. »Bitte – da sitzt er! Jackson im Kinopublikum, und es war nur ein Film, aber dann ... da! Sie kommen aus dem Kino, der Beat setzt ein, er tanzt, und jetzt ...«

Kim erinnerte sich. Genau, der Friedhof. Da kamen auch schon die Zombies. Sie stiegen aus den Gräbern, ihre Arme fielen ab, aber sie kämpften sich aus der feuchten Erde und umzingelten Michael und sein Mädchen. Was für Bewegungen. Jackson wirkte wie eine Kraken-Katze. Wie eine Spinne. Mit endlosen Armen und Beinen.

»Jawoll!« Henry sprang auf die Couch und ahmte in den Kissen stehend die Tanzbewegungen nach, während auf dem Bildschirm Jackson – inzwischen giftgrün – selbst zum Zombie geworden war und die Zombiearmee mit perfekten Tanzschritten anführte. Was für eine Synchronisation, ein ganzer Trupp Untoter im geradezu militärischen Pop-Gleichschritt!

»Wann war das?«, hörte sie Donna sagen, die wie alle anderen gebannt das Video verfolgte. »1984, oder? Vierunddreißig Jahre her, aber eigentlich sind wir seitdem keinen Schritt vorangekommen, oder?«

»Nein, sag doch mal, Donna«, war Ashley zu hören, die sich zurück auf ihren Sessel hatte fallen lassen. »Wieso meinst du denn, dass Nick ... hast du irgendwie einen Grund, zu glauben, dass er ...«

Donna hob die Hände auf die Höhe ihres Gesichts. »Ich habe nichts gegen Nick, ich mag ihn. Wir alle mögen ihn, oder? Was ich nur sagen will: Was schreibt er für Bücher? Thriller, Horror, solches Zeug, oder nicht? Ich habe nur eins davon gelesen und die Klappentexte von ein paar anderen. Was mir aber aufgefallen ist ... Halloween? Ein Haus, aus dem man nicht entkommt, und ein Mörder geht um? Es klingt fast wie eins von Nicks Büchern! Oder bin ich die Einzige, der das auffällt?«

Kim hatte plötzlich den Eindruck, dass es doch ein Fehler gewesen sein könnte, den Drink zu nehmen.

»Aber wieso denn?«, beeilte sie sich zu sagen, um das flaue Gefühl loszuwerden. »Warum sollte Nick das hier denn durchziehen? Um zu recherchieren – oder was? Das ist doch lächerlich!«

Donna sah zu ihr. »Recherchieren? Nein, natürlich nicht! Aber wo ist Nick gerade? Ganz genau! Oben mit Louise. Und wenn du mich fragst, kommen wir ihm da schon näher. Worum ist es Nick auch damals schon immer gegangen? Um die hübsche Louise! Aber er hat sie nicht bekommen. Terry war für Louise vielleicht einfach die sicherere Wahl. Nicht jeder hat schließlich Lust auf ein Leben mit einem Autor. Nur, wie sieht es denn jetzt aus? Terry ist nicht mehr, oder? Ist doch ganz praktisch, nicht wahr? Nick ist es immer um Louise gegangen. Und ich könnte mir vorstellen, dass es ihm auch hier, bei all dem, was hier passiert, nur darum geht.«

Um Louise.

Kim sah, wie Donna nickte.

35

Halloween 1986

»Hey, da seid ihr ja endlich! Ich dachte schon, ihr kommt gar nicht mehr.« Donna riss die Fahrertür des kleinen Honda Civic auf, der eben auf der Zufahrt gehalten hatte.

Kim hockte hinter dem Steuerrad und schaute zu ihr hoch. »Wenn dieser Pick-up nicht den Weg versperren würde, hätten wir auch längst geparkt!«

»Kannst du nicht an ihm vorbeifahren? Ralph ist auch schon da, Terry ist eben angekommen!«

»Kann ich nicht, Donna! Bist du blind?« Kim riss die Augen auf.

Ashley und Louise, die mit Kim im Auto saßen, prusteten los. Natürlich hatte Kim recht. Der Pick-up versperrte die Einfahrt, und selbst der kleine Civic kam nicht daran vorbei. Aber die Ladeklappe des Trucks stand offen – wahrscheinlich fuhr er gleich weg.

Donna machte einen Schritt zurück, um an dem Pick-up vorbei Richtung Haus zu schauen. Ein Mann in einem beigefarbenen Monteursanzug kam über den Weg auf sie zu. Für einen Moment hielt Donna ihn für einen Handwerker, dann erkannte sie ihn. Es war Brandons Vater – im Ghostbusters-Outfit!

»Mr. Hill – hallo! Sind Sie auch auf der Party dabei?«

Er hob den Blick und winkte ihr zu, als er sie sah. »Keine Angst, ich lade nur schnell die Getränke ab, dann bin ich weg.

Curtis und Vera sind noch da, falls was ist, sie haben auch Halloween-Kostüme angezogen, aber sie werden euch völlig in Ruhe lassen.«

»Könnten Sie denn vielleicht ein paar Meter vorfahren, dann kommt meine Freundin an Ihrem Wagen vorbei und kann hinten parken.« *Donna sah, wie der Mann lächelte.*

»Klar, schon dabei.«

Er ist nett, und wenn er lächelt, sieht er sogar ein bisschen aus wie Brandon, *ging es Donna durch den Kopf.* Nicht so hübsch vielleicht, aber kräftiger.

Aus dem Auspuff des Pick-ups quoll eine schwarze Abgaswolke, als er den Motor startete.

»Na los, Kim!« *Donna gab dem Civic ein Zeichen und lotste den Wagen über den Seitenstreifen an dem Truck vorbei. Als der Honda an ihr vorüberfuhr, sah sie, dass Ashley bereits ausgestiegen war und auf sie zukam.*

»Hast du gesehen?«, *rief Donna ihr zu.* »Brandons Vater in dem ... was ist das? Ein Fliegeroverall?«

Ashley giggelte und verdrehte zugleich die Augen, als wollte sie sagen: Na und? Mach dich doch nicht lächerlich.

»Was macht er eigentlich – Arzt, ja? Aber was genau?«

Ashley musterte sie. »Als wenn du das nicht wüsstest!«

»Frauenarzt, wirklich? Gynäkologe? Ich war mir plötzlich nicht ganz sicher.«

»Jaja ...« *Ashley schaute Kims Wagen hinterher, der ein paar Schritte weiter mit dem Einparkmanöver begonnen hatte. Dann wandte sie sich nochmal Donna zu.* »Und die Gerüchte, die man sich über ihn erzählt, kennst du auch nicht, oder?«

Donna schluckte. Mit einem Mal war ihr Mund ganz trocken, sodass ihre Stimme etwas krächzte. »Was? Nein! Erzähl doch mal.«

Ashley machte einen Kussmund, und ihre Augen blitzten. »Frag ihn doch selbst, wenn du es wissen willst!« Sie nickte über Donnas Schulter in die Richtung, in der der Pick-up jetzt wieder parkte.

»Komm schon!« Donna hatte Ashleys Arm ergriffen und drückte ihn absichtlich ein bisschen fester.

Ashley lachte. »Ich will nichts Falsches sagen, Donna. Nachher heißt es noch, ich rede schlecht über Leute hinter ihrem Rücken.«

Donna konnte Ashleys Parfüm riechen und sah, dass sie sich sehr sorgfältig geschminkt hatte.

»Jetzt sag endlich, du Monster!« Sie reckte den Hals vor und stieß Ashley ihre Nasenspitze neckisch ins Ohr.

»Na, was wohl, Donna? Gynäkologe – was fällt dir dazu ein?«, hörte sie Ashley flüstern, und zugleich spürte sie, wie sie beide sich ein wenig im Kreis bewegten. Ashleys Haare waren ihr über die Augen gefallen, aber durch die Strähnen hindurch konnte Donna sehen, dass sie jetzt zu dem Pick-up schauten. Brandons Vater war auf die Ladefläche gesprungen und schob dort ein paar Kisten an die Kante, um sie abtransportieren zu können.

»Macht er Sachen, die er nicht darf?« Donna hatte ein merkwürdig hohles Gefühl in der Magengegend. Mit den Frauen – in der Praxis. Das war es, was ihr durch den Kopf ging, aber sie wagte nicht, es auszusprechen. Wahrscheinlich hatte Ashley das überhaupt nicht gemeint, und wenn sie es jetzt sagte, würde sie Ashley damit nur schockieren.

»Hmhm«, hörte sie Ashley sagen. »Das ist das, was ich gehört habe.«

»Dabei sieht er ganz harmlos aus.« Donna starrte zu dem Mann, dessen muskulöse Arme aus dem beigen Monteursanzug ragten.

»Aber Brandon ist ulkig, das würdest du ja wohl auch sagen«, *hauchte Ashley, und Donna konnte den heißen Atem der Freundin an ihrem Ohr spüren. »Und Brandons Mutter – ist tot.«*
Stimmt ...
Donna machte einen Schritt auf den Pick-up zu, wobei sie Ashley sanft mit sich zog. Im gleichen Moment sprang Brandons Vater von der Ladefläche.
»Sind die Getränke eigentlich für uns?«, rief Donna in seine Richtung.
»Trinkt bloß nicht zu viel, Kinder!« Er grinste und riss eine Kiste von der Ladefläche. Die Sehnen an seinem Arm traten hervor. Donna blieb stehen und genoss es, ihm zuzusehen, während Ashley dicht an sie geschmiegt neben ihr stand und ihr Sicherheit gab.
»Vielen Dank, Mr. Hill, das ist sehr nett von Ihnen.« Ohne dass Donna es darauf angelegt hätte, klang ihre Stimme ein bisschen höher als sonst. Sie hatte sogar den Eindruck, unbewusst den Rücken ein wenig mehr durchgedrückt zu haben. Ihre Stilettos hatte sie schon an, und jetzt gefiel ihr das. Wie sie darauf stand – ein wenig unsicher – wie hochgebockt, mit dem Hintern, der etwas abstand. »Sie müssen ja richtig gut verdienen, Mr. Hill, dass sie sich so ein schönes Haus leisten können«, hörte sie ihre Stimme säuseln.
Er blieb mit der Kiste in den Händen auf halbem Weg zwischen Pick-up und Haus vor ihnen stehen. »Gefällt es dir, ja? Freut mich.«
»Und das ganze Geld – das verdienen Sie mit Ihrer Praxis, Mr. Hill?«
Sein Blick ruhte auf ihnen, aber es kam Donna doch so vor, als würde er sich ein wenig mehr auf sie konzentrieren. Kein Wunder, sie hatte ihn ja auch angesprochen.

»*Du bist ja ganz schön neugierig, was?*«

Ja, das bin ich, Robert. Willst du noch mehr über mich wissen?

Mich untersuchen?, *flüsterte eine Stimme in ihr, aber sie unterdrückte sie.* »Sie ... Sie kennen sich mit Frauen ... und Mädchen gut aus, ja?« *Donna fühlte, wie Ashleys Arm sich etwas fester an sie drückte.*

Der Mann vor ihr schien sich seine gute Laune nicht verderben lassen zu wollen. »Wie alt bist du, Kind? Siebzehn? Minderjährig? Ich werde jetzt die Kisten hier ins Haus bringen und dann zu meiner Party fahren, sonst kriege ich am Ende noch Ärger.« *Er nickte ihr freundlich zu und begann, an ihnen vorbeizulaufen.*

»*Sind Sie immer so vorsichtig?*« Auch bei den Frauen, die auf dem Stuhl vor Ihnen liegen? *Es reizte sie – der Mann reizte sie, vor allem aus einem Grund: Gerüchte – dass er etwas machte, was er nicht durfte ...* WAS DENN GENAU?

Aber sie bekam keine Antwort.

»*Können wir Ihnen helfen?*«, *rief Ashley an ihrer Seite.*

»*Klar doch, greift zu*«, *hörten sie ihn antworten, ohne dass er sich noch einmal umdrehte.*

Donna warf Ashley einen Blick zu und sah, wie sie schmunzelte. Offensichtlich hatte Donnas kleines Spiel mit Brandons Vater ihr Spaß gemacht. Sie traten an die Ladekante des Trucks und griffen sich jeweils einen Karton.

»*Los Mädels, mithelfen!*« *Donna schaute zu Louise und Kim, die sich im Rückspiegel des Hondas noch zurechtgemacht hatten und jetzt ebenfalls zum Pick-up kamen.*

Kurz darauf betraten sie zu viert mit Getränkekartons beladen eine Treppe, die auf der Rückseite des Hauses direkt vom Parkplatz in den Keller führte. Über einen kurzen Stichflur, der an einer Anlage vorbeiging, die wie eine Sauna aussah, gelangten sie zu einem Vorratsraum, in dem Mr. Hill gerade die Kisten sortierte.

»Stimmt das denn eigentlich?« *Donna hatte ganz leise gesprochen, fast wie zu sich selbst, und doch war sie sich sicher, dass er sie hörte.* »Was man sich über Sie erzählt?«

Sie wuchtete ihren Getränkekarton auf die Kisten und hatte dabei Brandons Vater den Rücken zugewandt. Neben sich sah sie nur Ashley, die die Augen aufsperrte und deren Lippen sich bewegten, als wollte sie sagen: Spinnst du? *Ohne dass allerdings etwas zu hören war.*

»Das wollte ich Sie auch schon immer mal fragen, Mr. Hill«, *war Louises klare Stimme zu hören.* »Stimmt es, dass Sie nicht nur Ihre Praxis haben, sondern auch für die Regierung arbeiten?«

Donna drehte sich um. Der Vorratsraum wurde nur durch eine schwache Glühbirne erleuchtet, aber Brandons Vater war deutlich zu erkennen. Die vier Mädchen, die alle einen oder zwei Köpfe kleiner waren als er, umringten ihn förmlich.

»Kommt schon, Kinder, was soll ich dazu denn ...«

»Regierung, *wie sich das schon anhört!*« *Louise schüttelte ihr üppiges kastanienfarbenes Haar.* »Ehrlich gesagt kann das ja alle möglichen Fantasien wecken.« *Sie senkte das Kinn auf die Brust und sah den Mann von unten herauf an.*

Sie macht sich über ihn lustig! *Donna unterdrückte ein übermütiges Juchzen. Sie waren zu viert – in Partystimmung.*

»Hinten auf dem Militärgelände an der Landstraße nach Huntington, das ist, was ich gehört habe. Dass es dort ist, wo Sie arbeiten, wenn Sie nicht in Ihrer Praxis sind.« *Kim war die Breiteste von ihnen, und sie stand genau in der Tür des Vorratsraums, versperrte sie fast.*

»*Da muss ich passen, Mädels – dazu kann ich nichts sagen. Lässt du mich jetzt bitte durch?*« Klang er nicht mehr ganz so vergnügt?

»*Laufen Sie doch nicht gleich weg, Mr. Hill*«, hörte Donna Ashley neben sich wispern, und sie sah, wie ihre Hand sich auf Mr. Hills nackten Arm legte. »*Hier hört Sie doch keiner. Und wir vier? Kennen uns seit dem Kindergarten, wir sind nett, vor uns brauchen Sie keine Angst zu haben!*«

»*Na, Angst – das ist wohl ein bisschen übertrieben.*« Er entzog ihr seinen Arm und war im nächsten Augenblick an Kim vorbei nach draußen geschlüpft.

»›*Wir sind nett*‹, *was hast du dir denn dabei gedacht?*« Ein bisschen verstimmt wandte sich Donna zu Ashley.

»*Ach, lass mich!*« Ashley zog die Nase kraus. »*Ich wollte ihn doch bloß ein bisschen aus der Reserve locken. Ich hab gehört, dass sie auf dem Gelände dort draußen richtige Labors haben – alles streng geheim – und dass sie dort Experimente durchführen. Und wann, bitte schön, hat man schon mal die Gelegenheit, mit einem von denen zu sprechen? Ich meine, hast du das vergessen? Brandons Vater ist Gynäkologe! Gynäkologische Experimente, oder was? Da werd ich ihn doch mal fragen dürfen.*«

Gynäkologische Experimente ...

»*Wenn ich ›Militär‹ höre, muss ich immer gleich an die Sowjets denken*«, war Kim zu vernehmen. »*Mein kleiner Bruder meint, dass sie dort Biowaffen bauen.*«

»*Als Frauenärzte?*«

»*Ja, als Frauenärzte. Biowaffen, bei denen es darum geht, die Fruchtbarkeit, okay? ... der Russinnen zu manipulieren oder sowas. Alles nur Forschung, kommt sowieso nie zum Einsatz, aber sie wollen nicht hinterherhinken. Viele sagen ja, diese ganze Sache mit den Supermächten ... Amerika gegen Sowjetunion ... dass wir bald gewonnen haben, besonders wenn Reagan mit seinem Star-Wars-Programm ernst macht. Aber wenn nicht, wollen sie sichergehen, dass wir am Ende nicht von einer Wunderwaffe der Gegner überrascht werden.«*

»*Ich hab gehört, dass es um Operationen geht*«, *meldete sich Louise zu Wort, und ihr niedliches Gesicht sah plötzlich richtig verwegen aus.* »*Für das Militär, die Regierung und so, aber keine Biowaffen, sondern OPs.*«

»*Was denn für Operationen?*«

»*Na, wenn Mr. Hill als Gynäkologe damit zu tun hat? Operationen – da unten, du weißt schon.*«

Donna zog die Luft zwischen den Zähnen ein.

»*Mann zu Frau und Frau zu Mann, das kann man ja jetzt alles machen – dass sie einen regelrecht umoperieren.*«

»*Beim Militär!*« *Kim lachte.* »*Sollen alle Soldaten jetzt zu Frauen gemacht werden, weil das dann schlagkräftiger ist oder wie?*«

36

Nick betätigte den Schalter an der Wand, und für einen Moment war der ganze Raum in ein gespenstisches Flackern gehüllt. Dann stabilisierten sich die Neonröhren an der Decke und tauchten die weißen Möbel und Gerätschaften in ein fahles Licht.

Louise hatte ihn hierhergeführt. Es war einer der Räume des Hauses, die sich in einem Bereich tiefer im Berg befanden, natürliches Licht drang nur indirekt hinein. An den Wänden standen altmodische Metallschränke, in deren Türen oberhalb der Mitte Glas eingesetzt war. Das Zentrum des Raums nahm ein Stuhl mit zwei Halterungen ein, die wie Greifarme in die Luft stachen, sodass er fast aussah wie ein bedrohliches Insekt aus Stahlrohren.

»Hat Brandons Vater hier denn auch Untersuchungen durchgeführt?« Nick sah sich zu Louise um, die neben ihn in die Türöffnung getreten war.

»Sieht so aus, ja. Doch, ich erinnere mich, davon habe ich auch mal gehört. Erst hatte er eine Praxis in der Stadt, in New Jericho, an der Hauptstraße – die kennst du vielleicht noch?«

Nick schüttelte den Kopf.

»Später dann hat er mit den Forschungen angefangen. Daran erinnerst du dich aber, oder?«

»Für die Regierung?« Nick dämmerte etwas. »Da war doch sowas. Hinten in diesem Stützpunkt – wie hieß der noch? An der Bundesstraße nach Huntington?«

Sie nickte. »Er hat sich mehr und mehr darauf konzentriert und die Praxis in der Stadt schließlich aufgegeben. Wahrscheinlich hat er einige seiner Patientinnen noch weiter betreut und hier in dieser Praxis in seinem Haus untersucht.«

Nick machte einen Schritt in das Zimmer hinein. Ein kleiner Wagen aus rostfreiem Stahl, auf dem die typischen gynäkologischen Instrumente lagen. Scheren mit seltsam langen Klingen, Greifer, die wie Schuhlöffel aussahen, ein Spekulum mit den beiden *Zungen,* die auseinandergefaltet werden konnten. Etwas, das geformt war wie eine Zange, ein eher spitzer Apparat, aber auch Spritzen und Wattebäuschchen, alles überzogen von einer feinen Staubschicht.

»Und du meinst, Brandons Vater könnte – was?« Er warf Louise einen Blick zu. »Der Grund für das sein, was hier geschieht?«

Sie zuckte mit der Schulter, ihr Voodoopuppenröckchen wippte. »Hast du eine bessere Idee?« Sie beugte sich zu einem der weißen Metallschränke und zog die Tür auf. »Ich war vorhin schon mal hier und habe mich gewundert, was in den Schränken alles gehortet ist.«

Nick trat neben sie und sah in den Metallspind. Der Innenraum war mit Pappkartons und Ordnern vollgestopft. Er hockte sich hin und zog eine Schachtel hervor. Darunter lagen weitere Kisten mit Unterlagen, Fotografien, Tonbändern. Es gab Hefter mit Zeitungsausschnitten, alte Videokassetten, Protokolle, Krankenhausberichte …

»In den anderen Schränken sieht es genauso aus.«

Nick warf einen Blick auf den Deckel des Kartons, den er als Erstes hervorgezogen hatte. »1971–1972« stand darauf. Er schaute zu Louise hoch.

»Wer weiß, wie lange wir brauchen würden, das alles durchzusehen«, sagte sie, »aber hast du dich damals nie gefragt, was Brandons Vater ... es war geheim, oder? Wenn man ihn fragte, was er dort auf dem Stützpunkt machte, hat er das Thema gewechselt.«

»Du hast mit Brandons Vater über seine Arbeit gesprochen?«

»Wie gesagt, er ist mir ausgewichen – oder uns ... einmal, genau! An dem Abend der Halloweenparty '86 hier, ich war zusammen mit den anderen, Kim, Ashley ... Donna war, glaube ich, auch dabei. Wir haben herumgealbert, aber wir waren auch wirklich neugierig, wollten wissen, was er macht. Klar, er war Frauenarzt, das wussten wir, also war er spezialisiert auf bestimmte Operationen ...«

»Was denn für Operationen?«

»Gynäkologen sind meistens auch Spezialisten für ... also Genitaloperationen?«

»Tatsächlich? Das wusste ich gar nicht. Herrgott, ich weiß nicht einmal ... Genital-OPs, sind das ...«

»Operationen an den Geschlechtsorganen, ja. Geschlechtsumwandlung, Neovaginas, Penoide, aber auch plastische Chirurgie. Das steckte zu der Zeit ...«

»Wann, in den Siebzigern?« Allein bei den Ausdrücken wurde ihm schon flau. Louise war Ärztin, ihr schien das nichts auszumachen, Nick aber fühlte sich bei dem Gedanken an Operationen im Genitalbereich ein wenig seltsam.

»In den Siebzigern, Achtzigern, im Vergleich zu heute steckte das zu der Zeit ja noch in den Kinderschuhen. Und Brandons Vater war ein gefragter Facharzt. Zum Teil hatte ich damals schon davon gehört, und ich wollte wissen – genau wie die anderen – in dem Fort ... bei der Army – was machten sie da? Ich meine, wenn man ans Militär denkt, denkt man nicht gleich an Fortpflanzung, oder? Sind das nicht eher Gegensätze? Die Army ist perfekt im Töten, aber nicht im Kinderkriegen ... Kindermachen?«

Nicks Hände ruhten noch auf dem Karton, den er hervorgezogen hatte.

»Deshalb war ich überrascht, als ich vorhin auf diese Kisten hier gestoßen bin«, fuhr Louise fort. »Kann ich mal?« Sie zog die Pappschachtel unter seinen Händen hervor, öffnete sie und holte einen Hefter heraus. »Soweit ich das erkennen konnte, drehen sich all diese Unterlagen hier vor allem um einen ganz bestimmten Fall.«

»Ausschuss zur Untersuchung der Strahlungsexperimente – Huntington 1985«, stand in einer Art Siegel auf dem Hefter.

Louise nickte zu den anderen Schränken. »Das Logo findest du auf den meisten der Unterlagen. Dieser Ausschuss ... offensichtlich war es das, was Robert ... also Brandons Vater ... gemacht hat. Er hat diesem Ausschuss angehört.« Sie schlug den Hefter auf. Unter dem Deckblatt kam ein Gesprächsprotokoll zum Vorschein. »Dabei hat er sich mit Strahlungsexperimenten beschäftigt, die in den Sechziger- und Siebzigerjahren an Gefängnisinsassen durchgeführt worden waren.«

Das unangenehme Gefühl, das Nick plagte, seitdem sie diese verstaubte Praxis betreten hatten, nahm zu.

»Strahlungsexperimente – was denn für *Strahlungsexperimente*?«

»Offenbar Experimente an Menschen«, hörte er Louise antworten, »die das nicht so recht ablehnen konnten. Hier, siehst du?« Sie deutete auf das Blatt, das sie in dem Hefter aufgeschlagen hatte. »In den Achtzigern dann haben sie einen Ausschuss gebildet und diese Experimente untersucht. Und diesem Ausschuss hat Brandons Vater angehört.«

»Moment, ich bin mir nicht sicher, ob ich das richtig verstehe«, unterbrach Nick sie. »Brandons Vater hat die Experimente also nicht selbst durchgeführt, sondern er hat sie später unter die Lupe genommen?«

»Als die ganze Sache aufgerollt wurde und Betroffene angefangen haben, die Army zu verklagen, ja.«

»Ach so?« Nick zog einen weiteren Karton aus dem Schrank und machte ihn auf.

»Ich habe das vorhin nur überflogen«, sagte Louise, während sein Blick auf eine schwarzweiße Aufnahme fiel, die wohl einen Gefängnisraum zeigte. Die kahle Kammer wirkte nicht ganz sauber und war fensterlos. An der Wand stand eine Art Pritsche, unter die eine Apparatur geschraubt war.

»Hier, diese Pritsche«, sagte Louise neben ihm, »die haben sie für diese Strahlungsexperimente extra gebaut. Deshalb war Brandons Vater auch mit der Aufarbeitung betraut ...«

»Was, wieso ...«

»Es ging um Fruchtbarkeit, Nick. Also um die Fortpflanzungsfähigkeit.«

»Aber wieso denn die *Army*?« Nick ließ das Blatt mit der Fotografie sinken.

»Sie wollten wissen, wie sich die Strahlung auf die Fruchtbarkeit von Männern auswirkt.«

»Strahlung ...«

»Genau. Strahlung. Das war damals ein großes Thema. Die Strahlung, der Astronauten im Weltall ausgesetzt sind, die Strahlung, der Arbeiter in Atomkraftwerken ausgesetzt sind, und die Strahlung, der Soldaten und wir alle ausgesetzt sind, wenn die Bombe explodiert.«

»DIE Bombe.«

»Hmhm ... dafür die Pritsche. Hier, schau dir das an.« Sie

deutete auf das Foto. »In der Mitte der Liegefläche befindet sich ein handgroßes Loch, dort mussten die Gefangenen – nachdem sie sich entkleidet hatten – ihre Genitalien durchstecken. Das kannst du in den Unterlagen alles nachlesen. Unter der Liegefläche gab es dann diesen Behälter, der mit warmem Wasser gefüllt war. Das diente dazu, dass sich die Hoden absenkten – und dann haben sie sie bestrahlt.«

Nick hatte kurz das Gefühl, zu schwanken.

»Nur die Genitalien. Sie haben ihnen nichts davon gesagt, dass das Krebs erregen kann, und sie haben sie gelockt, indem sie ihnen versprochen haben, die Haftzeit zu verkürzen. Fünf Dollar pro Bestrahlung – hundert nach Abschluss der Behandlung. Es gab Verbrennungen und natürlich Langzeitfolgen. Und am Ende?«

Louise durchblätterte die vergilbten Fotos, bis ein Stapel von Gesichtsaufnahmen zum Vorschein kam. Die tief gegerbten Gesichter von Gefangenen aus längst vergangenen Jahrzehnten starrten Nick an. »Am Ende wurden die Männer, an denen sie mit ihrer Strahlung herumexperimentiert hatten, sterilisiert.« Sie beugte sich an Nick vorbei und zog einen anderen Karton hervor. »Damit sollte verhindert werden, dass ... hier, darauf bin ich vorhin auch gestoßen.« Sie hob einen Zeitungsartikel aus dem Karton, der mit anderen Artikeln zusammengeheftet war, und überflog die Zeilen. »Hör dir das an – das ist ein Bericht, der später erschienen ist, um über die Arbeit des Ausschusses zu informieren. ›Einer der Assistenten erklärte, dass sie die Männer sterilisiert haben, um zu verhindern, dass bei der Fortpflanzung Mutanten entstehen.‹«

Nick sah ihr über die Schulter. Ein Artikel des *Boston Globe* vom Januar 1986.

»Mutanten?« Er versuchte, Louise zu folgen.

»Ist das nicht verrückt?« Sie ließ sich zurücksinken, bis sie auf dem Boden neben ihm saß. »Sie haben sie erst bestrahlt – und dann sterilisiert, aus Furcht, nach der Bestrahlung könnten die Spermien so beschädigt sein, dass Mutanten gezeugt werden könnten. Und das wollten sie nicht.«

Nick atmete aus. Mutanten, beschädigte Spermien... Hatte das etwas mit dem zu tun, was hier in dem Haus seit gestern Abend geschah? Hatte es etwas mit Brandon zu tun?

»Gerüchte... Legenden... das überkreuzt sich hier alles. Ich kenne mich auch nicht wirklich mit diesen Sachen aus«, hörte er Louise sagen, »aber die Geschichte, dass das HI-Virus entstanden sein soll, weil die Regierung ein Mittel gegen Hepatitis gesucht hat? Gerücht oder Wahrheit?«

»Wie, was meinst du denn? Dass uns einer dieser Mutanten, die sie damals trotz aller Vorsicht nicht verhindern konnten, jetzt hier einen nach dem anderen umbringt?«

Louise starrte ihn an, als würde sie für einen Moment an seinem Verstand zweifeln.

»Nick, hör zu«, sagte sie schließlich. »Ich weiß es auch nicht. Aber hältst du es für einen Zufall, dass Brandons Vater mit solchen Dingen zu tun gehabt hat, und Jahre später erleben wir hier ein solches Blutbad?«

»Zufall oder kein Zufall, ich frage mich nur: Wie können wir uns davor schützen? Sollte es – ich kann das gar nicht ernsthaft aussprechen – aber sollte es wirklich ein Mutant sein...«

»Wonach sieht das denn hier für dich aus?« Sie hatte ihn unterbrochen und hielt ihm eine weitere Aufnahme hin.

Die medizinischen Instrumente, die darauf zu sehen waren, gleißten förmlich im Licht. Eine Art Muschel mit einem Griff. »Zur Ausschabung« stand handschriftlich auf einem Zettel, der unter das Gerät geschoben worden war. Ein Handschuh aus Stahl, aus dessen Fingerspitzen nadelfeine Spitzen ragten. Ein Spekulum, das für ein weibliches Alien entworfen zu sein schien.

»Ich bin Ärztin, Nick, aber solche Instrumente habe ich noch nie gesehen.«

Erst jetzt wurde Nick bewusst, dass ihm viel zu heiß war und sein T-Shirt unter dem Fell klatschnass an seinem Körper klebte. Das Knistern der Neonröhren an der Decke schien ihm direkt ins Hirn zu tropfen. Louise hatte das Foto zurückgelegt und hob gerade ein Gerät aus dem Schrank, das aus einem kolbenförmigen Schaft und einem Kästchen mit einer Anzeige bestand. Beide waren durch ein Kabel miteinander verbunden.

»Normalerweise ist der Schaft nicht so geformt, aber so ähnliche Apparate werden auch bei Tieren eingesetzt«, sagte sie. »Hast du schon mal was von Elektroejakulationen gehört?«

Nick schluckte.

»Offensichtlich hat Brandons Vater nicht nur als Aufklärer gearbeitet, sondern hier in seinem Privatlabor auch ein paar Experimente durchgeführt«, sagte Louise. Sie erhob sich und ging an den Schränken entlang, öffnete eine Tür nach der anderen. »Auf der einen Seite hat sich die Army von Brandon senior in die Karten gucken lassen, sie haben ihn Sachen untersuchen lassen, die längst abgeschlossen waren. Auf der anderen Seite aber wollten sie auch etwas von ihm, das ihnen nützte! Das Problem haben sie ja heute noch! Dass es für Soldaten schwierig sein kann, Kinder zu bekommen. Sich fortzupflanzen. Der ewige Stress, Soldaten sind oft nicht zu Hause, es kommen Verletzungen dazu. Für eine Army-Ehefrau kann das die Hölle sein! Sie sitzt Jahr für Jahr auf dem Stützpunkt – alle Frauen um sie herum bekommen Kinder, nur sie nicht. Als kinderlose

Army-Frau bist du in den Augen der anderen nur ein halber Mensch. Kampf an der Fruchtbarkeitsfront, so nennen sie das, das kannst du hier alles nachlesen, und offenbar hat Brandons Vater da mitgekämpft. Als Gynäkologe kannte er sich mit so etwas aus. Aber er hat es nicht bei Elektroejakulationen belassen, er hat auch operiert. Hier.« Sie war neben einem Schrank an der Wand stehen geblieben und zog einen weiteren Stapel von Fotos hervor.

Nick sah die fleischlichen Formen darauf und blieb dort hocken, wo er war.

»Heutzutage nennt man das Genitalästhetik oder Intimchirurgie. In den Achtzigern aber, als Brandons Vater operiert hat, ging es noch nicht so sehr ums Aussehen. Er war für die Army tätig, und der war die Optik egal. Dem Militär ging es darum, dass die Soldaten Kinder bekamen, offenbar war ihnen dafür jede OP recht. Also, was meinst du, was uns hier im Nacken sitzt und einen nach dem anderen abschlachtet? Ein Mutant, der besser nie geboren worden wäre, oder ein Wesen, das so oft operiert wurde, dass es vielleicht selbst nicht mehr weiß, was für ein Lebewesen es ist?«

37

Halloween 1986

Es klingt wie das Wimmern eines Hundes.
Louise bleibt am Fuß der Treppe stehen und lauscht.
Ein unterdrücktes Jaulen?
Ihr erster Impuls ist, die Treppe wieder nach oben zu laufen. Oder hat sich vielleicht wirklich ein kleiner Hund hier unten verirrt?
Ihre Hand tastet nach dem Lichtschalter, legt ihn um, es klickt – aber es flammt kein Licht auf.
Und dann sieht sie es – einen Umriss, keine zehn Meter von ihr entfernt. Groß. Breit. Kein Junge mehr, sondern ein Mann. Er trägt einen Ganzkörperanzug, einen Monteursanzug wie ein Autoschlosser, an dessen schwarzem Gürtel Werkzeug herabbaumelt. Er hat ihr den Rücken zugewandt und sich ein wenig nach vorne gebeugt, sein Kopf ist von einer Art Apparatur eingefasst, die sie im Dunkeln nicht erkennen kann.
Kein Hund – ein Mann.
Sie ist in den Keller gekommen, während oben Brandons Halloweenparty weitergeht, weil sie gedacht hat, dass es vielleicht eine gute Idee wäre, sich nachher – wenn alle schon etwas getrunken haben – hier unten zurückzuziehen. Nicht allein – zu zweit. Mit Nick. Und sie will sich jetzt schon mal ein wenig hier umsehen...
Aber das da vorn, wer IST das?

Und was macht er da?
Erst jetzt wird ihr bewusst, dass sie den Umriss des Mannes durch eine Glasscheibe hindurch sieht. Dass der Umriss mit den rhythmischen Bewegungen, in die er ganz versunken gewesen ist, als sie ihn zuerst gesehen hat, aufgehört hat, sich langsam aufrichtet und den Kopf – mit der grotesken Apparatur, die um ihn herumgeschraubt scheint – zu ihr umdreht.

Das Klicken – er hat das Klicken des Lichtschalters gehört. Er hat selbst dafür gesorgt, dass das Licht nicht angeht, weil keiner sehen soll, WAS ER DORT MACHT.

»DAS STIMMT NICHT – das ist nicht wahr!«, gellt es durch den Keller, das schwächliche Kläffen einer Jungenstimme.

Das ist nicht die Stimme des Mannes – wer hat das gerufen? Brandon?

»Vielleicht nicht – vielleicht doch, Junge«, hört Louise ein unterdrücktes Fauchen, und diesmal kann es nur die Stimme des Mannes sein.

Im gleichen Moment hört sie einen dumpfen Schlag, kraftlos wie die Stimme des Jungen – kraftlos und verzweifelt. Dann einen Hieb, der nicht so schwach klingt, sondern entschlossen und hart – und der mit einem Aufheulen des Jungen beantwortet wird.

Ich sollte nicht hier sein!
Es ist eine einzige flüssige Bewegung. Die Treppe wieder hinauf? Unmöglich – der Mann würde es mitbekommen. Louise gleitet seitlich in einen Gang hinein, der vom Treppenende tiefer in den Keller hineinführt. Weg von der Scheibe – weg von der Gestalt in dem Anzug.

Ghostbusters! Es ist ein Ghostbusters-Kostüm. Das Geisterjäger-Logo ist deutlich zu erkennen!

Dann verdeckt der Vorsprung, hinter den sie gehuscht ist, ihre Sicht auf die Gestalt.

Louises Herz rast in ihrer Kehle. Das Kinn hat sie auf die Brust gepresst, um die Helligkeit ihres Gesichts so weit wie möglich zu verbergen, falls der Ghostbuster in den Gang hineinschauen sollte. Ihre Augen aber sind nach oben gerichtet, sodass sie ihn sieht, als er in dem schmalen Rechteck auftaucht, durch das hindurch sie einen Blick auf die Treppe hat. Gebannt beobachtet sie, wie er die Stufen nach oben steigt.

Die Ellbogenschützer. Die ekelhaft dicken Gummihandschuhe. Die hochgeschnürten Stiefel ...

Brandons Vater. Das Ghostbusters-Kostüm. Natürlich! Sie ist schon völlig überdreht. Sie haben ihn doch vorhin hinter dem Haus auf dem Parkplatz getroffen. Er geht gleich selbst auf eine Party – und hat sich als Venkman verkleidet.

Sie erstarrt, als sie sieht, wie er stehen bleibt. Den Oberkörper herabbeugt, um noch einmal in den Kellergang zu spähen, obwohl er bereits auf der Treppe ist. Bevor sein Kopf auftaucht, hat Louise sich abgewendet, um das Leuchten ihrer Gesichtshaut zu verstecken. Mit angehaltenem Atem stiert sie auf die unverputzte Wand genau vor ihr. Zwei Herzschläge lang scheint es in der Schwebe. Dann hört sie, dass die Schritte auf der Treppe weitergehen – und sich entfernen.

Er hat mich nicht gesehen ...

Vorsichtig schleicht Louise aus dem Gang heraus Richtung Treppe. Die Gestalt ist über die Stufen hinweg nach oben verschwunden, aber ihr Herz rast noch immer in ihrer Brust. Ihr Blick wandert zu der Scheibe, hinter der sie den Mann zuerst erblickt hat. Dort liegt etwas auf dem Boden. Sie kann es ganz deutlich sehen – jetzt, da nicht mehr der massige Körper des Mannes davorsteht.

Etwas?

Mit wenigen Schritten ist Louise um die Scheibe, die zu einer Art Sauna zu gehören scheint, herum und beugt sich über das Bündel, das dort auf dem Boden kauert. Ein winziges Bündel in einem ... was IST das? Ein Vampiranzug? Eine Verkleidung als Todesengel? Eine feinknochige Hand zerrt an dem Stoff, um die Haut, die darunter hervorschimmert, zu verbergen. Brandon – also doch!

»Louise!« Wie ein verschrecktes Tier springt er auf und packt sie. »Hast du gehört, was er gesagt hat?«

»Was ...«, sie ringt nach Luft. »Nein! Was denn?«

»Ich trau dir nicht!« Brandons Augen scheinen ungesund vergrößert, sein Gesicht eine bleiche Maske der Verstörung.

»Brandon, beruhige dich, was ist denn?« So hat sie ihn noch nie gesehen. »Wer war das?«

»NIEMAND«, bellt er sie an. »Hörst du – es war niemand, hier war niemand ...«

Aber das ist Blut, Brandon. Sie sieht doch, wie es ihm aus der Nase läuft. Instinktiv will sie es abwischen, hält sich aber zurück. »Das darf er nicht«, stottert sie – aber Brandon lässt sie nicht ausreden.

»Kümmer dich um deine Sachen, Louise!«, stößt er hervor und wendet sich ab, damit sie sein Gesicht nicht sehen kann.

Brandons Vater ... er hat seinen Sohn ... blutig geschlagen.

Aber warum?

›Das stimmt nicht – das ist nicht wahr‹, klingen die Worte in ihr nach, die sie Brandon zuerst hat rufen hören.

›Vielleicht nicht – vielleicht doch, Junge.‹ Das Echo der Stimme des Mannes, verzerrt durch die Scheibe und die Gummibänder, mit denen das Ghostbuster-Nachtsichtgerät an seinem Schädel befestigt war.

»HAU AB, hörst du nicht!«
Erschrocken rennt sie zur Treppe.
»Und sag niemandem, was du gesehen hast. IST DAS KLAR?«, schreit Brandon ihr hinterher.

38

»*Hier* seid ihr! Ich habe euch schon überall gesucht.«
Fortpflanzungschirurgie ...
Die veraltete Frauenarzt-Praxis mit der weiß lackierten Metalleinrichtung glitzerte um Nick herum im Neonlicht. »Wir *zehn*.« Es hat sich eben erst bei ihm festgesetzt. »Wir zehn, Louise – begreifst du?«
Louise saß neben ihm auf dem Boden, umringt von den Fotos und Papieren aus den Schränken.
»Ich meine, warum *wir zehn*, hast du dich das schon gefragt?«, stieß Nick hervor. »Warum ausgerechnet du, ich, Ralph, Scott, er?«, er nickte zu Henry, der auf sie zukam und dessen Ruf sie aufgeschreckt hatte, »Kim, Ashley, Donna ... warum ausgerechnet wir zehn, Louise? In der Klasse, im Jahrgang waren wir doch viel mehr. Sicher, wir zehn waren alle irgendwie miteinander befreundet, aber eine abgeschlossene Gruppe waren wir nicht! Brandon hätte genauso gut acht oder zwanzig von uns einladen können. Hat er aber nicht! Auch auf seiner letzten Party vor dem Auseinandergehen, 1986, waren nicht etwa nur wir zehn eingeladen. Dreißig oder mehr waren wir an dem Abend in seinem Haus, oder? Genau! Warum also diesmal ausgerechnet *wir zehn*?« Nick erhob sich, eine Hand auf dem Mund. Er fühlte ein Reißen in der Brust, weil er sich sicher war, den verborgenen Zusammenhängen ganz nah zu sein, und doch nicht wusste, in welche Richtung er schauen musste, um sie endlich zu entschleiern. »Uns zehn hat er einge-

laden, wir sind bei ihm in der Falle. Was haben ausgerechnet wir zehn *ihm denn getan* – muss man nicht so fragen?«

»Frag, wie du willst, Nick, ich für meinen Teil habe keine Lust mehr zu warten.«

Nick fokussierte seinen Blick auf den ergrauten Freddy Krueger, der vor ihm stand und das gesagt hatte.

Henry pfiff ein wenig durch die Zähne. »Was habt ihr hier denn alles hervorgewühlt?«

»Worauf willst du nicht warten, Henry?« Nick atmete aus. Wenn Henry erst mal aktiv wurde, blieb womöglich gleich wieder jemand auf der Strecke. Wie Scotty vorhin.

»Dass es den Nächsten von uns erwischt – darauf will ich nicht warten!« Henry sah ihn herausfordernd an.

»Und was willst du tun?«

»Habt ihr denn was über den Vater rausgefunden – das ist doch seine alte Praxis hier, oder?«

»Offensichtlich war er in einer Aufklärungskommission tätig«, antwortete Nick langsam. *Und wenn Henry es ist? Der, den wir suchen?*

»Echt?« Freddy-Henry kratzte sich am Nacken. »Brandons Daddy ... was ist aus ihm eigentlich geworden?«

Nick sah zu Louise. *Gute Frage.* »Weißt du es?«

Louise nickte. »Er hat sich umgebracht – als Arzt hatte er Zugang zu den entsprechenden Medikamenten. Das ist schon lange her ... '95 ... '96 ... so in dem Dreh. Brandon ist ja erst danach wieder in das Haus eingezogen.«

Umgebracht. »Tatsächlich? Suizid.« Nick sprach aus, was ihm als Erstes durch den Kopf schoss: »Oder gab es da Unklarheiten?«

»Wieso Unklarheiten?« Louises wache Augen waren auf ihn gerichtet.

»Na, Fremdverschulden, Unfall – da ist ja allerhand vorstellbar.«

Sie schüttelte den Kopf. »Das ist alles untersucht worden...«

»Von dir?«

»Nein! Ich bin Kinderärztin, keine Gerichtsmedizinerin, Nick. Worauf willst du denn hinaus?«

»Brandons Vater hat sich ausgeknipst, Nick, was ist los mit dir?« Henry musterte ihn. »Seit dieser Sache mit der Mutter, mit Brandons Mutter – dass er als Frauenarzt ihren Tod bei Brandons Geburt nicht verhindern konnte –, seitdem war er doch depressiv! Haben deine Eltern nicht darüber geredet? Dass Brandons Vater ein komischer Kauz war?«

Nick blies die Wangen auf. »Also, das habe ich damals gar nicht weiter ernst genommen. Ich kannte ihn ja, hatte ihn ein paarmal gesehen. Gut, bei Brandon hier zu Hause war die Stimmung immer ein wenig bedrückt, aber ansonsten... mir schien das alles relativ normal.«

»Jedenfalls hat er sich selbst getötet«, stellte Henry fest. »Und Brandons Mutter?« Er zog die Augenbrauen hoch und schaute Louise an. »Habt ihr über die hier auch was gefunden?«

Nick zuckte zusammen. »Die Mutter? Nein...«

»Weißt du, was ich meine, Louise?« Henry warf ihr einen Blick zu.

»Es ist nur eine aufgebauschte Lüge, Henry – fang jetzt doch nicht davon an.«

»Wovon denn?« Nick machte einen Schritt auf Henry zu und hatte den Eindruck, in dessen Nähe sei die Luft buchstäblich ein paar Grad kälter.

»Dass sie ermordet worden ist, Nick. Dass es kein Pech war, kein Unfall – sondern Mord, was am Tag von Brandons Geburt geschehen ist. Dass der Mörder ihren Bauch aufgeschnitten und Klein-Brandon hervorgeholt hat. Und weißt du auch, wer der Geburtshelfer gewesen sein soll?«

»Der Vater.« Die Worte hatte Nick nur geflüstert, doch er sah, wie Henry nickte.

»Aber ich nehme an, Louise hat recht«, fuhr Henry fort, »das ist nur Gerede. Brandons Dad war den Leuten einfach nicht ganz geheuer. Diese Praxis hier in seinem Haus ... und was er da auf dem Army-Stützpunkt gemacht hat, ist auch nie ganz klar geworden. Dann das mit Brandons Mutter. Er ist ihr Frauenarzt, und sie stirbt ausgerechnet bei der Geburt des Sohnes? Aber darüber konnte man ja nun wirklich weder mit Brandon noch mit seinem Vater reden!«

Der schwangeren Frau den Bauch aufgeschnitten ...

Nick wandte sich ab. Was erzählte Henry denn da? Sein Blick fiel auf die Papiere, die noch auf dem Boden ausgebreitet waren.

»Wir müssen das hier durchsehen«, murmelte er und hockte sich zu den Unterlagen. »Ich glaube einfach nicht, dass das alles nur Zufall ist. Was Brandons Vater gemacht hat, die Falle, in die uns Brandon gelockt hat – das hängt doch alles miteinander zusammen!« Er blickte auf und sah Louise und Henry ... *das Voodoopüppchen und den Mann mit dem Narbengesicht ...* hoch über sich aufragen. Gleichzeitig spürte er, wie der Schwindel, den er vorhin schon gefühlt hatte, wieder zurückkehrte. Sicher nur deshalb, weil er die ganze Nacht nicht geschlafen hatte!

»Such du von mir aus die Aktenordner durch«, hörte er Henry sagen. »Ich sehe mir lieber den Zaun noch mal an. Elektrozaun hin oder her – ich kann mir nicht vorstellen, dass man da nicht drüberkommt. Eine Matte – vielleicht auch einfach ein starker Ast ... ich schau mir das an. Wenn wir noch länger hierbleiben, ist es ja nur eine Frage der Zeit, bis wieder einer fällig ist.«

Der Zaun ...

»Vielleicht hat Henry recht«, war Louise zu hören. »Wirklich gefährlich ist doch das Haus – ist es vor allem, hier im Haus zu sein.«

»›Wirklich gefährlich‹«, fuhr Nick hoch, »ist einer von uns, verflucht nochmal! Wenn nicht einer von uns Brandon helfen würde, würde wahrscheinlich gar nichts passieren!«

»Na klar, Nick, das ist nichts Neues. Bist du derjenige, welcher? Hm? Wir drehen uns ein bisschen im Kreis, meinst du nicht?« Henry stierte ihn an.

»Alles, was ich weiß, ist, dass *du* derjenige warst, der Scott getötet hat.«

»Weil er mich angeschossen hat!« Henry hob den Arm, den Louise verbunden hatte. »Ich habe einen Augenblick lang vor Schmerz rot gesehen, und dann war es schon zu spät, Nick!«

»Wir sollten vielleicht einfach das Haus verlassen, Nick«, war wieder Louise zu hören, »und uns irgendwo auf dem Grundstück verstecken.«

»Ach ja?«, johlte Henry. »Wer? Du und Nick? Na, passt bloß auf, dass ihr euch nicht gerade mit dem Killer versteckt habt!« Er lachte. »Ist es nicht vielleicht doch Louise – egal wie hübsch sie sein mag?« Er drehte sich Louise zu. »Oder unser Autor hier ist das Monster, Lou, was meinst du? Schön hinter Dornen versteckt, zu zweit, ganz nah, aber plötzlich – was? Ist es kein ... ihr wisst schon, sondern ein Messer, das in einen fährt?«

Nick schnaufte. »Alles klar, Henry, manchmal gelingt es dir wirklich, dass man sich wieder fühlt wie fünfzehn.« *Und wenn*

Brandons Vater einem von uns etwas angetan hat?, hörte er zugleich eine Stimme in sich. *Und das der Grund ist für das, was hier passiert? Wenn er mit seinen Operationen einen von uns verstümmelt hat – aber so, dass man es nicht sieht? Oder nur sieht, wenn man das sieht, worauf der Intimchirurg spezialisiert war?*

»Fünfzehn oder fünfzig, Mann«, fauchte Henry ihn an, »hast du nicht Brandons zweite Ankündigung gehört?«

»Ankündigung – was für eine zweite Ankündigung?« Nick starrte Henry an.

»Auf dem Bildschirm – in der Halle – genau wie vorhin. Brandon in seiner Kluft auf der Mattscheibe. ›Nur einer von euch wird überleben‹, das hat er nochmal betont. Nichts unternehmen ist keine Lösung, hat er gesagt, denn um sechs Uhr wird es einen großen Knall geben. Wo? In der Halle? Auf dem Grundstück? Beim Zaun? Hat er nicht gesagt. ›Aber glaubt mir‹, ging das weiter, ›nichts tun wird euch nicht retten, denn der Countdown läuft‹.«

»Was für ein Countdown, verdammt!« Nick war aufgesprungen.

Henry trat an die Tür, die auf der anderen Seite aus der Praxis herausführte. Durch einen Raum hindurch, den Nick noch nicht betreten hatte, war die Halle zu sehen und dort der Kasten des Leuchterlifts.

»Das hier nebenan ist eine Art Museum von Brandons Lieblingsjahrzehnt, aber man kann die Anzeige auch von hier aus lesen«, sagte Henry. »Da auf dem Liftkasten, siehst du sie?«

Nick sah sie. Es war die gleiche Digitalanzeige, die auch vorhin heruntergezählt hatte, aber diesmal zeigte sie nicht nur Minuten an, sondern Stunden.

»03.11.47«, las Henry vor. »Drei Stunden, elf Minuten und

siebenundvierzig Sekunden, wenn du mich fragst. Es zählt rückwärts – und der Countdown endet genau dann, wenn es sechs Uhr abends ist. Das heißt genau dann, wenn Kims Mann hier sein will. Ich bin sicher, Brandon hat es mit Kim so verabredet, weil er bereits wusste, dass um sechs Uhr Schluss sein wird.«

»Vielleicht bedeutet es aber auch weiter...«

»...gar nichts?«, fiel Henry Louise ins Wort, die zu ihnen gekommen war. »Sicher, vielleicht dies – vielleicht das. Vielleicht ist es aber auch wirklich eine verdammte Bombe oder so etwas, die hochgeht. Oder eben nur ein Kaspar, der aus der Box da hüpft! Ehrlich gesagt habe ich gar keine Lust, das herauszubekommen. Was auch immer Brandon sich noch ausgedacht hat – ich kann darauf verzichten!«

»Und du meinst, Brandon bereitet das alles vor, kümmert sich aber nicht weiter um den Zaun?« Die Anspannung schien Louises Gesicht noch einmal heller strahlen zu lassen.

»Beim Zaun bin ich wenigstens aus dem verfluchten Haus hier raus, Louise!« Henry knurrte fast. »Sieh dir die Zahlen an: 03.10.59 – und es geht immer weiter. Jemand hat Janet getötet – hier drinnen! Ich halt es hier nicht länger aus. Warte du von mir aus, bis dir das Ding da um die Ohren fliegt – oder aber lass uns was machen und gemeinsam versuchen, den Zaun zu überwinden!« Er drehte sich zu Nick. »Es tut mir leid, Nick, was mit Scotty passiert ist, es ging alles so schnell und plötzlich... ich wollte es nicht! Aber ich mach das wieder gut. Ich bin vielleicht ein Loser, aber auch wenn ich beim Zaun draufgehe – ich hol uns hier raus, Mann.«

Nick sah in Henrys verlebtes Gesicht, und er tat ihm leid. War es nicht schon damals, vor all den Jahren, offensichtlich gewesen, dass man sich um Henry hätte kümmern müssen?

Und was hatte er, Nick, stattdessen getan? Sein Blick ging zu Louise. Er hatte tagelang darüber gegrübelt, wie er Louise... nahe sein konnte, nur um sie am Ende an Terry zu verlieren.

»Ich gehe mit Henry, Nick, vielleicht hat er recht, vielleicht ist das der einzige Weg raus hier – über den Zaun.«

Nick wandte sich ab. »Ich sehe mir die Sachen hier noch mal an.« Er hockte sich wieder auf den Boden, und seine Hände glitten über die Schwarzweißfotos. »Mag sein, dass Brandon an den Zaun nicht gedacht hat – aber das glaube ich nicht. Ich glaube, es gibt einen Grund, weshalb er ausgerechnet uns zehn hierher eingeladen hat – und solange wir diesen Grund nicht kennen, kommen wir hier nicht heraus.«

39

Wenig später hatte Nick ein paar von den Kartons aus der Praxis in den Nebenraum geschafft. Es war anstrengend, die ganze Zeit auf dem Boden zu kauern, und dort befanden sich ein Tisch und ein Stuhl. Jetzt saß er über die Dokumente gebeugt und wühlte sich durch Aufzeichnungen, Protokolle und Gutachten.

Ihm schwirrte der Kopf. Was zusammen mit Louise noch einfach und relativ durchschaubar gewirkt hatte, kam ihm nun wie das reinste Fachchinesisch vor. Laborauswertungen, technische Begriffe, Medizinjargon ... was um alles in der Welt sollten die zweifelhaften Praktiken, die Brandons Vater erst untersucht und dann selbst angewandt hatte, mit ihnen zu tun haben?

Er hob den Blick und sah durch die Türöffnung hindurch in die Halle.

02.48.00 ... 02.47.59 ...

Brandon in seiner Kluft auf der Mattscheibe ...

Es stimmte, was Henry über die zweite Ankündigung auf dem Bildschirm gesagt hatte, Nick hatte es überprüft. Alles, was er dafür hatte tun müssen, war auf dem Festplattenrekorder, der mit dem Monitor verbunden war, ein bisschen herumzusuchen.

Er hatte sich die Videobotschaft nochmal angesehen. *Nur einer von euch wird überleben ...* Zweifel ausgeschlossen. Sie saßen in der Falle. Zugeschnappt war sie schon, und sie kamen nicht raus. Getötet aber würden sie erst um sechs. In gut zweieinhalb Stunden. Es sei denn, sie fanden doch noch einen Ausweg. In den Unterlagen, die er in den Raum geschafft hatte, hatte Nick bisher allerdings nichts gefunden, was ihn weitergebracht hätte.

02.46.01 ...

Wenn er so weitermachte, war die verbleibende Zeit verrauscht, und er stand noch immer am Anfang.

Sein Blick fiel auf einen Quader von drei mal drei Bildschirmen, die in dem Zimmer, in dem er saß, an der Seitenwand übereinandergestellt waren. Ob der rote Schalter daneben die alten Röhrenfernseher in Betrieb setzte?

Er tat es, wie sich herausstellte, als Nick sich erhob und den Schalter umlegte.

»You put the boom boom into my heart ...«, knallte der Popsong durch den Raum. George Michael und der andere – *wie hieß er noch?* – beide geradezu klinisch sauber, gesund, jung, positiv. »Wake me up before you go go«, pumpte der Videoclip über den Bildschirm in der Mitte. MTV.

Gleich daneben, auf einem Monitor, der stumm geschaltet war, flimmerte eine Dokumentation über die Hochzeit von Lady Di ... und daneben Basecap und Baggy Trousers, B-Boys und Breakdance, Swan Dive und Head Spin. Die Eighties. Brandon war von ihnen nicht losgekommen.

»Don't leave me hanging on like a yo-yo, wake me up before you go go« – es war die reinste Gehirnwäsche. *George Michael lebt nicht mehr*, zog es Nick durch den Kopf. Er sah einer Leiche beim Tanzen zu.

Egal ob Breakdance oder Wham!, es war nicht seine Musik gewesen, dieser aalglatte, perfekt produzierte Mainstream-Pop. Er hatte sich eher zu den Jungs in den schwarzen Klamotten zugehörig gefühlt. Das schwarze Jackett, das er damals getragen hatte, hatte er – so schien es ihm jetzt – drei Jahre lang nicht ausgezogen. The Cramps, Gun Club oder auch Madness... Es stand doch tatsächlich »CHOOSE LIFE« auf diesem weißen T-Shirt, mit dem George Michael da über die Bühne turnte. »We'll go dancing and everything will be alright« – waren das kanarienvogelgelbe, fingerlose Wollhandschuhe, die er da trug?

Nicks Blick flackerte zu dem Bildschirm auf der anderen Seite. Darauf war Ronald Reagan bei einer seiner Reden zu sehen. Nick bediente den Lautstärkeregler. Meine Güte, diese Schmalzlocke! Ein Mann der Vierzigerjahre, durch und durch, mit schwarzer Schuhcreme in den Haaren und einem unglaublichen Knautschsound. »I call upon the scientific community in our country, those who gave us nuclear weapons...« Die berühmte Star-Wars-Rede. Kaum hörte Nick diese Stimme, sah er Atompilze vor sich, Laserstrahlen, die durchs Weltall schnitten...

Er drehte sich um. An der Wand gegenüber hingen zwei Glaskästen, in einem davon war eine Lederjacke zu sehen, und auch hier befand sich ein Schalter. Es war wie Weihnachten – zahllose kleine Lichter glommen an der Jacke auf und blinkten, als Nick ihn betätigte. David Hasselhoff hatte sie bei einer Feier zum Mauerfall in Berlin getragen, wie auf einem Foto daneben zu sehen war. Im zweiten Glaskasten war ein flauschiger weißer Unterrock ausgestellt. Underwear als Outerwear, Madonna und die Erfindung des Punk-Chic als Girlie-Outfit...

Hinter Nick hatte Reagan inzwischen fertig geredet, und statt Wham! war ein männliches Model zu sehen, das einen Waschsalon betrat und seine Jeans auszog. Rambos Riesen-Bazooka und Samantha-Fox-Nacktfotos, Tom Cruises Ray-

Ban und David Bowie, der Gentleman-Popstar. Der ganze Raum eine einzige Achtziger-Zeitkapsel mit einem gigantischen Batman-Plakat von 1989 gleich neben der Tür: Jack Nicholson, Kim Basinger und Michael Keaton in Gotham City. Nick liebte die Achtziger, aber das war gespenstisch. Zugleich hatte er das Gefühl, dass es ihm selbst vielleicht nie anders gegangen war. Seine Existenz in diesem Brooklyn-Loft ... trug er nicht immer noch die 501, wenn er nicht gerade in einem Werwolf-Kostüm steckte? Halloween? Was war mehr Achtziger als eine Halloweenparty?

Sein Bein berührte eine Kante – er war, ohne es zu bemerken, rückwärts vor der Bildschirmwand zurückgewichen und wieder an den Metallschreibtisch gestoßen, der in der Zimmermitte stand und auf dem er die Unterlagen ausgebreitet hatte. Neben den Papieren thronte ein alter Apple-II-Rechner auf der Tischplatte, genauso eine Maschine, wie Nick sie selbst benutzt hatte, um im Computerkurs auf der Highschool seine ersten Basic-Programme zu schreiben. Er zog die einzige Schublade des Schreibtischs auf.

Ein halb zerfledderter Collegeblock lag darin, und als Nick ihn aufschlug, sah er, dass die Seiten mit Brandons fahriger Handschrift bedeckt waren.

»*Was macht er seit Jahren – was ist sein Spezialgebiet?*« Nicks Augen flogen über die Zeilen. »*Die Army hat ihn eingestellt, damit er ihr Fortpflanzungsproblem für sie löst! Er hat sich darauf spezialisiert. Und er hat es an ihnen ausprobiert. Ich habe ihn ja ausdrücklich danach gefragt: Was genau machst du denn auf dem Stützpunkt? Was genau hast du mit den Frauen in der Praxis gemacht? Geschwisterforschung? Fruchtbarkeitsforschung? Natürlich ist er mir immer und immer wieder ausgewichen! Was wollte ich denn hören?*«

Nicks Blick fiel auf eine merkwürdige Zeichnung, die Brandon unten auf der Seite angefertigt hatte.

»*Er verkleinert die Schamlippen, strafft dort, verengt hier, verlängert dies, vergrößert das ... aber das ist doch nur die Oberfläche – darunter ... wird er erst wirklich kreativ. Mit künstlichen Vaginas und künstlichen Gliedern ... er kennt keine Grenzen! Zwei Öffnungen und ein verzweigter zugehöriger männlicher Apparat ... die synchron ... praktisch im Duett zusammengeführt werden ...*«

Das war es, was auf der Zeichnung zu sehen war. Ein verdoppelter weiblicher und männlicher Genitalbereich an nur jeweils einer Frau und einem Mann – eine geradezu groteske Vorstellung, die Brandon dort offensichtlich zu skizzieren versucht hatte.

»*Dabei ist Intimästhetik nur der erste Schritt, es geht auch um Augmentation, Variation, Mutation, damit auch das verzweifeltste Soldatenpaar noch fortpflanzungsfähig gemacht werden kann.*«

Nick starrte auf die Zeilen. Jahrelang hatte Brandon völlig zurückgezogen in diesem Betonlabyrinth gelebt und offensichtlich seinen zunehmend verwirrten Gedanken nachgegangen. Nick blätterte ein paar Seiten weiter.

»*... die ersten Erfahrungen aber hat er nicht im OP, sondern mit den Müttern meiner Freunde gemacht*«, stand dort, und Brandons Schrift hatte beinahe etwas Flüchtiges bekommen. Die Worte bildeten fast nur noch eine Linie, und Nick hatte Schwierigkeiten, die winzigen Zeichen zu entziffern.

»*Die Mütter von Kim und Louise*«, stand dort, »*die Mütter von Scott und Nick.*«

Von Nick?

Nick ließ den Collegeblock sinken. Wie bitte? Hatte seine

Mutter Brandons Vater aufgesucht, wenn sie zum Frauenarzt ging? Er wusste es nicht, er hatte mit seiner Mutter nie über ihren Gynäkologen gesprochen. Auf den Gedanken wäre er nie gekommen! Ebenso wenig wie auf den Gedanken, dass sie tatsächlich zu Brandons Vater hätte gehen können. Sie waren drei Jungs zu Hause gewesen, drei Söhne, über so etwas wie den Frauenarzt ihrer Mutter war nicht ein einziges Mal geredet worden. Aber natürlich ... New Jericho ... so groß war der Ort ja nicht. Wie viele Frauenärzte mochte es damals in New Jericho gegeben haben?

»*Er hat sie untersucht und zum Teil betäubt, zum Teil auch nicht, bei einer scheint es auch einvernehmlich gewesen zu sein, wenn ich Vera richtig verstanden habe. Sie haben bei ihm auf dem Untersuchungsstuhl gelegen und waren entblößt, während er vollgepumpt war mit den Mitteln, die er entwickelt hat, um die Fortpflanzungsfähigkeit zu verbessern.*«

Und dann kam eine Liste, ein Name fein säuberlich unter den anderen gesetzt.

»*Er hat es gemacht mit den Müttern von*
Ashley
Louise
Kim
Donna
Henry
Ralph
Terry
Scott
Janet
und Nick.«

Für einen Augenblick vergaß Nick, zu atmen. Das waren SIE. Genau zehn Namen. Die zehn, die Brandon eingeladen hatte.

Keiner mehr, keiner weniger. Das war es, was seit Stunden in diesem Haus geschah! Sie alle waren – ohne dass sie es je gewusst hatten – *Halbgeschwister* und Brandons Vater *ihr Vater*? Konnte das sein?

»Put on your red shoes and dance the blues«, schmetterte es aus den Bildschirmen – Bowies Beats erfüllten den Raum. »If you say run, I'll run with you.«

Er hat uns gehasst – seine Geschwister –, er hat seinen Vater gehasst und uns auch!

Das war der Grund, weshalb Brandon sie eingeladen hatte. Weshalb er sie töten wollte! Warum sonst sollte Brandon sie hierhergelockt haben – weshalb sonst sollte er sie umbringen wollen?

40

»Ja, das stimmt, meine Mutter war bei Brandons Vater. Er war ihr Arzt, ihr Frauenarzt. Er hat sich um ihre Schwangerschaft gekümmert – bei meiner Geburt, aber das wisst ihr doch!« Donna schaute von Nick zu Ashley und von Ashley zu Kim.

Kimberly saß zusammen mit Ashley auf dem Sofa und hörte Donna zu.

Aber das wisst ihr doch ...

Dabei war Kim nur mit halbem Ohr bei der Sache. Donnas Eltern ... sie erinnerte sich vage ... da war doch was gewesen mit Donnas Mutter.

»Spielt das alles eine wirklich so große Rolle?«, hörte sie Donna sagen. »Meine Mutter und mein Vater ... die, die ich immer Mom und Dad genannt habe – ich weiß doch, wer sie sind.« Donnas Stimme wankte ein wenig. »Ich will gar nicht wissen, was Brandons Vater in seiner Praxis ... zusammengepanscht hat!«

Donnas Blick ging zu Nick, der sie gerade in der Halle zusammengerufen und ihnen erzählt hatte, worauf er gestoßen war.

Sie alle ... Brandons Vater ...

»Seh ich euch denn ähnlich?«, fuhr Donna fort, und als Kim erneut zu ihr schaute, bemerkte sie, dass ein Lächeln in Donnas Gesicht aufgeglommen war. »Wenn wir alle Brandons Vater als Daddy haben, müsste das ja wohl so sein, oder? Das ist mir noch gar nicht aufgefallen. Aber klar, warum nicht? Eine gewisse Ähnlichkeit besteht vielleicht, was meint ihr?«

»Wer noch?«, ergriff Nick das Wort. »Ashley? War deine Mutter auch bei Mr. Hill – bei Brandons Vater, war er ihr Arzt?«

»Wo meine Mutter beim Frauenarzt war? Das weiß ich doch nicht, Nick! Weißt du es?«

Er schüttelte den Kopf und blickte zu Kim. »Was ist mit dir?«

Sie fuhr zusammen. »Ich?«

»Deine Mutter? War sie bei Brandons Vater?«

»Ich glaube schon, bin mir aber nicht sicher. Ich müsste sie anrufen, aber wie war das noch gleich mit den Telefonen?« Kimberly schlang die Arme um sich. Sie hatte sich außerstande gesehen, etwas zu essen, und jetzt war ihr kalt. »Hört mal, Leute«, fuhr sie langsam fort und nickte zu dem Kasten, an dessen Seite die Digitaluhr zu sehen war. »Die Uhr tickt ja wirklich runter.« Das war es doch, worum es ging, oder? Was mit Brandons Vater gewesen war, darüber konnte sie sich doch auch später noch den Kopf zerbrechen. »›Wenn nur noch einer übrig ist, kann der gehen.‹ Das ... das ist doch richtig, das ist es doch, was Brandon gesagt hat, oder?« Scheu blickte Kimberly in die Runde und registrierte, dass die drei anderen zu ihr sahen. Nick, der mit seinem Zottelkostüm ebenfalls auf dem Sofa hockte, Donna in ihrem aalglatten Vampiroutfit, das ihre noch immer perfekte Figur betonte, und Ashley mit der absurden Fliege am Laborkittel.

»Sicher, das hat er gesagt. Und?« Donna hatte die Augen ein wenig verengt.

Kim wusste nicht recht, wie sie es sagen sollte. Was würden die anderen darauf erwidern? Natürlich würden sie sie für vollkommen übergeschnappt halten, aber sollte sie sich davon wirklich abhalten lassen? War sie es ihren beiden Jungs nicht schuldig, es zumindest zu versuchen? War es nicht das Mindeste, was sie tun konnte – tun *musste*, bevor diese Bombe oder was auch immer da herunterzählte, sie alle in Stücke riss?

»Ich muss andauernd an meine Familie denken«, fing sie vorsichtig an. »Ihr natürlich auch«, beeilte sie sich hinzuzufügen, »aber ich denke nicht so sehr an meinen Mann, der kommt schon klar, sondern vor allem an meine beiden Jungs. Sie sind ja erst acht und zwölf Jahre alt und noch nicht so weit.«

Donna stieß sich von dem Sideboard ab, an dem sie gelehnt hatte. »Komm schon, Kimber, lass jetzt nicht den Kopf hängen«, sagte sie. »Willst du uns alle entmutigen? Wir werden uns doch von Brandon nicht unterkriegen lassen.«

»Nein, natürlich nicht, Donna, nur ... Terry, Ralph, Janet, Scott ... sie alle hat es inzwischen erwischt. Und wenn es wirklich so sein sollte, wie Nick sagt, wenn wir wirklich Geschwister – also Halbgeschwister sein sollten ... habt ihr keine Angst? Wir haben das all die Jahre über nicht gewusst. Wer weiß, was Brandon noch vorbereitet hat? Wie sollen wir dagegen ankommen?«

»Brandon war verzweifelt, weil er aus seinem Leben nichts gemacht hat«, meinte Donna und sah zu Nick – obwohl Kim eigentlich noch etwas ganz anderes hatte sagen wollen. Deshalb war sie ja auf ihre beiden Söhne zu sprechen gekommen. Aber jetzt hatte Donna das Wort und Kim das Gefühl, Donna hätte das Gespräch absichtlich in eine etwas andere Richtung gelenkt. »Ich habe ihn ja ein paarmal in den vergangenen Jahren getroffen, insgesamt vielleicht drei- oder viermal«, fuhr Donna fort. »Und er war wirklich bedrückt, das stimmt schon. Ich dachte, er sei einfach mit seinem Leben nicht so zufrieden, aber vielleicht gab es ja auch noch was anderes, was ihm keine Ruhe gelassen hat.«

»Naja, dass wir alle von seinem Vater gezeugt worden sein könnten, das könnte es ja schon sein, oder?«, ergriff Ashley das Wort. »Was er in diesem Tagebuch notiert hat? Ich weiß gar nicht, was das im Einzelnen bedeutet. Also ist mein Dad gar nicht mein Dad? Wie bitte? Hilfe! Und jetzt sitzen wir hier?« Sie starrte in die Runde.

»Das stimmt natürlich«, griff Donna den Faden nochmal auf, »so könnte klar werden, was hier überhaupt los ist. Als wir noch zusammen zur Schule gegangen sind, wusste Brandon mit Sicherheit noch nichts davon, dass wir miteinander verwandt waren. Er muss es später begriffen haben. Vielleicht hat er das nicht ertragen. Wer weiß, vielleicht hat das einen ungesunden Prozess bei ihm ausgelöst, bis er von dem Gedanken besessen war, uns alle, seine Halbgeschwister ...«

»Was – töten zu wollen?«, fiel Ashley ihr ins Wort.

Donna sah sie an und legte die Spitzen ihrer Finger an die Schläfen. »Es sieht ganz danach aus, findest du nicht?«

»Aber wer hilft ihm?«, schnitt Nicks Stimme durch den Raum. »Hier unter uns? Das weiß ich immer noch nicht!«

»Wieso helfen? Muss das wirklich so sein? Vielleicht täuschen wir uns ja auch in dem Punkt.«

»Nein«, unterbrach Nick Ashley, »das kann nicht sein. Überleg doch mal. Die Schrauben an dem Liftkasten kann er noch selbst gelöst haben. Terrys Tod kann er vorbereitet haben, Ralphs auch. Aber Janet? Das war kein Unfall, kein Selbstmord – das war Mord. Einer von uns muss es gewesen sein – oder jemand hält sich seit Stunden auf dem Grundstück versteckt, und wir wissen nichts davon, aber das glaube ich nicht. Ich glaube, einer von uns war das. Und wir wissen nicht, wer!«

»Okay, das ... das ist wohl richtig.« Ashley griff mit den Händen um ihre Knie.

»Und derjenige, der Janet getötet hat – und deshalb bin ich auch ziemlich sicher, dass es einer von uns gewesen sein muss –, hat mit der Fernbedienung auch dafür gesorgt, dass diese Rollläden runtergekommen sind und den Panikraum verschlossen haben.«

»Also, wer von uns Brüdern und Schwestern ist es?« Donna sah angriffslustig zu Kim. »Du, Kim?« Ihr Blick wanderte zu Ashleys blondem Bubikopf. »Oder du, Ash? Oder *du* Nick, während du uns hier lang und breit etwas erzählst – und in Wirklichkeit nur den Tod des Nächsten planst?« Sie sah zum Fenster. »Henry oder Louise kommen natürlich auch infrage, warum sie dann aber zum Zaun gehen, weiß ich nicht.«

02.10.12 … 11 … 10 …

Noch gut zwei Stunden.

Kim gab sich einen Ruck. Sie hatte einfach keine Zeit mehr, mit diesen müßigen Spekulationen Stunde um Stunde verstreichen zu lassen. »Ich weiß es auch nicht, Donna, aber … ihr habt keine Kinder, Leute. Versteht mich jetzt bitte nicht falsch, aber meine Jungs brauchen mich einfach, ja?« Sie hielt die Luft an. Begriffen sie denn nicht, was sie sagen wollte? Musste sie es denn wirklich aussprechen?

»Das hast du ja gerade schon gesagt, Kim.« Donna machte einen Schritt vom Sideboard aus auf sie zu. »Klar brauchen sie dich, und es tut mir leid, dass du dir Sorgen machst, aber wir kommen hier wieder raus, wir dürfen jetzt nur nicht aufgeben.«

»Aber …«, hörte Kim sich sagen.

»Aber – was?« Donna war direkt vor ihr stehen geblieben.

»Es geht mir nicht um dein Mitleid, Donna.«

»Sondern?«

»Dein Mitleid hilft meinen Jungs nicht.«

»Das weiß ich, Kim.«

»Ich kann sie nicht im Stich lassen, Donna, du hast keine Kinder –«

»Ich weiß, dass ich keine Kinder habe, Kim.«

»Eben, und deshalb kannst du auch nicht verstehen, was ich sagen will. Deshalb kannst du nicht verstehen, was ich meine, wenn ich sage, dass meine Jungs mich brauchen.« Donna sah sie an, die schönen dunklen Augen wirkten wie zwei Brunnen.

»Ich weiß, dass es für euch ... unglaublich klingen wird.« Kimberly suchte nach Worten. »Aber jetzt, da Ralph nicht mehr lebt, und Louise und Henry ja auch kinderlos sind, bleibe nur noch ich.«

»Ist ja vielleicht auch besser so. Wenn alle unsere Kinder Enkel von diesem Gynäkologen wären ...«, bemerkte Donna, aber Kim wollte sich von dem, was sie sagen wollte, nicht noch einmal abbringen lassen.

»›Wenn nur noch einer lebt, darf er gehen‹«, beharrte sie, »das hat Brandon ja gesagt. Und dass wir hier wirklich noch mal rauskommen, glaube ich nicht. Deshalb wollte ich vorschlagen, dass ...« Ihr versagte die Stimme.

Nicks Gesicht war ihr ebenso zugewandt wie das von Ashley. Seine Wangen waren eingefallen, und seine Züge kamen ihr plötzlich vor wie die eines Totenschädels. »Nick, weißt du, was ich denke?«, flüsterte sie.

»Ich bin mir nicht sicher, Kim.«

»Ich denke, dass ihr mich gehen lassen solltet.«

»Hmm.«

»Wie, Moment mal«, meldete sich Ashley zu Wort. »Was – ich verstehe nicht, Kim – was ... *worauf* willst du hinaus?«

»Dass ihr mich gehen lassen sollt. Nicht für mich, aber für meine beiden Jungs.«

»Dass wir dich gehen lassen sollen?«

»Ja.«

»Ach so! Und wie stellst du dir das vor?«

»Das habe ich noch nicht im Einzelnen durchdacht, aber das ist dann – wenn ihr es einseht – ja auch nicht mehr so schwierig.«

»Du meinst – was? Wir sollen uns – ehrlich, Kim? Wir sollen uns praktisch vorsorglich umbringen, damit du als Einzige überlebst und freikommst? Ist es das?« Donnas Stimme war ganz leise, und doch teilte sie die Luft wie ein Messer.

Ja, Donna, so in etwa.

Zugleich spürte Kim, wie ihre rechte Wange aufglühte. Erschrocken riss sie den Kopf herum und sah, dass Donna ihr mit der flachen Hand ins Gesicht geschlagen hatte. Im nächsten Augenblick war Nick aufgesprungen und hatte seine Arme um Donna gelegt, um sie festzuhalten.

»Schäm dich, Kim«, schrie Donna, dann riss sie ihren Körper herum und fuhr Nick an. »Schon gut, ich habe mich im Griff!«

Kim hatte ihre Hand auf ihre pochende Wange gelegt. Sie fühlte, wie ihr langsam die Tränen kamen. »Ich will es ja nicht, aber sieh es doch ein, Donna, dass du den beiden Jungs ihre Mutter nicht wegnehmen darfst!«

»Kim?« Nicks Knochengesicht tauchte in ihrem Blickfeld auf. »Ich glaube, es ist das Beste, wenn du versuchst, dich ein bisschen zu beruhigen. Bevor Donna noch völlig ausrastet.«

Kims Blick fiel auf die Glastür, die hinter dem Sofa auf die Veranda führte.

Verstecken! Irgendwo auf dem Grundstück. Sie konnte sich im Gebüsch verkriechen, ohne einem von ihnen zu sagen, wo sie war. War sie dann nicht sicher? Wenn einer von ihnen derjenige war, der hier tötete, musste sie sich doch bloß von ihnen fernhalten!

Im nächsten Moment war sie an der Glastür, zog sie auf und kletterte die Stufen, die von der Veranda herabführten, hinunter. Keiner hatte sie aufgehalten. Sie überquerte den Vorplatz und begann, sich ins Unterholz zu schlagen. Blieb noch einmal stehen und sah sich um.

Die Novembersonne, die inzwischen den Zenit überschritten hatte – die Betonstreben des in die Felsen hineingebauten Hauses. Durch die Panoramascheiben hindurch konnte sie Nick, Ashley und Donna erkennen, die miteinander sprachen und kurz darauf ebenfalls auf die Veranda kamen. Sah Nick in ihre Richtung? Kim wandte sich hastig um und lief weiter. Sie wollte sich keinesfalls stoppen lassen. Die Zweige kratzten ihr über das Gesicht, und sie hörte ihr Clownskostüm reißen. Aber sie war so bis ins Mark verängstigt, dass sie darauf nicht achtete, sondern nur tiefer in das Dickicht hineinrannte.

41

»ACHTUNG SELBSTSCHUSSANLAGEN!«

Das Schild war halb verwittert, die Buchstaben wie mit einer groben Schablone aufgesprüht. Aber das war kein Militärgebiet, das der Zaun eingrenzte, sondern ein Privatgrundstück. Brandons Grundstück. Und doch ließ das Schild keinen Zweifel: Wer es las, war zumindest gewarnt.

»Das scheint ja schon länger dort zu hängen, das Schild hat Brandon nicht erst installiert, als ihm klar war, dass er uns einladen will.« Louise sah zu Henry, der sich neben ihr durch das letzte Stück des Waldes vor dem Zaun kämpfte.

»Soweit ich weiß, hat eine ganze Menge Leute sowas: Elektrozäune, Stacheldraht«, sagte er und hielt einen Zweig zurück, damit er Louise nicht ins Gesicht peitschte. »Auch Selbstschussanlagen, die sind zwar nicht legal, aber das kümmert manche nicht. Gerade neulich habe ich davon gelesen, dass ein Farmer sich für die Installation solcher Anlagen rechtfertigen musste.«

»Selbstschussanlagen, sind das Maschinen, die schießen, wenn man sich dem Zaun nähert?« *Wie nah dürfen wir denn heran?*

»Sie schießen, wenn man bestimmte versteckte Stolperdrähte berührt«, hörte sie Henry antworten. »Ich nehme an, die Drähte sind auf dem Boden verlegt, wir sollten also ein bisschen aufpassen.«

»Es ist zu gefährlich, Henry. Der Zaun? Brandon hat sich das genau überlegt, man kommt da nicht drüber.«

Er blieb stehen und sah sie an. »Ich sage ja nicht, dass du da hochklettern musst, Louise, aber ich ... worauf soll ich warten? Hast du die Anzeige in der Halle gesehen? Wo steht sie jetzt? Noch zwei Stunden? Genau das denke ich auch: Brandon meint es ernst. Lieber verbrutzele ich hier an dem Zaun, als dass ich tatenlos warte, bis mich seine nächste hinterhältige Einrichtung in Stücke reißt!«

Sie sah an ihm vorbei auf die Anlage. Es waren insgesamt drei Zäune. Ein Stacheldraht jeweils außen und innen – und in der Mitte die Drähte, die über Porzellan-Isolatoren verliefen und in denen mit Sicherheit der Strom zirkulierte.

»Man könnte es mit Stabhochsprung versuchen.« Henry kicherte trocken. »Wenn man einen Stab hätte und sich damit auskennen würde.«

»Oder wir suchen nach einer Stelle, wo wir mit dem Jeep ranfahren können.« Louise sah an dem Zaun entlang. »Dann klettern wir auf das Dach und versuchen, von dort über den Elektrozaun zu springen.«

Henry grunzte. »Nur dass du dann wahrscheinlich genau die Berührungsschnüre der Selbstschussanlage erwischst, wenn du mit dem Wagen bis an den Zaun ranfährst. Außerdem«, er deutete mit der Hand in die Richtung, in die sie schaute, »so auf Anhieb sehe ich nicht, wo wir mit dem Wagen durch das Dickicht bis an den Zaun herankommen könnten.«

Louise nickte. Für einen Moment schwiegen sie, und sie konnte das leise Surren der Anlage hören. Es waren nur ein paar Drähte, aber sie hatten etwas Unheimliches an sich, wie ein Raubtier kurz vor dem Sprung.

»Ein paar tausend Volt werden da wohl fließen«, murmelte Henry. »In Südafrika haben es die Leute mit Fässern versucht, denen Deckel und Böden fehlten. In den Zaun stecken – durchkrabbeln ... aber erst mal so ein Fass haben, oder?« Er warf ihr einen Blick zu, und zum ersten Mal hatte Louise den Eindruck, wirklich sein Gesicht wahrzunehmen. Wie dünn sich die Haut über seine Wangenknochen spannte. Was hatte er erzählt? Dass er nicht einmal eine richtige Wohnung hatte?

»Wir finden einen anderen Weg, Henry, es hat keinen Zweck hier.«

Aber davon wollte er nichts wissen. »Lass uns nicht von vorn anfangen, Louise. Wenn es einen Weg gibt, dann hier.« Er trat einen Schritt näher an den ersten Stacheldrahtzaun. Das waren nicht nur gewöhnliche Drahtdornen, die davon abstanden, es handelte sich um ausgestanzte Stahlrauten, die wie Messerklingen in die Luft stachen.

»Wir könnten versuchen, uns wie ein Terrier darunter durchzugraben«, überlegte Henry, »aber so viel Zeit haben wir nicht. Ich könnte versuchen, die Leitung zu finden, die den Strom zum Zaun bringt – aber wo soll ich anfangen, zu suchen?«

Sssssssummmmm ... warte nur, bis ich dich berühre, schien der Zaun zu flüstern.

»Ranspringen«, hörte Louise Henry sagen, »geht sicher auch nicht, es werden abwechselnd Drähte mit positiver und negativer Ladung sein.« Er sah sich zu ihr um. »Vögel sitzen ja manchmal auf solchen Drähten, ohne dass ihnen was passiert, weil sie nicht zugleich den Boden berühren. Aber es gibt Zäune, die tragen beide Ladungen, dann nützt es auch nichts, wenn ich den Boden nicht berühre. Und es riskieren, ranspringen und verschmoren ... ich weiß nicht.«

»Also?«

»Also«, er nahm die Umhängetasche ab, die er mitgebracht hatte, und zog den Reißverschluss auf, »habe ich das hier eingepackt.«

Louise erkannte gelbe Gummikleidung: eine Jacke, Stiefel, eine Anglerhose und schwarze Handschuhe.

»Das habe ich vorhin in dem begehbaren Kleiderschrank oben gesehen und musste gleich an den Zaun denken«, sagte er. »Meinst du, dass dich das Gummizeug ausreichend isoliert?«

»Müsste es doch, oder?«

»Und wenn nicht?«

»Wie ›wenn nicht‹? Was soll das denn heißen? Dass ich nur *halb* geschmort werde? Gummi isoliert, so ist das nun mal. Wenn die Kleidung an den Dornen nicht aufreißt, muss ich nur drüberklettern.« Er nickte mit dem Kinn zu einer alten Eiche, die nicht weit von ihnen entfernt stand, und deren Zweige bis fast an den Zaun heranreichten. »Ich dachte, ich könnte versuchen, von einem der Äste da an den mittleren Zaun heranzukommen.« Entschlossen stieß er den ersten Fuß durch das Bein der Gummihose, dann den zweiten. Zog die elastischen Träger über die Schultern. Die Hose saß ziemlich fest und bedeckte tatsächlich bereits einen großen Teil seines Körpers.

Louise half ihm mit der Jacke. Die Handschuhe zog Henry auf dem Weg zur Eiche an. »Wenn ich rüberkomme ... ich weiß nicht, wie weit es bis zum nächsten Haus ist.« Er blieb stehen und sah in die andere Richtung. »Vielleicht sollte ich es lieber dort hinten versuchen, über den Zaun zu klettern?«

»Dort ist der Fluss, der schneidet dir dann als Nächstes den Weg ab. Hier ist es nicht schlecht.« Louise blinzelte in die Sonne. »Die Sonne geht im Westen unter. Und in der Richtung liegt auch New Jericho. Dort gibt es ein paar Häuser, die ein Stück weit in die Hänge des Tals gebaut worden sind. Aber weit ist es bis dahin trotzdem.«

Seine etwas wässrigen Augen musterten sie. »Viel Zeit bleibt ja nicht. Gerade mal zwei Stunden. Was, wenn es ...«

»Wir lassen uns was einfallen, Henry.« Sie nahm ihn in den Arm, das harte Gummimaterial knackte unter ihrem Griff. »Vielleicht solltest du den Anzug einfach wieder ausziehen«, flüsterte sie an seinem Ohr.

»Mach's gut, Louise.« Henry nahm ihre Arme von seinem Hals und griff nach dem untersten Ast der Eiche, stemmte die Füße in den Gummistiefeln, die er inzwischen übergezogen hatte, gegen den Stamm und zog sich hoch. Legte sich auf den Ast und lächelte zu ihr herunter. Er atmete schwer. »Bäumeklettern – nicht mehr gewohnt.« Aber bevor sie etwas erwidern konnte, hatte er sich schon auf dem Ast aufgerichtet und hing an dem darüberstehenden Zweig.

Gebannt folgte Louise Henrys Aufstieg. Ein gelber Farbtupfer zwischen den kahlen Zweigen. Kurz darauf hatte er den Ast erreicht, der bis zum Zaun reichte, und begann rittlings darauf sitzend, vom Stamm wegzurutschen.

»Hält der denn?« Beunruhigt beobachtete sie, wie weit sich der Ast herabsenkte, als das Gewicht des Mannes sich verlagerte.

»Wollen wir's hoffen.« Es knackte. »Ups!« Henry hatte die Arme um den Ast geschlungen und ließ sich herunterrutschen, für einen Moment baumelten seine Füße genau über dem Stacheldraht. Der oberste Draht des Elektrozauns war noch gut einen Meter von ihm entfernt.

»Und jetzt – worauf wartest du?«

»Ich muss schaukeln!« Seine Stimme klang gepresst. Sie sah nur die Gummistiefel. Henrys Gesicht war von seinen nach oben gereckten Armen verdeckt. Dann begann sein gelber Leib langsam zu schwingen. Vor und zurück – vor und zurück ...

…während sich keine dreihundert Meter von der Eiche entfernt ein bunt geflecktes Clownskostüm einen Weg durch das Unterholz bahnte.

Henry und Louise konnten Kim nicht sehen – und doch war sie nicht unbeobachtet.

Nicht mehr lange, nur noch gut zwei Stunden, hundert Minuten, ein bisschen mehr vielleicht, ging es ihr durch den Kopf, *dann kommt mich Joe holen.*

Schwer atmend arbeitete Kim sich voran. Ob ihr Mann die Jungs dabeihaben würde? Hatten sie das nicht besprochen? Nein, das hatten sie nicht, aber vielleicht wollten sie ihr eine Freude machen? Vielleicht hatte Joe die beiden einfach überredet mitzukommen. Vielleicht waren sie schon unterwegs – nein, mit Sicherheit waren sie das! Vielleicht kamen sie früher. Vielleicht waren sie schon unten beim Häuschen am Eingang zum Grundstück.

Kimberly blieb stehen und rang nach Luft. Wahrscheinlich nicht. Sie kannte ihren Mann, er gehörte nicht zu der Sorte, die zu früh kamen. Und wahrscheinlich würde er auch die beiden Bengel nicht dabeihaben. Aber das machte ja nichts.

Sie fühlte, wie sich die Finger ihrer dicklichen Hände ineinander verschlangen. Ihre Handflächen waren vom Laufen verschwitzt, der Schweiß lief ihr am Rücken unter dem Kostüm entlang, und sie spürte, dass ihre Haare feucht am Kopf lagen. Aber das alles machte nichts. Sie würde Joe und die beiden Jungs nie wieder allein lassen, das war das Einzige, was zählte. Sie war glücklich mit ihnen, sie waren eine glückliche Familie. Viel zu wenig hatten sie das in letzter Zeit zu schätzen gewusst. Die ewigen kleinen Alltagsscherereien – dabei konnten sie doch so dankbar sein! Sie waren gesund! Joe hatte eine ordentliche Arbeit, sie hatten ein schönes Haus, die Buben waren mit ihrem

Leben zufrieden! Wie hatte sie nur so dumm sein können, diese undurchsichtige Einladung von Brandon anzunehmen? Sie hatte doch schon immer gewusst, dass Brandon schräg war! Wie hatte sie dieses entsetzliche Clownskostüm überhaupt anziehen können? Horror-Clown? Sie musste völlig neben sich gestanden haben. Was für eine idiotische Idee, sich von der Vergangenheit derartig wieder einholen zu lassen. Warum war sie nicht einfach zu Hause geblieben? Dort würde sie jetzt darauf warten, dass die Jungs vom Sportplatz kamen, sie würde ein Abendessen zubereiten, und sie würden zu viert um den Tisch herumsitzen und sich erzählen, wie sie den Tag verlebt hatten. Was hatte sie denn mehr gewollt? Hatte ihr das nicht gereicht?

Ihr Gesicht war von Tränen überströmt. Sie liefen ihr über den Hals in den Ausschnitt, ihr mächtiger Busen war von Tränen und Schweiß so feucht, dass ihr Unterhemd daran festklebte. Sie würde sie nie wieder allein lassen – ihre drei Männer, ohne die sie nichts war!

Ein Ästlein, das durchgebrochen ist?

Hatte sie gerade ein Geräusch hinter sich gehört? Ein leises Knacken?

Ihre Schultern verhärteten sich zu Beton, aber sie wagte es nicht, sich umzudrehen. Denn plötzlich wusste sie es ganz genau. Er war hinter ihr. Der Mörder, den Brandon irgendwie geschickt hatte. Und wenn sie sich umsah, würde sie ihrem Tod ins Angesicht schauen.

»Bitte Joe, vergib mir. Sag den Jungs, dass ich sie liebe.« Ihre Lippen bewegten sich, und die Worte, die sie vor sich hinflüsterte, waren nur für sie selbst zu hören.

Dann holte sie Luft – schrie – »Ahhhh!« – und wirbelte herum.

Dickicht, Herbstblätter, der feuchte Laubboden. Über ihr die schwarzen Äste der entlaubten Bäume und der noch immer sonnige blaue Himmel.

Ich muss mich verstecken – unter einem Stein in einer Erdkuhle – hier ist niemand – ich kann es schaffen – Joe – hörst du mich – wo bleibst du – Joe hilf mir –

Knack.

Es war, als würde eine riesige Faust nach ihr schlagen. Sie schwankte zurück, ein dorniger Zweig peitschte ihr ins Gesicht und riss ihre Wange auf. Ihre Hand griff danach, und der Riss brannte. Sie stolperte, war kurz davor, zu stürzen, schlug mit dem Kopf gegen den Stamm eines jungen Baumes, der direkt vor ihr stand, riss sich herum und taumelte an dem Baum vorbei.

Das sind sie – die letzten Sekunden, waberte es in ihrem Kopf, *der Tod kommt mich holen,* während sie das Gleichgewicht verlor und mit den Knien voran in das weiche Laub stürzte. Für einen Moment war ihr schwarz vor Augen, weil der Schmerz von den Kniescheiben aus durch ihren Körper fuhr. Dann hob sich ihr Kinn, und sie sah die Gestalt, die nicht hinter, sondern neben ihr gestanden haben musste. Benommen tastete ihr Blick über eine Brust nach oben und landete in einem Paar glasklarer Augen.

»*Du?*«

Plötzlich klang sie wieder wie ein kleines Mädchen. Kims Mund klaffte auf, und über ihr wischte etwas durch die kühle Herbstluft – beinahe sah es so aus, als würde es eine Leuchtspur hinter sich herziehen. Es war der Reflex der tief stehenden Sonne. Kim riss beide Arme nach oben, und die Klinge der Machete drang tief in ihr weiches Fleisch ein. Diesen Schmerz spürte sie nicht mehr. Aber ihre Arme sanken herab, als wären sie mit einem Mal tonnenschwer. Jede Kraft war aus Kims

Körper gewichen. Wieder zog die Machete durch die Luft, traf Kims Hals und drang ein. Sie fühlte, dass sie noch immer kniete, aber bereits fiel. Ihre rechte Hand legte sich auf die Wunde, aus der die Machete gerade wieder herausgerissen worden war. Kim spürte das warme Blut, das sich mit ihrem Schweiß und ihren Tränen vermischte. Dann war die Klinge wieder oben – kam herab und traf den Horrorclown zum dritten Mal, diesmal senkrecht auf den Schädel und endgültig.

42

»AHHH!« – gellte es durch den Wald zu ihnen.

»Was?« Was war das für ein Schrei? Hatte er einen Schlag bekommen?

»Was war das, verdammt?«

»Ich weiß nicht, Henry, achte nicht drauf!« Aber während Louise das noch rief, sah sie, dass er verunsichert worden war. Gerade eben hatten seine Fußspitzen den obersten Draht des Elektrozauns zum ersten Mal berührt. Aber er hatte sich nicht halten können, und sein Körper war zurückgeschwungen.

»Ja – nochmal!« Louise hatte erwartet, dass Funken sprühen würden, wenn er den Zaun berührte, aber das war nicht geschehen. »Nochmal Henry, du schaffst es!« *Es müssen die Gummistiefel sein, sie isolieren ihn tatsächlich!*

Wie ein Pendel war sein Körper nach vorne geschwungen, seine Füße hatten sich auf dem Draht halten können, und nur seine Hände hatten noch den Ast berührt.

»Jetzt schieb dich Richtung Zaun, stütz dich am Ast ab, er muss dich jetzt ja nicht mehr tragen!«, hatte Louise gerufen, als der Schrei zu hören gewesen war.

Aber jetzt …

»Ich kann mich nicht halten!«, brüllte Henry, und sie konnte sein gerötetes Gesicht zwischen den Ästen aufleuchten sehen.

»Dann umgreife wieder den Ast«, rief sie.

»Es … nein!«

Um Gottes willen. Sie sah es, als würde es in Zeitlupe ablaufen. Die Hände, die in den dicken Gummihandschuhen nicht richtig zupacken konnten, glitten von der groben Rinde ab, einen Augenblick lang schien Henry wie ein Seiltänzer auf dem Draht zu stehen. Dann aber neigte er sich – noch immer vorangetrieben von dem letzten Stoß, den er sich gegeben hatte – mit dem Oberkörper zur äußeren Seite des Zauns. Jetzt musste er springen, um über den zweiten Stacheldrahtzaun hinüberzukommen! Stattdessen aber ruderte er hilflos mit den Armen, versuchte zu hechten, hatte jedoch zu wenig Schwung, um über den äußeren Stacheldrahtzaun zu gelangen, und prallte gegen die messerscharfen Klingen. Die Stahlrauten verhakten sich in seiner Jacke – ein deutliches Reißen war zu hören, dann federte sein Körper zurück und wurde gegen den Elektrozaun geschleudert.

Aus der nächstliegenden Porzellaneinfassung schoss ein Blitz. Henrys Körper krümmte sich zusammen, und die freigelegte Haut schien an dem Starkstromzaun zu kleben. Ein böses Zischen war zu hören – gefolgt von einem Knall. Fassungslos sah Louise, wie sein Körper, in den Drähten gefangen, anfing, zu zittern.

»Kim?«, war in der Ferne ein schwacher Ruf zu hören.

Nein, nicht Kim – Henry!

»Ich hol den Jeep, Henry, dann – vielleicht komm ich ja doch durch das Unterholz!«

Im gleichen Moment erschlaffte sein Körper, stürzte zwischen dem äußeren Stacheldraht und dem Elektrozaun zu Boden und blieb reglos liegen – Henrys Blick war starr an ihr vorbeigerichtet. Zwei Zäune befanden sich zwischen ihnen. Sie kam nicht an ihn heran.

Louise spürte ein Flattern in sich.

Und sie lief. *Wir kommen nicht gegen ihn an. Brandon ist*

stärker als wir. Er bringt uns alle um. Ihre flachen Schuhe flogen über den Pfad, der sie und Henry zu dem Elektrozaun gebracht hatte.

»Kim«, hörte sie erneut die Stimme – diesmal näher. Im nächsten Augenblick blinkte etwas weiß-bunt durch die Äste. Das Clownskostüm.

Hart schrammten die Sträucher gegen Louises Arme, als sie den Trampelpfad verließ und auf die nur noch wenige Schritte von ihr entfernt im Laub liegende Frau zulief.

Kim! Warum liegst du denn auf dem Boden?

Ohne zu bemerken, was sie tat, kniete sich Louise neben den reglosen Körper und presste eine Hand auf die Wunde am Hals. Kein Zweifel – das Leben hatte Kims Leib bereits verlassen.

»Hey! Was machst du da?!«

Louise fuhr herum. Durch das Halbdunkel, das sich im Wald bereits auszubreiten begann, sah sie Donna auf sich zustürzen. »Lass sie los, bist du wahnsinnig ...«

»Nein! Ich ...«, Louise kam auf die Füße – aber ihre Hände trieften. »Ich habe sie gerade entdeckt!«

»Ashley! Nick!« Donna hatte sich abgewendet und schrie in den Wald. »Louise ist hier bei Kim und ...«

»Ich war das nicht!« Verzweiflung schnitt Louise fast den Atem ab. »Ich bin es nicht, Donna!«

Donnas schwarze Augen richteten sich auf sie – schoben sich im nächsten Moment aber schon zur Seite, wo jemand durch die Sträucher trat.

Louise sah sich um. Es war Nick.

»Wo ist Ashley?«, fuhr Donna ihn an.

Kim, Nick, Donna, ich ... Henry am Zaun – es stimmte – *wo ist Ashley?* Sie war die Einzige, die noch fehlte.

»Ich weiß es nicht«, hörte Louise Nick antworten.
Sie sah, dass er die Augen von dem Blut an ihren Händen nicht abwenden konnte. »Ich war es nicht, Nick«, stammelte sie, »glaub mir, ich habe sie eben gefunden!«
Aber du, Nick, und du, Donna – wo wart IHR denn, als Kim hier erschlagen wurde?!

43

»Ich wollte sie nicht allein in den Wald rennen lassen«, stieß Nick hervor, »deshalb bin ich Kim nachgegangen. Aber ich habe nicht gewusst, in welche Richtung sie sich bewegt hat. Erst als ich den Schrei gehört habe, wusste ich, wo ich lang musste.«

Donna sah zu Louise, die Nick gefragt hatte, wo er gewesen war.

»Und du«, fuhr Louise Donna an, »wo warst du?«

»Im Haus!«, gab Donna zurück. »Ashley wollte zu dir und Henry, nachdem Nick los war, aber ich wollte nicht mit ihr mit, also bin ich im Haus geblieben. Bis ich den Schrei gehört habe.«

Die Dämmerung hatte sich weiter ausgebreitet. Ashley war noch immer nicht aufgetaucht. Die ersten Minuten nach ihrem Treffen hatte Nick genutzt, um den Jeep, mit dem er vom Haus gekommen war, auf die Lichtung zu fahren, auf der Kims Leiche lag. Inzwischen hatten sie ihren leblosen Körper auf den Rücksitz des Wagens gehievt.

»Hör zu, Donna«, ergriff Louise noch einmal das Wort, »wenn du mir nicht traust, dann fahr allein mit Nick den Wagen hoch, ich sehe, ob ich Ashley hier im Wald finde.«

Was mit Henry passiert war, hatte Louise ihnen inzwischen berichtet.

»Bist du sicher?« Donna warf Louise einen Blick zu. »Du kannst auch gleich mit uns fahren.«

»Kein Problem, zu Fuß muss ich nicht den Bogen machen,

den die Straße beschreibt, dann bin ich sowieso schneller oben«, erwiderte Louise. Sie atmete aus. »Ich glaube, ich brauch noch ein bisschen frische Luft, bevor ich mich dort oben wieder in das Haus setze.«

»Okay, Nick, was machen wir? Fahren wir schon mal hoch?«

Donna sah zu Nick. Gleichzeitig musste sie noch an etwas anderes denken. Louise... warum wollte sie nicht mit ihnen fahren? Sollte sie darauf bestehen? Vorhin hatte Donna den anderen erzählt, dass sie 1986 gesehen hätte, wie *Janet* verwirrt aus dem Keller gekommen wäre – tatsächlich aber war es ja nicht Janet, sondern *Louise* gewesen. Sollte sie sie jetzt damit konfrontieren? Und wenn Louise es tatsächlich war – diejenige, die Brandon half? Immerhin war Louise von ihnen diejenige, die in New Jericho – und damit in Brandons Nähe – geblieben war. Oder war es besser, sich vorher mit Nick abzusprechen?

Donna sah, dass Nick inzwischen an die Fahrerseite des Jeeps getreten war und die Tür aufzog.

»Ich will erst mal ins Haus und mir wenigstens ein Messer oder sowas holen«, sagte er. »Die Patronen aus der Waffe, mit der Scott und Henry geschossen haben, habe ich vorhin von der Terrasse aus ins Gelände geworfen, damit nichts passiert. Das war vielleicht vorschnell – egal. Jedenfalls kann ich jetzt auch gleich den Wagen hochfahren.«

Donna nickte und ging zur Beifahrerseite, öffnete ebenfalls die Tür und schwang sich auf den Sitz. Sie sah, dass Louise sich bereits in Bewegung gesetzt hatte und Richtung Haus lief.

Mit einem Ruckeln sprang der Motor an, ihre Türen schlugen in die Schlösser, und Nick manövrierte den Wagen von der Lichtung, auf die er ihn gefahren hatte, zurück auf den Sandweg.

»Hat sie keine Angst allein hier im Wald?« Donna nickte zu

Louises Umriss, der schräg oberhalb von ihnen in den Schatten zwischen den Pflanzen verschwand.

Nick trat auf die Bremse. »Willst du wieder aussteigen und mit ihr gehen?«

Als sie zu ihm schaute, sah sie, wie sich die Erschöpfung in seinem Gesicht abzeichnete.

»Sie will vielleicht einfach mal kurz allein sein – verarbeiten, was hier los ist«, sagte er.

»Ja.«

»Und wer weiß – möglicherweise ist es wirklich sicherer, allein zu sein.«

Donna ließ es sich durch den Kopf gehen. Alles war möglich. Sie spürte, wie der Wagen wieder Fahrt aufnahm.

»Weißt du«, sagte sie, »was ich vorhin über Janet gesagt habe, dass ich sie damals, '86, ganz verstört aus dem Keller kommen gesehen habe?«

»Hm?«

»Es war nicht Janet, es war Louise.«

»Ach ja? Und wieso hast du *Janet* gesagt?« Er warf ihr einen Blick zu.

»Was, wenn Louise es ist? Diejenige, die Brandon hilft. Ehrlich gesagt hatte ich keine Lust, sie gegen mich aufzuhetzen.«

Nicks Blick blieb geradeaus gerichtet. »Wir fragen sie gleich nachher oben im Haus, okay? Was da los war.«

Donna nickte. *Okay.*

»Haben sich Kim und Ashley eigentlich gut verstanden?«, sagte Nick nach einer Weile.

»Wieso?« Sie schaute zu ihm.

»Na, wieso wohl? Du, ich, Louise oder Ashley – mehr Leute kommen ja nicht mehr infrage, die Kim das angetan haben können.«

»Oder ein Fremder.«
»Oder ein Fremder, richtig.«
»Ash ist mit Kim doch heute früh losgefahren. Sie wollten zum Fluss, soweit ich weiß. Ich hatte den Eindruck, dass sie gut miteinander auskamen.«
Er grunzte.
»Was Janet angeht, bin ich mir da allerdings nicht so sicher.«
»Ja?« Er warf ihr einen Blick zu.
»Naja, Janet und Kim sind ermordet worden, bei Terry, Ralph und Brandon war es ja nicht so eindeutig. Bei Kim aber schon und bei Janet auch. Und nachdem Janet diejenige war, die rausgekriegt hat, was Ashley in Wahrheit treibt ...«
»Ihre Arbeit als Escort, meinst du?« Nick nahm den Blick nicht von der Straße.
»Ja. Nachdem Janet das herausbekommen und rumerzählt hat, frage ich mich schon, ob Ashley nicht vielleicht – wie heißt das? Ein Motiv gehabt haben könnte, sie zu töten. Und eine Gelegenheit hatte sie auch. Sie und Kim waren ja wieder zurück von ihrem Ausflug, Ashley könnte Janet in die Küche geschafft und umgebracht haben.« Donna sah ihm dabei zu, wie er das Fahrzeug steuerte.
»Und jetzt Kim.«
»Wir wissen ja immer noch nicht, wo Ash steckt.«
»Und die ganzen Vorbereitungen hier hat dann also *Ashley* mit Brandon getroffen?«
Unwillkürlich schüttelte Donna den Kopf. »Klingt nicht sehr plausibel, was?«
»Naja ...«
Eine Zeit lang rumpelten sie schweigend die Piste weiter nach oben.
»Weißt du«, griff Donna den Faden nochmal auf, »ich denke,

dass du vielleicht recht hast. Wenn es wirklich stimmt, dass Brandons Vater herumexperimentiert hat mit ... wie hast du gesagt? Mit Potenzmitteln? Fortpflanzungsproblemen?«
»Er hatte sich offenbar auf ganz unterschiedliche Bereiche spezialisiert«, hörte sie Nick antworten, »aber ich habe die Unterlagen vorhin auch nur flüchtig angesehen ...«
»Was ich sagen will«, fiel Donna ihm ins Wort, »ich könnte mir vorstellen, dass es stimmt. Dass das der Grund ist, weshalb Brandon uns hierher eingeladen hat. Dass er getan hat, was er getan hat, weil er glaubte, dass wir Geschwister ... oder Halbgeschwister sind? Wobei es ja nicht einmal stimmen muss.«
»Vielleicht ist es aber auch wirklich so.« Nick sah kurz zu ihr, und sie mussten beide grinsen.
»Bruderherz.« Der Gedanke, Nick zum Bruder zu haben, gefiel Donna. »Aber Brandon hat es nicht ertragen«, fuhr sie fort, »wahrscheinlich wollte er lieber Einzelkind bleiben, wie er es immer gewesen war.«
Nick schwieg und nickte.
Ihre Gedanken gingen weiter. »Ja, klar, meine Mutter war bei Brandons Vater, er war ihr Gynäkologe. Vorhin habe ich nicht gleich dran gedacht, aber ich erinnere mich schon noch, dass mir einmal aufgefallen ist, wie seltsam aufgeregt sie war, als sie von einer Untersuchung bei ihm zurückkam.«
»Ach ja?« Nick drehte sich zu ihr, und sein Gesicht wirkte konzentriert. »Sicher? Oder kommt dir das jetzt nur so vor?«
»Kann vielleicht auch sein, aber ich weiß noch, dass ich sie gefragt habe, ob was passiert sei. Und was sie geantwortet hat.«
»Und? Was hat sie geantwortet?«
»Dass ich mich von Brandon und seinem Vater fernhalten soll.«

Ihr Blick war auf Nicks Hände gerichtet, die das Steuerrad umklammert hielten, so fest, dass seine Knöchel weiß hervortraten.

»Das hat sie gesagt?«

Donna nickte. »Ich erinnere mich noch, wie meine Mutter zu mir gesagt hat, dass vielleicht doch etwas dran sein könnte an diesem Gerücht über Brandons Vater.«

»Welches Gerücht?«

»Dass er seine Frau getötet haben könnte.«

»So?«

»›Wie kommst du denn darauf?‹, habe ich sie beschworen«, sagte Donna. »Es waren nur noch ein paar Tage bis zu der Halloweenparty bei Brandon. Ich wollte wissen, ob es ein Problem gab. Ob ich besser nicht dorthin gehen sollte.«

Jetzt hatte sie seine volle Aufmerksamkeit.

»Aber sie hat bloß gemeint, dass ich mir doch nur anzusehen bräuchte, was für ein merkwürdiger Junge Brandon geworden sei. Dem habe ich dann keine allzu große Bedeutung beigemessen. Okay, Brandon war vielleicht ein bisschen eigen, aber wer ist das nicht? Also habe ich nicht mehr daran gedacht – nur jetzt ist es mir wieder eingefallen.«

Nick schaute sie an, und sie sah, wie er langsam nickte.

»Ich weiß, das heißt nicht viel, aber wenn es stimmt, dass wir Halbgeschwister sind ...«

»Ergibt es Sinn«, beendete Nick ihren Satz. »Sie wollte nicht, dass du und Brandon sich zu nahekommen. Vielleicht wollte sie dir aber auch nur sagen, dass sie und Brandons Vater etwas miteinander hatten.«

»Ja, vielleicht.«

Nicks Lippen bewegten sich, aber es war nichts zu hören.

»Was, Nick?«

»Ich weiß, ich habe es ja selbst als Erster vermutet, aber«, seine Augen flackerten zu ihr, während er den Wagen vor dem Haus zum Stehen brachte, »Donna, wenn es wirklich stimmt ... begreifst du, was das bedeutet? Dass wir Geschwister uns zum ersten Mal wirklich als das hätten begegnen können, was wir sind: eine Familie – aber stattdessen ist Brandon dabei, uns regelrecht auszulöschen.«

Es war wie ein Zittern, das in ihrer Bauchhöhle begann und sich einen Weg durch ihren Körper bahnte. Ein Zittern, das sie nicht aufhalten konnte. Aber sie durfte sich davon nicht unterkriegen lassen.

»Nick, wir lassen es nicht zu! Du, ich, Ashley, Louise ... wir lassen es nicht zu, dass Brandon uns alle zur Strecke bringt! Wir müssen nur wachsam bleiben, zusammenbleiben, die paar Stunden, die noch übrig sind.« Mit einem heftigen Hieb stieß sie die Wagentür auf. »Komm mit, ich ... also ich muss aufs Klo, aber ich will nicht allein in dieses verdammte Höllenhaus.«

Nicks bleiches Gesicht verzog sich zu einem Lächeln. »Alles klar, ich komme.«

Donna sprang aus dem Fahrzeug und stieg die Stufen zur Veranda hoch. Hinter sich hörte sie die Fahrzeugtür auf Nicks Seite zufallen. Dann war sie an der Glastür, die neben der Panoramascheibe in die große Halle führte, und drückte die Klinke herunter.

Kühl und schweigend empfing sie der große Raum. Im gleichen Moment fühlte Donna eine Hand, die sich auf ihren Mund schob. Verzweifelt versuchte sie, sich gegen den Sog zur Wehr zu setzen, aber da drang auch schon etwas glühend heiß in sie ein.

Nick ist um den Jeep herumgegangen und steigt gerade die Stufen zur Veranda hoch, als er die Glastür, die ins Haus führt, klicken hört.

Er sieht von den Stufen hoch.

»Donna?«

Mit einem Satz ist er an der Glastür, drückt die Klinke, aber die Tür lässt sich nicht öffnen. Sie muss von innen verriegelt worden sein. Drinnen ist kein Licht eingeschaltet, und die Sonne steht inzwischen so tief, dass die Scheibe ihr Licht reflektiert. Er reißt eine Hand hoch, um die Spiegelung abzuschirmen und blinzelt so gut es geht in den Raum. Ein Schatten – *was ist das?*

Die Glasscheibe vibriert, als er von außen dagegenschlägt.

Jetzt kann er es deutlich sehen: Eine Silhouette tritt in den Sonnenstrahl, der durch die Scheibe fällt. Ein Kopf – eckig – mit einem albernen Pony und einer riesigen Stirn. *RALPH* – es ist Ralph in dem verfluchten Frankensteinkostüm!

»Ralph!«

Was? Wieso? Nick hat Donna doch eben noch bei sich gehabt! Aber dort, das ist sie! Er kann ihr Vampirkostüm deutlich erkennen. Zwei seltsam ineinander verbohrte Gestalten – das klobige Frankensteinmonster und die ranke Vampira – sie biegen sich genau in den Lichtkegel, den die untergehende Sonne in die Halle schickt.

Wie gelähmt sieht Nick den Arm des Frankensteinmonsters in die Luft steigen. Eine Spitze ragt aus der Faust hervor – eine *Schere*. Dann kommt der Arm herunter, und die Schere trifft genau in die Brust der Frau, die das Monster mit der anderen Hand von sich weghält, als würden sie einen Tangoschritt machen.

»Donna!«, schreit Nick erneut und lässt die ineinander verknoteten Hände noch einmal auf die Scheibe knallen. Aber das Glas muss gepanzert sein, um Einbrecher abzuhalten.

Er ringt nach Luft und sieht zugleich, wie die langen Schenkel der Schere in Donnas Körper eindringen. Flüssigkeit tritt aus und zieht einen dünnen Faden, als Frankenstein die Schere wieder hervorreißt und zum nächsten mörderischen Hieb ausholt.

Völlig außer sich taumelt Nick zwei Schritte zurück. Sein Blick fliegt über die Terrasse. *Ein Stein – ein Stuhl – die Scheibe – einschlagen.* Aber da ist nichts. Die Veranda ist für den Winter bereits vollkommen leer geräumt.

Wieder springt sein Blick zu der Scheibe.

Und diesmal trifft er auf Donnas Augen, die weit aufgerissen und nach draußen gerichtet sind. Sie sieht ihn! Ruft sie seinen Namen? Doch durch die Scheibe hindurch kann er nichts hören.

Mit einem Ruck reißt sich Nick los, springt von der Veranda und hetzt um das Haus herum. *Zur Hintertür!* Ist das Ralph? Es ist Ralphs *Maske*, aber steckt auch wirklich –

Er erreicht die Rückseite des Hauses, reißt an der Tür. *JA!* – sie ist unverschlossen.

Der Flur – geradeaus – die Halle muss gleich dort vorn sein.

Eine Hand auf eine stechende Stelle an der Seite gestemmt sprintet er durch den Flur – erreicht die Halle, in die die Sonne noch immer ein paar schräge Strahlen wirft.

Sie liegt gleich hinter der Scheibe auf dem Boden. Die schwarzen Locken um sie herum ausgebreitet – die Augen weit aufgerissen. Im nächsten Moment ist Nick bei ihr, hat ihren Kopf im Schoß, fühlt das Blut, das über seine Hände läuft.

Ein Scheppern lässt ihn hochschrecken. Louise! Sie steht draußen vor der Scheibe und hat dagegen geschlagen. Er kämpft sich hoch, legt den Riegel an der Verandatür um, sieht Louise an sich vorbei in die Halle stürzen und zu Donna schauen.

»Was ... Nick ...«

Ihr Blick fällt auf ihn, und ihre Hände sind in seine Richtung erhoben, gespreizt, als wollte sie ihn aufhalten.

Dabei – *ihr Haar* – Louises Haar, *es ist vollkommen verschwitzt, klebt an ihrem Schädel.* Als wäre es gerade unter einer Gummimaske gewesen!

»Wo warst du, Louise? Hast du Ashley gefunden?«

Mit entsetzten Augen starrt sie ihn an und schüttelt den Kopf.

44

»Es muss Ashley gewesen sein, Nick!«
»Aber...«
»Wir waren zehn, mit Brandon elf. Henry, Donna, Janet, Terry, Scotty, du und ich, Kim, Brandon, Ashley und... genau: Ralph. Elf. Ralph... wir waren alle dabei, als er umgekommen ist.«
»Ja, sicher, nein, die Person war auch viel kleiner.«
»Natürlich! Jemand hat Ralphs Maske genommen, das ist doch sonnenklar!«
»Ja, schon. Aber wer?«
»Alle sind tot, bis auf uns beide und Ashley, Nick. Sie ist es. Wir müssen sie finden und töten.«

Sie hatten die Halle verlassen und waren in eine Art Fitnessraum geraten, der sich ebenfalls im Erdgeschoss befand. Louise hatte Donna untersucht, aber Nick hatte ihr nicht dabei zusehen können. Wer immer es getan hatte – die Verletzungen, die Donnas Körper davongetragen hatte, waren erschreckend.

Auch von diesem Raum aus war die Digitalanzeige an dem Liftkasten durch eine Glastür am anderen Ende der Halle zu sehen.

01.23.00... 01.22.59...

Eine Stunde und zweiundzwanzig Minuten. Und neunundfünfzig Sekunden. Achtundfünfzig. Siebenundfünfzig.

»Sollen wir versuchen, den Kasten aus dem Haus zu tragen?«, hörte Nick Louise sagen.

Aber er hatte vorhin einmal daran gerüttelt. »Er ist viel zu schwer für uns beide. Das Ding ist aus Stahl zusammengeschweißt, den bekommen wir niemals auch nur angehoben.«
Sie schwieg.
01.22.03 ... 02 ... 01 ...
»Wir sollten uns irgendwo auf dem Grundstück in Sicherheit bringen«, sagte Nick nachdenklich, »so weit wie möglich vom Haus entfernt. Wahrscheinlich.«
»Kim ist das ja nicht gerade gut bekommen.«
»Hm.«
»Und langsam glaube ich, Brandon wusste, was er sagte, als er angekündigt hat, dass erst der Letzte, der übrig bleibt, gehen können wird.«
Du, ich oder Ashley.
Nick drehte sich zur Seite. Sie hatten zusammen auf einer Matte Platz genommen, die in dem Raum lag, und Louise hatte ihren Kopf an seine Schulter gelehnt. Er fühlte ihre Wärme und spürte sie in seinem Arm. Es schien völlig natürlich zu sein.
Viel Zeit bleibt nicht mehr.
Sie mussten eine Entscheidung fällen. Wollten sie die verbleibenden Minuten damit verbringen, über das Grundstück zu irren? Sie wussten nicht, was Brandon sich noch hatte einfallen lassen. Ging die Gefahr wirklich vom Liftkasten aus? Oder sollte der Countdown bewirken, dass sie das Haus verließen, weil die wirkliche Gefahr *draußen* lauerte? Alles war möglich. Wo sollten sie anfangen? Was war noch wichtig?
»Was ist noch wichtig?«, kam es ihm über die Lippen.
»Hm?«
»Wenn noch gut eine Stunde bleibt. Was ist da noch wichtig?«

»Hast du bereits aufgegeben?«

Nein, nein, natürlich nicht, nur ...

»Wenn es wirklich so sein sollte, dass uns nur noch Minuten bleiben«, hörte er sie sagen, »gibt es schon etwas, von dem ich will, dass du es weißt.«

»Ja?«

Sie kuschelte sich ein wenig dichter an ihn heran. So hatten sie auch damals manchmal zusammengelegen. Vor all den Jahren. Und sie hatte genauso gerochen. Sie blickte zu ihm hoch, und ihre Augen waren ein solches Versprechen, dass er – trotz all dem, was geschehen war – unwillkürlich an etwas ganz anderes denken musste. Das Blut, der Tod, der überall auf sie lauerte, es war fast, als würde der Schrecken in dem Moment, in dem Louise ihm plötzlich so nah war ... als würde er sich in etwas anderes ... auch Fleischliches, aber anders Fleischliches verwandeln.

Gleichzeitig fühlte er ihre Hand, die sich auf seinen Bauch gelegt hatte, während sich ihr Becken vorsichtig gegen ihn drückte.

»Wir waren nie glücklich – Terry und ich«, flüsterte sie, »und weißt du warum?«

Nie glücklich ...

»Weil ich nie aufgehört habe, an dich zu denken.«

Ich auch nicht, zog es durch seinen Kopf, dann fanden sich ihre Lippen und er versank in dem Kuss. Ihr Arm legte sich um seinen Hals, und er fühlte ihre Schenkel an seinem Körper. Die Umarmung rastete ein wie ein Schloss. Seine Hand lag auf ihrem Gesäß, und er hatte immer gewusst, dass es sich so anfühlen würde. Es drängte ihn mit solcher Macht zu ihr, dass er alles um sich herum vergaß. Als hätte er jetzt, nach all den Jahren, zum ersten Mal den Menschen im Arm, der wirklich zu ihm gehörte. Weil ... weil ... und diese Erkenntnis spaltete ihn wie eine Axt.

Weil sie meine Halbschwester ist.

Sie entzündete sich in Nicks Kopf und überstrahlte alles andere. Die dumpfe, beinahe brutale Erregung, die ihn ergriffen hatte, wurde nicht gekühlt, sondern – als wäre sie nicht ein Teil seines Denkens, ein Teil von ihm, sondern ein Teil von etwas Größerem – dadurch nur noch mehr angefacht. Dass es beinahe schmerzhaft war und zugleich von verstörender Süße.

Ich muss sie haben, muss mich in sie versenken, sonst sterbe ich, raste es durch ihn hindurch, und seine Hände packten sie mit einer solchen Entschlossenheit, dass er sehen konnte, wie ihre Augen aufgingen.

»Nick«, flüsterte sie, und ihr Leib fühlte sich an, als würde er in seinen Händen schmelzen und sich ihm zugleich entgegendrängen.

Er konnte jetzt nicht mehr zurück, alles in ihm schrie danach, sie zu besitzen, aber er DURFTE nicht.

Ein hartes Fauchen entwich seiner Brust. Seine Hand war bereits unter ihrem Voodoo-Rock, hatte ihr Höschen zur Seite geschoben –

Er riss sie zurück. Es war, als würde ihn ein scharfer Gegenstand mitten ins Herz treffen. Er krümmte sich zusammen, aber der Schmerz in der linken Brusthälfte hielt an. Louises Augen waren jetzt weit geöffnet und getränkt von Verlangen. Sie sah ihn an und schien nicht zu verstehen, während sie beide noch immer in der Umarmung verharrten.

»Wir sind Geschwister, Louise«, krächzte er, »es darf nicht sein.«

Alles tat ihm weh, weil er sich ihrer so sicher gewesen und doch enttäuscht worden war.

Sein Leben lang hatte er sie begehrt. *Es ist richtig*, schrie ihm sein Körper zu, aber er musste es sich verbieten.

Louise hatte den Unterarm über die Augen gelegt, ihre Lippen sahen darunter hervor. *Küss uns noch einmal*, schienen sie zu raunen, *du weißt nicht, was wir mit dir machen.*

Ihr Busen hob und senkte sich, die Jacke ihres Voodookostüms war ein wenig aufgegangen, und er sah die Wölbungen ihrer Brüste fast nackt vor sich, bedeckt gerade nur noch an den Spitzen.

Vergrabe dein Gesicht zwischen uns, schienen sie zu flüstern, *wir sind so warm und kühl zugleich, so weich und – du weißt schon wo – hart und erregt zugleich. Es gefällt uns, es gefällt Louise, wenn du uns liebkost, sie wird dann noch bereiter für dich sein.*

Eine seiner Hände hatte die andere gepackt und hielt sie fest, damit er sich nicht vergaß und sie ganz freilegte.

Für einen Moment hatte Nick das Gefühl, zu sterben.

Wozu noch weitermachen, wenn er niemals mit ihr schlafen würde? Es hatte doch alles keinen Sinn! So klar wie in diesem Moment war ihm nie gewesen, dass es das war, worauf er sein Leben lang hingearbeitet hatte. Mit ihr zusammen zu sein. Aber es war verboten. Sollte er das Verbot ignorieren? War nicht ohnehin gleich alles vorbei?

Was kümmern dich noch Verbote, Nick, nimm dir die Erfüllung, die dir zusteht.

Es riss ihn auf die Füße.

NEIN!

Sie lag vor ihm auf der Matte, auf die Seite gedreht jetzt, die Hände vor ihrem Gesicht.

Nur entkleiden, das darfst du sie doch – oder ist auch das verboten? Nur ausziehen, damit du das ganze Mädchen endlich mal nackt siehst. Dagegen kann doch niemand was haben. Und wenn du sie nackt vor dir hast, wirst du schon wissen, was das Richtige ist. Haben deine Hände sie erst mal berührt, werden sie dir den Weg zeigen, Nick.

Er drehte sich weg, das Reißen in seiner Brust jetzt ein Toben – das Ding zwischen seinen Beinen ein schmerzhaft pochendes, wütendes Etwas.

45

Nick drehte den Außenhahn auf, der hinten beim Parkplatz aus der Wand kam, und kniete sich davor. Hielt den Kopf unter das eiskalte Wasser, dass es ihm über den Schädel sprudelte. Die Berührung Louises steckte ihm in den Knochen. Am liebsten hätte er sich den Gedanken an sie aus dem Kopf geschrubbt, aus dem Bauch – überall raus.

Warum hatte sie mit der Umarmung nicht innegehalten? Sie wusste doch auch, dass sie Halbgeschwister waren. Hätte sie sich darüber hinweggesetzt?

Stimmte es vielleicht nicht, waren sie vielleicht gar nicht beide Kinder von Brandons Vater?

Er stand neben dem Hahn, aus dem noch immer das eiskalte Wasser schoss, und langsam schien die durchwachte Nacht an seinen Kräften zu zehren.

›Wir müssen Ashley finden und töten.‹ Das war es, was Louise gesagt hatte.

Ich, Louise und Ashley. Wir drei.

Aber warum?

Brandon schickt uns hier durch die Hölle, wir finden den Tod ... aber warum er das tut, sagt er uns nicht.

Oder aber hatte er, Nick, noch nicht einmal ansatzweise begriffen, um was es hier in Wirklichkeit ging?

Wie viel Zeit bleibt noch? Eine Stunde?

Die Gestalt mit der Schere hinter der Scheibe. Sie hatte Ralphs Maske getragen, aber Ralph war tot. Oder? Er hatte ihn doch in der Sauna zusammenbrechen sehen. Außerdem war die Gestalt viel kleiner gewesen. Richtig?

Nick drehte das Wasser ab.

Wenig später stand er vor dem Glas, durch das hindurch man in die Sauna blicken konnte. Die Haut des Mannes, der dahinterlag, war tiefrot, fast dunkelbraun an einigen Stellen. Ralphs Kopf war so gedreht, dass Nick ihm ins Gesicht schauen konnte. Ralphs Augen waren starr, und er trug keine Maske. Richtig, der grünliche Kastenkopf des Frankensteinmonsters, der klassische Boris-Karloff-Kopf, die Gummimaske ... Ralph hatte sie in der Sauna nie getragen. War er nicht mit Kim im ersten Stock gewesen und von dort in den Keller gerannt, als Janet sie alle mit ihren Rufen aufgeschreckt hatte?

Also war die Maske oben geblieben, wo Ralph sie abgelegt hatte?

Es ist nicht Ralph gewesen, der Donna die Schere in die Brust gestoßen hat – wer aber dann? Ashley? Louise?

War Louise bloß rasch durch die Glastür getreten, als Nick um das Haus herumgerannt war, und hatte dann von außen gegen die Scheibe geschlagen, als er bei Donna kniete? Aber der Riegel war von innen vorgelegt. Gab es noch eine andere Tür, die er nicht kannte?

Wie sie sich gestreckt hat!

Und wenn Louise das aus Berechnung getan hatte?

Aber so hat es sich nicht angefühlt, oder?

Konnte er sich auf seine Gefühle verlassen? Louise war seine Halbschwester, und sie ließ es zu, dass er sie ... *dort* berührte?

Heiß zog die Erinnerung an die Berührung durch Nicks Leib. Er durfte nicht in diese Richtung denken! Mit schweren Tritten kam er über die Kellertreppe wieder nach oben, um noch einmal nach hinten auf den Parkplatz zu gehen und den Kopf unter den Wasserstrahl zu halten.

Louise hatte den Tod von Brandon und Terry festgestellt. Aber wenn es nun *Louise* war, die mit Brandon zusammenarbeitete – konnte ihre Feststellung des Todes dann nicht ein Täuschungsmanöver gewesen sein? Sodass es also Brandon oder Terry gewesen sein könnte? Dass *einer von ihnen* mit der Frankenstein-Maske Donna erstochen haben könnte?

Das Wasser gurgelte in Nicks Ohren, floss über seinen Hals, drang unter dem Kragen in sein Werwolfsfell ein, aber ihm war, als würde er explodieren, wenn er sich nicht gründlich abkühlte. Und je länger das Wasser lief, desto kälter wurde es.

»Hey, Nick!« Ganz leise – gedämpft.

Er zog den Kopf unter dem Wasserstrahl hervor, blinzelte – wischte sich mit beiden Händen über das Gesicht.

Hinter ihm der Parkplatz und die Ausläufer des Waldes, vor ihm die Rückwand des Hauses.

Er stellte den Wasserstrahl ab. Hatte er sich getäuscht?

»Hier – Nick?« Er sah erneut in die Richtung, aus der der unterdrückte Ruf gekommen war.

Jenseits des Parkplatzes befanden sich ein paar einstöckige Gebäude, die aussahen wie eine Garage für zwei oder drei Wagen, vielleicht ein Schuppen, ein Pumpenhäuschen womöglich...

Dort!

Er erkannte die blonden Haare und die Michelle-Pfeiffer-Züge Ashleys. Sie stand halb verborgen hinter der Tür, die in den Schuppen führte. Der gut sichtbare weiße Laborkittel, der zu ihrem Fliegenkostüm gehört hatte, war verschwunden, stattdessen trug sie nur noch einen eng anliegenden elastischen

Ganzkörperanzug aus dunkelgrünem Stoff, den sie offenbar unter dem Kittel angehabt hatte.

Nick erhob sich und ging auf sie zu. So klein wie sie war ... *das ist nicht Ashley gewesen – hinter der Scheibe.*

»Hey Ash – hast du Donna erstochen?!«, stieß er hervor und sah, wie sie zusammenzuckte und signalisierte, dass er leise sein sollte.

Dann war er bei ihr, sie griff mit beiden Händen in sein Fell und zog ihn zu sich in den Schuppen.

Ashley oder Louise, Louise oder Ashley ...

»Nick, sieh nur«, hauchte sie, und er spürte, dass sie zitterte. Sollte er ihr das Fell anbieten? Aber da lotste sie ihn schon tiefer in den Schuppen hinein, an einem alten Muscle-Car vorbei, das halb verdeckt unter einer Plane stand.

»Hier!« Sie blieb stehen und deutete mit der Hand auf ein großes Metallregal, das an die Rückwand der Garage geschraubt war. Werkzeug, Ersatzteile, Gartengeräte lagen darin, das unterste Fach des Regals jedoch war von einer Decke verborgen.

Er wollte sie fragen, wo sie die ganze Zeit über gewesen war, aber bevor er den Mund aufgemacht hatte, wisperte sie schon an seinem Ohr.

»Ich dachte, ich verstecke mich hier.« Ihre helle Haut leuchtete im Dunkeln. »Ich wollte hinter die Decke kriechen, aber ...«

»Aber was?«

Sie beugte sich herunter und zog an dem Stoff. »Weißt du, wer das ist?«

Nick prallte zurück.

Es war ein völlig fremdes Gesicht. Die Augen weißlich, das Haar spärlich, der Körper in einem unförmigen Trainingsanzug. Hinter der Decke in dem Regal lag eine Leiche.

»*Louise,* Nick – *Louise und Terry sind es*«, flüsterten Ashleys Lippen an seinem Ohr. »Terry ist nicht tot. Deshalb… diese Leiche hier… Terry lebt, die Leiche soll seinen Platz einnehmen, wenn alles vorbei ist, verstehst du?«

Was?

»Terry lebt, Nick! Ich war vorhin in dem Zimmer, in das Brandon und Terry gebracht worden sind. Brandon ist dort, seine Leiche liegt dort, Nick – aber Terry ist fort. Wenn alles vorbei ist und die Polizei hier aufs Grundstück kommt… ich bin sicher, sie werden noch alles in Brand stecken, Nick – und dann, wenn die Flammen alles verwüstet haben und erkaltet sind und die Polizei hier ist, dann werden sie diese Leiche für Terry halten – so ist es geplant!« Ihre Augen glänzten im Halbdunkeln. »Terry ist nicht wieder zum Leben erwacht, Nick – *er war nie tot.* Louise aber hat gesagt, dass er tot sei. Louise und Terry, Nick – sie sind es!«

Louise… und Terry –

»Sie sind Halbgeschwister – aber sie haben sich diese Liebe nie verboten, Nick. Begreifst du, wie krank sie sind?« Ashley schluckte und sah ihn durch ihre langen Wimpern hindurch an. »Es stimmt, ich arbeite… manchmal… als Escort… und lerne viele Menschen kennen. Es war auf einer Party, unten in Texas, ein Dutzend Leute waren dort, einer der Männer war schon etwas älter, sowas kommt in meinem Job vor. Wie lange ist das jetzt her? Zwanzig Jahre? Über zwanzig? Er war ein wenig betrunken, und wir haben angefangen, zu reden. Irgendwie wirkte er bedrückt, und ich hatte das Gefühl, ihn schon einmal gesehen zu haben, aber ich wusste nicht wo.«

Warum erzählte sie ihm das? Nick konnte spüren, dass er sie jetzt nicht unterbrechen sollte.

»Bis irgendwann zur Sprache kam, dass er in New Jericho

lebte und nur für einen Kongress nach Texas gekommen war – für einen Kongress von Frauenärzten.« Ashleys Hand fasste fester nach seinem Arm. »Verstehst du? Begreifst du, wer das war?«

»Ein... was? Gynäkologe aus New Jericho? Du meinst, es war Brandons Vater?«

Ashley nickte. »Ich habe ihm nicht gesagt, wer ich bin – dass ich mit seinem Sohn zur Schule gegangen bin, und offensichtlich hat er mich auch nicht erkannt. Es war nicht gerade hell auf der Party, und ich war für meinen Job zurechtgemacht. Er wäre wahrscheinlich nie auf die Idee gekommen, dort einer Schulfreundin von Brandon zu begegnen. Mich aber packte die Neugier. Brandons Vater... was war eigentlich dran an den Gerüchten, die sich immer um ihn gerankt hatten? Das hat mich schon interessiert. Also habe ich angefangen, ihm ein paar Fragen zu stellen. Nach New Jericho, seiner Arbeit, bis er schließlich...« Sie hielt inne.

»Ja?«

»Kannst du dir vorstellen, dass ein Mann sich mir anvertraut, wenn ich es darauf anlege?« Ihre Augen glitzerten durch das Halbdunkel der Garage. Bevor er etwas sagen konnte, fuhr sie fort. »Er hat mir erzählt, dass es schon Jahre her sei, aber dass er nie darüber hinweggekommen sei.«

»Worüber?«

»Ja, genau das wollte ich auch wissen. Aber ich wusste, dass ich nicht so direkt fragen durfte, um ihn nicht zu verschrecken.«

»Hast du mit ihm geschlafen?«

»Ja... habe ich. Es gehörte zu meiner Arbeit, Nick. Und wenn ich ehrlich bin – ich hatte ihn auch früher schon immer ganz gern gehabt. Vielleicht weil ihn immer so etwas wie...

eine gewisse Traurigkeit umwehte? Jedenfalls – ja...« Ihre Stimme verebbte.

»Und – was, Ashley?!« *Warum erzählst du mir das alles?*

»Danach, als wir ... du weißt schon ... noch ein bisschen im Bett lagen, hat er angefangen, zu reden. Dass er als Gynäkologe vor etlichen Jahren ... ich meine, ich musste ihm natürlich versprechen, dass ich das für mich behalten würde. Und wie gesagt: Er wusste ja nicht, dass ich New Jericho sehr gut kannte, er wusste nicht, wer ich war. Ich wollte nicht, dass er das wusste, ich wollte nicht, dass sich herumspricht, welche Arbeit ich mache. Und dann, nach einer Weile, kam zur Sprache, dass er nie darüber hinweggekommen ist – darüber, dass seine Frau –«

»Brandons Mutter.«

»Genau, dass er sie bei der Geburt –«

»Bei Brandons Geburt!«

»Bei Brandons Geburt, Nick, ja. Dass er ihren Tod an dem Tag nicht verhindern konnte. Das hat ihn sein Leben lang verfolgt. Ich bin sicher, es war auch der Grund, warum er sich schließlich das Leben genommen hat. Das war nur ein paar Tage, kaum drei Wochen nach unserer Begegnung. Er musste es sich bereits fest vorgenommen haben, sonst hätte er mir sein Geheimnis ja nie anvertraut.«

»Verflucht noch mal, Ash.« Nick packte sie. »Was hat er dir denn anvertraut?«

»Dass Louise und Terry seine Kinder sind.«

»Was?!«

»Ja. Louise und Terry. Ich weiß es schon die ganze Zeit, aber ich habe mich einfach nicht getraut, es zu sagen. Vielleicht wollte ich euch gegenüber auch nicht zugeben, wie ich es rausgefunden habe. Dass ich es von Brandons Vater erfahren habe, als ich gearbeitet habe. Hätte ich es sowieso nicht schon viel früher sagen müssen? Wussten es Terry und Louise überhaupt? Immerhin sind sie miteinander verheiratet...« Ihre Augen waren tränenverschleiert.

»Terry und Louise«, Nicks Stimme war heiser, »wir anderen aber...«

»Das habe ich ihn natürlich auch gefragt, aber da war er eindeutig, nur bei zwei seiner Patientinnen hat er das getan.«

»Was getan?«

»Sie geschwängert, Nick. Die Mutter von Terry und die Mutter von Louise. Es stimmt. Die beiden sind seine Kinder. Terry und Louise. Aber nur die zwei.«

»Aber Brandon, in seinem Tagebuch hat er von uns zehn geschrieben. Und er hat uns alle zehn eingeladen!«

»Brandon... Brandon war durcheinander, Nick. Er hat in die richtige Richtung... fantasiert, aber eben nur fantasiert. Sein Vater – und egal wie verbittert oder auch betrunken er an dem Abend war, als er mir davon erzählt hat – er wusste, was er sagte. Nick, was er gemacht hat, so etwas geschieht nicht nebenbei. Vielleicht... weißt du, manchmal habe ich gedacht, vielleicht sind Terry und Louise deshalb so eng miteinander verbunden? Sie sind Halbgeschwister, und sie lieben einander – aber nicht wie Geschwister, sondern richtig! Auf eine Art, die wir uns gar nicht vorstellen können. Es ist obsessiv – es ist krankhaft – es ist *gefährlich*.«

Er sah in ihr Gesicht. *Terry und Louise* – sie taten das, was er sich verboten hatte.

»Brandon hat fantasiert, Nick. Er ist der Wahrheit ziemlich nahe gekommen, aber was genau los war, wusste er nicht. Das habe ich – ich habe es seinen Vater gefragt, ganz vorsichtig und indirekt, verstehst du? Ob sein Sohn etwas wüsste? Aber das hat sein Vater weit von sich gewiesen, so etwas hätte er niemals zugelassen.«

»Brandon wusste es nicht?!«

»Brandon war das erste Opfer der beiden, Nick.« Ashley sah ihm in die Augen. »Er wollte sich nicht töten. Louise und Terry haben dafür gesorgt, dass es zu dem Unfall kam.«

»Was – aber – das ist doch völlig unmöglich!«

»Die Videoaufzeichnungen? Das ist nicht Brandon, den man dort sieht. Zuerst habe ich das alles auch nicht so klar begriffen, aber jetzt, nachdem ich weiß, dass ihr Louise bei Kims Leiche überrascht habt – jetzt schon.«

»Woher weißt du denn, dass wir Louise bei Kims Leiche überrascht haben?«

»Ich war ganz in der Nähe, aber ich habe mich nicht getraut, zu euch zu kommen. Ihr hättet mich verdächtigt, Kim getötet zu haben. Wenn ich gesagt hätte, was ich über Louise wusste, es hätte so ausgesehen, als hätte ich nur von mir ablenken wollen. Aber denk doch mal nach! Auf dem Video? Das ist Terry, der sich Brandons Maske aufgesetzt hat, Nick! Und Terry war auch derjenige, der Donna erstochen hat.«

Nick sah die verrauschte Videoaufzeichnung vor sich. Die hoch aufragende Gestalt. Brandon ... die Todesmaske – es war nicht Brandon! Es war Terry –

»Aber die Stimme ...«

»Begreifst du denn nicht? Louise, New Jericho, all die Jahre über hat sie hier gelebt, ganz in Brandons Nähe. Sie war die Einzige von uns, die hiergeblieben ist. Sie und Terry! Sie hat Brandon viel öfter gesehen, als sie eingeräumt hat, Nick. Sie ist Ärztin. Sie wusste genau Bescheid. Sie wusste, dass er todkrank war. Sie hat sich sein Vertrauen erschlichen.«

»Aber, die Stimme, was hat das mit der Stimme ...«

»Sie ist hier ein und aus gegangen, Nick. Louise sagt, sie hätte Brandon nie gesehen, aber frag einmal diese Haushälterin Vera. Ich bin sicher, die weiß genau, wie oft Louise hier war. Können wir die Haushälterin jetzt fragen? Nein. Und bald sind wir tot. Louise hat die ganze Party mit Brandon vorbereitet – wobei er geglaubt haben muss, etwas ganz anderes vorzubereiten, als wir jetzt tatsächlich erleben. Sie muss mit ihm Aufzeichnungen seiner Stimme gemacht haben! Vielleicht wollte er eine Ansage auf der Party machen – oder aber sie hat ihn aufgezeichnet, ohne dass er das mitbekommen hat. Beides ist möglich. Fest steht, dass die Aufnahmen, die wir gehört haben, doch vollkommen verrauscht waren. Louise hat aus ihren Aufzeichnungen seiner Stimme das, was wir gehört haben, zusammengeschnitten, Nick. Und gesehen haben wir Terry in Brandons Maske. Das kann heute jeder am Rechner zu Hause in fünf Minuten zusammensetzen, weißt du das nicht?«

Doch, natürlich ...

»Deshalb die Leiche hier, Nick. Die Digital-Anzeige, der Countdown – wie viel Zeit bleibt uns noch? Ein paar Minuten, eine Stunde vielleicht. Der Countdown wird nicht einfach nur enden – er wird eine Brandbombe zünden – oder etwas in der Art, dessen bin ich mir sicher! Louise ist Ärztin, sie bekommt es mit, wenn jemand stirbt und beerdigt wird. Sie hat mit Terry diese Leiche besorgt ... sie hatte Kontakt zu Brandon, Nick ...«

Er wollte sie unterbrechen – aber alles setzte sich zum ersten Mal zu einem folgerichtigen Ganzen zusammen. Und zugleich löste sich all das, was er die ganze Zeit über zu wissen geglaubt hatte, in nichts auf.

»Sie hatte Kontakt mit Brandon, Nick, sie war es, die ihm gesagt hat, dass er diese Halloweenparty hier machen soll – in Erinnerung an jene in den Achtzigerjahren. Sie konnte ihn davon überzeugen, dass es eine gute Idee wäre, diese Party hier zu feiern und alle nochmal einzuladen. Nur dass Louise es für sich nutzen wollte.«

»Aber *warum* denn?!«

»Um an das Geld zu kommen! Louise war immer diejenige von uns, die kein Geld hatte, weißt du das nicht mehr? Brandons Geld ... sie ist zu allem bereit, um an so viel Geld zu kommen. Sie und Terry ... vielleicht wissen sie auch einfach, was sie verbindet, Nick. Es ist eine krankhafte, sexbesessene verbotene Liebe, die sie zusammenschweißt.«

Alles in Nick sträubte sich gegen das, was Ashley sagte. Aber war es ihm nicht auch selbst aufgefallen? Wie sich Louise vor wenigen Minuten an ihn geschmiegt hatte, obwohl sie sich doch von ihm hätte fernhalten müssen, nach dem, was sie gerade über den gemeinsamen Vater erfahren hatten? Es stimmte also nicht? Er und Louise...

»Nur Louise und Terry sagst du? Wir anderen... sind nicht durch einen gemeinsamen Vater verbunden?«

Ashley schüttelte den Kopf. »Nur Louise und Terry, aber... hier«, sie sprang vom Kotflügel des Muscle-Cars, auf den sie sich gesetzt hatte, und ging zu der Leiche.

»Nicht – fass sie nicht an!«, entfuhr es Nick, aber da hatte Ashley schon die Lippen des Toten zurückgezogen – und Nick starrte in die zahnlose schwarze Höhle, die sie enthüllt hatte.

»Louise – bevor sie Kinderärztin wurde, hatte sie Zahnärztin werden wollen, weißt du noch?«, sagte Ashley.

Ja?

»Sie haben dem Toten das Gebiss entfernt. Terry trägt falsche Zähne – ist dir das aufgefallen?«

»Nein...«

»Es ist so. Wenn die Flammen das Haus zerstören – so

planen sie es –, soll die Leiche hier mit Terrys Zähnen im Mund verbrennen. Dann scheinen alle zu Tode gekommen zu sein – bis auf Louise. Und niemand wird Verdacht schöpfen. Das Geld aber ...«

Das Geld ...

»Ich bin sicher, sie hat Brandon dazu gebracht, in seinem Testament zu verfügen, dass sie alles erbt!«

Nick wandte sich ab, um das grausige Gesicht des wildfremden Toten nicht länger zu sehen.

»Sie beide – Brandon und Louise – wussten, dass er todkrank war und bald sterben würde. Die Party – und das war's dann ... so muss Brandon gedacht haben. Er hat keine Kinder, keine Verwandten, aber Louise in den vergangenen Monaten ... sie hat sich um ihn gekümmert. Brandon war einsam, Nick – toteneinsam – er hatte nur sie. Terry ist hier mit Sicherheit nie erschienen. Sie ist allein gekommen. Sie hat Brandon dazu gebracht, ihr sein Geld zu vererben – und sie hat ihn dazu gebracht, uns zu dieser Party einzuladen.«

»Aber wieso – sie müssen uns doch nicht töten ...«

»Ein paar Wochen – oder doch noch Monate ... Jahre? Louise wird sich klar gewesen sein, dass Brandons Tod auf sich warten lassen kann. Sie will nicht mehr warten. Zugleich darf der Verdacht natürlich nicht auf sie fallen. Brandon getötet, und sie erbt sein Geld? Damit wäre sie nicht durchgekommen, und das weiß sie. Also musste sie die Party planen, das Blutbad, das hier abläuft. So findet nicht nur Brandon den Tod, sondern auch noch einige andere. Und ihr Mann – scheinbar. Auf diese Weise ließ sich die Wahrheit, dass Louise Brandon wegen seines Geldes ... letztlich ermordet hat – und dass Terry ihr dabei hilft –, verschleiern.«

»Bist du sicher? Ich ...«

»Ich weiß, du hast Louise immer geliebt, Nick. Das wundert mich nicht. Sie ist eine außergewöhnliche Frau.« Ashleys Mund stand ein wenig offen.

Nick atmete schwer.

»Aber Louise und Terry sind dort draußen«, hörte er Ashley sagen, und die Todesangst schwang in ihrer Stimme mit. »Sie sind krank und zu allem entschlossen.«

Terry und Louise, ging es Nick durch den Kopf. »Es war Terry, der Donna erstochen hat!« Terry, natürlich, das passte auch zu der Größe!

»Sie wollen uns ermorden, Nick, uns beide«, kamen die Worte leise durch das Dunkel auf ihn zu, »dann ist ihr Werk hier vollbracht.«

Und wer hatte Janet das Messer ins Auge gerammt? Konnte es Louise gewesen sein? Nick war mit ihr über das Grundstück gegangen, aber ihre Wege hatten sich getrennt. Als er wieder beim Haus war, war Janet bereits tot und …

Louise längst zurück im Haus.

Oder Janet ist von Terry getötet worden.

»Wir müssen nach Terry sehen«, stieß Nick hervor. Wenn Terrys Leiche nicht mehr dort auf dem Bett lag, wo sie vorhin hingebracht worden war … Louise hatte seinen Tod festgestellt … dann stimmte es. Wenn Terry nicht tot war, dann stimmte, was Ashley sagte.

Dann lebt Terry, und es sind Terry und Louise, die uns töten wollen.

46

Es war im hinteren Gästezimmer, am Ende des langen Gangs im Erdgeschoss. Auf dem großen Doppelbett lag nur *ein* Körper. Brandon. Der weiße Umhang – der schwarze Ganzkörperanzug mit den aufgedruckten Knochen – die Totenmaske in die Stirn geschoben.
Brandon. Brandons Leiche.
Nick wusste es noch ganz genau – es war ja erst ein paar Stunden her: Terry und Brandon hatten in der Halle gelegen, wo Louise sie untersucht und ihren Tod festgestellt hatte.
Bei Brandon zu Recht. Bei Terry aber ...
Bei Tagesanbruch – *heute früh* – war Nick zusammen mit Louise losgegangen, sie hatten sehen wollen, ob es möglich war, das Grundstück zu verlassen. Als sie zurückgekommen waren, gegen Mittag, waren sie zuerst oben auf die Terrasse gelaufen, weil Henry Janet in der oberen Küche entdeckt hatte. Als Nick das nächste Mal in der Halle gewesen war, waren die Leichen ... die Körper? ... von Brandon und Terry nicht mehr dort gewesen. Hatte er nicht gefragt, wo sie waren? Er wusste es noch – aber wer hatte ihm geantwortet? *Das* wusste er nicht mehr, und doch erinnerte er sich noch, *was* ihm geantwortet worden war: Dass Scott und Louise sich um die beiden Leichen gekümmert hatten, dass sie einen Servierwagen zu Hilfe genommen hatten, und dass Louise darauf bestanden hatte, Terrys Leiche an den Schultern zu nehmen.
Damit niemand merkt, dass er nicht tot ist!

»Siehst du es jetzt, Nick?«

Ja, er sah es. Brandons Leiche lag dort vor ihm, aber Terry war verschwunden.

»Ralphs Tod, Nick, das war die Sauna. Aber Brandons Tod – das war der erste Mord, den die beiden hier im Haus verübt haben. An einem der Tage, an dem sie es vorbereitet hat, muss Louise die Schrauben an dem Kasten gelockert haben, sodass er gestern Abend in die Tiefe stürzen konnte. Dass Brandon auf den Leuchter gesprungen ist – wie damals? Das hat Brandon absichtlich gemacht! Auch, dass er schließlich mit dem Leuchter in die Tiefe gesaust ist, das Show-Feuerwerk, der Lampenlift – er hatte es eigens so vorbereitet, um uns zu überraschen. Aber dass aus dem gespielten Unfall ernst wird? Das war nicht seine Absicht, das war der erste Schritt des Plans, den Louise und Terry verfolgt haben. Und auch die Sauna – sie haben es vorbereitet: Eine Leuchtschrift – ein Zeitschloss – mehr ist es ja nicht gewesen. Die Stromkontakte, die Terry umfasst hat? Er ist nicht elektrokutiert worden – er lebt!«

Sie trat näher an ihn heran. »Hör zu Nick, ich weiß ...« Sie hielt inne und lauschte. Das Haus lag vollkommen still da. »Sie lauern auf uns, Nick. Auf dich – und auf mich.« Und wieder füllten sich ihre Augen mit Tränen. »Ich will nicht sterben, Nick. Ich will nicht, dass sie mich töten und dann hier liegen lassen, bis die Flammen mich aufgefressen haben.«

Es war nicht Brandon, der ihnen diese Falle gestellt hatte. Die ganze Zeit über war Nick davon überzeugt gewesen, dass Brandon sie wie Marionetten praktisch aus dem Jenseits heraus tanzen ließ. Aber Brandon selbst war ein Opfer. Und die, die sie tanzen ließen, waren lebendig. In der Nähe. Auf ihren Tod aus.

»Sie müssen diese fremde Leiche in die Garage gebracht

haben, Nick«, hörte er Ashley flüstern, »sie müssen der Leiche das Gebiss entfernt haben ...«

»Aber woher weißt du das alles denn?«, entrang sich ihm ein Stöhnen.

»Die Leiche ist zahnlos, Nick.« Ihre grünen Augen leuchteten, und ihr hübsches Gesicht war ihm ganz nah. »Meinst du, dass das ein Zufall ist? Hast du dir die Mundhöhle angesehen?«

Nein.

»Wie soll Louise es erklären, wenn alle tot sind, nur sie und ihr Mann Terry nicht, und sie erbt Brandons Geld? Das kann sie nicht. Aber wenn Terry auch tot ist ... tot *scheint*, weil man die Leiche anhand des Gebisses als Terry identifiziert, dann ist Brandon der Böse – und Louise kommt damit durch!«

Ja.

»Nur ist Terry gar nicht tot, Nick, er lebt – und er hat Donna erstochen.«

Nick sah es vor sich. Die Reflexion in der großen Panoramascheibe – seine eigene Spiegelung, die ihm die Sicht versperrte, weil die Sonne bereits so schräg stand. Die Frankenstein-Maske, hinter der sich der Mörder verbarg, Donnas schlanker Körper, der sich nach hinten bog, die Hand gespreizt und Nick entgegengestreckt, die Schere, die durch die Luft fuhr und bis zum Griff in Donnas weicher Brust versank.

Es ist ein Blutrausch, der sie ergriffen hat – jetzt kann sie nichts mehr aufhalten.

Nick hatte begonnen, Ashley durch den Gang nach vorne zu folgen. Wo waren sie – wo waren Louise und Terry?

Das Haus lag still da, nur seine eigenen Schritte und die von Ashley waren zu hören. Ashley hatte vorgeschlagen, Brandons Schreibtisch in dem Raum, in dem sich auch die Erinnerungsstücke befanden, zu durchsuchen, um zu sehen, ob sie ein Testament fanden.

Würde es nicht mit verbrennen? Aber womöglich gab es mehrere Kopien...

»Wie viel Zeit bleibt noch?« Nick überlegte laut. Sollte er nach vorn zur Digitalanzeige gehen und nachsehen?

Ashley hatte die Schublade des Schreibtischs bereits aufgezogen und durchwühlte die Papiere. Er behielt die beiden Türen des Raums im Auge. Würden sie plötzlich auf sie zukommen? Sie waren zwei gegen zwei. Konnten sie sich zur Wehr setzen? Würde am Ende des Countdowns wirklich das Haus in Flammen aufgehen?

Sein Blick fiel auf etwas, das im ersten Moment fast wie ein Stück abgestreifte Haut aussah und auf der Schwelle der Tür zur Halle lag. Er machte einen Schritt darauf zu und stellte fest, dass es grünlich gefärbt war. Aus Gummi. Mit künstlichen Haaren. Der Boris-Karloff-Kopf! Die Frankenstein-Maske.

»Was ist das?« Ashley hatte aufgesehen, als er die Maske vom Boden aufhob.

Ohne etwas zu sagen hielt er das Gummiteil hoch. Wenn er aus seinem Wolfsfell schlüpfte... aber wieso hatte Terry sie hier liegen lassen?

»Psst!«

Er zuckte zusammen. Ashley hatte einen Finger auf die Lippen gelegt und verharrte in geduckter Haltung beim Schreibtisch.

Ja, jetzt hörte auch er es. Leise, aber deutlich. Vielleicht durch eine geschlossene Tür hindurch.

›Whoa... there's some things baby I just can't swallow, Mama told me that girls are hollow...‹

Er kannte den Song, natürlich kannte er ihn! Er hatte ihn

früher unzählige Male gehört, inzwischen aber seit Jahren nicht mehr.

The Cramps. Jetzt fiel es ihm wieder ein, so hieß die Band. Rockabilly-Garagenrock aus den Achtzigern. Seine Musik. Nicht Michael Jackson und Madonna – *das* war, was er gehört hatte.

»Nick, nicht«, hörte er Ashley zischen. »Es ist eine Falle – geh nicht!«

Louise ...

Es konnte nur Louise sein, die die Musik angemacht hatte. Sie hatten damals in seinem Zimmer gesessen und diese Songs gehört. Wenn es wirklich das Ende war – sein Ende –, lohnte sich das nicht? Noch einmal den alten Gothabilly zu hören – bevor es vorbei war? Zusammen mit Louise! Und wenn Terry hinter der Tür lauerte, um ihn zu erschlagen?

Ohne wirklich darauf zu achten, was er tat, zog Nick die Maske über den Kopf und stieg aus seinem Werwolf-Kostüm.

»Wie sehe ich aus?« Er blinzelte durch die Plastikschlitze in Ashleys Richtung. Sie hatte sich aufgerichtet und schien für einen Moment nicht zu wissen, was sie antworten sollte.

»Geh nicht, Nick.« Ash sah ihn flehend an. »Sie wird dich töten.«

Ja?

Aber Nick wandte sich bereits ab und durchschritt die Tür. Die Musik kam aus Brandons Schlafzimmer. Es war Zeit. Wenn es wirklich Louise und Terry waren, die ihn umbringen wollten, dann musste er eben schneller sein als sie.

47

›*What's inside a giiiirl? That wavy gravy got my head in a whiiiirl.*‹
Als er an die Tür zu Brandons altem Kinderzimmer trat, sah er Louise auf dem Bett sitzen. Sie hatte der Tür den Rücken zugewandt. Nick atmete schwer unter der Gummimaske. Hatte sie seine Schritte nicht gehört? Vielleicht nicht – die Musik war voll aufgedreht.
›*Whatcha got … whatcha got … whatcha got in the pot?*‹
Schräg klang es, *sick*.
Nick stand auf der Schwelle und zögerte, Louise anzusprechen. Fast kam es ihm so vor, als würde sein ganzes Leben an ihm vorbeiziehen. *What's inside a girl.* Damit hatten sie vor dreißig Jahren angefangen. Und wo standen sie heute? Waren sie einen Schritt vorangekommen?
Riesig ragte das alte *E.T.*-Plakat mit dem überdimensionalen Mond hinter Louise auf. Ihr braunes Haar breitete sich über ihren Rücken. Sie saß so still da, dass er sich fragte, ob sie vielleicht selbst nicht mehr am Leben war. Doch im gleichen Moment drehte sie sich langsam um. Ihre Augen schienen wie aus weiter Ferne in das Zimmer zurückzukehren und sich auf ihn zu fokussieren. Ihre Finger krallten sich in die Decke.
»Ralph?«
Würde die Maske seine Stimme ausreichend verzerren?
»Ralph ist tot, Louise, ich bin's – Terry«, stieß er hervor und war froh, dass die Musik so laut war.

»Terry?« Ihre Augen weiteten sich, und sie wirkte unendlich verlassen. »Wieso denn, was...«

Er riss sich die Maske vom Kopf. »Wo ist er, Louise – wo ist Terry?!« Nick machte einen Satz zu dem Bett, und die Musik stoppte – der Song war zu Ende. Sie kniete auf der Matratze, hatte die Beine in der Umdrehung an sich gezogen und streckte die Hände nach ihm aus. »Nick, ich...«

»Wie krank kann man sein, Louise?«, fauchte er sie an. *Terry!* Sie hatte sich Terry hingegeben – nicht ihm!

»Nick, es tut mir leid!« Sie versuchte nach ihm zu greifen, ihn festzuhalten, aber er wich ihr aus, und sie stürzte nach vorn.

»Du hast Brandon dazu gebracht, dir sein Vermögen zu vererben, Louise...«

»Was? Nein! Wie kommst du denn darauf?«

»Ashley hat die Leiche gefunden – in dem Schuppen hinter dem Haus!«

»Ashley hat *was*?« Louise hockte auf allen vieren auf dem Bett, krabbelte in seine Richtung, richtete sich vor ihm auf, und ihre Hände griffen noch einmal nach ihm.

»Sie hat alles verdreht, Nick. *Sie* ist es, *Ashley* ist es –«

»Ashley? Das kann nicht sein. Das war nicht Ashley, die Donna erstochen hat!«

»Dann hilft ihr jemand!«

»Aber Terry liebt nicht Ashley – er liebt dich!«

»Terry – wieso Terry?«

»Weil er fort ist!«

»Wie... fort?« Ihre Arme sackten herab.

»Terry und du – ich will gar nicht wissen, wie krank ihr seid!«

»Terry ist tot, Nick«, brauste sie auf, »das habe ich doch

selbst festgestellt.« Sie starrte ihn an. »Nick hör zu, ich bin auf etwas gestoßen...« Aber er wollte nicht noch einmal den Fehler begehen, ihr zuzuhören. Sie war zu gefährlich für ihn. Er konnte nicht geradeaus denken, wenn sie ihm so nah war.
»Fass mich nicht an!« Er schlug ihre Hände zurück, die sich ihm wieder genähert hatten... und sah, wie sich ihre Augen mit Tränen füllten.
»Du musst dich entscheiden, Nick«, flüsterte sie. »Mir oder Ashley, wem willst du trauen? Ashley hat alles vorbereitet, nur deshalb weiß sie so genau Bescheid.« Louises Blick war unverwandt auf ihn gerichtet. »Glaubst du mir – und ich weiß, du hast dir immer eingeredet, dass du mich liebst – oder glaubst du Ashley, die vielleicht diejenige ist, die du in Wirklichkeit insgeheim immer begehrt hast?«
Sie spielt mit meinem Kopf – sie verdreht alles! Er durfte ihr nicht zuhören.
»Weißt du, was mir Donna vorhin im Jeep erzählt hat?«, knurrte er. »Dass sie damals nicht Janet aus dem Keller kommen gesehen hat, sondern dich, Louise. Wir wollten dich danach fragen, aber für Donna war es dann zu spät. Jetzt frag ich dich – und komm mir nicht mit Ausflüchten: Was war dort unten? Was ist '86 im Keller passiert? Wir beide hatten uns treffen wollen, Louise, du und ich, aber du bist nicht gekommen. Wieso?«
Für einen Moment sah sie ihn mit geweiteten Augen an.
»Also?«
»Nick... es... es war was mit Brandon...«
»Ach ja?«
»Ich hatte gesehen, dass ein Mann im Ghostbusters-Outfit auf ihn eingeredet hat. Brandon wirkte völlig verzweifelt...«
»Und?«

»Und ... aber das dauert zu lange, das alles jetzt zu erklären!«

»Nein, Louise. Wir haben schon viel zu lange gewartet!«

»Ich dachte, dieser Mann im Ghostbusterskostüm sei Brandons Vater, aber es war Curtis, der Haushälter. Er muss Brandon etwas gesagt haben, das Brandon völlig aus der Bahn geworfen hat. Ich wollte Brandon helfen, aber er war außer sich. Schrie mich an, dass ich mit niemandem darüber reden sollte, und schickte mich weg. Als ich oben ankam, war die Tür, durch die ich hereingekommen war, jedoch versperrt. Offensichtlich hatte Curtis doch bemerkt, dass ich etwas mitbekommen hatte. Die Tür war versperrt, aber ein Durchgang an der Seite war offen, durch den bin ich damals in die Praxis gelangt. Und dort ...«

»Was! Was war dort?«

»Dort hat Vera auf mich gewartet. Sie ... es brannte kein Licht, und sie trug ... ich glaube, es war ein Alien-Kostüm, ich bin furchtbar erschrocken, und das wollte sie wohl auch so. Sie wollte wissen, was ich mitbekommen hatte unten im Keller, und als ich stammelte, ich hätte Brandon mit jemandem gesehen, meinte sie, dass mich das nichts anginge. Und dann ...«

»Was dann, Louise?«

»Dann hat sie gesagt, dass sie mir Geld gibt, wenn ich das, was ich gesehen hatte, für mich behielt.«

»Geld?«

Louise nickte. »Sie sagte, sie wüsste von Brandon, dass ich dich ...«

»Wen – *mich*?«

Louises Augen glänzten. »Nick, es ist alles so lange her. Aber ... ja, sie wusste von Brandon, dass wir uns mochten, du und ich, und sie wusste auch, dass du schreiben wolltest. ›Ihr werdet Geld brauchen, und du hast doch keins‹, meinte sie. Ich habe es genommen, Nick, ich habe das Geld genommen.«

Für uns? Er stand vor ihr und suchte nach Worten.

»Dann scheuchte sie mich fort, und als ich wieder in den Vorraum oben bei der Treppe kam, war die Tür nach vorn offen. Donna hat mich gesehen, als ich dort rauskam, sie hat mich auch angesprochen, aber ich wollte mich nicht aufhalten lassen. Ich war völlig verstört, denn ich wusste, ich hatte etwas Falsches getan, ich hätte dieses Geld niemals annehmen dürfen. Kaum war ich wieder im vorderen Teil des Hauses, wusste ich, dass ich es so schnell wie möglich zurückgeben sollte, aber ich fand nicht gleich zurück zu der Praxis, und als ich endlich dort war, war Vera natürlich nicht mehr da. Zu diesem Zeitpunkt löste sich die Party ja schon auf, ich sah, dass du mit Janet sprachst ...«

»Weil du nicht im Keller gewesen bist, als ich dort auf dich gewartet habe!«

Sie legte die Fingerspitzen an ihre Stirn. »Terry hatte mitbekommen, wie verstört ich war. Ich wusste mir nicht mehr anders zu helfen, ich habe ihm alles gesagt, und er ist mit mir zu Brandon gegangen. Aber Brandon fuhr mich an, dass das im Keller nicht sein Vater gewesen sei, sondern Curtis, was mich vollends durcheinanderbrachte. Aber natürlich – ich hatte die beiden verwechselt, sie trugen beide ein Ghostbusterskostüm. Schließlich half Terry mir dabei, die Wohnung von Curtis und Vera zu finden, und das Geld dort zurückzugeben. Aber zuerst hatte ich es angenommen ... ich war so jung, Nick, und du so unreif. Es war nur ein Augenblick, aber in dem Augenblick war Terry für mich da, und kurz darauf hast du ja New Jericho auch verlassen.«

»Terry.« Nick versuchte sich in dem, was er gehört hatte,

zurechtzufinden. »Du und Terry.« War sie wieder dabei, ihn in die Irre zu führen?

»Wo ist er?«, stieß er zwischen den Zähnen hervor. »Du kannst mir viel erzählen, aber Terry liegt nicht mehr hinten. Er ist nicht tot. Und du warst diejenige, die seinen angeblichen Tod festgestellt hat!«

Ihr Blick hatte sich gehoben und wanderte zwischen seinen Augen hin und her – sprang plötzlich aber, bevor sie etwas erwiderte, zu einem Punkt, der sich hinter seinem Kopf befand.

»Was?!«, entfuhr es ihm – aber da glühte sein Hinterkopf auch schon auf, und er fühlte, wie seine Schädelhaut platzte.

48

Sommer 2018

Verhangen. Windig. Neblig. Schön wie in New York waren die Hochhäuser nicht, aber Ashley mochte sie trotzdem. Sie mochte es, wie sie über einem aufragten und das letzte Licht, das in die Straßenschlucht fiel, abschnitten. Die Menschen waren hier nicht so ausgelassen wie in Miami, statt Bikini trug man Regenmantel, statt neonpink und türkis schien alles schwarzblau. Aber gerade das gefiel ihr, wenn sie hier war. In Chicago, wohin sie ein- oder zweimal im Jahr flog, um einen Kunden zu besuchen.

»Ashley?« Es klang geradezu ungläubig. Sie sah von dem Kaffee auf, den sie noch trinken wollte, bevor sie zu ihrem Termin aufbrach.

»Henry – Henry Travis!« Sie erkannte ihn sofort, obwohl sie sich seit Jahrzehnten nicht gesehen hatten.

Kurz darauf hockten sie dicht nebeneinander an dem Starbucks-Tisch und schwelgten in Erinnerungen. Ihren Termin hatte Ashley um eine halbe Stunde verschieben können. Und während sie Henry dabei zuhörte, wie er sich für all die Niederlagen, die er hatte einstecken müssen, zu rechtfertigen versuchte, begannen ihre Gedanken zu wandern.

Denn Henry war nicht der Erste der alten Schulkameraden, den sie in letzter Zeit getroffen hatte. Als sie vor einem Jahr nach New Jericho gefahren war, um ihre Mutter zu beerdigen, war Ashley bereits jemand anderem aus der alten Clique begegnet: Louise, die ja nie aus dem Ort fortgezogen war. Louise und sie hatten einen Abend zu zweit verbracht und – so wie jetzt auch mit Henry – alte Erinnerungen aufleben lassen.

»Ich DACHTE, es sei Brandons Vater, aber es war Curtis. Dieser Hauswart, den Brandons Vater auf seinem Grundstück beschäftigte!«

DAS war es, was Louise ihr erzählt hatte und woran Ashley jetzt denken musste, als ihre Augen auf Henrys müde Gesichtszüge gerichtet waren.

»Auf dieser Halloweenparty bei Brandon, erinnerst du dich?«, hatte Louise fortgefahren, »1986?«

Klar hatte sich Ashley erinnert – es war die letzte Party, die sie gemeinsam gefeiert hatten, bevor sie in alle Winde zerstreut worden waren.

»Daran, mit Nick im Keller zusammen zu sein, war danach nicht mehr zu denken«, hatte Louise ihr erzählt, »aber Terry hat mich in jener Nacht aufgefangen.« Schmerz hatte in Louises Augen geflackert – der Schmerz darüber, diesen Fehler begangen zu haben.

Ashley hatte Louise schweigend zugehört.

»Später jedoch wurde mir klar«, hatte Louise gesagt, »dass ich vor allem Brandon gegenüber alles falsch gemacht hatte. Und wie ich das hatte! Er war es gewesen, der dort auf dem Kellerboden gelegen hatte – Curtis musste ihm irgendetwas gesagt haben, das ihn vollkommen aus der Bahn geworfen hat. Er hat auf diesen Mann eingeschlagen und einen Hieb zurückbekommen, dass ihm das Blut aus der Nase lief. Aber Brandon wollte nicht, dass darüber geredet wurde – deshalb hat er mir ja auch gesagt, ich solle den Mund halten! Doch wenn das unten Curtis war und nicht Brandons Vater, warum hat Brandon

seinem Vater nie davon erzählt? Deshalb habe ich mir gesagt, dass Brandons Vater vielleicht etwas wusste ... oder ahnte von dem, was dort vor sich gegangen ist. Dass er irgendwas – aber frag mich nicht WAS! – mit der ganzen Sache zu tun haben könnte.«

Ashley sah ihn vor sich – den blassen Jungen, der Brandon immer gewesen war. Der Einzige von den Jungen, den sie jemals hatte weinen sehen.

»Ich habe ihn vor ein paar Wochen zufällig im Ort getroffen«, hatte Louise mit gesenktem Blick gesagt. »Brandon ist unendlich einsam. Sein Vater lebt ja schon längst nicht mehr, Brandon haust dort in dieser Glasburg auf dem Felsen ... ich weiß nicht genau, was er die ganze Zeit über macht. Aber allzu lange hat er auch nicht mehr. Er ist krank. Er hat mir nicht genau gesagt, was er hat, aber ich fürchte, die Krankheit, an der er leidet, ist tödlich. Deshalb habe ich schon überlegt, ob ich ihm vorschlagen soll, noch einmal eine Halloweenparty zu machen. Mit all den Leuten von damals, verstehst du? Eine Party, auf der wir alle noch einmal die Zeit von damals erleben, sozusagen. Eine Party, um Brandon aufzuheitern!«

Seit diesem Abend hatte Ashley Louise nicht mehr gesehen, aber das Gespräch, das sie geführt hatten, war Ashley nicht aus dem Kopf gegangen. Und noch etwas war ihr nicht aus dem Kopf gegangen. Dieser Curtis und Brandon im Keller. Was war dort passiert? Was war es gewesen, das Curtis Brandon gesagt hatte – und von dem Brandons Vater vielleicht mehr wusste, als er hatte zugeben wollen? Also hatte Ashley sich noch einmal auf den Weg nach New Jericho gemacht. Und Curtis abgefangen, als er Besorgungen im Ort machte. Er hatte sie nicht erkannt, seit ihrer Schulzeit waren Jahrzehnte vergangen. Aber er konnte es nicht abstreiten, als sie ihn damit konfrontierte, dass er Brandon damals im Keller bedrängt hatte. Curtis war inzwischen ein älterer Mann, und Ashley konnte unerbittlich sein, wenn sie das wollte. Es war mit Händen zu greifen, wie es ihm Angst machte, als sie damit drohte, Brandon gegen ihn aufzuhetzen. Warum hatte Brandon ihn all die Jahre über in seinem Haus behalten, wenn sie beide – Brandon und Curtis – doch immer schon aneinandergeraten waren? Gab es dafür einen Grund? Was war die Verbindung zwischen ihnen? Sie hatte nicht lockergelassen, bis in ihr plötzlich eine Ahnung aufkeimte. Monatelang schon hatte sie diese Ahnung mit sich herumgetragen, ohne zu erkennen, was sie damit anfangen sollte. Bis jetzt. Bis zu dem Abend in Chicago, an dem sie hier völlig unerwartet auf Henry stieß. Sie wusste es, kaum dass sie ein paar Worte mit ihm gewechselt hatte: dass er der Richtige war. Für den Plan, der langsam in ihrem Kopf Gestalt annahm.

»Er ist einsam, unendlich traurig und todkrank«, hatte Louise zu ihr gesagt. Brandon.

Henry würde ihr dabei helfen, das Leben, das sie führte – und das Ashley trotz allem hasste – ein für allemal hinter sich zu lassen. Indem sie Brandons Schwäche ausnutzte. Ashley kannte ihn doch. Brandon war vielleicht kein leichtes Opfer – aber eins, dem sie gewachsen war. Es konnte klappen.

»Der Leuchter«, sagte sie zu Henry und hatte ihm eine Hand auf den Schenkel gelegt. »Erinnerst du dich, wie Brandon an den Leuchter gesprungen ist – damals an dem Halloweenabend?«

Natürlich wusste Henry das noch.

»Ich werde ihn dazu bringen, noch einmal das Leben genießen zu wollen.« Inzwischen war es tief in der Nacht, und Henry und sie hatten bereits mehrere Bars hinter sich. Zwischendurch war Ashley bei ihrem Kunden gewesen – noch in der gleichen Nacht aber zu einem weiteren Treffen mit Henry aufgebrochen. Und Henry hatte schnell verstanden, was ihr vorschwebte. Er war perfekt für ihr Vorhaben. Sie alle kannten ihn – sie alle kannten Henry – so wie sie alle sie selbst, Ashley, kannten. Sie würden ihr und Henry vertrauen! Es war eine Gelegenheit, wie sie sich ihr – und Henry – wahrscheinlich, nein, SICHER nie wieder bieten würde. Und Ashley war entschlossen, diese Chance zu nutzen. Wozu sonst lebte man denn, wenn man nicht in der Lage war, eine Chance zu erkennen und zu nutzen, wenn sie sich einem bot?

»Er wird diese Party – diese Halloween-Revivalparty machen wollen«, sagte sie, während sie nebeneinander in einer Lounge-Couch versunken waren. »Und dann werde ich ihm mitteilen ...«, sie hob ihre Stimme ein wenig an und sagte es so, wie sie plante, es Brandon zu sagen: »›Nach der Party verreisen wir, und du hebst dein Geld ab und nimmst es mit und wir genießen das Leben‹. Glaub mir«, und dabei wurde ihre Stimme wieder tief, denn jetzt sprach sie direkt zu Henry, »ich weiß, wie man einem Mann das Leben versüßen kann. Wenn ich etwas gelernt habe, dann das.«

In Ashleys Kopf setzte sich alles fast wie von selbst zusammen, während die Nacht sich langsam zum Morgen wandelte.

Natürlich würde es darum gehen, Henry Brandon gegenüber nicht zu erwähnen. Von Henry durfte Brandon nichts wissen. Aber im Hintergrund würde Henry ihr bei den Vorbereitungen helfen.

»Der Leuchter wird herunterkommen – und Brandon wird den Effekt lieben«, überlegte sie, »aber dann wird etwas passieren, womit er nicht gerechnet hat – und all die anderen Gäste auch nicht. Es wird Brandons Tod sein, und niemand wird genau wissen, ob er sich nun selbst getötet hat oder ob es ein

Unfall war.« Sie richtete sich auf, und ihr Körper sank ein wenig gegen den von Henry. »Nur, dass es Mord war – darauf wird keiner kommen.« Sie fühlte, wie Henry auf die Berührung reagierte, war aber viel zu gefangen in ihren Überlegungen, als dass sie darauf Rücksicht hätte nehmen können. Oder wollen. War ihm ihr Parfüm in die Nase gestiegen? Das war kein billiges Süßwasser, wie er es vielleicht gewohnt war, das war ein Import aus Paris, den Henry natürlich nicht kannte. Kein Wunder, dass sein Blick schon ganz glasig war.

»Aber«, hörte sie ihn murmeln, »das heißt... ich meine... alle – wie... bedeutet das, dass wir alle...«

... töten müssen, ja, brachte sie seinen Satz im Kopf zu Ende, denn ihn auszusprechen schien er nicht in der Lage zu sein.

»Hör mal, Henry«, flüsterte sie und lehnte sich noch ein wenig schwerer, weicher, wärmer gegen ihn, »ich will dir ja nicht zu nahetreten – aber haben sie dich damals in der Schule nicht alle miteinander... als so eine Art Fußabtreter benutzt?«

Sie drehte den Kopf und sah ihm in die Augen. Sah, wie es darin aufglühte, als der Hass bei der Erinnerung an die vor Jahren erlittenen Erniedrigungen erwachte. War es bei ihr nicht das Gleiche – oder zumindest so ähnlich? Sie hatte doch mitbekommen, was aus den anderen inzwischen geworden war, ein Blick ins Internet brachte ja Aufschluss. Kim mit der glücklichen Familie, Donna mit dem erfolgreichen Unternehmen, Louise als beliebte Ärztin... Und sie selbst? Musste den Männern etwas vorspielen, wenn sie Geld verdienen wollte! Aber... wer hatte das gesagt? Rocky? Rambo? Auf jeden Fall Sylvester Stallone, der Held ihrer Kindheit und Jugend. ›It's not over until it's over.‹ Wer würde wirklich triumphieren am Ende, wenn sie und Henry das Geld hatten und keiner wusste, wer der Täter war? Wenn alle glaubten, es wäre eine Wahnsinnstat

Brandons gewesen. Wäre Kim dann die Triumphierende oder Donna oder Louise oder sonstwer? Nein, sie würden unter der Erde liegen, und sie, Ashley, würde sich irgendwo im Süden mit Sonnenöl einreiben lassen! Wer wäre dann derjenige, der gesiegt hatte? SIE wäre es – und die anderen konnten sich ihre Familien und Karrieren sonstwo hinstecken. Oder aus dem Jenseits ansehen. Und Henry? Er würde alles genau richtig machen, dafür musste sie nur ein paar Knöpfe bei ihm drücken.

Sie sah ihn weiter an und erkannte, dass das Glühen in seinen Augen noch nicht verloschen war.

»Bist du sicher, dass man Brandon für den Täter halten wird?«, überlegte er. »Dass man glauben wird, er hat tatsächlich uns alle getötet?«

Sie nickte. »Ich habe etwas von diesem Haushälter erfahren, von Curtis. Das wird bei einer polizeilichen Untersuchung des Falls mit Sicherheit bekannt werden, und es wird kein Zweifel mehr daran bestehen, dass das der Grund für Brandon war, uns zu töten.«

»So. Was denn – was hast du erfahren?« Henrys Augen, noch immer trunken vom Verlangen, tasteten über ihr Gesicht.

Es war besser, wenn sie es ihm nicht sagte. »Wenn wir alles hinter uns haben, erzähl ich es dir, okay?«

»Nein, sag doch mal.«

Die Spitze ihres Zeigefingers fuhr über sein Nasenbein, blieb einen Moment auf seinen Lippen liegen, und ihr Oberschenkel schob sich auf sein Knie. »Danach, Henry. Danach bin ich ganz für dich da.«

Seine Hand zog ihren Oberschenkel fester an sich heran.

»Eine Videoaufzeichnung – das kannst du machen«, fuhr sie fort, »mit Brandons Maske, sodass es aussieht, als sei er es. Und wir müssen dafür sorgen, dass das Festnetz tot ist. Dass *alle ihre Handys abgeben – aber das ist kein Problem. Ich bin sicher, Brandon wird mir zustimmen, wenn ich vorschlage, dass wir die Eighties-Party nur OHNE Handys richtig feiern können. Dann die Sauna«, ging sie es weiter durch, ohne sich zu bewegen, »vielleicht können wir mit der Sauna was machen.« Die Sauna kannte sie ja noch von früher. Natürlich würde die Polizei Brandon erst recht für den Täter halten, wenn das Haus ordentlich präpariert war. Wer, wenn nicht der Hausherr, kam dafür infrage? Allerdings war da noch das Haushälterehepaar. Curtis, und wie hieß die Frau? Vera. Sie würden es mitbekommen, wenn sie, Ashley, sich wiederholt mit Brandon traf. Und auch Brandons Plan, mit ihr zu verreisen – er würde es den beiden natürlich ankündigen. Doch machte das etwas? Nein!*

Vage sah Ashley die Umrisse des weiteren Vorgehens vor sich. Mit Henry an dem Abend darüber zu reden, kam nicht infrage, mit Sicherheit musste sie bei ihm noch ein bisschen Überzeugungsarbeit leisten. Aber wenn Vera und dieser Curtis von zehn Gästen wussten, gab es nur einen Weg: Sie und Henry mussten zwei Leichen besorgen, so schwierig das auf den ersten Blick auch scheinen mochte – zwei fremde Leichen, die statt ihr und Henry in der Feuersbrunst, die am Ende in dem Haus ausbrechen musste, verbrennen würden. Mit Zähnen, die sie sich selbst zuvor würden haben ziehen lassen. Einen Zahnarzt, der das machen konnte, kannte sie doch – und um das Ausgraben auf dem Friedhof würde Henry sich kümmern. Es war die einzige Möglichkeit. Vera und Curtis würden wissen, dass sie und Henry auf der Party gewesen waren – sie und Henry MUSSTEN am Ende unter den Toten sein –, es musste so SCHEINEN. Sie brauchten zwei Leichen, die man für sie und Henry halten würde. Schwierig – aber nicht unmöglich.

Ashley sah Henry im rötlichen Licht der nächtlichen Bar an.

Der Farbton stand ihr, das wusste sie. Wenn solch ein Licht herrschte, sah sie aus wie Ende zwanzig. Er nicht – leider. Er blieb vom Leben gezeichnet. Aber das machte ja nichts, solange sie nur hübsch genug war. Sie drückte das Kinn auf die Brust und schaute ihn von unten an. »Vielleicht könnten wir...«, sagte sie, und ihre Hand legte sich auf seine Gürtelschnalle. »Henry? Hörst du mir überhaupt zu?« Er holte tief Luft. Wahrscheinlich hatte er seit Jahren mit keiner Frau mehr geschlafen. »Nur mal so gesponnen – vielleicht könnten wir sogar ein Testament aufsetzen, in Brandons Namen, sodass der Schein entsteht, er hätte Louise sein Geld vererbt. Wenn mir einer von den Gästen Sorgen macht, dann ist es Nick. Mit den anderen werde ich fertig, aber bei Nick bin ich mir nicht so sicher. Wenn er jedoch erst mal ein Testament sieht, in dem Louise die Erbin ist, wird er überzeugt sein, dass sie, dass Louise diejenige ist, die die Fäden zieht – und dann habe ich ihn in der Hand.«

49

»Sie zieht das doch nicht allein durch!«
Sie waren eingesperrt. Nick in den Boxershorts und dem T-Shirt, die er schon unter dem Werwolfsfell getragen hatte, bevor er die Frankenstein-Maske aufgesetzt hatte, Louise in ihrem Voodookostüm.
»Wer hilft Ashley, Louise?«
Um sie herum waren die Rollläden wieder heruntergefahren. Nick hatte nach dem Schlag auf den Kopf das Bewusstsein für nicht viel länger als ein paar Minuten verloren, aber es hatte gereicht. Er war aus Brandons Schlafzimmer in die Halle geschleift worden und spürte am ganzen Leib, dass keine Rücksicht darauf genommen worden war, wie sein bewusstloser Körper die Treppe herunterkam.
»Ashley war hinter dir, Nick, sie hat dich mit einem von Brandons Baseballschlägern niedergeschlagen und gedroht, dir den Kopf zu zertrümmern, wenn ich mir nicht die Augen verbinden lasse. Ich musste mich umdrehen und es geschehen lassen, dann haben sie dich gemeinsam hierhergebracht... und mich gezwungen mitzukommen. Aber ich konnte nichts sehen!«
Er und Louise waren in dem Panikraum eingesperrt, und dieser Raum war – wie sie ja schon wussten – so eingerichtet, dass es kein *Herein*kommen gab, aber auch kein *Heraus*kommen.
Louise hockte auf der Rücklehne des Sofas, das in der Boden-

vertiefung der Halle stand. Ihr Blick war auf die Digitalanzeige gerichtet, die nicht damit aufgehört hatte herunterzuzählen. 00.17.12. Noch siebzehn Minuten, dann ging das Ding los.

»Ich habe Ashley getroffen«, sagte sie und schaute zu Nick, »gar nicht so lange her, im Sommer vor einem Jahr. Sie tat mir leid, sie hat mir erzählt, dass sie Geld angelegt und sich verspekuliert hat. Wir haben einander ein bisschen die Wunden geleckt sozusagen. Es war ein schwacher Moment – ich habe ihr von dem Halloweenabend '86 erzählt... auch was ich im Keller damals mitbekommen hatte. Es war schon so lange her, mir schien es fast wie eine Erinnerung unter vielen...«

»Wer hilft ihr?« Nick ging in dem abgesperrten Raum auf und ab wie ein Tiger im Käfig. »Terry ist tot, das hast du festgestellt, oder?«

Louise nickte. »Brandon auch, Ralph auch, Janet genauso, Donna, Kim und Scotty auch. Ich habe sie alle untersucht, es besteht kein Zweifel.«

»Das sind sieben«, überlegte Nick. »Plus du und ich macht neun. Plus Ashley sind zehn. Bleibt?«

»Henry.«

Er nickte. *Henry.*

»Ich war dabei, an dem Zaun. Nach all dem, was passiert war, war ich absolut sicher, dass er es nicht überlebt hat, als er jenseits des Zauns liegen geblieben ist. Es schien mir selbstverständlich, dass Brandon nicht all das hier vorbereitet, aber den Zaun als Schwachstelle übersehen hat. Henry musste tot sein, nur...«

»...dass Brandon nicht derjenige war, der die Vorbereitungen getroffen hat!«

»Ja.«

»Sondern Ashley... und Henry.«

Louise drückte den Rücken durch. »Was ist mit dem Schild? ›Selbstschussanlagen‹! Natürlich hat Brandon so etwas nicht installiert – solche Anlagen, meine ich. Das Schild allerdings schon, aber das dient zur Abschreckung. Und der Zaun? Es liegt eine Spannung darauf, aber keine tödliche! Wie ein Kaninchenzaun. Er soll Diebe abhalten, aber es ist kein Todeslager hier. Henry hat es vorgespielt!«

»Und das hast du nicht gesehen?«

Louise presste beide Hände an die Stirn. »Hör zu Nick ...« Sie sah die Anzeige an. Vierzehn Minuten. »Was ich dir vorhin schon sagen wollte ...«

»Nein, warte doch mal«, unterbrach Nick sie, der noch ganz in Gedanken bei Henry war. »Janet? Derjenige, der sie getötet hat? Das kann Henry gewesen sein – oder Ashley, die ja bereits im Haus war und einen unbeobachteten Moment gewählt haben könnte. Vielleicht hat Ashley es sogar getan, ohne dass Henry es mitbekommen hat! Scott? Das war Henry – und wir alle haben dabei zugesehen. Kim?«

»Das war Ashley! Sie war ja dort – im Wald!«

»Und Donna? Das war Henry.«

Natürlich, jetzt, wo Nick es wusste, hatte er fast den Eindruck, die Bewegungen der Frankensteingestalt hinter der Scheibe als die Bewegungen Henrys erkennen zu können.

00.13.01 ... 13.00 ... 12.59 ...

»Ich habe Geld gefunden, Nick – Dollarscheine – das ist es, was ich dir schon oben im Schlafzimmer sagen wollte. In dem Gepäck – im Jeep.«

Er sah zu ihr, war in Gedanken aber woanders. *Die Rollläden* – sie mussten sie überwinden, bevor der Countdown zu Ende war!

»Wir haben das Gepäck ja nie abgeladen, erinnerst du dich?«

»Ja ... ja, ich weiß.«

»Und ich hatte vorhin schon Ashley in Verdacht. Deshalb habe ich mir das Gepäck vorgenommen, vorhin, als du hinter das Haus gegangen bist und Ashley getroffen hast. Ich wusste nicht genau, welche Tasche Ashley gehört – also bin ich alle durchgegangen und auf ein Gepäckstück gestoßen, das wohl erst nachher jemand in den Wagen gelegt haben muss.«

Er sah an dem Rollladen entlang. Trat dagegen. Er schepperte. Sonst nichts. Werkzeug? Hatten sie hier nicht ...

»Die Tasche war voller Geld, Nick! Ich bin sicher, Ashley hat das Geld aus dem Haus geholt und in dem Wagen verstaut, um damit abzufahren, wenn alles erledigt ist. Wahrscheinlich hat sie Brandon überredet, das Geld bereitzulegen. Ich weiß nicht, wo Brandon es aufbewahrt hatte, aber das Geld muss gestern Abend schon im Haus gewesen sein. Sicherlich hat er es extra von der Bank geholt. Irgendwann gestern oder heute muss Ashley die Scheine dann in einem unbeobachteten Moment zu dem anderen Gepäck in den Jeep geladen haben. Damit sie sie bei sich hat, wenn sie am Ende flieht. Sie und Henry. Es ist das Geld, für das sie und Henry all das hier gemacht haben.«

Geld nützt uns jetzt nichts, ging es Nick durch den Kopf, *wir müssen raus hier – und zwar schnell!*

00.11.10 ... 11.09 ... 11.08 ...

»Aber ich habe es rausgenommen, nur das Geld, in einer Papiertüte. Die Tasche habe ich in dem Wagen gelassen. Ich habe es rausgenommen und in Brandons Schlafzimmer gebracht und dort habe ich dann die Musik angemacht. Unseren alten Cramps-Song.«

Nick sah, dass sie nähergekommen war.

»Und da ist es jetzt – aber das wissen nur wir beide. Das Geld. Verstehst du?«

00.10.01 ... 10.00 ... 09.59 ... Die Zeit wurde knapp. Und er begriff.

»Wie sieht es aus – das Geld, worin hat Ashley es untergebracht?!«

»Es ist nur eine verdammte braune Papiertüte!«

Sein Blick flog durch den Raum. Der Lampenlift mit der Anzeige, Donnas Leiche, über die sie ein Tuch gebreitet hatten, der Bildschirm, das Sideboard, die Sofas, der zerschmetterte Kronleuchter ...

Nick riss die Türen des Sideboards auf. Cocktailgläser – Tischdecken – da! Servietten, eingemottet in einer braunen Papiertüte.

»Hier, stopf noch eins der kleinen Sofakissen hinein«, zischte er und warf Louise die Tüte zu. Dann schlugen seine beiden Fäuste mit voller Wucht gegen den Rollladen, der den Panikraum vom Rest des Hauses absperrte. »*HEY ASH? HENRY!* Hört ihr mich?«

Keine Antwort.

00.07.40 ... 07.39 ... 07.38 ...

Vielleicht waren sie so weit weg, dass sie ihn nicht hören konnten. Vielleicht entdeckten sie gerade, dass das Geld nicht mehr da war, wo es sein sollte.

»Was passiert hier, wenn der Scheiß-Countdown bei Null ist, Ash – gibt es eine Explosion?«, brüllte er. »Ein Brandsatz, der alle Spuren auffressen soll? Was auch immer es ist – wenn es losgeht, wird alles, was sich hier im Panikraum befindet, davon zerstört werden. Und das ist auch richtig so, oder? Nur dass dann auch die Scheine verbrennen werden, die wir hier haben, Ash. Und ob das auch richtig ist, weiß ich nicht!«

00.06.07 ... 00.06.06 ...

Es war spät geworden. Nick hob die Arme, und Louise trat

in die Umarmung hinein, als wäre es das Selbstverständlichste auf der Welt. Für einen Moment standen sie so da und sahen dem Zählen der Anzeige zu.

Fünf Minuten.

Sollte er nochmal rufen? Hatten sie das Geld im Schlafzimmer gefunden? Dort lag es ja noch, aber das konnten Ash und Henry nicht wissen. Sie mussten es doch einfach im Wagen suchen, und wenn es nicht dort war ...

Das Knirschen hörte sich an, als würde der ganze Raum aus den Fugen gerissen. Die Rollläden auf der Innenseite begannen, sich langsam zu heben. Dahinter kam Henry zum Vorschein. Ein paar Schritte hinter ihm stand Ashley. Fast kam es Nick so vor, als wären die beiden in den wenigen Minuten, die vergangen waren, seitdem er sie zuletzt gesehen hatte, um Jahre gealtert.

Henry hielt ein Messer in der Faust – Ashley ebenso. Nur zwei Küchenmesser, aber Nick und Louise waren unbewaffnet.

Die Pistole, mit der Scotty erschossen worden war ... Nick selbst hatte ja die Patronen, die noch darin gewesen waren, gleich oben auf der Terrasse herausgenommen und über das Geländer auf das Grundstück geschmissen. Jetzt hätte er die Waffe gut gebrauchen können. Andererseits war er froh, dass er die Patronen entfernt hatte.

»Du hast Terrys Leiche fortgeschafft, was?«, schleuderte er Henry entgegen, »hast die Videos gedreht ... und bei Janet – wie war es da? Hast du es genossen, dass sie glauben musste, du würdest sie quälen, um etwas aus ihr herauszubekommen – was sie nicht wissen konnte? Das hat dich angemacht, oder? Hast du sie dann auch getötet? Oder ist das Ashley gewesen, als sie ins Haus kam und Janet halbtot vorfand?«

Aus dem Augenwinkel sah er, wie sich Louise hinter das Sofa bewegte und bückte.

Wo die Papiertüte ist.
00.04.22...

»Wo ist das Geld?!«, kam es rau aus Henrys Kehle.

»Lass uns teilen, Henry, es reicht für uns alle«, bellte Nick ihm entgegen. »Wir können es alle gut gebrauchen, und ich und Louise halten den Mund.«

Henrys Blick fiel auf Louise, die sich hinter dem Sofa jetzt erhoben hatte, die prall gefüllte Papiertüte an sich gepresst. *Sie haben es schon gesucht – sie wissen nicht, wo das Geld-Paket ist. All das für nichts.*

Nick sah, wie blind vor Gier Henry war. Er glaubte, das Geld vor sich zu haben, und kam mit vorgestrecktem Messer in den Raum.

»Komm rein, Ash! Du musst Nick in Schach halten«, stieß Henry hervor. Wenn er zu Louise wollte, musste er an Nick vorbei und ihm den Rücken kehren. Aber Henry wollte Nick nicht unbeobachtet lassen – also sollte sich Ashley um Nick kümmern.

»Ich geh da nicht rein«, schrie Ashley von draußen. »Nimm ihr das Geld ab – das ist das Paket! Nimm es und komm wieder raus damit!«

00.02.31... 00.02.30... Zwei Minuten und dreißig Sekunden.

»Jetzt – LOU!«, brüllte Nick und sah, wie Louise das Bündel fallen ließ und zugleich die Voodoonadel, die als Teil ihres Kostüms an ihrem Kleid gesteckt hatte, mit beiden Händen nach vorn stieß – gerade in die Kehle des Mannes, der sich auf sie stürzen wollte, mit dieser Gegenwehr aber nicht gerechnet hatte.

Die Nadel trat in den Hals ein – dann hatte Nick den Panikraum hinter sich und stürzte sich auf Ashley – rannte über sie hinweg, ehe sie begriff, was gerade geschah. Sie stürzte, von seinem Faustschlag schwer getroffen, kam aber noch einmal hoch – das Küchenmesser fest in der Faust. Nick wirbelte herum und sah, wie Louise im Panikraum versuchte, Henry nach draußen zu ziehen.

»Zurück in den Raum, Nick«, gellte ihm Ashleys Stimme entgegen – ihre Messerspitze tanzte vor seinem Gesicht.

»Er ist zu schwer!« Verzweifelt zerrte Louise an Henrys Arm, während das Blut aus der nagelgroßen Wunde in Henrys Kehle wie aus einem Schlauch nach oben sprudelte.

Louise helfen – Ashley überwältigen –
00.00.57 –
Es blieb keine Zeit mehr – *nur noch Sekunden.*

»Hol dir das Geld, Ash!«, schrie Nick Ashley an, und sie ging, die Klinge in seine Richtung gehalten, rückwärts in den Panikraum auf die Papiertüte zu. Während Louise Henrys Arm losließ und nach draußen lief.

»Ich muss ihn verbinden, er verblutet!« Louise packte Nicks Arm und sah zu ihm auf, mit Verzweiflung im Blick. »Du musst mir helfen!«

Nick stand da und starrte auf die Anzeige. 00.00.12 … 00.00.11 … *Elf Sekunden.*

Ashley hatte Henry erreicht, der auf das Paket gestürzt war. Verzweifelt versuchte sie, ihn davon herunterzuschieben.

Mit einem Satz war Nick in dem Raum, um Ashley zu packen. Da hörte er ein Klicken neben sich. Drehte den Kopf. Sah die Anzeige auf 00.00.03 springen – 00.00.02 – 00.00.01 –

»Nick!«

Es war ein Glutball, der sich entfaltete und ihn förmlich aus dem Raum herauskatapultierte. Durch das Flimmern der Luft hindurch konnte er Ashleys zierliche Gestalt gerade noch erkennen. Halb hinuntergebeugt zu dem Freddy Krueger, der ihr zu Füßen lag, halb aufgerichtet und nach vorne zum rettenden Ausgang gereckt – als die Flammen sie erreichten und verschlangen.

50

Das Feuer muss kurz davor sein, die Mauern des Hauses auseinanderzusprengen und über dem Giebel aufzusteigen. Nick ist am Steuer, und sie rasen im Jeep über den Waldweg bergab. Ohne einen Schlüssel für die Fähre ... *Kims Mann – Curtis und Vera – sie wollen uns um sechs Uhr abholen. Dafür müssen sie die Fähre auf die richtige Seite bringen ...*

Die Bäume werfen bereits lange Schatten, die Sonne wird gleich untergehen. Es ist wenige Minuten nach sechs Uhr abends, und es können nur noch ein paar hundert Meter bis zum Fluss sein. Da kommen ihnen wie hellgelbe Finger zwei Scheinwerfer von unten über den Schotterweg entgegen.

»Fahr einfach weiter«, hört Nick Louise neben sich, »ich kann jetzt mit niemandem reden.«

»Einfach weiter? Nach all dem, was geschehen ist? Wir müssen sie informieren ...«

»Wir können an dem, was passiert ist, doch jetzt nichts mehr ändern!«, fällt Louise ihm ins Wort. »Willst du sie herumführen, ihnen alles zeigen? Warten, bis die Polizei da ist, stundenlang verhört werden? Ich steh das jetzt nicht durch, Nick.«

»Aber sie werden sagen, dass wir geflohen sind ...«

»Und wenn schon! Wir haben nichts falsch gemacht. Der Schock – wir haben nicht klar denken können – die Polizei wird es schon verstehen. Oder auch nicht, das ist mir egal. Hauptsache, ich muss jetzt nicht stundenlang, tagelang all das nochmal durchgehen, Nick. Fahr an ihnen vorbei, lass uns erstmal zur Besinnung kommen.«

Na gut, vielleicht hat sie recht... aber so einfach ist es nicht. Nick kann an dem anderen Fahrzeug nicht ohne Weiteres vorbeifahren, für zwei Wagen ist die Sandpiste zu schmal. Er muss die Geschwindigkeit drosseln und kommt zum Stehen. Der andere Wagen hält ebenfalls an und setzt zurück. Durch die Frontscheibe sind drei Silhouetten zu erkennen. Eine Frau am Steuer, ein Mann auf dem Beifahrersitz, einer auf der Rückbank. Der SUV fährt rückwärts bis zu einer Ausweichstelle und biegt dort ein – bleibt jedoch stehen, bevor genug Platz für Nick ist, um vorbeizufahren. Ist er dem anderen zu energisch entgegengefahren?

»Rede mit ihnen«, flüstert Louise, »aber sag nichts von dem, was sie oben erwartet. Ich halt es nicht länger hier aus. Lass uns erstmal runter von dem Grundstück, lass uns nicht länger warten.«

Die Fahrertür des SUVs geht auf. Vera, die Haushälterin, die sie auch gestern bei der Ankunft begrüßt hat, hat am Steuer gesessen und klettert aus dem Wagen. Kommt zu ihnen und macht Nick ein Zeichen, dass er die Scheibe herunterlassen soll.

Louise hat den Kopf gegen die Lehne sinken lassen, und ihr ist anzusehen, dass sie keine Kraft mehr hat.

»Alles gut?« Vera steht an Nicks Seite und lächelt zu ihm hoch. »Sie fahren schon ab?«

Nick fühlt, dass sich seine Lippen bewegen, ohne dass er etwas sagt. Er reißt sich zusammen. »Lassen Sie uns vorbei, Vera? Louise... es ist nichts, aber wir würden gern... weiter.«

»Ist etwas passiert?« Vera kommt näher an die Wagentür heran und schaut ihn beunruhigt an. »Sie sehen vollkommen verstört aus, Mr. Shapiro.« Ihr Blick wandert zu Louise, aber sie ist im Halbdunkel nicht gut zu erkennen.

»Brandons Vater«, murmelt Nick – er kann Veras Wagen ja nicht von der Straße schieben. »Unsere Mütter, er war ihr Arzt, das wussten wir nicht«, sagt er, »und es hat uns ...«

»*Darauf* sind Sie gekommen?« Vera lächelt. »Hat Brandon davon wieder angefangen? Es ist ja sein Lieblingsthema! Das hätte ich mir denken können, dass er sie alle damit verrückt macht. Natürlich, deshalb Sie zehn – Ihre Mütter waren bei seinem Vater in der Praxis. Aber nur als Patientinnen – er hat nichts Falsches mit ihnen gemacht! Das wüsste ich, ich stand ihm sehr nah.«

»Nur als Patientinnen, er hat nicht ...«

»Sie missbraucht – oder sonst etwas? Natürlich nicht! Darüber fantasiert Brandon immer, er ... ist manchmal etwas merkwürdig. Es liegt an seiner Krankheit – diesen oneiroiden Zuständen, so nennt man das.« Sie hebt die Augenbrauen. »Wo ist er – oben im Haus?«

»Sie waren nur Patientinnen?« Nick stößt etwas aus, das sich anhören soll wie ein Lachen.

»Donna, Donnas Mutter ... ich glaube, Donnas Mutter und Robert, da war vielleicht mal mehr. Aber nur, weil sie das wollte«, sagt Vera und sieht Nick ernst an. »Brandons Vater hat Donnas Mutter ja wegen ihrer Schwangerschaft behandelt. Robert hatte mit ihr wohl ein Verhältnis, ein paar Monate, länger ist es nicht gegangen. Aber ihr Kind, das war eine In-vitro-Schwangerschaft, bei der es um die Eizelle einer anderen Frau ging, die von Donnas Vater befruchtet worden war. Nicht etwa von Robert – Gott bewahre! Also auch Donna und Brandon sind keine Geschwister – oder Halbgeschwister? Obwohl es anscheinend tatsächlich eine kurze Affäre zwischen

Robert ... also Brandons Vater und Donnas Mutter gegeben hat.«

»Haben *Sie* Brandon davon erzählt – von dieser Affäre?« Nick muss an Brandons Tagebuch denken. Dort hat Brandon ja erwähnt, dass Vera etwas gesagt hatte.

»Zum Glück ist Robert inzwischen schon sehr lange tot, sonst sollte ich das sicher nicht sagen ... aber ja, ich habe das Brandon gegenüber einmal erwähnt. Ich dachte, er hätte ein Recht, das zu erfahren. Doch Donnas Mutter war eine Ausnahme, sonst hat sich Robert nichts zuschulden kommen lassen, glauben Sie mir.«

Was Ashley gesagt hat, über Brandons Vater, Terry und Louise – das hat Ashley alles erfunden.

Es ist Nick gleich merkwürdig vorgekommen, dass Brandons Vater einem wildfremden Callgirl so etwas anvertraut haben sollte, dass er als Gynäkologe zwei Patientinnen missbraucht hat. Auch wenn er sich kurz darauf umgebracht hat – so etwas hätte er doch für sich behalten.

Vera sieht zu Louise. »Wo ist Terry? Fährt er nicht mit Ihnen mit?«

»Ist die Fähre unten, Vera, auf unserer Seite des Flusses?« Louise hat sich etwas aufgerichtet.

»Ja, natürlich, die Fähre ist unten, und den Tresor mit den Handys haben wir aufgeschlossen. Sie können sich Ihre Telefone einfach nehmen. Aber was ist denn mit Terry?«

Statt zu antworten, legt Louise eine Hand auf Nicks Arm. »Nick bitte, der Platz reicht schon ...«

»Brandons Vater«, sagt er nach draußen, weil es ihm einfach noch nicht aus dem Kopf will, »er hat sich selbst umgebracht – kann es nicht sein, dass das ... dass er das wegen eines ... Fehltritts, einer beruflichen Verfehlung gemacht hat?«

»Wegen eines *Fehltritts?*« Vera schaut ihn irritiert an. »Er ist darüber, dass er seine Frau bei Brandons Geburt nicht retten konnte, nie hinweggekommen, Mr. Shapiro. Deshalb – so habe ich das zumindest immer gesehen – deshalb hat er sich umgebracht.« Sie unterbricht sich, ihre Stimme wird leiser. »Obwohl, wenn ich ehrlich bin: Ganz habe ich es auch nie verstanden, wieso Robert das getan hat. Ein so erfolgreicher Mann wie er... und der Tod seiner Frau lag da ja schon fast dreißig Jahre zurück.«

Ash und Henry – dieser Wahnsinn, woher kam das? Wenn sie Halbgeschwister gewesen wären, hätte das vielleicht erklären können, wieso sie vor nichts zurückgeschreckt sind. Aber so...

Jeden Moment muss das Haus hinter ihnen von den Flammen auseinandergerissen werden, aber noch ist an der Stelle, an der sie mit laufendem Motor stehen, davon nichts zu sehen.

»Ist denn alles gut verlaufen?«, ruft eine Stimme zu ihnen herüber, und als Nick in die Richtung schaut, aus der die Stimme gekommen ist, bemerkt er, dass der Mann, der auf dem Beifahrersitz des SUVs gesessen hat, ausgestiegen ist. Die dunklen Augen von Curtis begegnen Nicks Blick – im gleichen Moment spürt er, wie Louise neben ihm sich verkrampft.

Er dreht sich zu ihr – die Anspannung lässt die Schönheit ihrer Züge hervortreten. »Moment.« Sie beugt sich über Nick hinweg zum Fenster auf der Fahrerseite. »Sie sind Curtis, nicht wahr? Sie haben uns ja gestern auch hochgefahren«, ruft sie nach draußen, und Nick sieht, wie sich die Miene des Mannes aufhellt und er noch ein paar Schritte von dem SUV aus auf sie zumacht.

»Wissen Sie, Curtis«, hört Nick Louise sagen, »das habe ich mich all die Jahre über immer gefragt...« Sie sieht kurz hoch zu ihm. Weiß sie denn nicht, dass jeden Moment das Haus zerbersten muss – dass sie dann erst recht nicht mehr von hier wegkommen, weil sie erst so getan haben, als wäre gar nichts geschehen?

»Wir müssen die Wahrheit wissen, Nick«, flüstert sie und wendet sich wieder nach draußen. »Damals ... wann war das? '86? Im Keller – Sie und Brandon – was ist zwischen Ihnen beiden da eigentlich vorgefallen?«

Es ist, als würde das freundliche Gesicht des Mannes, der dort auf der Zufahrtstraße vor ihnen steht, mit einem Mal jeden Halt verlieren. Seine Lippen bewegen sich – die Haut scheint unter Nicks Blick Falten zu werfen und jede Farbe zu verlieren.

»Ich war dort, Curtis, ich habe Sie und Brandon gesehen – was ist es gewesen, das Sie ihm gesagt haben?« Louises Stimme ist fest und durchdringend.

»Wie bitte – was ...«

»Es ist Jahre her, Curtis, Sie können es nicht ewig mit sich herumtragen.«

»Aber«, Curtis hebt beide Hände und hält sie in ihre Richtung, als wollte er sich vor etwas schützen, »es war doch nur eine Ahnung von mir. Nichts weiter. Ich ... damals ... Brandon war übermütig, und ich wollte ihn nur ein wenig in seine Schranken weisen.«

»Sie haben ja sogar dieses Nachtsichtgerät auf dem Kopf gehabt. Wieso?«

»Ich wollte ihn nur ein bisschen einschüchtern, keine große Sache ...«

»Was haben Sie ihm gesagt?!«

»Ich sage doch – nur eine Ahnung, weil Robert ... Brandons Vater, weil er mich und Vera ... und weil es doch seine Arbeit war!«

Mich und Vera ... seine Arbeit. Nick spürt, dass ihm trotz der Kälte der Schweiß ausbricht. Was heißt das? Was ist es, das Curtis – schon damals – geahnt hat?

Im gleichen Augenblick wird seine Aufmerksamkeit zurück in den Rückspiegel gelenkt. Der Glutball – er sieht ihn über den Baumwipfeln aufsteigen und hört einen Wimpernschlag später den Knall, mit dem die Flammen das Dach des Hauses durchbrechen.

Vera und Curtis, die neben Nick auf der Straße stehen, weichen einen Schritt zurück. Fast meint Nick, in ihren Pupillen den Widerschein der Flammen zu sehen.

»Um Gottes willen!«

Im gleichen Moment rammt er das Gaspedal in den Boden des Wagens. In Nicks Herz aber hat sich ein Eisklumpen gebildet, der rasend schnell größer wird. Der Jeep macht einen Satz nach vorn. Nick sieht noch Kims Mann – den Blick Richtung Haus gelenkt – aus dem Wagen steigen, dann rumpelt der Jeep über die Böschung, kratzt an Veras Auto entlang und hat schließlich das Hindernis passiert.

Sekunden später erreichen sie das Ufer und die Fähre.

»Halt nicht mehr an, Nick.« Louise liegt mit dem Kopf an seiner Schulter, als sie auf der anderen Flussseite von der Fähre herunterpoltern.

Aber so geht es nicht. Er braucht seinen Wagen und das Telefon.

Am Pförtnerhäuschen springt Nick aus dem Jeep und reißt die Tür seines eigenen Autos auf. Louise lässt sich von ihm auf den Beifahrersitz hieven.

Dann steht er hinter der Theke im Pförtnerhaus und holt sein Handy – sowie das von Louise, von dem sie ihm gesagt hat, wie es aussieht – aus dem Tresor.

›Für Brandon – von Daddy.‹

Es ist eine flache Metallkassette, auf die sein Blick fällt, als er die Tresortür schon zuschlagen will.

›Schon immer wurden in dem Tresor hier wichtige Unterlagen und Wertsachen aufbewahrt ... oben hatten wir Einbrecher.‹ Er hat noch im Ohr, was Curtis bei ihrer Ankunft gesagt hat.

›*Für Brandon – von Daddy.*‹

Für einen Moment ist es, als würde der Eisklotz in Nicks Herz ihn vollständig lähmen. *Es ist nur Ashley, die das erzählt hat!* Terry und Louise – sie waren es nicht – sie waren keine Halbgeschwister. Nichts als ein Hirngespinst Brandons ...

Und doch kann er nicht anders. Schon hält er die Kassette in der Hand und ist auf dem Weg zu seinem Wagen.

Augenblicke später jagen sie in Nicks Fahrzeug über die Landstraße.

»Brandon und sein Vater – es war wohl immer schwierig«, hört Nick Louise flüstern, während ihr Blick ein paar Papiere überfliegt.

Mit einem Schraubenschlüssel, den sie in seinem Handschuhfach gefunden hat, hat sie die Kassette geknackt, die Nick aus dem Tresor mitgenommen hat. Und ihr diese Papiere entnommen.

»Hat Brandon diese Unterlagen nie eingesehen?« Nick sagt es mehr zu sich selbst, als dass er es Louise fragt. Woher soll sie das wissen? Aber die Papiere lagen in der Kassette in einem Kuvert, und das Kuvert war versiegelt. Das Siegel intakt. Womöglich hatte Brandon noch nicht den Mut gefunden, sich die Seiten anzusehen.

Nicks Blick fällt auf den Rückspiegel. Schwarz steht eine

Rauchsäule hinter den Bergen am Himmel, ein erster Löschzug ist ihnen bereits entgegengekommen.

Dann heften sich seine Augen wieder auf die Straße, neben sich aber kann er Louises Bestürzung fühlen. Seit Minuten schon hat sie nichts mehr gesagt. Die Papiere, die sie der Kassette entnommen hat, rascheln leise.

Unwillkürlich blickt er zu ihrem Schoß, auf dem die Blätter liegen.

»*Curtis hat wohl etwas geargwöhnt*« – das sind die Worte, die ihm als Erstes auffallen. Dann muss er wieder nach vorne schauen, um nicht von der Straße abzukommen. Kurz darauf schaut er erneut auf die Seiten und erkennt einen Wasserfleck, der sich auf ihnen ausbreitet. Da tropft es schon wieder. Es sind Tränen – von Louise.

Sein Blick wandert zu ihrem Gesicht hoch, und er bemerkt, wie vertraut es ihm selbst im Moment der Verwirrung ist, die so tief greifend zu sein scheint, dass er für einen Augenblick glaubt, ihre Züge würden sich unter seinem Blick verändern.

»*Geschwisterforschung*...« Wieder ist Nicks Blick – nachdem er zwischendurch nach vorn geschaut hat – auf den Papieren gelandet. »*Vera und Curtis... die immer gleichen genetischen Eltern unter verschiedenen Bedingungen... in vitro... ohne Wissen der sozialen Eltern... Entnahme der Eizellen bei leichter Sedierung... Befruchtung im Reagenzglas... Übertragung der befruchteten Eizelle problemlos und ohne Schmerzen... Praxis in meinem Haus... zuerst nur bei dir, Brandon... den Embryo von Vera und Curtis, also dich, Brandon, meiner Frau eingepflanzt – aber als sie bei deiner Geburt verstarb... ihr zuliebe... zehn weitere Paare...*«

Zehn weitere Paare.

Und dann ergreift es auch Nick. Das Gefühl, wenn sich

plötzlich alles verschiebt. Wie Brandon es erlebt hat, als Curtis es ihm im Keller zuerst gesagt hat. Curtis, der ahnte, was Brandons Vater in Wahrheit getan hatte.

Brandons *Vater?*

Plötzlich sieht Nick alles glasklar. Brandons leiblicher Vater war nicht der Gynäkologe. Sondern Curtis. Ebenso wie die Frau, die bei Brandons Geburt gestorben ist, nicht Brandons leibliche Mutter war. Brandons leibliche Mutter war Vera.

Übertragung der befruchteten Eizelle problemlos und ohne Schmerzen... Vera und Curtis... den Embryo von Vera und Curtis, also dich, Brandon, meiner Frau eingepflanzt...

Der Gynäkologe und seine Frau, die Brandons Geburt nicht überlebt hat – sie waren nicht Brandons genetische Eltern. Robert, der Gynäkologe, hatte mit In-vitro-Befruchtungen experimentiert.

Geschwisterforschung...

Der Eisklumpen in Nicks Herz wächst.

Das war es, was Brandons Vater... der Gynäkologe... Robert... was er in seiner Praxis mit seinen Patientinnen gemacht hat. Er hat ihnen Embryonen eingepflanzt, deren genetische Eltern Curtis und Vera waren. Eizellen von Vera, die mit Curtis' Samen befruchtet worden waren.

Wir zehn.

Terry, Ralph, Janet, Scott, Kim, Donna, Ashley, Henry, Louise und er selbst, Nick. Zehn. Mit Brandon elf.

Elf Namen, die auch dort auf den Seiten stehen, die Louise überfliegt. Ganz hatte Robert es vor seinem Sohn... vor Brandon... offenbar nicht verbergen können, dass diese elf Personen eine besondere Rolle in seiner Forschung spielten.

Nick sieht sie vor sich, wie er sie eben vor seinem Wagenfenster gesehen hat. Alt. Gebückt und grau.

Mom ... Dad ... ihr seid nicht meine Eltern – Vera und Curtis sind es.

Vera und Curtis sind seine genetischen Eltern – und Brandons genetische Eltern. Und auch die genetischen Eltern der anderen.

Die Frau, die Brandon ausgetragen hat, Roberts Frau, ist bei Brandons Geburt gestorben. Deshalb hat Robert uns alle in vitro gezeugt.

Zehn Kinder statt einem Kind.

Ohne Wissen der sozialen Eltern ...

Nicks Eltern ... die beiden, die für ihn immer Mom und Dad waren ... sie wussten nichts davon. Von dem, was Robert gemacht hat. Nicks Mom war Patientin in der Praxis des Gynäkologen. Aber sie wusste nicht, was Robert in Wirklichkeit getrieben hat. Ebenso wenig wie es die Eltern ... die sozialen Eltern von Kim oder Ralph, Louise oder Janet oder irgendeinem anderen von ihnen zehn wussten.

Übertragung der befruchteten Eizelle problemlos und ohne Schmerzen ... Praxis in meinem Haus ...

Der Mann, der Brandon großgezogen hat, hat sie als Versuchskaninchen benutzt. Und nur einer hatte eine Ahnung davon. Curtis. Das ist es gewesen, was Curtis Brandon im Keller während der Halloweenparty 1986 gesagt hat. Dass er, dass Curtis Brandons leiblicher Vater war und Vera Brandons leibliche Mutter. Dass Robert, der Mann, den Brandon für seinen leiblichen Vater gehalten hatte, in Wirklichkeit ein Arzt war, der Brandon aus Curtis' Samen und Veras Eizelle ... gezüchtet hatte.

Ebenso wie Janet, Ralph, Kim ... die anderen ... *mich und Louise.*

Nick fühlt, wie etwas seine Hand berührt. Als er zur Seite schaut, sind Louises Augen auf ihn gerichtet.

»Also doch.«

Sie nickt. Also doch – Bruder und Schwester. Nicht nur Halbgeschwister.

Curtis hat es geahnt, er hat Robert experimentieren lassen und es geahnt. Dass er und Vera Samen- und Eispender für den Arzt waren. Curtis hat es geschehen lassen, genauso wie er hat geschehen lassen, dass Vera eine Affäre mit Robert hatte. Curtis wollte die Anstellung nicht verlieren. Und Vera?

Entnahme der Eizellen bei leichter Sedierung ...

Robert hat Vera immer wieder leicht sediert – sie stand ihm sehr nah, das hat sie ja gerade gesagt, wer weiß, was die beiden alles gemacht haben. Den wahren Grund aber für die Sedierung hat er ihr mit Sicherheit nie gesagt. An Veras Eizellen jedenfalls kam Robert auf diese Weise heran, ohne dass sie davon etwas merkte. Und schon gar nicht kam sie auf die Idee, was in Wirklichkeit geschah.

Nick fühlt, wie sein Blick für einen Moment verschwimmt, dann reißt er sich zusammen und konzentriert sich wieder auf die Straße.

Mom. Seine Mom. Nicks Mom. Louises Mom. Es waren nicht ihre leiblichen Mütter, aber sie haben sie großgezogen und nie gewusst, was tatsächlich passiert war. Sie bekamen die befruchteten Eizellen Veras eingepflanzt. Wurden praktisch zu Leihmüttern, ohne es zu wissen.

Übertragung der befruchteten Eizelle problemlos und ohne Schmerzen.

Das war es, womit Curtis Brandon in dem Keller 1986 vollkommen verstört hat – als Louise sie beide beobachtet hat. Und genau deshalb hatte Brandon auch den Kontakt zu Curtis und Vera trotz allen Streits nie abreißen lassen. Weil sie seine Eltern waren.

»Meine Mom – ich bin sicher, sie wusste nichts davon«, hört Nick Louise neben sich flüstern.

Keine der Mütter wusste davon. Es wäre niemals all die Jahre über geheim geblieben. *Problemlos und ohne Schmerzen ...*

Wahrscheinlich hatte der Gynäkologe ihren Müttern Medikamente gegeben, damit die Embryos gedeihen konnten, ohne ihnen zu sagen, was für Pillen das in Wirklichkeit waren. Vitamintabletten, Routine ... es gab ja zahllose Möglichkeiten, ihre Moms dazu zu bringen, die Medikamente einzunehmen, ohne dass sie wussten, was der Arzt eigentlich damit bezweckte. Die Embryos gediehen ja tatsächlich in ihren Körpern. Natürlich haben sie sich nicht gewundert, dass er sie so sorgfältig behandeln musste! Womöglich hat er es mit noch viel mehr Frauen probiert, aber nur bei ihnen zehn haben die Embryos überlebt. Robert war ein Gynäkologe, der wusste, wie man so etwas durchzog. Heimlich. Ohne Wissen der Mütter – der Väter – der sozialen Mütter und Väter. Er hat sie alle missbraucht.

Wie Splitter ziehen die Teile des Puzzles durch Nicks Kopf, während er den Wagen über die Straße vorantreibt.

Geschwisterforschung. Wie sich Kinder der immer gleichen genetischen Eltern entwickeln, wenn sie von unterschiedlichen sozialen Eltern aufgezogen werden ...

Die Army hatte Robert für verschiedene Zwecke engagiert. Er sollte die alten Strahlungsexperimente aufarbeiten, er sollte Fruchtbarkeitsforschung betreiben – was er auf eigene Initiative hin aber schließlich getan hat, war noch etwas anderes. Geschwisterforschung. Weil er sehen wollte, unter welchen Bedingungen die fruchtbarsten Kinder aufwuchsen.

Brandon hatte es von Curtis '86 erfahren, und wahrscheinlich war das der Grund, weshalb Brandon mit seinem Leben nie klargekommen ist. Zugleich aber hat er immer versucht, die

Wahrheit nicht an sich heranzulassen. Auf der ewigen Flucht vor sich selbst! Und damit sollte jetzt endgültig Schluss ein.

Deshalb war Brandon begeistert von Ashleys Idee, eine Halloween-Revivalparty zu machen, deshalb hat er ihr vorgeschlagen, genau SIE ZEHN einzuladen. Wahrscheinlich wollte er ihnen endlich sagen, was er seit Jahren mit sich herumtrug. Warum er so lange gewartet hatte? Er wusste doch, dass er viel früher schon hätte sprechen müssen. Die Ehe von Louise und Terry – er hat es alles geschehen lassen, aber angesichts des herannahenden Todes wollte er das Geheimnis nicht länger für sich behalten.

Nick hatte Brandons wirre Aufzeichnungen in dem Tagebuch nur falsch interpretiert! Brandon hatte nicht gemeint, dass sein Vater ... dass Robert ihre Mütter geschwängert hätte – es war Nick nur so vorgekommen. Tatsächlich hatte Brandon die Wahrheit gekannt – hätte Nick nur mehr Zeit gehabt, um die Aufzeichnungen besser zu studieren, hätte er es bestimmt auch vorher bemerkt.

»Deshalb hat er sich umgebracht – Robert –, weil er diese Schuld auf sich geladen hat«, sagt Louise neben ihm. »Ashley muss Curtis aufgesucht und ihn ausgequetscht haben, nachdem ich ihr letztes Jahr erzählt hatte, was ich über Brandon und Curtis wusste. Dass Curtis Brandon im Keller vollkommen aus der Fassung gebracht hatte. Sie hat Curtis bearbeitet, bis er ihr alles gesagt hat, und das hat sie auf die Idee gebracht, uns alle – ihre Geschwister – in den Tod zu reißen, für den Brandon immer verantwortlich scheinen würde! Es passte ja alles zusammen! Sie konnte Brandon nicht einfach töten, der Verdacht wäre sofort auf sie gefallen, auf Ashley, nachdem sie ihn zuvor ja immer wieder besucht hatte und dabei von Vera und Curtis gesehen worden war. Das war die Lösung für sie: Sie musste

Brandon zu dieser Halloweenparty überreden, sie musste mit Henry unseren Tod planen, denn nur dann würde der Verdacht nicht auf sie fallen. Erst recht nicht, wenn man glaubte, sie und Henry wären ebenfalls unter den Toten.«

»Und das Geld – auch das hat sie bedacht.« Nick spürt, wie sich die Dinge zusammenfügen. »Bei einer Untersuchung – so wird sie es sich ausgerechnet haben – würde zwar klar werden, dass Brandon sein Geld abgehoben hatte, aber man würde davon ausgehen, dass die Scheine bei der Feuersbrunst mitverbrannt sind. Ein paar Dollarnoten hat Ashley bestimmt im Haus gelassen, damit die Spurenlage auf so etwas hindeutet. Ash und Henry tot, das Geld verbrannt – der Plan war perfekt, nichts wäre zurückgeblieben.« Er atmet aus, und zugleich kommt ihm noch ein anderer Gedanke. »Erinnerst du dich?« Er wirft Louise einen Blick zu. »Brandon war ein Jahr älter als wir. Deshalb.«

»Deshalb was?«

»Als seine Frau bei Brandons Geburt ums Leben gekommen ist, hat sich Brandons Vater... Robert... dazu entschlossen, uns alle in vitro zu zeugen. Deshalb waren wir alle mindestens ein Jahr jünger als Brandon. Das war kein Zufall – es hängt alles miteinander zusammen.«

Mit ohrenbetäubendem Sirenengeheul brettert ein weiterer Löschzug auf der Straße auf sie zu und an ihnen vorbei. Der Lärm verklingt in der Ferne.

Louises Kopf sinkt an Nicks Schulter. »Das ist es gewesen, was zwischen Terry und mir nie gestimmt hat«, hört er sie flüstern. »Wir wussten es nicht und haben es wohl doch gefühlt. Dass wir nicht zusammen sein sollten. Wir haben nie miteinander geschlafen.«

Nick beschleunigt noch einmal – den rechten Arm um sie

gelegt, die linke Hand am Steuer. Sein Leben lang hat er nicht begriffen, warum Louise und er damals nicht zusammengefunden haben. Sein Leben lang hat er von sich selbst ein völlig falsches Bild gehabt. Es kommt ihm so vor, als würde sich ein schwarzes Tuch, das ihn komplett umhüllt hatte, solange er denken konnte, plötzlich heben. Als würde er zum ersten Mal sich selbst, sein Leben und Louise als das sehen, was sie wirklich sind. Bruder und Schwester. Aber sein Leben ist inzwischen beinahe vorbei. Er hat es in einem Irrtum gefangen verbracht.

Er schaut wieder zu ihr und sieht, dass sie die Augen geschlossen hat.

Als das Haus bereits brannte, ist sie noch einmal in den ersten Stock gerannt. Es ist eine braune Papiertüte, die dort im Wagen neben ihren Füßen steht und die sie vorhin mit in den Jeep gebracht hat. Ist das der Grund, weshalb Louise Vera und Curtis – *ihren Eltern!* – nichts von dem erzählen wollte, was oben im Haus passiert ist? Vielleicht wäre es besser gewesen, die Tüte verbrennen zu lassen.

»Wir müssen einen Test machen«, hört er sie flüstern, »damit wir sicher sind, was mit uns ist, Nick.«

Ja ... vielleicht.

Er fühlt, wie Louises Hand sich auf seine Schulter legt und sie sich fest an ihn schmiegt.

Und er spürt, dass er lächeln muss.

Er ist dort, wo er sein Leben lang sein wollte.

Bei ihr.

Bei Louise.

Das ist alles, was zählt.

– ENDE –

Die Party

Ashley	Die Fliege	Zahnarztassistentin	Florida
Brandon	Der Tod	Gastgeber	New Jericho/N. Y.
Donna	Vampira	Agenturbesitzerin	Los Angeles
Henry	Freddy Krueger	auf Jobsuche	Chicago
Janet	Die Mumie	Sekretärin	Boston
Kim	Horrorclown	Hausfrau	New Jersey
Louise	Voodoopuppe	Kinderärztin	New Jericho
Nick	Werwolf	Autor	Brooklyn
Ralph	Frankenstein	Immobilienmakler	Miami
Scotty	Zombie	Start-up-Unternehmer	San Francisco
Terry	Dämonenpriester	Börsianer	New Jericho/N. Y.

S. L. Grey

»S. L. Grey ziehen die Spannungsschraube bis zum Äußersten an – unglaublich!«
Guardian

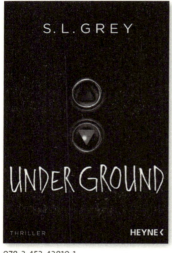

978-3-453-43810-1

978-3-453-43888-0

Leseprobe unter www.heyne.de

HEYNE